D1324979

La moisson d'hiver

DU MÊME AUTEUR
AUX ÉDITIONS DENOËL

3, place de Byzance
La maison de l'aigle
Hurlemort, le dernier royaume
Le nuisible
Le murmure des loups
La route obscure

Serge Brussolo

La moisson
d'hiver

roman

© 1994, by Éditions Denoël
9, rue du Cherche-Midi, 75006 Paris
ISBN 2-207-24311-7
B24311-9

Je m'amusais comme une portière à lire Les Mystères d'Udolphe, Le Château des Pyrénées, *ou tout autre roman d'Anne Radcliffe; j'avais du plaisir à avoir peur, et je pensais [...] que le paradis, c'était un bon roman devant un bon feu.*

THÉOPHILE GAUTIER
Les Jeune-France

1

Il y avait un garçon dans le dortoir des petits, qui ne cessait d'éternuer. Ses explosions nasales vous réveillaient en pleine nuit comme des coups de feu. La maîtresse de dessin, Mlle Maupin, disait qu'il était allergique au poil de lapin dont on avait bourré son gilet d'hiver. Au pensionnat, tout le monde portait un gilet d'hiver, même pour dormir, car il n'y avait plus ni bois ni charbon à enfourner dans les Mirus ou les salamandres. Désormais, pendant les cours de travail manuel, on fabriquait des trucs qu'on aurait jadis confiés aux filles. Les garçons, toutes classes confondues, s'installaient autour de la grande table, au centre de la salle, et découpaient des morceaux d'étoffe pour se confectionner des paletots qu'on portait sous les blouses grises tachées d'encre. Julien avait rapidement attrapé le tour de main. Entre deux épaisseurs de tissu, il glissait des feuilles de papier journal. Ceux qui avaient de la famille à la campagne, se faisaient expédier des plumes, du duvet, des peaux de lapin. Mais la plupart du temps il fallait se contenter d'anciens quotidiens récupérés dans les greniers, et dont l'empilement finissait par constituer une armure craquante, une espèce de carapace qui gênait le mouvement. On découpait des lambeaux de L'*Illustration* des années 10 en s'attardant sur les grands dessins noirâtres qui en jalonnaient les pages. Dans une autre feuille de chou, Julien avait prélevé une gravure terrible représentant un bateau en train de sombrer au milieu d'un tumulte d'écume et de corps engloutis. La légende, incomplète, disait :

Le 7 mai, un paquebot de la Compagnie Cunard qui revenait d'Amérique, le Lusitania, *a été torpillé par un sous-marin allemand à la hauteur de Kinsale, sur la côte irlandaise. Le navire a coulé en moins de vingt minutes, entraînant dans les abîmes près de 1 200 personnes, dont 124 citoyens américains. Cet attentat ignoble...*

Julien avait glissé la coupure dans le matelassage du gilet, tel un message secret. Mais il y avait d'autres dessins — plus vieux encore — qui retraçaient la mort d'un prince impérial massacré par les Zoulous. La gravure n'était pas mal non plus ; Antonin s'en était emparé, devançant ses camarades.

— Vous ne devez pas vous sentir amoindris par ces petits travaux de couture (répétait Gustave Fouaillé, un vieil homme dont les mains tremblantes avaient le plus grand mal à glisser un fil dans le chas d'une aiguille). Les chevaliers, jadis, portaient de semblables vêtements sous leur cotte de mailles pour amortir les coups d'épée. C'était très efficace et cela évitait que les anneaux de fer du haubert ne s'incrustent dans la peau. On appelait cela un gambison, on le rembourrait de filasse et d'étoupe.

Cette idée ne déplaisait pas à Julien. Au vrai, il aimait tout ce qui développait son habileté manuelle.

— Les marins savent tout faire, expliquait-il à Antonin (un grand de la classe supérieure), coudre les voiles et leurs vêtements. Ils tricotent, aussi. C'est nécessaire quand on est en mer. Il faut savoir se débrouiller avec un fil et une aiguille.

— Tu déconnes! grommelait Antonin avec un haussement d'épaules, c'est pas un travail d'homme ça.

Julien aurait aimé le convaincre, mais le grand dadais à la pomme d'Adam proéminente refusait obstinément d'envisager que des matelots puissent tirer l'aiguille sur le pont d'un bâtiment secoué par les flots.

— Faut tout apprendre, radotait Julien. La couture, et la cuisine, et le travail du bois. Ça peut servir, tu comprends ? Quand on est un aventurier, on connaît toutes ces choses. D'ailleurs, c'est dans les livres. Regarde Arsène Lupin ou Sherlock Holmes, rien ne les prend au dépourvu, jamais.

Mais il prêchait dans le désert.

La pension Verdier, perdue dans la grande banlieue, à l'ouest de Paris, était un ensemble de bâtiments fatigués aux façades surchargées de sculptures qui tombaient en miettes. Elle avait jadis servi de caserne à un quelconque régiment de hussards; on ne savait plus lequel et personne n'était d'accord sur le numéro du bataillon. On avançait le nom de la Légion de la Seine, de la Garde impériale, des Gendarmes d'élite ou encore des Lanciers de l'armée d'Espagne. La bâtisse avait conservé de cette époque d'immenses écuries, aujourd'hui désaffectées, et qui sentaient toujours la pisse de cheval.

— Ils ont viré les bourrins mais ils ont récupéré les couvertures de selle, grognait souvent Antonin, c'est celles qui sont sur nos lits. Tu as reniflé l'odeur ?

C'était peut-être vrai, Julien n'en savait rien. A côté des stalles, se dressait la salle d'armes, où les soldats s'entraînaient jadis à manier le sabre ; un endroit vide et sonore, à la voûte soutenue par des piliers gris.

— Tiens, regarde sur les colonnes, répétait Antonin. Tu vois les éraflures ? C'est les coups de sabre. Ils affûtaient leurs lames directement sur la pierre. Tu vois ? Là... et là...

Il parlait à mi-voix, car les élèves n'avaient pas le droit de pénétrer dans la salle d'armes à cause des lézardes de la voûte.

— Petits malheureux ! grondait Léon Verdier, le directeur, lorsqu'il surprenait un gamin à proximité de l'endroit. Vous voulez finir ensevelis sous les gravats ? Les bombardements agrandissent les fissures ; un jour tout le toit dégringolera. Et ce n'est pas maintenant qu'on va faire des réparations ! Allez, du balai, zou !

C'était un vieux bonhomme, pas méchant pour un sou, qui noircissait ses souliers à l'encre noire pour en cacher les éraflures. Julien l'avait surpris un jour penché sur cette besogne, un porte-plume à la main, tirant une langue de vieil écolier appliqué.

Derrière le corps de bâtiment, s'étendait l'ancien terrain de manœuvres où évoluaient jadis les escadrons. Là où l'on répétait les charges, sabre au clair, s'étalaient maintenant des pelouses perpétuellement gorgées d'eau à cause de l'excès de glaise du sous-sol. Lorsqu'on s'y promenait, les semelles de bois articulées des galoches produisaient un bruit d'éponge.

La pension Verdier, c'est nulle part, écrivait Julien dans les lettres qu'il ne postait jamais. *Ce n'est ni la campagne ni la ville. A deux kilomètres, il y a une espèce de village autour d'une drôle d'usine. C'est cette fabrique*

que les Anglais essayent de bombarder. Je ne sais même pas ce qu'on y bricole. M. Verjus, le professeur de latin, dit qu'un jour les rosbifs se tromperont de cible et qu'on prendra tout le paquet sur le coin de la gueule. Oui, il le dit exactement de cette manière ; pas à nous, bien sûr, mais à M. Le Gommeux, le prof de mathématiques. En classe, il parle plutôt comme dans les romans d'Alexandre Dumas, avec plein d'imparfaits du subjonctif, pour nous épater. Mais quand il est tout seul avec Jules Le Gommeux, il dit : « merde, putain, on va se la prendre dans le cul. » Je n'invente rien, et puis ça n'a pas d'importance que j'écrive des cochonneries puisque tu ne liras pas cette lettre.

— T'écris ton journal intime ? demandait parfois Antonin lorsqu'il surprenait Julien penché sur sa feuille de papier, les doigts tachés d'encre. C'est un truc de gonzesse, non ?

— C'est pas un journal, protestait Julien, c'est une lettre pour ma mère.

— Mince, elle est sacrement épaisse ta lettre ! Elle fait combien de pages ? C'est pas une enveloppe qu'il te faudra pour l'expédier, c'est une boîte à chaussures !

Julien haussait les épaules et recommençait à gratter le mauvais papier, le nez au ras du pupitre, attentif au cheminement de la plume sergent-major. Il devenait de plus en plus difficile de rédiger proprement. A cause de la pénurie de matières premières, en effet, le papier ne contenait plus assez de chiffon. Il était fin et granuleux, l'encre, trop acide, y pénétrait par capillarité, et les lignes prenaient un aspect baveux.

— Quand M'man verra ça, pensa Julien, elle croira que je ne sais pas écrire. Elle se dira que je suis devenu un cancre et elle aura honte.

Mais M'man ne verrait jamais les lettres, il commençait à s'en persuader. Pas plus qu'elle ne viendrait le chercher ; et la guerre continuerait, interminable, *à travers les siècles des siècles*.

Il avait beaucoup écrit en cinq ans, depuis son entrée à la pension Verdier. Il était âgé de sept ans quand M'man l'avait abandonné sous le porche trop sombre, humide. Ce jour-là, il avait senti la main fine de la jeune femme se crisper sur son épaule, presque douloureusement pendant qu'elle le poussait vers papa Verdier, et il avait marché sans se retourner, pour ne pas fondre en larmes.

— Je vous le confie, monsieur, avait dit M'man au vieux bonhomme. J'espère qu'il sera en sécurité ici.

— Ne craignez rien, madame, avait assuré le directeur, Bordelieu c'est presque la campagne, nous sommes hors du monde, le cataclysme passera au large, sans même nous effleurer.

Vieux cul ! Vieil hypocrite ! *Au large ?* Avec l'usine que les Angliches tentaient de réduire en cendres au moins une fois par semaine ?

Mais aujourd'hui Julien était assez grand pour savoir que Léon Verdier n'était pas mauvais. Ce n'était qu'un vieux bonhomme, un rescapé de 14-18 aux poumons rongés par l'ypérite. Il toussait tout le temps ; c'était même assez commode pour repérer ses déplacements dans les couloirs ; sa toux le trahissait bien avant qu'il n'apparaisse à l'angle des corridors. Julien n'aimait guère s'approcher de lui car le dirlo sentait le vieux, une odeur aigre qu'il avait jadis souvent reniflée sur les paysans, là-bas, à Morfonds-des-Hauts. Ses vêtements avaient toujours l'air d'avoir été trempés dans l'encre, et l'on n'osait les effleurer de peur de se tacher les doigts. Quant à son crâne chauve, il avait parfois, sous la lampe, la consistance du suif ou de la bougie ; une touffe rescapée s'y dressait, telle une mèche en attente d'allumette.

Papa Verdier enseignait les sciences naturelles, le grec, la géographie... Comme disait Antonin : tout et rien à la fois. Cela n'avait guère d'importance car les élèves n'écoutaient plus les professeurs depuis longtemps déjà. Les maîtres eux-mêmes ne croyaient pas vraiment en l'utilité de leur enseignement. On faisait semblant, pour passer le temps. Pour oublier la peur, également.

— De toute façon, chuchotait Antonin, on l'a dans l'os. Si les Boches fichent le camp on verra débarquer les communistes, et ce sera encore pire qu'avant. Plus question de se choisir un métier, ce sera tout le monde à l'usine pour bosser nuit et jour, les gosses comme les femmes. Et à la moindre rébellion, paf ! les mines de sel, jusqu'à ce que les yeux se dessèchent.

Julien se fichait un peu de ce qui se passerait après la guerre pourvu que M'man vienne le chercher et qu'ils soient tous deux réunis pour affronter l'adversité (comme on disait dans les romans). Il aurait voulu savoir où se trouvait M'man, à Paris, à la campagne, en Angleterre ? Pas une fois, depuis qu'elle l'avait abandonné sous le porche de la pension, elle n'était venue le voir. De temps à autre, elle lui expédiait une lettre étrange, vague, qui loin de le rassurer l'emplissait d'une angoisse tenace.

Les lettres de M'man... Oh ! Il n'y en avait guère que cinq, et qui répétaient toujours la même chose ou presque. Julien les tenait cachées dans sa cantine. Elles étaient si courtes qu'il n'avait eu aucun mal à les

apprendre par cœur, lui qui pourtant avait la plus
grande difficulté à mémoriser ses leçons. Il les regardait quand même, les approchant de son nez pour les
scruter. La première était rédigée sur un beau papier
bleu d'avant-guerre, le papier que M'man utilisait là-
bas, à Morfonds-des-Hauts, un beau vélin teinté qu'elle
avait commandé à la papeterie de la sous-préfecture.
Les autres n'étaient que des chiffons de pelure, au grain
irrégulier, plein de copeaux et d'impuretés. Elles
disaient toutes la même chose: *Mon Julien, je t'aime,
je ne t'oublie pas. Je ne pourrai pas venir te voir avant
longtemps. Ne m'en veux pas. C'est trop difficile à expliquer. N'écoute pas ce que te racontera ton grand-père.
Il me déteste. Lorsque la guerre sera finie, je viendrai
te chercher et nous organiserons notre vie loin de tout
ça. Ailleurs, toi et moi. Rien que toi et moi. Il faut avoir
de la patience. Je pense tout le temps à toi, ne cherche
pas à me retrouver, pas pour l'instant. Tu es à l'abri à
la pension, c'est un soulagement pour moi de le savoir.
Deviens grand et fort car j'aurai besoin de toi. Il faudra
que tu me protèges. Je t'embrasse cent mille fois. Claire.*

Elle signait toujours de son prénom, et, une fois
qu'Antonin s'était approché sans bruit pour lire par-
dessus l'épaule de Julien, cette coquetterie l'avait
abusé.

— C'est les lettres de ta bonne amie? avait-il murmuré en écarquillant les yeux. Qui c'est? Elle est plus
vieille que toi, ça se voit à l'écriture. C'est qui? T'as
une photo d'elle?

Julien n'avait pas répondu, préférant laisser planer
le mystère, mais cette équivoque l'avait curieusement
troublé, et il s'était senti rougir sous le regard de son
camarade.

Les lettres de l'Amiral, elles, étaient beaucoup plus nombreuses mais aussi peu variées. Julien hésitait longuement à les ouvrir quand le concierge l'appelait lors de la distribution.

L'Amiral, c'est ainsi qu'on avait toujours surnommé le grand-père Charles dans la famille. Sans doute à cause des bateaux, du chantier naval dont il était propriétaire. C'était un homme puissamment bâti, la face rougeaude disparaissant derrière une immense barbe blanche à la Victor Hugo. D'ailleurs il ressemblait assez à Victor Hugo, mais un Victor Hugo irrité, habité par le courroux, les sourcils accolés en une mimique hargneuse. Lorsqu'il sortait de la propriété pour arpenter les champs, drapé dans sa pelisse noire à capuchon, il avait quelque chose d'un père Noël funèbre ayant jeté sa hotte aux orties. Ses mains étaient énormes, sillonnées de cicatrices. Il avait eu deux doigts arrachés dans sa jeunesse, sur une coupe de bois, et les moignons (l'index et le majeur de la main gauche amputés à la hauteur de la première phalange) éveillaient en Julien une secrète répugnance. Cette main mutilée lui semblait jouir d'une puissance étrange et à coup sûr malfaisante. C'était une main de *J'teu d'sort*, du moins telle qu'il se l'imaginait dans ses rêveries. Une main méchante, pleine de ressentiment. A cause du préjudice subi, elle ne pensait qu'à se venger. Elle ne pouvait s'empêcher de pincer, de griffer. D'ailleurs l'Amiral ne distribuait-il pas toujours ses gifles de la main gauche ?

L'Amiral écrivait des lettres mauvaises, avec des mots qui trouaient le papier.

Il disait : *Mon petit, tout va mal, tu le sais peut-être. C'est la faute de ta mère. C'est elle qui a attiré le malheur sur notre maison. Il faut que tu le saches. Depuis*

*la mort de ton père nous sommes entrés dans la grande
tempête et nous n'en sortirons pas vivants. Je t'écris, à
toi qui es le plus jeune, toi qui te retrouveras peut-être
un jour au milieu des épaves de notre clan, seul survi-
vant du cataclysme, et je te dis : méfie-toi de ta mère,
tiens-toi éloigné d'elle. Les marins ne font jamais monter une femme sur un bateau, ils savent que cela attire-
rait le mauvais œil sur le bâtiment et les mènerait au
naufrage. C'est ce qui est arrivé chez nous. Ton père est
mort, et la guerre a éclaté, et ta mère en a profité pour
se perdre dans la tourmente. Je te le répète : une femme
honnête se serait-elle comportée ainsi ? Elle s'est débarrassée de toi, elle t'a mis en prison, là-bas, pour t'éloigner de moi. Je suis trop vieux maintenant pour lutter.
Si j'avais dix ans de moins je viendrais te chercher, mais
c'est trop tard. Je sais que ma fin est proche, j'ai vu les
signes. Depuis quelque temps les champs se remplissent
de corbeaux, c'est pour moi qu'ils viennent. Quand
l'aube se lève, ils crient mon nom, et je les entends,
même si je me bouche les oreilles. Tu es mon naufragé,
Julien. Tu dois être grand à présent. Je vais mourir sans
t'avoir revu. Prends garde, n'écoute pas ta mère, sa bouche ne profère que mensonges et tromperies. Elle a tué
ton père. Je le sais. Si je n'avais pas eu peur de jeter
l'opprobre sur notre nom, je l'aurais livrée aux gendarmes. Si j'avais été plus jeune, je l'aurais punie moi-
même, mais je suis trop vieux désormais pour être capable de verser le sang. Mon plus cher souhait serait que
tu le fasses, toi, que tu venges ton papa. Punis-la, mon
petit. Lave le sang de Mathias, mon cher fils. Je t'en
conjure.*

Surchargées de ratures et de renvois, couvrant chaque fois cinq ou six feuillets, de telles missives

effrayaient Julien qui les repliait avant même d'en avoir lu la moitié.

Les cinq années qui venaient de s'écouler lui avaient paru interminables, elles constituaient presque une vie à elles seules. Le jeune garçon réalisait avec une certaine stupeur qu'il avait bien du mal à se rappeler la période précédant son entrée à la pension. C'était loin, c'était flou... Chaque fois qu'il tentait d'évoquer un souvenir précis, il se trouvait en présence d'une image tremblante, à demi effacée. Il avait beau faire des efforts, la pension Verdier supplantait tout, écrasait sa mémoire de sa présence pataude, comme pour lui crier aux oreilles :

— Hé ! Ça ne sert à rien, mon vieux, c'est du passé. Maintenant tu es ici... Et tu n'en sortiras jamais.

Déambulant dans les couloirs, il lui arrivait d'examiner les professeurs du coin de l'œil. Des vieillards et des femmes nerveuses, tristes, les bras frileusement croisés sous les seins. Parfois, dans la torpeur d'une salle d'étude, il se prenait à penser que ses professeurs n'étaient que d'anciens élèves condamnés à la pension à perpétuité. Ils étaient rentrés un soir d'automne au cours Verdier, vers sept, huit ou dix ans, pour n'en plus ressortir. Ils y avaient grandi, ils y avaient vieilli. D'élèves, ils étaient devenus professeurs. C'était ainsi que les choses se passaient dans le monde secret du pensionnait. Quand Léon Verdier mourrait, on l'ensevelirait quelque part au fond du terrain de manœuvres, dans cette terre qu'avaient foulée les chevaux des hussards impériaux, et le plus vieux des maîtres prendrait sa place.

Est-ce qu'il allait finir ainsi, lui aussi ? Est-ce qu'il allait devenir prof de français ou de sciences naturelles ? Est-ce que personne, jamais, ne viendrait le chercher ?

Cette perspective lui nouait le ventre et il essayait de ravaler ses larmes. Les lettres de Claire ou de l'Amiral ne faisaient que l'embrouiller un peu plus. Il ne se souvenait plus très bien des événements qui avaient précédé ou suivi la mort de son père, Mathias Lehurlant. Quand il fermait les yeux, il lui semblait entendre des cris, des disputes terribles dont les éclats traversaient les portes de chêne du donjon (c'est ainsi qu'on surnommait la maison familiale, là-bas, à Morfonds-des-Hauts, parce qu'on la prétendait bâtie autour des ruines d'une ancienne tour seigneuriale rachetée par les Lehurlant lors de la mise en vente des biens nationaux, à la Révolution).

Des cris, oui... opposant M'man au grand-père, des accusations, des malédictions. Il se rappelait s'être enfui à travers les champs en se bouchant les oreilles, provoquant l'envol des corbeaux occupés à picorer les sillons. Et puis il y avait eu des vacarmes de portes claquées... Des valises descendues du grenier... Des vêtements arrachés aux armoires et jetés au fond des malles. Et toujours le grand-père, dans sa houppelande, avec son visage aussi blanc que sa barbe, le grand-père criant des choses que Julien s'était dépêché de ne pas comprendre. On était parti, M'man et lui, dans la voiture de François le métayer qui, pendant tout le trajet, n'avait fait que parler de la déclaration de guerre imminente. M'man n'avait rien répondu, elle regardait droit devant elle, très pâle, avec son profil de porcelaine et son petit nez délicat où le soleil, l'été, allumaient de fragiles transparences. De temps à autre, elle saisissait la main de Julien et la serrait dans la sienne jusqu'à lui faire mal.

Il avait fini par s'endormir. Il n'avait que sept ans, la monotonie du voyage l'avait assommé. Il s'était allongé sur la banquette pour poser sa tête sur la cuisse de M'man. Il dormait souvent ainsi, goûtant la tiédeur de la peau à travers l'étoffe du vêtement.

— Tu fais comme les chats, disait Claire en riant. Tu viens te coller contre les gens pour leur voler leur chaleur. On croit que c'est par gentillesse, mais ce n'est que de la gourmandise.

Ce jour-là elle n'avait rien dit. Peut-être même n'avait-elle pas eu conscience qu'il s'endormait sur ses genoux. Elle paraissait lointaine, perdue à des kilomètres, au sein d'un brouillard rempli de cristaux de givre.

Julien s'en voulait d'avoir dormi durant presque tout le voyage au lieu de profiter des dernières heures. S'il avait su alors ce qui l'attendait il se serait jeté au cou de M'man pour la couvrir de baisers, il l'aurait serrée à l'étouffer, il aurait respiré son odeur. Oh! bien sûr, elle ne lui avait rien caché. Elle lui avait parlé de la pension, de l'absence, du courage dont il devrait faire preuve, mais à l'époque, ces mots n'évoquaient rien pour lui. Pendant un moment, il s'était même réjoui de quitter le donjon dont l'atmosphère devenait trop oppressante. Les derniers temps, l'Amiral lui faisait peur avec sa cape de berger cuite par les intempéries et le gros gourdin qui lui servait de canne.

— C'est vous qui l'avez tué! répétait-il en pointant le bâton en direction de Claire. Je le sais, on vous a vue rôder sur le chantier, tout près de la cale. Si nous étions au Moyen Age, je vous ferais emmurer dans la cave, pour votre expiation. Je vous obligerais à vivre là jusqu'à votre dernier jour !

— Vous êtes un vieux fou ! répliquait M'man, nous sommes en 1939, réveillez-vous ! Vous n'êtes pas le seigneur de Morfonds, vous n'avez même pas une goutte de sang bleu dans les veines ! Vous n'êtes qu'un marchand de coques de noix, et bientôt vous aurez fait faillite !

Quand la voiture du métayer s'arrêta devant le portail de la pension Verdier, les yeux de M'man se remplirent d'eau.

— Voilà, dit-elle en serrant Julien contre elle. Les frais d'internat sont payés pour cinq ans, c'est tout ce que j'avais. Tu es trop petit pour comprendre, mais il va te falloir être fort, et me faire confiance. Il faut que je commence une nouvelle vie maintenant. Dès que j'aurai tout mis en place, je reviendrai te chercher. Tu es grand, tu as du courage ?

— Oui, balbutia Julien, mais pas pour trop longtemps.

Il ne put en dire davantage, et au fond de lui, une voix se mit à hurler : « Tu ne peux pas partir, non. Et puis je ne suis pas si grand que ça. Je suis même petit, très petit. Tu dois me garder avec toi ! »

Toutefois, il réussit à ne rien dire, à ne pas gémir, même après, lorsqu'il vit la voiture s'éloigner le long de la route grise pour disparaître entre les bicoques des faubourgs de Bordelieu.

Le soir, il fit la connaissance d'Antonin ; maigre, les genoux couronnés, les cheveux tondus à cause d'une récente infestation de poux.

— Le patelin s'appelle Bordelieu parce que, dans le temps, c'était là que se trouvait le plus grand bordel du canton, expliqua le gosse. Tu sais ce que c'est un bordel ?

Julien, qui entendait « bord d'aile », acquiesça sans trop savoir de quoi il retournait. Des images de mouettes dérivant dans les courants aériens lui avaient traversé l'esprit.

— C'est vrai que tu viens de la campagne, grogna Antonin. T'as dû en voir des cochonneries, dans les granges et les meules de foin. Tu me raconteras.

Reculant d'un pas, il considéra Julien pendant une dizaine de secondes avant d'ajouter :

— C'est drôle, tu fais pas petzouille. Quand le vieux Léon nous a annoncé ton arrivée, je m'attendais à voir débarquer un plouc en sabots, du foin dans les oreilles.

Si Julien n'avait pas eu la gorge aussi serrée, il lui aurait expliqué qu'à Morfonds-des-Hauts il n'avait jamais été considéré comme un paysan, mais plutôt comme le fils du seigneur. A Morfonds, tout le monde craignait les colères de l'Amiral, et les laboureurs saluaient, béret bas, quand par malheur leur chemin croisait celui du vieil homme à la cape sombre qui marmonnait dans sa barbe, tel un Merlin gâteux ne retrouvant plus le chemin de Brocéliande.

Dans un roman scout, on aurait dit que c'est ainsi qu'avait débuté son amitié avec Antonin, sur cette plaisanterie agressive et bête, mais d'amitié, Julien n'en avait point rencontré au cours des cinq années écoulées ; ses relations avec Antonin se réduisaient à ces associations de prisonniers luttant contre la solitude et qui préfèrent un côtoiement bancal à la déréliction du pensionnat.

— Allez, déconne pas, avait conclu le grand dadais, t'es trop jeune pour savoir ce que c'est un bordel ! Je

t'expliquerai ça plus tard, quand t'auras posé tes
affaires.

Et cinq années avaient passé, cinq années d'une
guerre lointaine dont les échos traversaient difficilement les murs de la pension. Les professeurs chuchotaient, se communiquant les derniers potins véhiculés
par Radio-Londres. Julien leur trouvait l'air de
conspirateurs de pacotille. Ils se cachaient dans les
coins, ne surveillaient même plus les récréations. Des
clans s'étaient formés : les gaullistes, les pétainistes,
ceux du père Laval, ceux qui grognaient toujours après
les forces judéo-maçonniques. Julien ne leur prêtait pas
attention, c'étaient des affaires de vieux ; il fallait avoir
au moins seize ans pour s'y intéresser, et bien davantage pour y comprendre quelque chose. Le père Verdier devait parfois intervenir pour ramener le calme
lorsque deux profs se prenaient à la gorge.

— Messieurs ! criait-il de sa voix de fausset. Pas
devant les enfants ! La politique ne doit pas franchir
les grilles de la pension ! Rappelez-vous que c'est la politique qui nous a conduits là où nous sommes !

On s'inclinait devant le héros de 14-18, la rage au
cœur. Le vieux Léon secouait sentencieusement sa tête
couleur de bougie, et plus que jamais son toupet de poil
gris ressemblait à la mèche d'un gros cierge. Si
quelqu'un récriminait, il se mettait à tousser dans son
mouchoir, et les dames accouraient pour le soutenir.
Le concierge lui apportait un verre d'eau.

Julien pensait souvent aux lettres de M'man. A cause
de la guerre, le courrier était désorganisé ; certaines
missives parvenaient à destination avec un retard

considérable, il suffisait d'un coup d'œil aux cachets de la poste pour s'en rendre compte. La voix de M'man venait donc chuchoter à l'oreille de Julien avec un grand décalage, et lorsqu'elle disait : *Ne t'inquiète pas, je vais bien...* elle était comme ces lumières dans le ciel qu'on voit toujours briller alors qu'elles proviennent d'étoiles depuis longtemps retournées en poussière. Lorsque le professeur de sciences naturelles avait évoqué ce prodige de la nature, Julien avait été glacé de frayeur car il n'avait pu s'empêcher de faire le rapprochement avec les messages de Claire.

Elle écrivait : *Deviens fort, mon Julien, il faudra que tu me protèges quand tout sera fini,* ou encore : *Tu seras presque un homme quand je viendrai te chercher, ce sera toi le chef de famille. J'espère que je ne serai pas devenue trop vieille, et qu'avec un peu de chance on me prendra encore pour ta sœur.*

Qu'était devenue Claire depuis qu'elle avait tracé ces lignes ? Julien ne savait pas grand-chose de la guerre, mais il avait peur des bombardements. Les raids des Anglais faisaient partie d'une réalité qu'il connaissait bien. Deux ou trois fois par semaine, un professeur hirsute faisait irruption dans le dortoir au beau milieu de la nuit, une bougie à la main. Il fallait s'arracher à la chaleur des lits, enfiler une robe de chambre ou s'envelopper dans une couverture, et descendre précipitamment dans les caves tandis qu'un bourdonnement énorme emplissait le ciel. C'étaient les B-17 venant d'Angleterre, les soutes pleines de bombes. On ne les voyait pas, mais on les entendait gronder comme d'énormes moustiques. Tout de suite après, la terre commençait à trembler, et le plâtre se détachait des voûtes pour vous blanchir les cheveux.

— Votre mouchoir, commandait Mlle Maupin d'une voix mal assurée. Mettez un mouchoir sur votre tête !

Chaque fois que la chose se produisait, Julien pensait à M'man et sa gorge se serrait. Il n'osait l'imaginer prise sous un quelconque bombardement, ensevelie au fond d'une cave, sous les décombres d'une maison. Il s'efforçait de refouler ces images affreuses. Parfois il se racontait qu'elle avait peut-être été blessée, qu'elle avait reçu une brique sur la tête et qu'elle avait perdu la mémoire. Elle était détenue quelque part dans un hôpital, en bonne santé, mais ayant complètement oublié qu'elle avait un fils, et que ce fils l'attendait depuis cinq années au fond d'une pension de la banlieue parisienne.

Dans les ténèbres de la cave secouée par les explosions, Julien passait fébrilement en revue tous les cas de figure envisageables. M'man à Londres, fuyant sous le sifflement des V-1, M'man dans le maquis, affublée d'une grosse canadienne, et rampant dans les buissons pour échapper aux patrouilles allemandes. Mais ce qui l'effrayait le plus, dans toutes ces images, c'était la proximité des hommes. Ces hommes sans visage précis qui entouraient Claire, la frôlaient, la touchaient peut-être... Cette éventualité lui faisait crisper les orteils au fond de ses galoches. Il tremblait à l'idée qu'elle puisse un jour venir le chercher en compagnie d'un inconnu, pendue au bras d'un... *type* au menton bleu, aux larges épaules.

Claire avait peur de vieillir. Déjà là-bas, dans la maison du grand-père, elle passait beaucoup de temps devant les miroirs à observer la progression des petites rides autour de ses yeux. Cinq ans, est-ce que c'était très long pour les adultes ? Changeaient-ils beaucoup ?

Julien avait le plus grand mal à s'imaginer Claire dans la peau d'une petite vieille. Il savait que cinq ans c'était presque la moitié d'une vie pour un chien, mais pour une femme ? Il essayait de faire des calculs. Il en était venu à déterminer qu'au jour de l'échéance, M'man aurait trente ans. *Trente ans !* Cela lui paraissait affreusement vieux. Au-delà de vingt ans, il n'était plus capable de deviner l'âge des gens ; tous, sans exception, lui semblaient pareillement décatis, même s'ils prétendaient le contraire. Pour se rassurer et tenter d'établir une échelle de comparaison, il avait entrepris de s'enquérir de l'âge de toutes les dames officiant dans l'enceinte de la pension. Mlle Maupin l'avait rabroué, c'était une chose qui ne se faisait pas !

Le plus terrible, c'était qu'il ne possédait aucune photographie de Claire. Le départ s'était fait dant une telle précipitation qu'il n'avait pas songé à prendre cette précaution. Et puis, à l'époque, il était trop petit pour prévoir toutes ces choses. Aujourd'hui, faute de pouvoir se rafraîchir la mémoire par la consultation d'un document fidèle, il constatait avec une terreur grandissante que le visage de M'man se dissolvait dans sa mémoire. Il avait beau se concentrer, le flou refusait de se dissiper. C'était comme si, au fil du temps, M'man s'était enfoncée à reculons au sein d'une nappe de brouillard. Paradoxalement, les traits de grand-père Charles, eux, demeuraient intacts, sculptés dans la pierre, et cette aberration faisait enrager Julien.

Pour enrayer la procédure d'effacement, il avait, en grand secret, entrepris de se confectionner un album imaginaire dans lequel il dessinait ses souvenirs. M'man, la maison, le jardin. Encore et toujours M'man, dans diverses attitudes ou toilettes. L'Amiral, également, déguisé en berger funèbre. Pour cette dernière illustration, ses doigts l'avaient trahi, gribouillant d'eux-mêmes cette inquiétante silhouette penchée sur sa canne.

Antonin, apercevant le dessin, s'était écrié :

— Il est affreux ton père Noël, on dirait qu'il est en deuil. Ce serait plutôt le père Fouettard, ouais !

Julien était assez content de ses œuvres. Il dessinait bien, Mlle Maupin le lui avait dit à plusieurs reprises. Il avait rougi, mais c'est vrai qu'il avait le coup de patte pour attraper les ressemblances.

La guerre avait mis la patte sur la pension, remettant en cause les habitudes et le confort de chacun, mais les enfants avaient mieux réagi que les adultes. Peut-être parce que ce bouleversement de la routine convenait tout particulièrement à leur perpétuel besoin de changement.

D'emblée, Léon Verdier avait refusé la compromission du marché noir.

— Cette guerre, claironnait-il dans le réfectoire au moment où les élèves prenaient place autour des longues tables, cette guerre est tombée à point nommé pour nous enjoindre de lutter contre la paresse. La France s'enlisait dans le sybaritisme des congés payés, de la vie facile. On ne pensait plus qu'aux vacances et l'on désapprenait le goût de l'effort, du travail bien fait. Le Front populaire nous avait poussés sur la mauvaise pente, celle de la facilité. Il faisait la politique des fainéants, et la sanction est tombée comme un couperet. En nous endormant sur les lauriers de 14-18, nous sommes devenus un peuple de vaincus. Il faut maintenant nous réveiller. Chacun devra prouver sa débrouillardise dans l'honnêteté. L'épreuve que nous vivons va faire le tri, de nouvelles élites vont sortir du troupeau. Des jeunes gens forts et droits, qui ne s'encombreront plus la cervelle de théories fumeuses. Ils auront appris à réfléchir juste ce qu'il faut. Ils feront passer l'action avant tout. Les femmes baisseront la tête et rentreront dans le rang, là où est leur place. Elles cesseront de singer les hommes ou de vouloir rivaliser avec leurs capacités intellectuelles. Elles accepteront enfin leur destin physiologique tel qu'il a été arrêté par la nature et s'appliqueront à développer les vertus de dévouement et de docilité. Quant à vous, mes enfants, ne prenez pas exemple sur les cohortes de zazous qui déshonorent la capitale. Ces jeunes gens dégénérés offrent à nos vainqueurs une image déplorable du renouveau français. Saisissez l'occasion de vous purifier, de vous endurcir. Vous deviendrez fiers et droits comme de jeunes chênes. Plus tard, vous comprendrez la chance qui vous a été offerte, et vous ne maudirez plus cette période de votre vie. Vous mangez mal, c'est vrai. Vous avez froid, c'est vrai, mais c'est ainsi qu'on forge les âmes d'élite et les futurs chefs. La guerre vous aura préservés de l'amollissement de la facilité. Les jeunes loups vont l'estomac vide, car c'est ainsi que l'on chasse le mieux. Soyez donc à l'image de ces fiers animaux. Relevez la tête et ignorez les cris de votre estomac. Ce sera votre moisson d'hiver.

Ce discours était répété chaque semaine avec des variantes. Il était rarement débité d'une traite, la toux du père Léon interdisant une telle performance. Avant de prendre la parole, le directeur du pensionnat avalait deux grandes cuillerées d'un sirop de jujube qui lui faisait les lèvres noires.

Julien aimait le passage sur les jeunes loups. De temps à autre, quand il était en grande forme, Verdier agrémentait sa péroraison de citations latines du genre : *Magnus ab integro saeculorum nascitur ordo*, ou encore *Hunc saltem everso juvenem succurrere saeclo Ne prohibete*, auxquelles personne ne comprenait rien. Il concluait toujours de la même manière :

— La pension traversera la tempête sans s'abaisser aux fripouillardises qui déshonorent les Français. Pas de marché noir, pas d'échanges honteux. Que la punition du ciel tombe sur ceux qui troquent des œufs et du beurre contre du tabac pour satisfaire leurs vices infâmes ! Notre institution gardera la tête haute. La débrouillardise, oui ; le trafic, non ! Comme l'arche de Noé perdue dans la tourmente, nous subviendrons à nos propres besoins. Nous claquerons notre porte au nez de la pègre qui s'enrichit de la détresse des Français.

Cette morale de fer eut pour conséquence immédiate la mise en culture des pelouses spongieuses du terrain de manœuvres. Considéré comme un paysan, Julien fut maintes fois consulté et se trouva bien embarrassé d'avouer qu'il ne connaissait rien à l'agriculture. Chaque après-midi, les cours expédiés à la va-vite, on descendait au potager pour bêcher et biner. Antonin guettait le moment où les dames s'accroupissaient entre les planches de haricots, il en profitait pour jeter un coup d'œil rapide entre leurs cuisses, ce qui faisait s'agiter sa volumineuse pomme d'Adam sur le trajet de sa gorge.

En cinq années de guerre, la pension fut le théâtre des expérimentations les plus fantaisistes. En classe de sciences naturelles on essayait désormais de fabriquer du savon sans savon. On obtint des matières visqueuses, des glus qui collaient aux mains et dont on avait le plus grand mal à se débarrasser. Tout était mis en œuvre pour remédier à la pénurie de matières premières. Mauduits, le prof de physique-chimie, se fit un devoir de produire une saccharine au pouvoir sucrant bien supérieur à celle du commerce.

— Avec un peu de chance, déclara-t-il, nous obtiendrons un produit mille fois plus puissant à volume égal.

Pendant des mois, il s'obstina à mettre au point sa formule chimérique, réduisant à feux doux des substances qui empuantissaient toute la bâtisse.

A l'automne, on partait en bande pour ramasser des châtaignes ou des glands qu'on transformait en farine et en café. Mais la nuit, pendant que Léon Verdier dormait, les professeurs se rassemblaient dans la salle de chimie pour distiller de la gnôle de rutabaga au moyen d'un alambic de leur invention.

Régulièrement, Mlle Maupin rassemblait les élèves pour leur distribuer des boîtes d'allumettes vides.

— Nous allons au potager, annonçait-elle. Vous ramasserez les insectes que vous verrez se promener sur les légumes. Ces bestioles s'appellent des doryphores. Au retour, nous dénombrerons les prises. Chaque dizaine donnera droit à un bon point.

— Ce qui serait bien, rêvait Antonin, c'est que pour dix bons points elle nous donne le droit de regarder sous sa jupe !

La plupart des gosses détestaient la corvée des doryphores. Julien, lui, l'accueillait comme une épreuve salutaire qui lui fournissait l'occasion de s'endurcir. Collectant les bestioles, il apprenait à passer par-dessus sa répugnance. Il savait qu'il lui fallait devenir fort, M'man le lui avait écrit. Après la guerre, une nouvelle vie commencerait, une vie sans doute difficile, et il voulait être prêt pour ne pas décevoir Claire.

— Merde, grognait Antonin, tu fais du zèle. Elles te plaisent tant que ça ces bestioles ? Tu veux faire comme les Chinois, les bouffer ?

Un jour, ce devait être en avril 43, Mauduits qui avait abusé de l'alcool de rutabaga perdit la tête. Les yeux exorbités, arrachant ses vêtements, il se mit à courir au travers des corridors en criant : « Je suis Radio-Londres, j'ai un message spécial pour vous, écoutez-moi bien : Je vous emmerde ! Je vous emmerde tous ! »

Il fallut le ceinturer et le transporter à l'infirmerie pour lui jeter un seau d'eau à la figure. Il eut des convulsions jusqu'au soir et fit des bonds sur son lit de fer en imitant l'horripilante petite musique de la BBC : Pom-pom-pom-pom...

Une autre fois, Pasteur Bicolin, le répétiteur de latin, s'empoisonna avec du tabac fabriqué au moyen de pelures de légumes séchées. On le trouva dans le dortoir, suffoquant, la figure violette, se griffant la poitrine. Quand on le supplia d'expliquer la nature de son mal, il se mit à réciter des fragments des *Bucoliques,* et quelque chose à propos du berger Corydon et du cruel Alexis qui fit mauvaise impression.

En raison de ses talents de dessinateur, Julien fut mis à contribution pour peindre des portraits du maréchal Pétain. On avait découvert, en effet, que ces petites aquarelles se vendaient fort bien à Bordelieu, notamment le dimanche, à la sortie de la messe. On avait donc improvisé un atelier de peinture qui produisait des portraits à la chaîne sur des rectangles de carton passés au blanc de zinc. Les capacités inégales des différents artistes donnaient parfois des résultats surprenants mais le képi venait au secours des ressemblances défaillantes. Quand les œuvres étaient sèches, on recevait l'autorisation de quitter la pension pour aller arpenter les rues de la ville en harcelant les passants. Antonin se tirait assez bien de cette corvée. Il se cramponnait aux basques des bourgeois en criant d'une voix de fausset :

— Vous êtes un bon Français, m'sieur, ça se voit. Donnez pour le père de la France, ça vous portera bonheur. Donnez pour les pauvres orphelins de guerre. Donnez pour ceux qui ont payé le prix du sang !

Plus sa victime tardait à mettre la main au portemonnaie, plus il haussait le ton.

— Vous n'êtes pas communiste, n'est-ce pas, m'sieur ? Il n'y a que les communistes pour refuser le portrait du Maréchal !

Généralement, Julien demeurait en arrière, rouge de confusion. La vente des portraits faisait rentrer un peu d'argent au pensionnat, mais Julien était le seul capable de brosser une effigie ressemblante, ce qui lui valait les compliments de Mlle Maupin et la haine des autres élèves.

— On n'est pas malheureux, philosophait parfois Antonin. On fiche rien et on s'amuse. Faut en profiter après le départ des Allemands ce sera la guerre civile Les communistes feront tout pour prendre le pouvoir et on se battra dans les rues. Ce sera une guerre encore pire que celle qui a lieu en ce moment, parce que cette fois on s'égorgera entre Français.

Julien n'avait qu'une idée très vague du péril communiste, Antonin avait donc entrepris de combler cette lacune.

— Les cocos, expliquait-il, ils ont un drapeau rouge. Dès qu'ils l'agitent on commence à fusiller tout le monde. Les militaires, ils sont payés au nombre de morts, alors tu peux me croire qu'ils chôment pas. Avec les cocos tu ne possèdes plus rien ; ta maison, ta terre, ta femme, ton chien, tout appartient à l'Etat. Y a plus d'argent, rien que des cartes du Parti. Celui qui en a une, il a le droit de bouffer, les autres ils crèvent de faim. J'ai vu ça dans *Tintin au pays des Soviets*. Mon vieux, ça rigole pas !

Ressassant ces sinistres prédictions, Julien mâchonnait le pain de farine de châtaignes que Léon Verdier s'obstinait à faire cuire dans les fours de la cuisine. C'était un peu comme si on avait tenté de manger une grosse tranche de buvard. Le café du matin, lui, avait un goût indéfinissable qui tenait le milieu entre la craie et la paille brûlée. Tout autour de la table les gosses grimaçaient. Seul Julien s'appliquait à rester stoïque. Pour affronter l'épreuve, il se forçait à penser aux corsaires perdus en mer sur un radeau, et qui, pour survivre, devait boire leur urine et manger du rat. C'étaient des hommes coulés dans le même acier que la lame de leur sabre, et rien ne pouvait les abattre. C'était ainsi qu'il fallait être : raidi contre l'adversité et dédaigneux du confort. « La moisson d'hiver », avait dit le père Léon. Julien prenait la formule au pied de la lettre.

Et puis il y avait la bibliothèque, bien dégarnie depuis qu'on avait dû, pour obéir à la fameuse liste Otto, brûler un grand nombre de volumes interdits. Toutefois, Hitler n'avait pas prohibé les romans d'aventure dont il faisait lui-même une grande consommation et qu'il considérait comme propres à exalter le courage de la jeunesse. Les rayonnages de la salle de lecture offraient donc à Julien de quoi satisfaire son appétit.

Il se gardait bien, cependant, de révéler qu'il lisait ces livres comme on étudie un manuel militaire, pour en tirer une leçon de vie. Il lui arrivait de prendre des notes secrètes sur la façon de creuser une pirogue, de dresser une hutte ou d'allumer un feu de camp. Il connaissait toutes les espèces de cactus dont on peut presser la pulpe pour ne pas mourir de soif quand on se retrouve perdu dans le désert. Il recensait les plantes empoisonnées et celles qui permettent de soigner les blessures. Il voulait être prêt à tout, ne pas se laisser dépasser par les événements, car Dieu sait où il lui faudrait fuir avec Claire dès les Allemands partis !

Les sourcils froncés, il engrangeait les connaissances, les trucs d'explorateur. Il apprenait à se méfier des ours, il recensait les points vitaux où il convient de viser les grands prédateurs si on désire les foudroyer au premier coup de fusil.

Comme il manquait de papier, il profitait des absences de la surveillante pour déchirer les pages de garde des livres. En classe, on n'écrivait déjà plus qu'à la mine de plomb de manière à pouvoir effacer les feuillets utilisés les jours précédents. L'usure des crayons était elle-même soigneusement contrôlée, et il n'était pas question d'en demander le renouvellement avant la date prévue dans le cahier des fournitures.

— Vous n'avez qu'à appuyer moins fort ! grondaient les maîtres.

La pénurie n'épargnait rien. L'absence de combustible contraignit les enseignants à regrouper le maximum d'élèves dans la même classe, ainsi on n'allumait qu'un seul poêle. On exhuma des combles de vieilles armoires et des pupitres vétustes qu'il fallut réduire en bûchettes pour alimenter le calorifère. A cette occasion, les hommes du pensionnat prouvèrent leur inaptitude à peu près totale pour tout travail manuel, et les enfants, agacés par tant d'incompétence, se proposèrent pour la corvée.

— Petits malheureux! ulula Léon Verdier. Je ne veux pas vous voir toucher une hache. Si l'un d'entre vous se coupait un doigt je serais tenu pour responsable!

Oui, le temps avait passé en besognes absurdes, en insatisfactions cumulées. Plusieurs fois par semaine, des querelles éclataient dans la salle des professeurs à propos de la gestion des tickets de rationnement.

— Puisqu'on a une imprimerie, hurlait Verjus, il n'y a qu'à les fabriquer nous-mêmes ces foutus tickets! Les autres ne s'en privent pas. Tout le monde triche, tout le monde vole. Pourquoi serait-on les seuls à rester honnêtes?

— Parce que nous sommes des pédagogues! répliquait Vieux Léon. Nous devons donner l'exemple, nous avons charge d'âmes!

— Allons donc! explosait Verjus. Tout le pays fricote avec les Fridolins. Une belle âme ça ne vaut pas cinq grammes de beurre au cours actuel du marché noir!

2

A la pension, il avait fallu s'habituer à vivre dans une semi-obscurité résultant des actions conjuguées du papier noir dont on avait recouvert chaque carreau, et du bleu de méthylène badigeonnant les ampoules électriques. C'est que la défense passive ne rigolait pas. Les lumières étaient dangereuses, elles pouvaient conduire les Angliches à confondre le collège avec l'usine de Bordelieu. Cette éventualité préoccupait beaucoup le père Léon qui patrouillait dans les couloirs, vérifiant que le papier des fenêtres ne se décollait pas sous l'effet de l'humidité. Ces précautions provoquaient chez certains élèves des étouffements claustrophobes et des crises d'asthme difficiles à soigner en l'absence de tout médicament. Julien, lui, ne détestait pas cette atmosphère de sous-marin en plongée profonde. Il imaginait la pension sous la forme d'un gigantesque *Nautilus* s'enfonçant dans la terre et voyageant à travers le sous-sol, à l'insu de tous.

Seul dans la bibliothèque, enveloppé dans une couverture empruntée au dortoir, il travaillait farouchement à compléter sa liste d'équipement de futur naufragé. Il relisait *L'Île mystérieuse* comme pour un examen, s'attardant sur le contenu du coffre mis à la mer par le capitaine Némo. Parfois, cédant à la rêverie, il se voyait sur la grève d'un atoll battu par les vagues en compagnie d'un négrillon apprivoisé devenu son fidèle serviteur. A eux deux, ils bâtissaient un fortin muni d'une haute palissade, derrière laquelle M'man pouvait trouver la sécurité. L'ancien cannibale lui obéissait au doigt et à l'œil en ponctuant ses réponses de « Oui, maître, bien, maître... ». Julien, magnanime, lui interdisait de l'appeler ainsi, mais l'indigène ne voulait rien entendre et s'obstinait à lui parler comme à un seigneur. Il était infatigable et toujours de bonne humeur. Il soulevait les troncs de cocotiers sur son épaule en chantant l'éternelle rengaine des ramasseurs de coton.

Sur son album secret, Julien dessinait l'île, le fortin et Claire, joliment habillée de peaux de bêtes, telles les sauvageonnes dans les films de Tarzan.

— Hé, murmura un soir Antonin en prenant place en face de son camarade. Ce coup-ci c'est sûr, les Américains vont débarquer. La guerre est finie. Les Boches se tirent des pattes. Ils ont pris la pâtée. C'est plus qu'une question de semaines. Si ça se trouve la France sera libérée pour les grandes vacances.

Julien retint son souffle. La fin du conflit c'était le retour de M'man. Une joie mêlée de peur lui chiffonna le cœur. L'imminence du rendez-vous l'empêcha de dormir trois nuits durant. Toutefois les informations étaient confuses et contradictoires, on ne savait qui croire. Les blasés faisaient la moue, affirmant que les Boches étaient là, et pour longtemps.

C'est à la même époque que Julien rêva de fonder une société secrète : les Compagnons de la Cagoule, la Bande au Masque de cuir, les Sans-visage... Il avait trouvé mille appellations toutes plus mystérieuses les unes que les autres, mais ses timides tentatives pour intéresser ses condisciples à un tel projet restèrent sans effet. Les gosses du pensionnat étaient trop bêtes, ils manquaient d'imagination et de romantisme. Seul le marché noir les passionnait, les cigarettes et les alcools frelatés distillés par les paysans, qu'ils s'évertuaient à boire sans tousser. Ils jouaient aux trafiquants, ils admiraient en secret les magouilleurs qui s'enrichissaient en vendant tout et n'importe quoi. En cinq ans, des chiffonniers étaient devenus milliardaires, des épiciers avaient pu s'acheter des châteaux au bord de la Loire. Les diplômes, le mérite, l'apprentissage, tout cela ne servait plus à rien, c'était sûr ! L'école, c'était dépassé, ce qui comptait, c'était d'être plus malin et plus filou que son voisin. L'argent, l'argent était la clef de tout.

Julien détestait les voir s'exciter sur des mots glanés dans les romans policiers de bas étage : *le pognon, le grisbi, le flouze*. Ils les roulaient dans leur bouche, comme des crachats, et se tordaient les lèvres pour les prononcer en accentuant les syllabes.

Julien était également fasciné par le vol, mais un vol d'un autre style, plein de panache. Il se rêvait gentleman cambrioleur, à l'imitation d'Arsène Lupin ou de Conan Lord, le maître voleur londonien. La nuit, il quittait le dortoir pour se faufiler dans les couloirs. Il s'habillait « couleur de muraille » avec les vêtements les plus sombres contenus dans sa cantine. Il enfilait un vieux passe-montagne qu'il rabattait au ras de ses sourcils, pour dissimuler le plus possible son visage.

Un jour, pendant la distribution du courrier, il était entré dans la loge du concierge pour voler le passe-partout pendu au tableau des clefs. Depuis, cet outil fabuleux lui permettait de forcer les serrures sans malice du pensionnat. Il suffisait de deux gouttes d'huile, et crac-crac, la porte rendait les armes, s'entre-bâillant avec un gémissement de gonds rouillés. Il s'entraînait à ne pas être vu, il s'embusquait derrière un buste, une statue de stuc, pendant qu'un surveillant ensommeillé effectuait sa ronde en bâillant à se décro-cher la mâchoire.

Dans la nouvelle société d'après-guerre, avait-il écrit dans son album, *il faudra peut-être voler pour survivre. Maman ne manquera de rien, je le promets, et si je dois me faire cambrioleur pour la nourrir, je n'hésiterai pas.*

P.S. : sans me vanter, je crois que j'ai des dispositions pour cet art difficile.

Il était heureux de constater qu'au fil du temps il devenait de plus en plus habile. A présent, il n'hésitait plus à passer à l'action en plein jour, pendant les récréa-tions. Son passe-partout à la main, il s'introduisait dans les chambres des professeurs et s'amusait à fouiner dans les tiroirs. Il ne volait rien. Savoir qu'il aurait pu le faire lui suffisait. Il s'amusait de découvrir que tel maître, qui ne cessait de prêcher les vertus de la soli-darité et du partage, cachait des provisions — saucis-ses et jambon — au fond d'une armoire. Que tel autre, vantant les nécessités de l'hygiène, utilisait des chaus-settes si sales qu'elles avaient la consistance du carton. Julien se promenait au milieu de ces petits secrets le cœur battant, le souffle court. Les chambres des dames le fascinaient tout particulièrement : celles de Mlle Mau-pin, d'Odile Tanche, de Marthe Pyrame. Il ouvrait

l'armoire de bois laqué, faisait coulisser le tiroir du bas.
Là aussi il dénichait de petites mesquineries : le chocolat grignoté égoïstement, le roman leste caché sous
la lingerie de coton blanc. Et puis, de temps à autre, chez
celles-là même qui paraissaient les plus sages : des jarretelles coquines et des bas noirs attendant une mystérieuse entreprise de séduction. Julien ne dérangeait
rien, alors qu'Antonin n'aurait pu résister au besoin de
voler quelque chose. Parfois, cédant à une impulsion,
il s'étendait sur le lit de Mlle Maupin et respirait son
parfum sur l'oreiller. Il posait sa tête là où elle posait
la sienne, puis, vite, se relevait et s'enfuyait. Bien sûr,
il aurait aimé laisser sa marque : un grand point d'inter-
rogation ou un masque mystérieux dessiné au blanc
d'Espagne sur le miroir, au-dessus de la cheminée, mais
c'était trop dangereux. Il préférait demeurer dans
l'ombre, traverser les murs comme un fantôme. Il avait
le pouvoir, et cela seul comptait. Dans une société vouée
au vol, il faisait son éducation, il devenait un artiste.
M'man lui avait donné pour mission de devenir fort, il
ne faisait que lui obéir. Bientôt il serait le maître des
serrures, le passe-muraille de la pension Verdier.

Une nuit d'avril, il sortit par une lucarne et se pro-
mena sur le toit du pensionnat. De là, il dominait toute
la contrée. Il joua à marcher le long de la gouttière, à
la lisière du vide pour se fortifier contre le vertige. Il
s'assit au bord du toit, les jambes pendantes, et sonda
les ténèbres du regard. Il savait que son apprentissage
s'achevait, une page allait bientôt se tourner et M'man
n'aurait pas à rougir de lui. Il saurait faire face à
n'importe quelle situation, même la plus insolite. Les
adultes seraient des ennemis faciles qu'il bernerait avec
élégance. Une excitation sourde lui serrait la gorge et

les tempes. Il avait soudain hâte d'empoigner la vie à pleines mains et de se battre avec elle.

Un après-midi qu'il consignait toutes ces réflexions dans son album, Mlle Maupin vint s'asseoir à ses côtés et lui passa la main dans les cheveux.

— Tu en noircis du papier, soupira-t-elle en jetant un coup d'œil sur le cahier que Julien essayait de dissimuler sous son coude. Si M. le Directeur voyait ça, il te ferait aussitôt gommer toutes ces pages.

Julien la regarda avec inquiétude, mais elle lui sourit. Elle semblait triste. Sa veste de tissu retourné n'était pas très réussie et lui donnait un peu l'air d'une clocharde. Comme beaucoup de femmes, elle avait essayé de se peindre les jambes pour faire croire qu'elle portait des bas, mais la teinture n'avait pas été appliquée avec assez de soin et faisait des taches par endroits. Cela ressemblait à une maladie de peau.

— C'est bientôt fini, murmura-t-elle comme pour elle-même. La guerre, tout ça. Est-ce que ce sera mieux pour autant ? Tu n'en sais rien, pas vrai ? Moi non plus, je suis idiote de te demander ça. As-tu eu des nouvelles de ta maman dernièrement ? Tu sais que ton crédit s'épuise ? Je viens de passer à l'économat et de consulter les livres de comptes. M. Verdier commence à s'inquiéter. Quand le dernier sou aura été dépensé, il faudra te renvoyer dans ta famille. Tu devrais peut-être en parler à ton grand-père ? C'est bien le Lehurlant des chantiers navals, n'est-ce pas ? Charles Lehurlant... Pourquoi ne lui écris-tu pas ?

Julien n'avait aucune envie d'écrire à l'Amiral. Et puis Mlle Maupin lui faisait peur, elle avait l'air de penser que M'man ne viendrait pas le chercher le jour de l'échéance. Savait-elle quelque chose qu'il ignorait ? Il sentit un frisson terrible lui parcourir la peau. Léon Verdier avait-il appris que Claire était en prison, ou malade, ou pire encore ? Est-ce qu'on lui cachait la vérité ?

Mlle Maupin lui ébouriffa une seconde fois les cheveux. Quand elle se leva, ses seins effleurèrent le bras de Julien, mais cela ne l'excita pas du tout.

— Tu devrais écrire à ton grand-père, insista-t-elle. Il serait sûrement content de savoir ce que tu deviens. Et dis-lui bien que la provision arrive à son terme, il comprendra.

Julien bégaya un « oui » timide. La seule pensée de voir le grand-père Charles débarquer au pensionnat lui donnait envie de s'enfuir à toutes jambes.

De ce jour, il commença à songer à ce qui risquait de lui arriver si M'man ne venait pas le chercher. Il essaya de bâtir un plan de bataille pour ne pas se laisser surprendre. Il s'imaginait, fuyant le collège, partant sur les routes et subsistant par le vol. Mais il était trop jeune pour voyager seul sans éveiller l'attention. Il lui aurait fallu un complice, plus âgé, un adulte docile. Un serviteur dévoué comme dans les romans d'aventures. Il lui fallait aussi un chien. Dans les histoires, les héros étaient toujours accompagnés d'un chien extrêmement malin, *auquel ne manquait que la parole.*

Un soir, Mlle Maupin vint le trouver avec du papier, de l'encre et un porte-plume pour lui demander d'écrire à l'Amiral. Selon elle, il était urgent de clarifier la situation.

— M. Verdier s'est laissé dire que les affaires de ton grand-père allaient très mal, expliqua-t-elle. En fait, le chantier de construction serait au bord de la faillite. Je ne veux pas t'effrayer, mon petit, mais dans ces conditions, il va nous être très difficile de te garder plus longtemps. Il serait peut-être plus judicieux que tu retournes dans ton pays. Je sais que tu ne t'es jamais trouvé très bien ici.

Julien ne répondit pas. D'ailleurs Mlle Maupin ne lui en laissa pas le temps. Déjà, elle avait commencé à dicter, en détachant les syllabes.

— Et tâche de ne pas faire de fautes, dit-elle d'un ton péremptoire. Sinon, il aura l'impression que nous ne t'avons rien appris au cours des cinq dernières années.

Maintenant que sonnait l'heure de la libération, Julien était submergé par les images d'Avant. D'avant le départ, d'avant la mort de son père, d'avant son entrée à la pension... Des choses qu'il croyait avoir oubliées surgissaient soudain dans sa mémoire. Il prenait tout à coup conscience qu'il n'avait pratiquement jamais pensé à P'pa pendant les années qui venaient de s'écouler, et il en éprouvait une certaine honte. Sur son album, il se força à dessiner le visage de son père, Mathias Lehurlant. Bronzé, dur, sculpté dans une chair semblable au bois d'olivier, avec le trait noir de la moustache au-dessus de la lèvre supérieure et les cheveux bouclés, si sombres qu'ils paraissaient bleus. Les joues de Mathias étaient toujours râpeuses — Julien se rappelait très bien ce détail —, elles vous mettaient la peau à vif lorsqu'il lui prenait l'envie subite de vous embrasser. Heureusement, cette manie ne lui venait pas trop souvent. Mathias avait de grosses mains épaisses et caparaçonnées de cal. Des mains qui auraient pu appartenir à un bûcheron ou à un charpentier de marine, et pourtant il était architecte naval. Il dessinait des bateaux, des yachts, des voiliers. Normalement, il n'aurait jamais dû se servir d'autres outils que de sa gomme et de son crayon.

— Moi, je ne fais que le bois et la voile, déclarait-il lorsqu'on abordait le sujet. La ferraille, les moteurs, je laisse ça aux industriels.

Il était réputé pour la stabilité de ses coques, pour les lignes aérodynamiques de ses navires. On venait de loin pour passer commande aux chantiers Lehurlant, même d'Angleterre, le pays de la construction navale par excellence.

P'pa était dur et solide, lorsqu'il vous saisissait pour vous lancer en l'air, ses doigts vous meurtrissaient les côtes. Julien avait toujours eu peur de lui. Sa voix tonnante résonnait dans les couloirs de la maison comme celle d'un capitaine au beau milieu d'une tempête.

— Moins fort ! protestait M'man, tu n'es pas sur ton chantier au milieu de tes ouvriers, épargne nos oreilles !

Et elle ajoutait rituellement :

— Tu effrayes le petit.

Julien éprouvait une certaine gêne à fouiller dans ces souvenirs. A la campagne on parlait peu, et l'on évoquait encore moins ses sentiments. Les gens étaient comme verrouillés une fois pour toutes. On ne savait s'ils avaient la tête complètement vide ou au contraire pleine de secrets qui ne verraient jamais le jour. Julien avait compris très jeune qu'il ne faisait pas bon être bavard lorsqu'on vivait au milieu des paysans. Seuls les conteurs qui prenaient place au coin du feu, à la veillée, avaient le droit d'abuser de la parole, mais encore les considérait-on comme des gens bizarres, un peu détraqués.

Alors que l'été s'installait, Julien reçut une lettre de M'man. Il la garda longtemps entre les mains, n'osant l'ouvrir de peur d'apprendre une nouvelle terrible.

— Elle s'est remariée, pensait-il dans une sorte de tourbillon frénétique, elle est avec un *homme*... Elle a eu un bébé. C'est pour ça qu'elle m'a oublié. *L'homme* ne voulait pas de moi. Elle a fondé une nouvelle famille, elle écrit pour me l'annoncer. Ils vont m'inviter pour les grandes vacances, mais ce sera tout. Maintenant ce ne sera plus jamais comme avant, jamais.

Il chiffonnait la lettre, et la sueur de ses paumes délayait l'encre bleu pâle de l'enveloppe. Il se passa encore un long moment avant qu'il ne parvienne à rassembler assez de force pour prendre connaissance de la missive.

Mon Julien, écrivait Claire. *Tu t'en doutes sûrement, rien n'a marché comme je le voulais. Je ne suis pas devenue riche et je n'ai pas réussi à nous construire le nid douillet que je souhaitais pour nous deux. La vie est méchante et bien compliquée. Le mieux est que nous ne parlions jamais de ces années noires et que tu ne me poses aucune question sur ce que j'ai pu faire pendant tout ce temps. J'ai voulu jouer, j'ai perdu. La page est tournée, il faut tout reprendre de zéro, mais je suis encore jeune et je ne désespère pas de l'avenir. Je voudrais que nous fassions comme si nous ne nous étions jamais quittés. Je sais, je suis folle de te demander cela, mais c'est mieux, crois-moi. Faisons comme si. Donnons-nous une chance. J'ai été une mauvaise mère, je ne le conteste pas, mais essayons d'effacer l'ardoise. Promets-moi que lorsque nous serons face à face, nous ne pleurerons ni ne nous dirons de choses mauvaises. Je t'ai mal aimé, mais je n'ai jamais cessé de penser à toi, toujours, à chaque instant et dans le moindre de mes actes.*

La lettre que tu as expédiée à ton grand-père m'a été transmise par Audonier, le notaire de la famille. L'Amiral est mort. D'après ce que j'ai pu comprendre, il est entré par mégarde dans un champ de mines, à deux pas de la maison, et il a été tué par l'explosion d'une charge enfouie dans le sol. Il est possible, également, qu'il se soit suicidé, je n'en sais rien et ça ne m'intéresse pas. Une chose est sûre : nous sommes ruinés. Les chantiers ont été liquidés. Le grand-père Charles te lègue ce qu'il a pu sauver du désastre : le donjon et le champ aux corbeaux. Toutes les autres terres ont été vendues pour éponger les dettes. Comme je n'ai rien moi-même, ni argent ni maison, je pense que le mieux est que nous retournions là-bas en attendant que les choses s'arrangent. Dans peu de temps la guerre sera fini, et nous ne pourrons plus compter que sur nous-mêmes. Je t'aime. Pardonne-moi de t'avoir laissé si longtemps sans nouvelles, mais je ne voulais pas que tu sois mêlé à tout ça. J'espère que tu me reconnaîtras lorsque je viendrai te chercher. Je crois que je n'ai pas trop vieilli et que je ne te ferai pas honte devant tes camarades.

Baisers. Ta Claire.

3

Julien ouvrit sa cantine. En prévision de son départ, il avait, l'espace d'un instant, cédé au besoin de passer les vêtements qu'il portait le jour de son arrivée. Mais il n'en restait plus rien aujourd'hui. A cause des restrictions, on les avait successivement retournés, retaillés, rallongés à l'aide de pièces rapportées, de manière à faire du neuf avec du vieux. Même les chaussures de ses sept ans avaient été mises à contribution pour fabriquer des galoches. Il n'y avait là rien d'étonnant, tout le monde était logé à la même enseigne, et, dans les campagnes, certaines femmes vendaient leurs cheveux à des collecteurs qui les incorporaient à un ersatz censé remplacer la laine introuvable. Le plus souvent, mieux valait ne pas s'interroger sur la composition des chandails tricotés par les dames des bonnes œuvres qu'on distribuait aux élèves du pensionnat le dimanche matin, on eût risqué une mauvaise surprise.

— Alors ? lui dit Antonin en se plantant au pied de son lit, les poings enfoncés dans les poches. Ça y est, tu te tires ? Tout le monde sait que ta mère vient te chercher. La Maupin l'a dit au portier qui l'a répété à qui voulait l'entendre. T'es content ? Tu vas enfin la retrouver ta p'tite maman. Elle t'a dit où elle était, au moins, pendant tout ce temps ?

— Non, avoua Julien qui ne savait pas mentir.

— A mon avis elle a fait la bringue pendant toute l'Occupation, grommela Antonin. Probable qu'elle a couché avec des collabos ou des gros pontes du marché noir. Elles sont beaucoup à avoir fait ce genre de conneries. Elle jouait à la jeune fille ; tu comprends, ces mecs-là, ça n'aime pas s'embarrasser d'un gosse. Et puis une mouquère, dès qu'elle avoue qu'elle a un mioche, elle fait déjà plus vieille. C'est pour ça qu'elle t'a laissé en carafe, mon pauvre vieux. Pour ne conserver que les bonnes cartes dans son jeu.

Julien sentit le sang refluer de son visage. Pendant cinq secondes il chercha quelque chose de lourd qu'il pourrait jeter à la tête d'Antonin pour lui casser le nez. Il hésita entre le dictionnaire de grec et celui de latin, puis se ressaisit.

— Faut pas te mettre le ciboulot à l'envers, insista Antonin. Pendant la guerre, les filles ont eu la vie plus facile que les mecs, c'est normal. Une gonzesse, quand elle est jolie et qu'elle sait se servir de sa boîte à bonheur, elle est jamais en peine de se sortir de l'ornière.

— Tais-toi ! gronda Julien, ma mère, elle était... dans la Résistance.

Il s'en voulait de céder à la facilité du mensonge, il aurait préféré demeurer impassible, dédaigneux, mais c'était au-dessus de ses forces. Antonin ricana.

— Tu parles ! siffla-t-il. Je l'ai aperçue ta mère, le jour où elle t'a amené. C'est pas le genre à ramper dans la broussaille et à faire la tambouille aux maquisards. Trop jolie petite poupée pour ça. J'm'en fous d'ailleurs si elle a fait la vie, c'était son droit. Moi si j'étais une femme j'en profiterais. Je serais une grande pute, je ferais cracher leur fric aux mecs et je me paierais de sacrées parties de jambes en l'air. Ça je peux te l'assurer, j'aurais pas souvent froid entre les cuisses !

— Elle n'a pas fait ça ! bégaya Julien en levant ses poings serrés. T'es qu'un salaud.

— Hé ! T'emballe pas, bonhomme. J'te dis justement que c'est pas grave, rigola Antonin en reculant d'un air faussement effrayé. Moi, je suis pour l'égalité des femmes au lit. J'espère bien qu'elle a rigolé, ta mère, pendant ces cinq ans, ou sinon autant devenir bonne sœur ! Le plus important c'est qu'elle te ramène pas un beau-père dans ses bagages, ça ce serait vache. Surtout si c'est un collabo dans la débine. Tu sais, dans les mois qui viennent, les têtes vont tomber, ça va être la grande lessive. Alors si elle s'est mise à la colle avec un margoulin du marché noir...

— Elle est avec personne ! souffla Julien d'une voix blanche. On va partir tous les deux, tout seuls, et on rentrera chez nous, à Morfonds. J'ai hérité de mon grand-père, c'est moi qui possède le domaine maintenant.

— Mince ! s'exclama Antonin, t'es un vrai seigneur ! Tant mieux pour toi. Alors, bonne route ! C'est peut-être pas la peine qu'on continue à se parler, autant en finir tout de suite ; j'aime pas les pleurnicheries des « au revoir », c'est pas mon genre. Mieux vaut s'éviter dans les jours qui viennent.

— On pourrait s'écrire, risqua Julien. Je peux te donner mon adresse.

— Sûrement pas, fit Antonin. C'est des conneries ces trucs-là. On n'est pas chez les scouts. Tu sais bien qu'on s'écrit jamais plus d'une ou deux lettres. Chacun son destin, mon vieux.

Il tourna les talons en sifflotant et quitta le dortoir comme si Julien avait cessé d'exister.

Dans les jours qui précédèrent le rendez-vous, Julien se regarda fréquemment dans la glace des lavabos. Pour la première fois de sa vie, il se demandait s'il était beau. Avait-il beaucoup changé en cinq ans ? M'man risquait-elle de ne pas le reconnaître ? Cette éventualité le tracassait. Il n'était encore qu'un tout petit garçon lorsqu'il était entré à la pension mais aujourd'hui il avait l'allure d'un adolescent. Grand, maigre, avec des bras et des jambes interminables. Des mains dont il ne savait que faire. Pour tout dire, il se trouvait assez laid. Il avait emprunté à Antonin un peu de gomina Argentine pour tenter de se coiffer de manière présentable, mais les résultats obtenus ne se révélèrent pas à la hauteur de ses espérances. A l'aide d'un petit miroir de poche, il s'observait sur toutes les coutures : de profil, de trois quarts. Il était maintenant convaincu que Claire serait déçue en le découvrant si peu attrayant. Elle avait probablement gardé en mémoire le souvenir du gamin potelé qu'elle avait accompagné sous le porche, s'imaginant contre toute logique qu'il n'avait pas changé, et lorsque Julien émergerait de l'ombre pour aller à sa rencontre, elle resterait interdite devant une telle métamorphose. C'est qu'il avait les oreilles décollées, trop de pomme d'Adam, un épi sur le crâne, un sourire crétin... A n'en pas douter, elle allait s'enfuir sans demander son reste ou crier à la substitution d'enfant. Si encore il avait pu endosser ses vieux vêtements, il aurait eu au moins une chance d'être identifié comme le véritable Julien Lehurlant, mais même ce subterfuge lui était refusé.

Assez bizarrement, il imaginait son départ du pensionnat sous l'aspect d'une levée d'écrou : Léon Verdier entrebâillait la grille d'enceinte et le poussait dehors sans ménagement, tel un mauvais sujet qu'on remet en liberté, sa peine aussitôt purgée. Une petite valise de carton à la main, il traversait alors la route pour marcher vers Claire, immobile dans la brume du matin. Qui parlerait le premier ? Elle ? Lui ? Et que diraient-ils ? Ces premiers mots prenaient dans son esprit la dimension d'une formule magique. Il lui arrivait d'en rêver. Une nuit, il réveilla tout le dortoir en criant : « Le mot de passe ! Le mot de passe ! »

Mais les choses ne se déroulèrent pas ainsi. En fait, Mlle Maupin vint le prévenir un matin, en plein cours de latin, qu'il était convoqué chez M. le Directeur, et qu'il devait se tenir prêt à partir sitôt l'entrevue terminée. Julien se leva, les tempes moites, abandonnant son porte-plume et ses cahiers sur le pupitre au beau milieu d'un thème qui parlait du cheval de Troie et des présents des Grecs dont il convenait de se défier.

« Voilà, pensa-t-il, ça y est, c'est fini. Je ne reviendrai plus jamais. » Il remonta la travée, entre les pupitres, en s'appliquant à ne pas regarder dans le coin gauche, là où se tenaient les grands, dont Antonin faisait partie. Voilà, ça allait se terminer comme ça, après tout ce temps, toutes ces années... Et pendant qu'il marchait, il ne cessait de penser : *Timeo Danaos... timeo Danaos...*

— Tu vas bien ? interrogea Mlle Maupin. Il ne lui répondit pas, il pensait aux Grecs, au cheval de bois, au porte-plume qu'il avait laissé rouler sur le cahier et qui avait fait un pâté en travers de la page. Pour une fois qu'on n'utilisait pas le crayon et la gomme, c'était gagné !

Il se dirigea vers le bureau du père Léon, à la manière des punis qu'on envoyait chez m'sieur le Directeur chercher un châtiment exemplaire. Il avait les jambes molles, son cœur faisait des bonds dans sa poitrine. Il ne savait pas comment il devrait se comporter : aller vers M'man, l'embrasser, se jeter à son cou, la serrer dans ses bras à l'étouffer ? Non, il ne se sentait pas capable d'une telle démonstration. Il était terrifié à l'idée qu'il n'avait pas eu le temps de se coiffer à la gomina Argentine, qu'il avait les doigts tachés d'encre, et cette affreuse blouse grise lui battant les mollets.

Il frappa à la porte du bureau ; le père Léon vint lui ouvrir. Il semblait à peu près aussi mal à l'aise que Julien et tripotait sa chaîne de montre entre ses doigts en bredouillant des phrases compliquées qu'il ponctuait de petits rires forcés.

— Le voilà, notre brigand, clama-t-il d'une voix de fausset avant de se mettre à tousser.

Claire était là, assise dans le vieux fauteuil de velours râpé réservé aux visiteurs. Elle tourna la tête avec une seconde de retard, les muscles de la nuque raidis, les yeux écarquillés, la bouche entrouverte comme si elle s'immobilisait soudain au terme d'une longue course et éprouvait le besoin de reprendre son souffle. Elle était très pâle, ses joues s'étaient creusées et elle avait les cheveux courts. Ces cheveux courts désorientèrent Julien car ils ne correspondaient en rien à l'image qu'il avait gardée d'elle.

— Julien ? dit M'man.

Sans s'en rendre compte, elle avait prononcé ces mots sur le mode interrogatif, et il comprit qu'elle avait failli ajouter : « C'est toi ? » mais qu'elle s'était reprise à la dernière seconde.

Ils restèrent immobiles, chacun figé dans son élan, se scrutant l'un l'autre avec une sorte d'incrédulité et de méfiance. Etait-ce bien elle ? Mon Dieu ! Pourquoi avait-elle coupé ses cheveux ? Elle aurait dû penser qu'il aurait besoin de la retrouver semblable à la dernière fois. Avec la même coiffure, la même robe. Pareille. Inchangée. Une bouffée de colère le submergea. Elle l'avait trahi, elle n'avait pas respecté le rituel, la cérémonie. Elle était allé chez le coiffeur comme s'il était plus important de plaire au père Léon qu'à son fils !

Par bonheur, il n'eut pas à parler. Le dirlo s'était remis à agiter des papiers, à brandir son livre de comptes, s'excusant de ne pouvoir garder « le petit bonhomme » plus longtemps.

Enfin, M'man se leva et ils quittèrent le bureau, accompagnés par Léon Verdier qui pérorait toujours. Ils marchaient côte à côte, ne se touchant pas, ne se regardant pas davantage. Julien alla récupérer sa cantine qui ne pesait presque rien maintenant qu'il l'avait débarrassée de ses livres de classe. Ils traversèrent la pension dans un étrange brouillard, passèrent sous le porche, puis Verdier referma enfin la grille derrière eux, les laissant seuls ou presque devant le mur d'enceinte. Un taxi à gazogène attendait au bord de la route, répandant une odeur nauséabonde.

— Ecoute, dit M'man sans regarder Julien, faisons un pacte : ne parlons pas tout de suite, d'accord ? N'ayons pas peur du silence. Donnons-nous un peu de temps. Il faut... Il faut se réacclimater l'un à l'autre. Tu comprends ? Ne te crois pas forcé de me dire des choses. N'aie pas peur non plus de ne rien avoir à me raconter, ce n'est pas grave. Attends, c'est tout.

Attends... Maintenant nous avons le temps. Il faut juste que j'arrive à me convaincre que c'est bien toi.

Julien, qui avait eu peur un moment de fondre en larmes, découvrait qu'il était en réalité glacé de la tête aux pieds, comme s'il se promenait tout nu dans la neige. Son visage lui semblait de bois, incapable de la moindre expression. Il se faisait l'effet d'un Pinocchio essayant désespérément de jouer les petits garçons de chair et d'os.

Ils grimpèrent dans le taxi. Julien s'assit très droit sur la banquette comme il l'aurait fait à côté d'une dame inconnue. Du coin de l'œil, il examinait Claire. Elle portait de pauvres vêtements usés mais de très belles chaussures. Elle avait les ongles abîmés mais une montre-bracelet qui sortait vraisemblablement d'une grande bijouterie. Ce mélange de hardes et de richesses lui donnait l'apparence d'une aristocrate en fuite. Elle continuait à regarder droit devant, le cou tendu. Cette fois Julien reconnut son profil à la Néfertiti, et surtout son nez délicat, d'un rose tendre. Il s'attarda sur la bouche qui tremblait. « Elle sait que je la regarde, pensa-t-il. Elle accepte l'épreuve. Maintenant nous nous regarderons toujours comme ça, à tour de rôle, quand l'autre détournera les yeux. » Des brides de légendes grecques tournoyaient dans sa tête : Méduse, la gorgone dont le regard vous changeait en pierre. Et aussi Orphée, allant chercher sa femme aux enfers mais condamné à ne plus jamais la contempler en face sous peine de la faire mourir une seconde fois. Des bêtises, des fadaises...

« Elle a trente ans », se disait-il, surpris de ne pas lui découvrir une figure sillonnée de rides profondes. Peut-être que trente ans ce n'était pas exagérément vieux, après tout ?

Les cheveux courts continuaient à le dérouter. Ils n'étaient pas non plus de la bonne couleur, il ne l'avait pas remarqué tout de suite. « Allons, se força-t-il à admettre, ce doit être encore pire pour elle car *toi* tu as vraiment changé. Elle a quitté un bébé, elle retrouve un garçon de douze ans aux oreilles décollées, aux gros genoux osseux. Peut-être qu'elle a l'impression d'avoir perdu au change ? Les femmes préfèrent les bébés, c'est bien connu. En ce moment elle est en train de se dire que si elle avait su, elle ne serait jamais venue te chercher ! »

Le taxi roulait à travers une géographie de terrains en friche, de cratères de bombes et de hangars incendiés, il avait traversé Bordelieu sans que Julien en ait conscience. Le garçonnet réalisa tout à coup qu'il n'avait même pas pensé à jeter un dernier regard à la pension, par la vitre arrière. Ça n'avait pas grande importance. Il se demandait ce qu'il allait bien dire pour ne pas paraître idiot lorsqu'il lui faudrait ouvrir la bouche. Il avait peur de décevoir Claire. Qu'est-ce qu'il pourrait bien trouver à raconter pour avoir l'air intelligent, pour qu'elle ne pense pas : « Miséricorde ! Non seulement il est laid, mais en plus il est bête, qu'est-ce que je vais faire de lui ? »

Elle ne disait toujours rien. Elle avait posé sa main gauche sur la banquette, dans l'espace qui la séparait de Julien. Négligence ou invite ? Julien, paralysé, fixait cette main blanche, aux doigts longs et fins. Elle avait l'air fragile d'une petite bête grelottante, abattue sur un coussin. Il constata soudain que Claire ne portait plus ni alliance ni bague de fiançailles. Ses ongles étaient abîmés, peut-être rongés jusqu'au sang. A cause des cahots de la route on ne voyait pas bien. Il scruta de nouveau la bouche tremblante de sa mère, se demandant si ces lèvres s'étaient posées sur celles d'un homme... de plusieurs hommes. Il détesta cette idée. Les divagations d'Antonin tournoyaient dans sa tête, lui donnant la nausée.

« Elle a peur de parler, pensa-t-il. Elle essaye de rassembler son courage. Dans quelques instants, elle va dire : *Julien, il faut que tu saches quelque chose. Je me suis remariée. J'ai eu deux enfants, un garçon et une fille, ils ont trois et quatre ans. Tu vas faire leur connaissance. Tu devras les considérer comme ton frère et ta sœur. Et mon mari comme ton nouveau papa. Ils nous attendent à la gare. Je n'ai pas osé t'en parler avant, j'avais peur que tu ne t'enfuies de la pension. Tu sais combien je suis lâche, n'est-ce pas ? Tu m'en veux ?* »

Il se ratatina dans son coin, les mâchoires serrées à s'en faire mal. Il essayait d'imaginer les mioches, et *l'homme*... surtout l'homme. Il voyait un type grand et gras, aux allures de patron de boucherie. La lèvre supérieure rayée d'une agaçante petite moustache en trait de crayon. Il se serait rasé de frais mais il aurait déjà les joues bleues. Il flotterait autour de lui une odeur d'eau de Cologne et de viandre crue. Les mômes seraient à son image : courts sur pattes, rondouillards, avec des trognes de porcelets engraissés par le marché noir. Ils ricaneraient en l'apercevant. Plus tard, ils l'appelleraient « le gosse du mort ». Ce serait vraiment affreux. De petites gouttes de sueur piquetaient ses tempes, et il crut pendant une seconde qu'il allait avoir un malaise. Il savait qu'il aurait dû saisir la main de Claire, la serrer, que ce simple geste aurait suffi à jeter une passerelle au-dessus du fossé qui les séparait, mais il ne pouvait pas. Pas maintenant, plus maintenant.

Elle avait dit « N'ayons pas peur du silence », Julien réalisait qu'ils allaient devoir tout réapprendre, s'apprivoiser mutuellement comme des bêtes qui se retrouvent soudain dans la même cage. Il était trop grand désormais pour se blottir contre elle, pour poser sa tête sur sa cuisse. Pis que tout, au moment où elle avait ouvert la bouche, il s'était rendu compte qu'elle n'avait pas la même voix que dans son souvenir. Elle lui avait parlé comme une dame à un écolier faisant la quête pour les mutilés de guerre, avec gentillesse, mais d'une voix qui restait... étrangère.

Le taxi s'arrêta enfin devant la gare. Julien descendit, l'estomac noué, scrutant les abords de la place pour tenter de repérer le beau-père et sa progéniture, il n'y avait personne. Il se secoua, se chargea de la cantine. M'man réglait le prix de la course. Elle tirait l'argent d'un petit porte-monnaie assez plat. Julien examina la devanture du *Café de l'arrivée*. L'homme était sans doute là, avec ses gosses. Il n'essaierait même pas d'être aimable, tout de suite il grognerait que Claire « en avait mis un temps ! ».

Mais M'man prit la direction de la gare après avoir consulté son joli bracelet-montre. Ses chaussures à hauts talons claquaient sur le pavé. Elle avait de belles chevilles. Julien fixa ses mollets pour tenter de déterminer si elle portait vraiment des bas ou si elle se teignait les jambes, comme beaucoup de femmes. Mais non, il y avait une couture, c'étaient donc de vrais bas. A moins que quelqu'un ne lui ait dessiné ce trait rectiligne depuis le haut de la cuisse jusqu'au talon ? Le degré d'intimité qu'impliquait cet artifice lui fut désagréable.

Claire se rendit à la consigne pour récupérer une petite valise de carton bouilli, après quoi elle alla acheter deux tickets de troisième classe au guichet. La gare sentait la fumée, un train était à quai. Les mécaniciens donnaient des coups de marteau sur les grandes roues de fer. Cette besogne avait toujours fasciné Julien. M'man se hissa dans un wagon de bois plutôt vétuste. Le compartiment était vide, ils déposèrent les bagages dans le filet et s'installèrent face à face, contre la vitre.

— Dis-moi quelque chose, murmura Claire, je n'ai pas encore entendu ta voix. Est-ce qu'ils rendent les enfants muets dans cette pension ? Est-ce qu'ils leur coupent la langue pour avoir la paix une fois pour toutes ?

Elle essayait de plaisanter, mais c'étaient des blagues d'*Avant*, quand il était petit. Des blagues pour faire glousser les mioches. Elle ne parvenait pas encore à comprendre qu'il était grand et qu'elle devait désormais lui parler comme à un adulte. Elle insistait.

— Parle-moi, chuchota-t-elle. Dis : *les voyageurs sont priés de ne pas baisser les vitres pour se pencher au-dehors*. Dis-le, pour me faire plaisir.

Il dut se racler la gorge comme avant une récitation. Le regard de Claire fixait sa bouche, uniquement sa bouche. Il prononça la phrase réclamée.

— Tu n'as pas encore mué, fit la jeune femme avec une sorte de soulagement. Tu as encore ta voix d'avant.

Elle avait souri. Julien la trouva belle. Un espoir l'envahit. Il n'y aurait peut-être pas d'homme ni de demi-frères. Il s'était effrayé pour rien. Tout était encore possible.

« Allons donc ! ricana Antonin au fond de son crâne. Les bonnes femmes, elles sont rusées. Le beau-père, tu le verras débarquer dans quelques jours, quand elle t'aura mis en confiance ! »

Il s'ébroua, chassant l'hypothèse importune. Il savait qu'au contact des gens de la ville il était devenu trop « raisonneur », à la campagne on ne décortiquait pas les choses ainsi. Il lui faudrait perdre cette mauvaise habitude qui finissait par ternir toute joie et paralyser toute action.

Claire s'était rencognée contre la vitre, dans un rayon de soleil, les paupières closes, les bras croisés.

« Elle fait semblant de dormir, songea Julien. Elle veut me laisser le temps de m'habituer à son visage. Après ce sera mon tour. »

Il l'observait avec une avidité presque douloureuse. Elle était là. Elle était enfin là. Il aurait voulu la toucher, sentir sa chaleur, son odeur, la douceur de sa peau. Il se maudissait d'avoir grandi car désormais ces privautés lui seraient interdites et il ne pourrait plus jamais aller au-delà du baiser sur la joue. C'en était fini des cajoleries enfantines ; à douze ans on ne se blottit plus contre sa mère comme un gosse. Elle lui avait écrit : *Tu devras prendre soin de moi, me protéger.* C'était donc qu'elle n'avait personne, personne d'autre que lui. Réussiraient-ils à recréer leur complicité de jadis ? Il n'en avait aucune idée. Tout cela paraissait si loin aujourd'hui. Il regardait les escarpins à talons hauts et pensa aux souliers à semelle de bois de Mlle Maupin. Cet indice d'une richesse enfuie le troublait. Il ne reconnaissait pas davantage la montre-bracelet. Ce n'était pas celle que Claire avait emportée en quittant la maison. Le tailleur, lui, était affreux, en tissu retourné, curieusement coupé.

La jeune femme s'agita, en proie à un mauvais rêve. Elle murmura quelque chose que Julien ne comprit pas.

Il se recroquevilla sur la banquette, fatigué, plein d'un grand trouble. Le roulement monotone du train lui fit fermer les yeux. Les visages du père Verdier, de Mlle Maupin et d'Antonin défilèrent sous ses paupières closes. Dire qu'il ne les reverrait plus. Jamais plus !

Alors qu'il glissait dans le sommeil, il sentit des doigts frais effleurer sa joue. Il ne bougea pas, feignant de dormir profondément. La main s'attarda, caressa son front.

« Elle essaye de me reconnaître, pensa-t-il. De s'habituer à moi. »

Là-haut, à Morfonds, ils seraient deux naufragés sur une île déserte. Robinson et Vendredi. Mais qui jouerait le rôle du maître ?

4

A Paris, on changea de train. La gare était pleine de soldats allemands, paquetage au dos, qui s'entassaient dans de longs convois aux wagons blindés. Les locomotives elles-mêmes étaient caparaçonnées de plaques de fer. Toute cette agitation donnait le vertige à Julien. La claustration du pensionnat l'avait déshabitué des grands espaces et des voyages. Il remorquait le plus dignement possible la cantine dans laquelle, avant de partir, il avait glissé un *Manuel d'agriculture à l'usage des débutants* volé à la bibliothèque quelques jours auparavant. Des officiers à casquette galonnée le regardaient en souriant. Leurs bottes craquaient. Ils portaient des baudriers de cuir, et des étuis à pistolet bien cirés. Julien réalisait tout à coup qu'il n'avait jamais approché l'ennemi d'aussi près.

— Ils s'en vont, chuchota Claire. Ils essayent de faire croire le contraire, mais ils sont bel et bien en train de ficher le camp.

Julien fut effrayé par tant de témérité, et faillit lui plaquer la main sur la bouche pour l'obliger à se taire.

L'abandonnant, assis sur sa cantine, elle partit consulter les horaires. Quand elle revint, elle annonça qu'il faudrait voyager toute la nuit pour rejoindre Morfonds-des-Hauts. Avec un peu de chance — autrement dit : si la voie n'était pas coupée, le train dérouté ou bombardé — on serait de retour au pays aux premières lueurs de l'aube.

Des policiers en manteau de cuir contrôlaient les bagages, il fallut les laisser fouiller la valise de Claire qu'ils mirent sens dessus dessous, mais quand Julien fit mine d'ouvrir sa cantine, ils se détournèrent avec un haussement d'épaules. Le garçon en fut mortifié, avait-il donc l'air si peu menaçant ? Il se consola en se répétant que les grands aventuriers se font toujours un devoir de passer inaperçus, quelles que soient les circonstances, et qu'ils s'appliquent même à afficher une mine des plus banales.

Le barrage franchi, ils grimpèrent dans la voiture et se tassèrent dans un coin. Cette fois, la présence des autres voyageurs rendait toute conversation impossible. Les lumières n'étant pas allumées, le train était plongé dans l'obscurité à cause du papier bleu collé partout sur les vitres. Quand il avait fallu hisser les bagages dans le filet, les mains de Julien avaient touché celles de Claire. Ils ne s'étaient dérobés ni l'un ni l'autre. Prolongeant même le contact plus qu'il n'était nécessaire. Maintenant, ils étaient côte à côte sur la banquette étroite et dure, leurs bras, leurs cuisses se frôlant car le compartiment était bondé.

— Le premier qui s'endort met sa tête sur l'épaule de l'autre, murmura Claire dans la semi-obscurité.

Julien sourit. C'était encore une formule magique venue du passé.

Ils attendirent longtemps dans le noir, au milieu des chuchotis des voyageurs. Une vieille disait son chapelet, un gros bonhomme qui sentait le rance ronflait déjà. Enfin, le convoi s'arracha du quai au milieu des coups de sifflet et du crachotement de la locomotive. Il faudrait donc voyager en aveugle, sans rien voir du paysage. Julien s'était promis de veiller sur le sommeil de sa mère, mais, très vite, la palpitation rythmique des cahots lui vida la tête. Instinctivement, il chercha l'épaule de la jeune femme. Elle ne se déroba pas. Le garçon songea qu'il leur faudrait beaucoup de temps et de patience avant de recouvrer en totalité la complicité perdue, puis il cessa de résister à la fatigue, et les images vinrent très vite, fantômes modelés à partir du brouillard des souvenirs. Elles montaient du temps d'Avant, comme disait M'man, portées par le roulement monotone du train ; car ce qui, au début, semblait un vacarme de ferraille briquebalante, s'était mué peu à peu en un ronronnement feutré, à peine audible. Julien s'abandonna, oubliant l'inconfort de la banquette et les odeurs de corps mal lavés qui flottaient dans le wagon.

Il voyait P'pa, sur le cheval noir. La bête haletant, les flancs souillés d'écume. La crinière toute collée. Et Mathias Lehurlant, lui-même couvert de boue, le visage contracté de fureur. Julien, qui n'était pas très grand à cette époque, avait tout de suite aperçu le sang sur les flancs de la monture, là où les éperons avaient labouré les côtes. L'odeur de la bête trempée, fourbue, l'avait submergé. Et le sang... sur la peau du cheval, les grandes éraflures largement ouvertes. Le sang sur l'acier des éperons, des étriers. Du haut de ses six ans, il avait pensé que le pauvre animal devait souffrir. Mathias marmonnait des choses mauvaises, des insultes que Julien ne comprenait pas. Il parlait à sa monture. Il lui affirmait qu'elle allait payer ce qu'elle avait osé faire !

Quand il criait, Mathias devenait plus grand, plus noir, plus fort, et Julien avait reculé, cherchant du regard un endroit où se mettre à l'abri.

— Qu'est-ce que tu fais ? lança M'man à son mari du haut de la terrasse. Tu t'es mis dans un état !

— C'est cette carne ! gronda P'pa, elle m'a désarçonné du côté des Vaudrets, en sautant la grande haie. Charogne. Je vais lui apprendre... Je vais la punir...

— Qu'est que tu racontes ? dit Claire, alertée par le ton vibrant de l'homme en colère. Tu es blessé ? Non, alors ce n'est pas si grave. Viens te changer, je vais te faire couler un bain.

— Non, grogna Mathias, pas avant de lui avoir montré. Il y avait le père Gorjus et son fils, ils m'ont vu tomber ; cet après-midi tout le monde dira que je ne sais pas tenir sur une selle ! Tout le village va rire de moi !

— Mon Dieu ! soupira M'man, quelle importance !

— Ça en a pour moi ! vociféra P'pa. J'ai un rang à tenir. Tu ne peux pas comprendre ! Laisse-moi mener ma maison comme j'en ai le droit !

Julien s'était accroupi dans la haie, se recroquevillant pour échapper aux regards. Il n'aimait pas quand son père parlait sur ce ton, ni quand il avait cette odeur faite de sueur de cheval et de vin mêlés. Cela ne présageait jamais rien de bon. Il y avait d'abord les cris, puis, invariablement, quelque chose de terrible se produisait.

Il se ratatina encore un peu plus, comme une bête dans son terrier. Il aurait voulu être un lapin pour pouvoir disparaître sous terre. L'odeur du père lui faisait horreur, ça empestait le vin, le tabac et le dessous de bras. Il voyait la peau huileuse de Mathias briller dans le soleil, et la chemise trempée lui coller à la poitrine. Le cheval ne bougeait plus, tête basse, il soufflait par les naseaux, bavant une salive mousseuse. Mathias disparut dans la remise du jardin et Julien l'entendit fouiller dans les outils. Quand il émergea de la cabane, il brandissait une masse de carrier. Ses cheveux bouclés lui faisaient une auréole noire autour de la tête, ou une crinière... on ne savait pas exactement, mais c'était impressionnant. Sans un mot, la bouche serrée, P'pa s'approcha du cheval et, d'un coup de son grand marteau, lui brisa la patte avant gauche. Le hurlement de Claire se confondit avec le hennissement de l'animal blessé qui s'était cabré sous l'effet de la souffrance, battant l'air des sabots. Mais Mathias ne recula pas. A l'instant même où la bête reprit contact avec le sol, il lui brisa une seconde patte. Il ne frappait qu'une fois, une seule, mais avec une telle violence qu'on entendait parfaitement l'os se briser. A présent M'man hurlait sur une note continue. Julien l'imaginait, penchée sur la balustrade de la terrasse, les deux mains pressées sur la bouche, les yeux agrandis d'effroi. Il aurait voulu fermer les paupières, se boucher les oreilles, mais il ne pouvait pas, il n'osait pas. Il avait peur que P'pa ne le découvre soudain, là, dans l'épaisseur du taillis, et ne lui fasse subir le même traitement qu'au pauvre cheval. Le poing enfoncé dans la bouche, il essayait d'étouffer ses gémissements et ses larmes.

L'animal s'était effondré, le poitrail dans la poussière, les pattes avant pliées en des angles qui faisaient mal. La croupe encore levée, il tentait de se redresser en prenant appui sur ses postérieurs. Mathias alla se placer derrière lui, et lui fractura les deux jambes, en deux coups nets et précis, juste au-dessus des pâturons. Cette fois la grande masse noire roula sur le flanc, les yeux exorbités par la souffrance, la langue hors de la bouche.

— Là..., dit Mathias en s'essuyant le visage avec un pan de sa chemise. Comme ça tu sais qui est le maître.

Il respirait fort, et la sueur lui dégoulinait du front, le faisant cligner des paupières. Sur le sol, le cheval se contorsionnait en soulevant un nuage de poussière. Sa tête battait la terre, et les graviers collaient à sa peau trempée. Mathias arracha sa chemise, se mettant torse nu. Il avait une grande meurtrissure sur le flanc, qui virait déjà au bleu sombre. Levant la masse, il s'approcha une dernière fois du cheval et le frappa entre les yeux, lui cassant la tête. La bête eut une convulsion et cessa de bouger tandis qu'un jet d'urine fusait d'entre ses cuisses, à l'horizontale, aspergeant Julien toujours recroquevillé dans les buissons.

Oui, le petit garçon était resté là une éternité, à se mordre le poing, avec l'odeur de la bête morte sur ses vêtements. Les yeux fixés sur l'immense cadavre abattu dans la poussière. Comme c'était l'été, les mouches vinrent aussitôt, s'agglutinant en essaim sur les naseaux d'où gouttait un sang noir. Quelque part, dans la maison, montaient les cris de M'man et de P'pa, absorbés dans une interminable dispute. Grand-père Charles essayait de s'interposer, mais Claire criait plus fort que les deux hommes réunis.

— Vous êtes fous ! disait-elle. Vous vous conduisez comme des barbares. Vous n'êtes pas les seigneurs de Morfonds, vous n'êtes rien que des commerçants enrichis. On ne vous aime pas, et vous le savez. Alors vous essayez de faire peur à tout le monde !

Julien se bouchait les oreilles. Il connaissait toutes ces tirades par cœur, ce n'était pas difficile étant donné la fréquence des affrontements. Ce soir, il ne voulait pas rentrer. Il était décidé à rester là, toute la nuit s'il le fallait. Il en avait assez des hurlements des grandes personnes, il désirait s'enfoncer dans le sol, avec les lapins, et ne plus jamais mettre le nez dehors.

Ce fut l'Amiral qui le découvrit en venant examiner la carcasse avec François, le métayer.

— Qu'est-ce que tu fais là, tout seul ? murmura le vieux en s'agenouillant pour se mettre à sa hauteur. Tu as pleuré ? Il ne faut pas, c'était une mauvaise bête, vicieuse, elle a bien failli casser les reins de ton papa. Elle n'a eu que ce qu'elle méritait.

Julien aurait bien voulu lui répondre que c'était faux, que le cheval avait refusé de sauter la haie parce qu'elle était trop haute et qu'il avait eu peur, et que si P'pa l'avait obligé à le faire, c'était pour en mettre plein la vue au père Gorjus.

— Tout de même, marmonna François dans le dos du grand-père. Une bête de ce prix, si c'est pas malheureux.

— Ta gueule, gronda l'Amiral. Ça sort pas de ta bourse, hein ? Et puis si tu veux la manger, toi, ta femme et tes mômes, pour amortir la perte, je ne vous en empêche pas. Ce serait peut-être une idée d'ailleurs. Vous nourrir avec la viande de cette carne jusqu'à ce qu'il ne reste plus que les os. Vous me coûtez assez cher comme ça !

François se tut, dompté. La vieille main calleuse de l'Amiral se referma sur le poignet de Julien, le tirant hors de sa cachette.

— Allez ! grogna le vieillard. C'est pas d'un homme de se rencogner comme ça. Des bêtes qu'on abat t'en verras d'autres, autant en prendre l'habitude. Si tu fais ta poule mouillée, je te ferai égorger le cochon à Noël. Voilà ce qui arrive quand on reste trop longtemps dans les jupes de sa mère. On bat la breloque parce qu'une rosse vous a un peu pissé dessus !

Julien se réveilla en suffoquant. Il avait le visage moite et le cou trempé. Pendant une seconde il fut incapable de savoir où il se trouvait. A la pension ? Dans le dortoir ? Mais pourquoi dormait-il assis ? Puis il sentit M'man bouger contre lui. Elle s'était assoupie, elle aussi, la tête inclinée de côté. Julien la voyait mal parce que le compartiment n'était éclairé qu'au moyen d'une minuscule veilleuse passée au bleu de méthylène. Le paysan et la grosse dame ronflaient de concert, les mains croisées sur le ventre. Julien aurait bien aimé pouvoir sortir son mouchoir pour s'éponger la figure. Il faisait chaud dans le wagon. Il se figea au souvenir de son cauchemar. Comment avait-il pu oublier l'épisode du cheval ? Pas une fois au cours des cinq dernières années il n'y avait pensé. La scène s'était gommée de son esprit, et puis voilà que tout à coup, parce qu'il avait retrouvé sa mère...

Le cheval... On l'appelait Tempête, il n'était pas vicieux, seulement un peu rétif, et P'pa n'avait jamais su lui inspirer confiance.

— Cette bête a peur de toi, disait souvent Claire. Comme nous tous ici. T'en rends-tu seulement compte ?

— Arrête ! tonnait Mathias. J'en ai assez de ces discussions ! Tu es bien une fille de la ville, toi. Faut que tu parles, tu ne sais même faire que ça ! Faudra que t'apprennes à te tenir le bec fermé, comme les femmes de chez nous. Ici, la parole, c'est comme le fusil de chasse, y a que l'homme qu'a le droit d'y toucher !

Julien s'agita dans l'obscurité. Il avait soif et faim.

Une pensée le traversa, lui faisant battre le cœur. Etait-ce à cause du cheval qu'il n'avait pas réagi à la mort de P'pa ? A cause du cheval mort ce jour-là devant lui...

Il ferma les yeux avec une énergie farouche, essayant de se rappeler. Il avait sept ans lors de l'accident. Il revoyait parfaitement la scène, dans tous ses détails. Il était en train de jouer sous la table du salon avec ses soldats de plomb quand les ouvriers étaient entrés. Il n'avait pas bougé, se contentant d'observer leurs pieds, leurs galoches couvertes de vase qui faisaient des taches vertes sur le beau parquet encaustiqué.

— C'est le ketch qu'était à l'accorage, balbutiait l'un des hommes. Y s'est couché sur le flanc, comme ça, d'un seul coup, et M. Mathias a été pris dessous. Bon sang, c'est la poutre qu'a ripé, sûrement, à cause du vent. Le bateau s'est couché... Tous les câbles ont cassé. On n'a rien pu faire...

Julien s'était immobilisé. Il comprenait ce qu'essayait d'expliquer le contremaître parce que P'pa l'avait emmené à plusieurs reprises sur le chantier. Il avait vu les grandes coques de bois en cours de construction. Ces coques bâties au sec, face à la mer, et que des poutres placées de part et d'autre maintenaient en équilibre. Lorsque le navire était important, les hommes qui se déplaçaient au ras de la quille paraissaient tout petits.

— Tu vois, disait P'pa. Toute cette partie-là sera dans l'eau. Tu es en train de contempler ce que verront les poissons.

Julien essayait de rire, mais en réalité la masse du vaisseau le terrifiait. Lorsqu'il renversait la tête en arrière pour essayer de regarder l'étrave, il se sentait aussi fragile qu'un escargot sous le talon d'un promeneur. P'pa le devinait et se mettait alors à taper du poing sur la muraille de bois du bateau, pour l'effrayer davantage. Il ne fallait jamais montrer à Mathias qu'on avait peur, sinon il en profitait aussitôt.

— Non, fais pas ça ! suppliait Julien en le tirant par un pan de sa veste.

— Poule mouillée ! grondait P'pa. Tu crois que ça va tomber ? Que t'es bête ! C'est du solide. Tout ce que bâtit ton père c'est du solide !

Mais Julien s'enfuyait à reculons, le souffle coupé. L'ombre du bateau l'écrasait. Il lui semblait l'entendre craquer, remuer, bouger... Le rire méchant de Mathias le poursuivait.

— Quand tu seras plus grand, criait-il, on sortira en mer, tous les deux. Et je t'attacherai au beaupré, à la place de la figure de proue. Tu pourras pleurnicher jusqu'à ce que les yeux t'en tombent, ça ne changera rien. Il est grand temps que je prenne ton éducation en main, avant que ta mère ne fasse de toi un garçon coiffeur !

Julien avait repensé à tout cela, sous la table, les yeux fixés sur les petits chasseurs alpins de plomb colorié. Le bateau s'était couché... Les pièces de bois qui le maintenaient en équilibre avaient glissé d'un côté, et la grande coque avait basculé. Mathias avait juste eu le temps de lever les yeux vers la muraille de bois qui se rapprochait de sa tête en grinçant. Il avait peut-être esquissé un mouvement de fuite, mais pas davantage. Le bateau s'était abattu sur lui, l'enfonçant dans la terre, et le craquement de la quille malmenée avait couvert son dernier cri.

— Est-ce que vous l'avez dégagé ? hurlait grand-père Charles dont la canne martelait le parquet. Il n'est peut-être que blessé. Le sable était détrempé, si ça se trouve il s'est enfoncé dedans sans grand mal... Ça l'a peut-être protégé, vous entendez, bande d'imbéciles !

— M'sieur Charles, protestait le contremaître. C'est pas facile à redresser une coque qui se couche en carène. Quand je suis parti, les gars viraient au cabestan, mais c'est pas dit que les câbles tiennent le coup.

— Faut l'sortir de là-dessous, bon Dieu ! vociférait grand-père. Un Lehurlant peut pas finir comme ça. Je suis sûr que le sable l'a protégé !

Il se trompait, le sable, ce jour-là, n'était pas assez meuble pour que P'pa puisse s'y enfoncer. Par la suite, Julien avait entendu bien des fois raconter cette histoire par les domestiques. Ce n'était pas très difficile, il suffisait pour cela de s'embusquer à proximité de l'office et de tendre l'oreille. Il se trouvait toujours quelqu'un pour dire :

— Bon d'la ! La coque lui a roulé dessus, on a entendu ses côtes craquer jusqu'au *Café de la Grand'Vergue.* Ça nous a fait lever le poil sur le crâne, j'vous jure ! Quand on a redressé le bateau, il restait plus grand-chose de lui. C'était même plus un macchabée, juste une flaque de tripes en vrac avec des os moulus. Le sable avait bu tout le sang. Personne pouvait plus le reconnaître. C'était même pas humain, vrai de vrai. Ça aurait pu être n'importe quoi, un bestiau à l'équarrissage. On l'a ramassé avec des pelles à écoper, c'est tout dire !

Ces détails atroces provoquaient les protestations des servantes, et les hommes s'amusaient à en rajouter, ponctuant leurs descriptions de gros rires. Curieusement, Julien n'avait jamais éprouvé la moindre peine. Une espèce de vertige, oui, de désorientation, mais de chagrin, non. Et, lorsqu'il faisait l'effort d'être sincère, il était contraint de s'avouer qu'en réalité il avait poussé un soupir de soulagement, comme si une terrible menace suspendue au-dessus de sa tête venait de s'annuler. Devait-il en avoir honte ? Il ne savait pas. Son père lui avait toujours fait peur, et, dès son plus jeune âge, il avait eu la conviction profonde que plus il grandirait, plus leurs relations deviendraient difficiles. Voire insoutenables.

Non, il n'avait pas eu mal ce jour-là. Il se rappelait avoir erré dans la maison vide après le départ de grand-père Charles, en appelant sa mère. Claire n'était pas là. Sans doute s'était-elle jointe aux autres, oubliant son fils dans la cohue du départ ? D'ailleurs, Julien n'était pas vraiment seul. Il avait fini par dénicher Rosine, la cuisinière, à l'office. Elle lui avait aussitôt proposé de faire des beignets. Il avait accepté, à condition de pouvoir découper la pâte en forme de petits bonshommes, d'étoiles et de croissants de lune.

Il effectua le reste du voyage dans une torpeur ponctuée de brusques réveils. Des hommes chuchotaient dans le couloir, parlaient du débarquement imminent sans qu'on puisse savoir d'où ils tiraient leurs informations. Personne ne savait réellement comment interpréter les mouvements de troupes. On parlait d'un surgissement des Américains dans le Sud, dans la région de Nice. Oui, c'était par là qu'ils allaient attaquer... Julien se laissait bercer par ces propos qui ne le concernaient pas vraiment. La guerre lui semblait une affaire d'adultes, une de ces occupations bizarres auxquelles les enfants ne comprendront jamais rien, comme la politique, les élections, la Bourse.

Il finit par s'endormir et rêva de batailles confuses, des Américains débarquant à Marseille, au milieu des sardines, du carnaval de Nice dont les grands pantins de carton flambaient en répandant une fumée noire. Puis le convoi entra en gare de Morfonds, et un coup de sifflet le dressa sur la banquette. M'man le toucha à l'épaule et murmura :

— On est arrivé... Il y avait un moment déjà qu'elle était réveillée.

Lorsqu'ils descendirent du train, Julien fut frappé par l'odeur saline de l'air. Cette senteur d'iode, de varech, qui se ruait en lui, enivrante. D'un seul coup la plainte des mouettes lui vrilla les tympans, et il s'aperçut qu'il avait oublié tout cela, sans même en avoir conscience, et c'était comme si, frappé pendant cinq ans d'amnésie, la mémoire lui était soudain rendue. La mémoire et la sensation. Il frissonna de fatigue dans le petit matin. Pour un peu il aurait claqué des dents. Il leva la tête, cherchant à repérer la dérive des grands oiseaux de mer dans le vent. Mouettes, goélands, albatros, cormorans, il n'avait jamais su les identifier, mais c'étaient des noms qui sentaient le roman d'aventure, la flibuste, le radeau encerclé par les ailerons des requins. Les mouettes tombaient, corrigeant leur chute à la dernière seconde pour décrire une

courbe languissante, prélude à un atterrissage souvent
sans grâce.

Julien se secoua. M'man affichait un petit visage chif-
fonné, pâli par la nuit de mauvais sommeil. Pour la
première fois depuis leurs retrouvailles, Julien la
trouva moins jeune que dans son souvenir. Sur le bord
du quai, dans le vent du matin, elle avait quelque chose
d'un peu flétri et de douloureux ; un maquillage de lassitude lui faisait les yeux meurtris.

— Il faut aller chez le notaire, dit-elle en essayant de
corriger sa coiffure. C'est un peu tôt mais je l'ai prévenu. Je pense qu'il ne nous gardera pas longtemps,
maintenant que nous n'avons plus d'argent nous ne
sommes pas des clients très intéressants.

Elle parlait sans poser le regard sur Julien. Elle semblait toujours fixer quelque chose dans le lointain, au-
dessus de la tête de l'enfant.

Ils sortirent de la gare. Il n'y avait pas de soldats pour
filtrer les voyageurs. Le garçon songea que les Boches
avaient probablement levé le camp. Il grelottait. La pension l'avait déshabitué de cet air vif, piquant, qui vous
agaçait les oreilles et les pommettes. Remorquant cantine et valise, ils traversèrent la place. Julien fut surpris de découvrir le village beaucoup plus petit que
dans son souvenir. Les maisons, les rues, avaient l'air
d'avoir rétréci sous la pluie, tels ces vêtements taillés
dans un ersatz d'étoffe qu'une averse conduisait parfois à diminuer de deux tailles en séchant.

Est-ce qu'on les regardait ? Il y avait du monde au
café. Allait-on les reconnaître ? Il avait beaucoup
changé, mais Claire n'avait fait que couper ses cheveux.

Il sentait les regards sur lui, démangeaison tenace.
Du coin de l'œil, il distingua des silhouettes se pressant

contre les vitres du bistrot. Des hommes à casquette, enveloppés dans de gros bourgerons bleus. Un cheval cognait du sabot sur les pavés, irrité par les exhalaisons d'une traction à gazogène.

« Elle est revenue ! devait-on dire. Elle a osé revenir ! Faut tout de même qu'elle soit sans vergogne ! »

M'man avait pris la direction de la maison du notaire. Son tailleur était très froissé dans le dos et sous les fesses. Julien en fut attristé, il l'aurait voulue impeccable et triomphante.

Claire prit une inspiration profonde et tira sur la sonnette. Il se passa un moment avant qu'on ne vienne ouvrir, mais des ombres s'agitèrent derrière les rideaux du rez-de-chaussée. Enfin, une fille en blouse noire les fit entrer. Elle marmonnait en regardant ses pieds. Elle avait un ridicule petit chignon sur le haut du crâne. Il fallut suivre un couloir sans fenêtre avant d'entrer dans le bureau du notaire. La pièce empestait le tabac refroidi. Le vrai tabac. Audonier, le tabellion, finissait de boutonner son gilet. Il avait pas mal grossi et ses joues avaient une teinte violacée, à fleur de peau. Il se lança dans des protestations d'amitié et des inquiétudes feintes que Julien n'écouta pas. Le protocole des adultes l'ennuyait toujours. Il examina le cabinet. Les dossiers, les statues de plâtre ou de marbre. Une maquette de bateau, des pots d'étain. Rien de très intéressant.

— Le petit pourrait peut-être aller à la cuisine, proposa le bonhomme. Il boirait un bol de lait chaud pendant que nous parlerions de l'affaire ?

— Non, répliqua M'man. Je veux que vous parliez devant lui, sans détour. Considérez-le comme une grande personne. Il a le droit de savoir.

— Comme... comme vous voudrez, marmonna le notaire pris de cours. Nous allons débroussailler tout cela pendant que Marie nous fera du café. C'est du vrai, bien sûr. Cela vous fera du bien après cette nuit en train.

Il bavassait pour ne rien dire, Julien s'en rendit compte, mais beaucoup d'adultes faisaient ainsi, perdant leur temps à tourner autour du pot.

— C'est que la situation n'est pas très brillante, attaqua enfin le notaire. Vous avez été longtemps absente, et je pense que vous n'avez guère entretenu de relations épistolaires avec votre beau-père, M. Charles Lehurlant ?

Julien surprit le regard du bonhomme sur la jupe froissée de M'man. Il vit également s'allumer une étincelle de mépris amusé dans l'œil de l'homme de loi. Il aurait voulu partir. Prendre Claire par la main et lui dire : « T'occupe pas de ce gros porc, rentrons chez nous. Nous nous débrouillerons tout seuls. Nous n'avons besoin de personne. Je t'ai obéi, tu sais, je suis devenu fort. Je n'aurai peur de rien là-haut. »

Au lieu de cela, ils restaient là, à écouter palabrer le notaire aux yeux trop fureteurs.

Audonier parlait en agitant les mains, en ouvrant des dossiers. Il respirait fort par le nez. Au bout d'un moment, Julien réalisa qu'une agitation trouble emplissait la maison. Des femmes maigres, noires et chuchotantes allaient et venaient, arpentant les couloirs en un ballet mystérieux. Une T.S.F. réglée sur Radio-Londres moulinait son brouillage quelque part derrière les cloisons. De temps en temps, l'une des dames entrait sur la pointe des pieds dans le bureau de Me Audonier et venait lui murmurer quelque chose à l'oreille. Le notaire fronçait les sourcils, se trémoussait dans son fauteuil, gribouillait des dessins sans signification sur une feuille de papier.

— Vous voulez vraiment vous installer là-haut ? demanda-t-il enfin à Claire, comme s'il se décidait soudain à abréger l'entrevue. C'est en très mauvais état, vous savez. Ça n'a plus aucun rapport avec ce que vous avez connu. Mon Dieu ! Pardonnez-moi de parler ainsi, mais le grand-père Charles n'avait plus toute sa tête, à la fin. Il laissait tout partir à vau-l'eau. Comme il n'avait plus rien pour les payer, il a renvoyé les domestiques. Il vivait tout seul, se négligeant. Quand on le voyait errer sur les chemins, on le prenait pour un braconnier.

— Que s'est-il passé ? interrogea M'man.

— Mais la faillite, madame ! lança Andonier d'une voix faussement atterrée. Vous savez comme moi que le chantier naval travaillait avec des commandes anglaises. Des voiliers de plaisance commandés par de riches amateurs. La guerre a coupé M. Charles de sa clientèle habituelle, et les Allemands, à cause de cette même clientèle, l'ont tenu en grande suspicion pendant cinq ans, l'empêchant de travailler. Comme on savait qu'il n'était pas en odeur de sainteté auprès de la Kommandantur, on s'adressait ailleurs dès qu'il s'agissait d'effectuer une réparation, un carénage, un calfatage. Très vite, ses carnets de commandes se sont vidés. Il a débauché ses ouvriers. Les bateaux en construction ont commencé à pourrir sur l'accorage. On a fini par les vendre comme bois de chauffage, après les avoir débités à la scie. Un vrai crève-cœur, vous vous rendez compte ? Des yachts taillés pour la course en haute mer, des merveilles aux lignes d'eau parfaites !

— Et les terres ? demanda M'man.

— Ils les a vendues pour éponger ses dettes, bout par bout. Pour payer les ouvriers, les fournisseurs. Il ne voulait rien devoir à personne, il y mettait un point d'honneur. En fait, comme on le savait dans le besoin, certains en ont largement profité pour acheter l'hectare très en dessous de sa valeur. Tout le domaine est parti en morceaux, émietté.

— Alors il ne reste rien ?

— Ce n'est pas tout à fait exact. Il reste une parcelle de trois hectares au lieu dit « le pré aux corbeaux »... et la maison. Mais c'est justement là que se situe le problème. Cet endroit n'est ni habitable ni exploitable, et je vous déconseille d'y aller. Là-bas vous serez en danger physique, réellement. Les Allemands se sont mis dans la tête que le pré aux corbeaux servait de terrain d'atterrissage aux avions anglais, les Lysander... et que, certaines nuits, on y parachutait des armes pour les maquisards. Je pense quant à moi qu'il s'agit d'une vengeance de paysan malintentionné. Quelqu'un qui, pour nuire à M. Charles, a écrit une lettre de dénonciation mensongère à la Kommandantur. Les Boches ont miné le terrain, sur toute sa longueur. Beaucoup de bêtes ont sauté sur ces charges, des vaches, qui avaient l'habitude d'aller brouter dans la pâture. C'est un endroit terriblement dangereux.

— Et la maison ? fit M'man.

— La maison, soupira Audonier, elle n'a pas eu beaucoup plus de chance. La dernière fois que les Anglais ont essayé de bombarder la base sous-marine de Termeur, l'un de leurs appareils s'est fait accrocher par la Flak, il a vidé ses soutes au petit bonheur pour tenter un atterrissage sur le ventre. Les bombes sont tombées dans la forêt de Craindieu, en bordure de chez vous, mais l'une d'elles à traversé le toit de la bâtisse et s'est fichée dans le grenier, au milieu d'un tas de vieux matelas. Elle n'a pas explosé, mais personne n'est allé la désamorcer. Elle est toujours là-bas. Une simple vibration peut la faire éclater à tout moment : une porte qui claque, une lame de parquet qui bouge...

Julien dressa l'oreille, en alerte. La bombe dans le grenier lui faisait battre le cœur comme l'annonce d'une merveilleuse aventure.

— C'est une grosse bombe ? s'enquit M'man.

— Je pense bien ! siffla le notaire avec cette fatuité des hommes qui aiment à prouver la supériorité de leur race dès qu'il s'agit d'armes, de moteurs ou de principes mécaniques. C'est une « cinq cents kilos ». Si elle explose, il ne restera de la maison qu'un immense trou dans le sol. De plus, la déflagration risque de déclencher les mines qui sauteront en chapelet. Ce sera un véritable enfer. Il est hors de question que vous vous installiez là-bas.

— Mon beau-père vivait dans la maison ?

— Non, dans la cabane du jardinier ; mais c'était une précaution illusoire. Si la maison avait sauté, la cabane aurait été aussitôt réduite en miettes.

— Il est mort en marchant sur une mine ?

— Oui. Il avait un peu perdu la tête. Il parlait tout seul. Il insultait les corbeaux. Il leur jetait des pierres, comme un gosse. Là-haut, on avait peur de lui. On l'a vu à plusieurs reprises se glisser sous les barbelés pour poursuivre les corneilles. Lorsqu'on lui criait de revenir, il prétendait connaître l'emplacement des mines. Je m'excuse d'aborder ces détails, mais on n'a pas retrouvé grand-chose de lui. On l'a identifié grâce à sa chevalière et à sa montre. Je tiens ces objets à votre disposition. Inutile de vous dire que ces biens, la terre comme la maison, sont invendables. Il faudrait procéder à un déminage complet du sol. Les Allemands ne le permettraient pas.

— Allons, maître, grommela Claire, vous savez très bien que les Allemands sont en train de s'en aller.

— C'est vrai, admit le notaire. D'ailleurs nous ne les avons jamais beaucoup vus ici, en ce point de la côte. Peu d'intérêt stratégique. Les falaises sont beaucoup trop abruptes pour autoriser un débarquement. Mais cela ne change rien au problème. Pour déminer, il vous faudra avoir recours à un spécialiste, et cela ne se fera pas dans l'immédiat. Si les Alliés débarquent, ils auront d'autres chats à fouetter.

— Maître, dit M'man avec une certaine lassitude, nous n'avons nulle part où aller. Cette maison est le seul bien qui nous reste.

— Je ne peux pas vous empêcher de prendre possession de vos terres, fit Audonier en pinçant les lèvres, mais c'est de la folie, surtout avec un enfant que vous n'arriverez pas à faire tenir en place.

Julien se crispa, humilié d'être assimilé à un gamin irresponsable. Une bouffée de haine lui donna envie de se saisir de l'encrier du notaire pour le lui jeter au visage.

— Puisque vous persistez dans votre décision, fit le tabellion, je vais procéder à la lecture du testament.

S'ensuivit un charabia auquel Julien ne comprit pas un traître mot. Il finit par deviner que grand-père Charles lui léguait le domaine, que M'man signerait à sa place et administrerait ses biens jusqu'à sa majorité. C'était tout ce qu'il désirait savoir.

— Vous me mettez mal à l'aise, déclara Audonier en
rangeant les documents. S'il vous arrive malheur là-
haut, je me le reprocherai toute ma vie.

M'man savait bien que c'était faux, aussi ne se donna-
t-elle pas le mal de protester. Le notaire semblait pressé
de les voir déguerpir. Au moment où il se levait, il parut
pris d'un remords.

— Vous n'allez pas grimper à pied, dit-il, surtout avec
les bagages. Je vais dire à Marie d'atteler la carriole,
elle vous montera jusqu'aux Vaudrets, le reste sera un
jeu d'enfant. Surtout, faites très attention aux champs
de mines, ne franchissez jamais les barbelés. Tu
entends, petit ? Même pour jouer. Tu serais transformé
en chair à pâté, boum !

— Ne lui parlez pas comme à un idiot de village, dit
M'man. Il ne commettra aucune erreur. Ne vous y trom-
pez pas, de nous deux, c'est lui le plus prudent.

Audonier maugréa en quittant la pièce, on l'entendit
aboyer après Marie, la bonne au maigre chignon.

Un conciliabule s'ensuivit, dominé par les chuchote-
ments sifflants de l'épouse du tabellion.

— Laisse-la se débrouiller, entendit Julien. Tu ne dois
rien à ces gens-là, ils n'ont même plus le sou. Tu n'as
plus d'obligations envers eux. Pourquoi se compromet-
tre avec ces va-cul-nu ? Et elle... *Elle*... Tu sais bien ce
qu'on dit... La meurtrière...

Audonier demanda à sa femme de parler plus bas.
Au bout d'un moment il réapparut pour annoncer que
la carriole était prête. Marie connaissait bien le chemin, même si elle n'était pas très dégourdie. Pendant
qu'on se hissait dans la charrette, il renouvela ses
conseils de prudence, évoqua la maison bombardée, les
vaches éventrées par les mines.

Avec une dernière réticence, il ajouta :

— La famille Gorjus est encore là-haut. Faites attention, ils étaient très montés contre le grand-père parce
que plusieurs de leurs laitières sont mortes en se faufilant sous les barbelés. Ils le tenaient pour responsable, c'est idiot, bien sûr, mais allez donc raisonner ces
gens-là !

5

Le cheval tirait la charrette d'un pas paresseux, ses sabots heurtant le pavé avec un son creux. Marie s'était recroquevillée sur son siège, le cou rentré dans les épaules, l'air apeuré. Quand on lui parlait, elle répondait sans tourner la tête, d'une voix chargée de ressentiment. Elle ressemblait à ces animaux qui croient annuler le danger en refusant d'y porter les yeux. Au fur et à mesure qu'on s'éloignait de Morfonds, Julien sentait croître son excitation. A présent, la carriole s'engageait dans la longue côte qui menait à cet endroit du pays surnommé les « Hauts ». Il s'agissait en fait d'une éminence bosselée, couverte d'arbres, dominant tout le paysage. Cette excroissance se cassait en un à-pic de calcaire crevassé au bas duquel grondait la mer. C'était là que le seigneur du lieu avait jadis érigé sa maison forte, ce donjon que le grand-père Charles avait annexé et transformé en gentilhommière. De là-haut on voyait jusqu'à la ligne d'horizon, et le regard pouvait courir à la surface de la plaine sans jamais buter sur le moindre obstacle. C'était là, également, que s'enracinaient les premiers grands arbres de la forêt de Craindieu, des géants au tronc couvert de mousse et de champignons dont on tirait l'amadou nécessaire aux briquets. Julien connaissait assez mal cette partie du pays, la pénombre constante qui régnait sous le couvert l'avait toujours impressionné.

Pendant qu'on montait, il découvrit les tonsures que le bombardement avait taillées dans les bois des alentours. Des clairières calcinées béaient au milieu de la verdure.

« On dirait des marques au fer rouge sur la toison d'une bête », pensa-t-il.

— J'irai pas jusqu'en haut, annonça la Marie de sa voix geignarde. C'est là, au bout de la route, que commence le champ de mines. Y a eu trop d'accidents. Y a pas de semaine qu'une bête ne vienne se faire mettre en charpie en passant sous les barbelés. Tantôt c'est un sanglier, tantôt un renard. Ça fait une grande flamme jaune et une fumée qui prend à la gorge. Faudra faire très attention, m'dame Claire. Surtout avec le gamin, à c't'âge ça a le diable au corps.

Julien fut sur le point de la rabrouer, mais la niaise tendit soudain sa main maigre pour désigner un entonnoir qui crevait le talus, au bord de la route.

— Tenez, dit-elle en se signant. C'est là qu'on a ramassé ce qui restait de votre beau-père, sauf votre respect. A mon avis, il a cherché sa mort. Fallait pas avoir toute sa tête pour se promener dans ce coin-ci. Les derniers temps, il vivait en vrai sauvage. Il tournait à la bête, sans rire. Beaucoup de gens avaient peur de lui. Il trottait à travers les champs et les bois à toute heure du jour et de la nuit. Il était devenu plus sale qu'un sanglier avec sa houppelande couverte de boue. Si c'est Dieu possible, un homme qu'avait eu tant d'argent ! On aurait dit qu'il cherchait à prendre un mauvais coup. Heureusement qu'on n'a pas vu beaucoup de Boches dans le coin, sinon il se serait fait tirer comme un lapin.

M'man avait fait la grimace, mais Julien ne put s'empêcher de regarder le cratère. La terre, grise sur les bords, devenait très noire en profondeur, puis très blanche au point le plus bas, là où la déflagration avait dénudé le calcaire du sous-sol. Des images affreuses lui traversèrent l'esprit. Il essaya d'éprouver une certaine tristesse, mais rien ne vint. A cause de M'man, il était comme ces joueurs qui ont tout misé sur un seul numéro, il n'avait plus la moindre monnaie à distribuer aux mendiants.

Marie tira sur les rênes.

— J'vous laisse là, déclara-t-elle avec un mélange d'agressivité et de supplication. Vous connaissez le chemin, mais c'est de la folie. C'est pas humain, c'est comme si vous retourniez à la sauvagerie. Y a plus de champs cultivables, juste un tout petit lopin derrière la cabane, mais faut encore savoir s'y prendre, et vous êtes pas vraiment des paysans. Vous allez crever de faim, ma pauvre dame. Enfin, c'est à vous de voir, après tout c'est pas mes affaires.

Julien et Claire descendirent. Les barbelés déroulaient leurs spires hérissées de piquants au bord de la route. Les soldats ne s'étaient pas donné le mal d'édifier une vraie barrière. Ils s'étaient contentés de dévider les rouleaux entre les poteaux alignés. Des pancartes menaçantes avaient été clouées à intervalles réguliers. Des têtes de mort surplombant l'inscription : ACHTUNG MINEN !

Ces crânes peints au pochoir évoquaient pour Julien le funèbre drapeau des pirates. Des corbeaux voletaient au milieu des sillons, picorant la terre en friche à la recherche de vers bien gras.

— Faut pas vous fier aux oiseaux, expliqua encore Marie avant de faire demi-tour. C'est pas parce que vous les voyez trotter sur le sol qu'il n'y a pas de danger. C'est juste qu'ils ne sont pas assez lourds pour déclencher les détonateurs des mines. Mais ce sont bien les seuls à pouvoir se promener ainsi, même les chiens n'en sont pas capables.

Sans un signe d'adieu, elle fouetta la croupe du cheval d'un revers de lanière pour redescendre au village. Julien et Claire demeurèrent un long moment immobiles sur la route caillouteuse. L'explosion qui avait tué le grand-père avait projeté des mottes de terre en tous sens, brisé des cailloux et ouvert une brèche dans la muraille de barbelés. Personne ne s'était soucié de refermer cette ouverture, sans doute par crainte de s'approcher des mines, mais n'importe qui pouvait s'engouffrer en zone interdite par ce passage labouré, et c'était sûrement ce qu'avaient fait les vaches des Gorjus. Julien laissa courir son regard sur l'étendue de terre inculte. Laissé en jachère depuis cinq ans, le pré aux corbeaux n'était plus qu'un terrain vague semblable à ceux qui s'étendaient aux abords des usines de Bordelieu, là-bas dans la banlieue grise de la pension Verdier. Pendant que la carriole s'éloignait, Julien se pencha pour ramasser une motte couronnée de chardons. Il la flaira. Une odeur chimique s'en dégageait, sûrement celle des explosifs. Cinq ans plus tôt, M'man lui aurait dit : « Laisse ça, c'est sale. » Elle n'ouvrit pas la bouche. Les corbeaux vinrent se poser au sommet des piquets, pour contempler les intrus. Ils avaient de gros becs bleutés, qu'ils aiguisaient sur le bois.

— J'ai froid, dit Claire. Ne restons pas là.

Ils se mirent en marche, escaladant le chemin caillouteux entre les deux haies de fils barbelés. Julien distingua, quelque part sur la droite, la carcasse d'une vache morte échouée en plein champ de mines. Elle était là depuis longtemps car aucun oiseau ne s'y intéressait plus. Probablement se réduisait-elle à quelques bouts de cuir tendus sur une charpente d'os émiettés. Le cœur de Julien battait plus vite. Il n'avait pas peur, il n'était pas dégoûté. Il avait l'impression d'avoir tourné la première page d'un roman d'aventures et d'être sur le point de devenir le héros d'une histoire fabuleuse. Il aurait voulu marcher plus vite, mais Claire se tordait les chevilles sur ses talons hauts, et il était bien forcé de l'attendre. Enfin la maison surgit entre les arbres. Volets fermés, le toit mangé de mousse, les murs lézardés. Elle avait vieilli. Elle paraissait tout à coup beaucoup plus petite, à l'exemple de ces vieillards qui se racornissent avec les ans. On voyait le trou ouvert par la bombe dans le toit. Un trou sans importance, pas du tout spectaculaire.

Aussitôt, la main de Claire se crispa sur l'épaule de Julien.

— Tu n'iras pas, hein ? dit la jeune femme. Cela ne sonnait pas encore comme un commandement, plutôt comme une supplication. Julien se rappela l'avoir entendue employer ce ton, jadis, lorsqu'elle s'adressait à Mathias Lehurlant. Immédiatement, elle se reprit et retira sa main.

— Ne m'écoute pas, dit-elle avec lassitude. Après tout je n'ai pas d'ordre à te donner. Je n'ai rien fait pour en avoir le droit.

Julien l'écouta à peine. Il respirait vite, les narines dilatées. Les odeurs l'envahissaient. La forêt, avec ses relents de mousse humide, de champignons, de moisissure... et cette fragrance si violente de la sève en train de monter, collante, suintant d'entre les fissures des écorces, perlant aux moignons des branches brisées. La résine, la gomme arabique qu'il avait mâchée si souvent lorsqu'il était petit. Et la terre... avec son parfum noir, lourd, à la fois écœurant et intime, cette gifle presque indécente.

— Ça sent le cul, avait coutume de dire grand-père Charles le matin, lorsqu'il contemplait les champs après avoir longuement pissé contre un arbre. Bon sang, ça sent comme le cul d'une garce au bordel, au lendemain d'une nuit d'amour. Tu ne trouves pas ?

— Y a de ça, m'sieur Charles, approuvait François le métayer. Ça renifle sacrement fort, ça c'est vrai !

— Bon Dieu, c'est vivant, martelait l'Amiral. Ça sent comme un ventre.

Aujourd'hui, Julien retrouvait ce remugle d'étable, de labour, de champ éventré par le soc, et prenait conscience de l'anesthésie olfactive dans laquelle il avait vécu au pensionnat. La banlieue ne sentait rien, c'était un monde gris et fade, aux couleurs effacées. Une absence.

Instinctivement, ils avaient ralenti le pas. Autour de la maison, les parterres de fleurs s'étaient changés en buissons hirsutes, les mauvaises herbes, les chardons, avaient tout envahi. La mousse s'était lancée à l'assaut des murs. Le lierre avait poussé sur les volets, les fenêtres. Les ouvertures naturelles de la bâtisse disparaissaient derrière ce matelas végétal. L'eau du bassin à poissons rouges était d'un noir d'encre. La zone interdite délimitée par les barbelés commençait presque au pied des murs et n'épargnait guère qu'une cabane plantée de guingois, dont les pierres avaient tendance à se desceller. C'était l'ancienne remise à outils, là où l'on rangeait le petit attirail destiné à l'embellissement du jardin. Les carreaux cassés avaient été remplacés par de la toile à sac enduite de goudron de calfatage. Julien songea que c'était là que le grand-père avait passé les dernières années de sa vie. Il hésita sur le seuil. La porte était entrebâillée, dans la position où l'avait laissée Charles Lehurlant lorsqu'il était sorti pour son ultime promenade.

(Qu'est-ce que ça faisait de sauter sur une mine ? Est-ce qu'on avait le temps de souffrir ?)

Julien tendit la main, poussa le battant rugueux qui résista. Les charnières grincèrent. Une bouffée de saleté le frappa au visage. Ça puait le vieux. La pisse, la crasse. Il entra. On y voyait mal à cause des fenêtres obturées. Il y avait une table encombrée de vaisselle poussiéreuse, de coquilles d'œufs, de petits os gris ayant appartenu à des lapins dont les peaux séchaient au plafond, clouées à une poutre, raides. Dans un coin, on avait aménagé un lit de fortune, une paillasse aux couvertures grasses. Des bougies avaient été plantées dans le goulot de bouteilles vides, un peu partout. C'était l'antre d'un malheureux, de l'un de ces mendiants de la terre qui survivent en cultivant quelques légumes dans un potager grand comme un mouchoir de poche.

Claire entra à son tour. Julien vit qu'elle faisait des efforts pour ne pas se mettre à pleurer.

— C'est rien, dit-il. On va tout arranger. Ce sera une formidable cabane de trappeurs, tu verras !

Il était heureux de la tournure des événements parce qu'elle lui permettait enfin de parler sans gêne.

— On va tout nettoyer, affirma-t-il. On n'est pas manchots !

Il contourna la table. Entre les assiettes, il avisa une boîte à sucre, en métal rouillé. Elle était pleine de photographies. L'Amiral en avait étalé une douzaine près de la lampe à pétrole. Elles représentaient Mathias Lehurlant, à cheval, ou debout à la proue d'un navire en construction. Mathias torse nu, en uniforme de marin, en costume de dandy avec cravate, canotier et gants beurre frais. Sur un cliché plus grand que les autres, Mathias était vêtu d'une redingote et tenait une femme en robe blanche par le bras. Julien mit une seconde pour comprendre qu'il s'agissait de la photo de mariage de ses parents. Avec une cigarette, le grand-père Charles avait brûlé le visage de M'man, ouvrant un trou aux bords charbonneux dans l'épaisseur du carton.

Julien se mordit les lèvres, il eut un geste pour ranger les photos, mais M'man secoua la tête.

— Va, soupira-t-elle. Ce n'est pas le plus important. Il va falloir retrousser nos manches si nous voulons dormir ce soir dans cette porcherie !

Ils sortirent de la cabane pour faire le tour des lieux. Un petit potager anarchique occupait l'emplacement d'un ancien massif de fleurs. Des laitues montées en graine, des asperges, des carottes se disputaient l'espace. Quelques pommiers jalonnaient ce jardin rachitique. C'était grâce à ce carré de légumes que le grand-père avait survécu, mis à la porte de sa belle maison de maître par la bombe importune qui avait décidé de s'assoupir dans le grenier, au milieu des vieux matelas. Une vie étriquée après avoir mené, une existence durant, le train d'un gros propriétaire terrien. La baraque du jardinier, la remise... Julien essayait de dresser une liste des tâches urgentes à effectuer : les outils à rassembler, les semences à planter, les légumes à récolter, les pommes qu'on pouvait mettre à sécher... Il se félicita d'avoir eu le réflexe de voler un manuel d'agriculture à la bibliothèque de la pension car il en savait davantage sur l'art de piéger le loup gris d'Alaska, de pêcher la baleine à bosse ou de tuer le grizzly des Rocheuses, que sur la façon dont on prépare une planche de haricots verts. Cette fois ça y était! Il était sur son île déserte! Ce n'était pas un océan infesté de requins qui l'entourait, mais une terre truffée d'explosifs mortels, ceci valait bien cela et il ne perdait pas au change.

Au fond du potager se dressait un pourrissoir à demi vide. L'Amiral avait laissé une fourche plantée en terre, au centre d'une planche de laitues, comme si une subite lassitude l'avait saisi là, en plein travail, et qu'il avait soudain décidé de tout abandonner. Julien essaya de reconstituer ses derniers gestes: il avait lâché la fourche, était entré une minute dans la cabane, peut-être pour boire un dernier verre de vin rouge et contempler les photos de son fils, puis, cette brève cérémonie accomplie, il avait pris la direction du champ de mines. Combien de pas avait-il eu le temps de faire avant l'explosion?

Julien avait les mains moites. Il les essuya sur le devant de sa chemise. Le croassement des corbeaux lui parut assourdissant. Il déglutit, fit un effort pour mettre de l'ordre dans sa tête. Il oubliait quelque chose d'important, mais quoi? Ah! oui, l'eau! Le puits était-il toujours accessible? Sans doute, sinon l'Amiral n'aurait pu survivre bien longtemps. Il pensait au puits, mais il ne pouvait détacher son regard de la fourche abandonnée, plantée raide dans le sol, avec ses dents que l'humidité avait rougies. Il se secoua, marcha vers le puits. Le couvercle de bois était encore en place. M'man dut l'aider pour le faire coulisser. Il se pencha au-dessus du trou noir, y jeta une pierre, sans trop savoir pourquoi (peut-être parce que les explorateurs faisaient toujours ainsi, dans les romans ?). L'odeur de l'eau le fit suffoquer et lui donna le vertige. Un clapotis lui sauta au visage, amplifié par les parois.

— Maintenant il ne reste plus qu'à s'y mettre, dit M'man. Ils s'attendent tous à ce que nous renoncions, il faut leur prouver que nous sommes capables de nous en tirer tout seuls.

— Oui, murmura Julien. On va leur montrer. Du moment qu'il y a de l'eau on peut vivre.

C'était une phrase du professeur Cormac, dans *Les Naufragés du « HMS. Caramaïbo »*, un roman pour la jeunesse qu'il avait emprunté à son arrivée à la pension. Ils retroussèrent leurs manches et entreprirent de vider la cabane de son foutoir. Ils sortirent tout : la paillasse, les peaux de lapin, les ordures, les couvertures raides de crasse. Cet inventaire réjouissait Julien. Il faudrait prévoir une immense lessive, faire entrer un peu d'air dans ce gourbi. Le garçon décloua les toiles de jute qui obstruaient les fenêtres.

L'étalage de cette misère l'emplissait d'une étrange incrédulité, il revoyait l'Amiral en grand maître du donjon, les bottes aux pieds, la cravache sous le bras. Vieux mais droit, cambré, une ceinture rouge de zouave autour des reins, à cause de sa sciatique. Il se mettait en selle sans l'aide du valet d'écurie. Le pied à l'étrier, la main sur le pommeau, et hop... Au petit trot, il parcourait les champs, centaure à la barbe en éventail. On le voyait devenir tout petit dans la brume exhalée par la terre, se perdre jusqu'à ne plus être qu'une ombre vacillante. Et puis il y avait les veillées au coin de cette cheminée surmontée par la figure de proue du premier bateau construit sur les chantiers Lehurlant. Le grand-père Charles passait une vareuse de capitaine de vaisseau, aux manches galonnées d'or, et s'installait dans un fauteuil de cuir anglais, offert par l'un de ses clients : un chippendale patiné d'usure. Alors commençait la cérémonie du tabac et de la pipe qu'il tirait des poches de sa veste d'uniforme. Et les flammes du foyer séchaient doucement le cuir de ses bottes de cavalier. Rien qu'à le voir ainsi, on savait qu'il était le maître. Ses lèvres épaisses tétaient le tuyau de la pipe avec la gourmandise irritée qu'il mettait dans chacun de ses actes. C'était comme s'il s'impatientait de la résistance que lui opposait cette simple pincée de tabac tassée au fond du fourneau d'écume de mer.

— Votre fils est comme vous, disait parfois M'man. Vous êtes des dévoreurs. Des ogres.

— Nous sommes simplement vivants, ma petite, répondait-il. Nous avons de l'appétit. Nous sommes de la race des constructeurs, des conquérants.

— Les conquérants détruisent beaucoup plus qu'ils ne construisent, observait Claire. Bizarrement, j'ai toujours eu l'impression que c'était surtout cette partie du programme qui vous intéressait !

— Vous dites n'importe quoi, grognait le grand-père en tirant sur sa pipe. Vous êtes une raisonneuse, comme tous les gens de la ville. Vous croyez que la tête est plus importante que les mains.

Julien se rappelait l'immense silhouette de l'Amiral que la posture assise ne parvenait pas à rendre moins imposante. Cet homme à la barbe de prophète, installé

dans son fauteuil, lui semblait une sorte de roi clandestin régnant sur la forêt.

Que restait-il de tout cela aujourd'hui ? Des coquilles d'œufs qu'on avait percées à l'aide d'un clou pour
les gober, faute de bois pour allumer le fourneau et
cuire une omelette. Des couvertures dont un chien
n'aurait pas voulu pour tapisser sa niche. Des hardes
cuites par la crasse.

Gagnés par une sorte de fièvre, ils s'étaient mis à
vider la baraque de la même manière qu'on éviscère
un lapin. La tripaille du gourbi s'entassait sur l'herbe,
attirant déjà les mouches. Dans un placard, Julien
trouva, pêle-mêle, des sachets de semences de batavia,
de chou-fleur, de radis noir, de carotte nantaise. Les
graines crissaient au fond des petits sacs de papier. Des
centaines et des centaines de graines. Etaient-elles
encore « vivantes » ? Pourrait-on les semer dans le potager ? Il faudrait consulter le livre pour apprendre la
marche à suivre. Des pots de grès ou de fer-blanc renfermaient de la mélasse, du saindoux, du vrai café. D'un
torchon graisseux, ils tirèrent un bout de lard racorni,
presque du cuir ! Des sacs de papier huilé contenaient
des biscuits de mer plus durs que la pierre, qu'on ne
pourrait consommer qu'après les avoir mis à tremper
dans la soupe. Cette nourriture de marin enchanta
Julien.

M'man s'était débarrassée de sa veste de tailleur. En
corsage, les manches retroussées, le col défait jusqu'au
troisième bouton, elle se battait avec la cahute. Le
visage et les mains noircis, la sueur au visage, elle haletait en se cramponnant aux objets avec une hargne
étrange. Tout volait, par la porte ou par les fenêtres.
Avant de se jeter dans la bataille, elle s'était accordé

une minute pour se défaire de ses talons hauts et enlever ses bas. Lorsqu'elle avait troussé sa jupe pour faire
sauter les attaches des jarretelles, Julien avait tourné
la tête. Claire avait ensuite enlevé sa jolie petite montre et, pieds nus, elle avait plongé au cœur du capharnaüm tels ces matelots armés de longs tranchoirs qui
entrent dans le ventre des baleines pour en découper
la graisse. Depuis, elle s'affairait dans la poussière de
paille montant du sol, éternuant quand l'atmosphère
devenait trop raréfiée.

Sous les caleçons crasseux, ils découvrirent de la
farine, des cubes de savon de Marseille, d'un beau luisant d'ivoire. Ces trésors les faisaient rire, ils les bran-
dissaient avec incrédulité, y trempaient le doigt ou s'y
frottaient le bout du nez en déclarant chaque fois :

— C'est du vrai ! C'est du vrai !

Quand la cabane fut vide, il fallut faire le tri. Claire
décida de ne conserver que les couverts, la grosse cafetière émaillée, les quarts de soldat, les gamelles, la marmite, quelques assiettes de porcelaine précieuse qui
avaient jadis trôné sur la nappe damassée de la salle
à manger lorsqu'on dressait la table pour un riche
Anglais ramené du chantier. Chose curieuse, tous les
couverts étaient en argent. Le grand-père, au moment
d'improviser son campement, s'était sans doute
contenté de les prélever dans les tiroirs de l'office, au
petit bonheur. La plupart étaient noirs d'oxydation,
quelques-uns, régulièrement frottés avec du sable,
avaient conservé tout leur brillant. Ils scintillaient
comme des pièces d'argent dans le balluchon d'un che-
mineau. Sur le manche, tout en haut, on pouvait voir
le grand *L* de la famille Lehurlant surgissant d'un buisson de ciselures.

Haletants, les bras rompus, la mère et le fils s'assirent un instant dans l'herbe autour des pierres carbonisées de l'ancien bivouac. Le vent, soufflant sur les scories, emplissait l'air d'une odeur de cendre. Il leur fallait reprendre respiration. Ils éternuèrent, les narines tapissées de poussière.

— Quand la bombe a crevé le toit, dit M'man en examinant une cuillère, l'Amiral a dû se dépêcher de sortir les objets de première nécessité : un matelas, des couvertures, une batterie de cuisine. Ensuite, il n'a plus jamais osé retourner dans la maison. Il est resté là, comme un clochard, à camper devant son trésor...

— Quel trésor ? s'enquit Julien.

— C'est vrai, soupira Claire, tu ne sais pas. Quand on a commencé à réaliser que la guerre était inévitable, ton grand-père a fait rentrer des provisions de toute sorte, par quantités invraisemblables. Comme s'il se préparait à soutenir un siège. Quand je suis partie, tout cela était encore entassé à la cave et au grenier. De l'huile, des jambons, des conserves, du vin... des centaines de bouteilles de vin de qualité. Du sucre aussi, du café, du chocolat, des bocaux de confitures... Des saucissons... Mon Dieu, il y en avait tellement qu'on ne voyait même plus les poutres !

Elle égrenait ces merveilles dans un souffle, un chuchotement presque apeuré, l'œil fixé sur la maison couverte de lierre, et Julien l'imitait, scrutant les murs comme s'il pouvait voir au travers.

— C'est sans doute tout pourri, maintenant ? hasarda-t-il pour se rassurer.

— Non, pas tout, fit M'man. Il doit rester des choses. Le sucre c'est comme le sel, ça conserve rudement longtemps.

Puis elle s'ébroua, et porta la main à sa bouche.

— Je suis folle de te parler de ça, balbutia-t-elle. Je voudrais te donner l'idée d'entrer dans la maison que je ne m'y prendrais pas autrement. Il ne faut pas. Tu entends? Il ne faut pas! Jure-moi que tu n'iras pas. Jure-le-moi!

Elle l'avait saisi aux épaules et pressé contre elle, dans un élan de peur irréfléchie. Julien se retrouva plaqué contre cette peau moite et douce, contre un sein qu'agitait une palpitation sourde. Il en éprouva de la confusion. Il était trop grand désormais pour ce genre d'embrassades. Il n'était plus assez innocent pour entrer au contact d'une chair de femme sans qu'une arrière-pensée ne l'assaille aussitôt. Il se dégagea en feignant de rire.

— Tu m'étouffes! lança-t-il, puis il jura qu'il n'irait pas.

Claire parut se calmer, mais une flamme de frayeur continua à brûler dans son regard.

— Un matin, dit-elle en baissant encore la voix. L'aube était à peine levée, je l'ai vu. Ton grand-père... Il enterrait des choses dans le jardin.

— Quoi donc?

— Je ne sais pas. Des lessiveuses, des boîtes de fer enveloppées dans de la toile huilée. Des provisions pour la guerre sans doute. Des réserves. Tu sais, il y a des gens qui enterraient des louis d'or, des fusils avec leurs munitions, des conserves.

— Tu saurais retrouver l'endroit?

— Non, ça a trop changé... Il faudrait que je me tienne dans la maison, à la même place, près de la fenêtre de ma chambre. C'est peut-être derrière les barbelés.

Elle se tut, frissonna. Maintenant qu'ils ne bougeaient plus, ils prenaient conscience du vent salé soufflant de la mer, et dont la forêt ne parvenait pas à briser la puissance. Julien regarda autour de lui. Des louis d'or enterrés, des lingots peut-être ? Ç'aurait bien été dans les manières de l'Amiral. Mais où se trouvait le trésor à présent ? Au milieu du champ de mines ? La fable du laboureur et de ses enfants lui traversa l'esprit. La main de M'man se noua sur son poignet.

— Tu as promis, rappela-t-elle. Je te parle comme à une grande personne, ne me le fais pas regretter. Je n'ai plus que toi... Si je dois te parler comme à un bébé, en surveillant le moindre de mes mots, je vais devenir folle. Tu comprends ? Maintenant tu ne peux plus te permettre d'être un gosse, c'est fini. Il faut que je puisse m'adresser à toi comme à un homme.

Julien hocha la tête. Il savait ce qu'elle voulait dire, il se jura de ne plus penser au trésor, même si c'était difficile.

— Tu y crois, toi, aux louis d'or ? demanda-t-il.

— Oui, fit M'man. Je me souviens que le grand-père disait tout le temps que les Allemands changeraient la monnaie, que lès billets ne vaudraient plus rien, mais tu sais, il ne faut pas se mettre martel en tête... si je l'ai vu, d'autres ont pu le voir également, les domestiques, un braconnier. Depuis sa mort, ils ont eu tout le temps de venir fouiller la terre.

— Pas si c'est dans le champ de mines, observa Julien. Ils n'auraient pas osé passer sous les barbelés.

M'man eut un geste vague et se força à sourire.

— On verra ça plus tard, déclara-t-elle. Pour l'instant, il faut continuer le nettoyage si nous ne voulons pas passer la nuit dehors.

Ils tirèrent à l'écart le matelas et les couvertures et y mirent le feu, par crainte de la vermine qu'ils croyaient y voir grouiller, et qui n'existait peut-être que dans leur imagination. Des flammes jaunes s'élevèrent, couronnées d'une fumée très noire et puante, mais ce bûcher les rassura. Julien passa l'heure qui suivit à faire la navette entre le puits et la cabane, rapportant des seaux pleins à ras bord qui lui mirent très vite des ampoules au creux des paumes. M'man, la jupe troussée, les cheveux collés sur le front, lessivait les parois et le plancher à l'aide d'une grosse brosse en chiendent. Une bonne odeur de bois mouillé flotta bientôt dans l'air. Julien fit la vaisselle, récurant les ustensiles graisseux et les gamelles avec du sable et de l'eau claire. Puis il remplit le chaudron et alluma un feu de camp entre les pierres. C'était beaucoup moins facile que dans les livres d'aventures, cela lui demanda un certain temps, et un grand nombre d'allumettes.

Les heures passaient sans qu'ils en aient conscience. Quand le ciel commença à s'assombrir, ils furent pris d'une véritable frénésie de labeur à l'idée de se retrouver forcés de coucher à la belle étoile. Il faisait doux, et cela n'aurait rien eu de tragique, mais ils éprouvaient le même besoin obscur d'investir la cabane à toute force, comme si de cette prise de possession dépendait tout leur avenir en ces lieux. Ils redoublèrent d'énergie. Dans une remise à demi effondrée, Julien trouva des ballots de paille sèche qu'il transporta à l'intérieur de la cabane. M'man en répandit sur le plancher humide, comme cela se faisait au Moyen Age, et confectionna une sorte de litière sur laquelle ils pourraient tous deux s'étendre. En la regardant faire, Julien ne pouvait s'empêcher de penser aux lits, aux matelas,

aux couvertures et aux draps de lin que renfermait la
maison. Il y avait là-bas de quoi équiper tout un hôtel,
des armoires pleines à craquer d'édredons, d'oreillers,
de couettes et de polochons. Des vêtements aussi, par
centaines : vestes, chemises, robes, qui leur auraient été
bien utiles, surtout maintenant qu'ils étaient tous les
deux sales comme des cochons. Il se contraignit à chasser cette pensée. Il avait promis... et puis il y avait la
bombe. On ne pouvait pas plaisanter avec une telle
menace. Durant l'été, ils pourraient se contenter de
camper à l'indienne, les choses se gâteraient avec la
venue de l'hiver, quand chauffer la cabane deviendrait
à peu près impossible.

En allant une nouvelle fois chercher de la paille il
sursauta, effrayé par une silhouette bossue qu'il n'avait
pas distinguée au premier abord. C'était la houppelande
du grand-père, accrochée à un clou au fond de la remise.
La houppelande noire qui lui servait à se déguiser en
druide lorsqu'il errait à travers la campagne, son bâton
ferré à la main. Brûlée par le soleil, elle était devenue
rousse, mais, à cause de son capuchon, elle prenait dans
la pénombre de la grange des allures de fantôme au lin-
ceul trempé dans le goudron de calfatage. Julien ne put
se résoudre à la toucher, à la piquer au bout d'une fourche pour aller la jeter dans le feu. M'man l'aurait fait,
mais pas lui. Pour justifier sa couardise, il se répéta
que c'était un bon vêtement, inusable, en épaisse laine
de brebis, qu'ils seraient bien contents de posséder cet
hiver, et il s'éloigna très vite, les bras chargés de paille.

Le soleil devenait rouge à l'horizon, la fatigue allumait une brûlure tenace dans les bras du garçon.

— Ça suffit pour aujourd'hui, décida M'man. Allons
nous décrasser tant qu'on y voit encore.

Ils allèrent au puits, tirèrent un nouveau seau en joignant leurs mains sur la manivelle. M'man ôta son corsage, sa jupe, et — en combinaison — entreprit de s'asperger.

— Allez! lança-t-elle en s'ébrouant, fais pareil. Bientôt la nuit sera là et nous n'y verrons même plus assez clair pour distinguer nos mains!

Julien se mit torse nu et plongea ses paumes réunies en coupe dans le seau. L'eau glacée le fit claquer des dents. Il songea aux Indiens qui prennent des bains de poussière pour se nettoyer, mais décida que M'man n'approuverait sûrement pas cette technique. Il essayait de ne pas voir la combinaison trempée de Claire et se maudissait de sa pruderie. Il était sorti du ventre de cette femme, d'entre ses jambes, pourquoi éprouvait-il de la honte à contempler son corps? N'avait-il pas été plus intime avec elle que ne l'avait jamais été son père, Mathias Lehurlant? Il devait cesser de se comporter en enfant, elle l'avait dit.

Dégoulinants, claquant des dents, ils ramassèrent leurs hardes et coururent vers la cabane, vers le feu qui frissonnait entre les pierres du bivouac. Julien s'agenouilla, essayant de le ranimer en y jetant des brindilles, des copeaux dénichés dans la grange. C'était de l'acacia, un mauvais bois de chauffe dédaigné des ramasseurs — le seul que le grand-père avait pu glaner sur les coupes, faute de force pour fabriquer lui-même ses fagots. Il claquait dans les flammes en projetant de grandes gerbes d'étincelles. En gens de la ville, propres à s'ébaubir de choses sans importance, ils se réjouissaient de ce feu d'artifice qui leur semblait enchanté. M'man se frictionnait les épaules, les bras croisés devant la poitrine. Elle avait les genoux à vif d'avoir frotté le plancher et les jointures de ses doigts étaient toutes rouges.

— On est bien, dit-elle, le regard perdu dans les flammes. Je ne voulais plus revenir ici, mais avec toi ce n'est plus pareil... C'est à nous, maintenant. C'est à nous.

Ils essayèrent de chauffer l'eau pour faire du café et mangèrent de la mélasse tartinée sur un morceau de pain gris que Claire avait dans sa valise. Le parfum du sucre leur fit tourner la tête. C'était de la mélasse de betterave, brune, sans doute fermentée, et qu'on aurait pu sans peine distiller pour produire un quelconque ratafia. Elle leur emportait la bouche et ils devaient boire à tour de rôle au moyen d'un quart bosselé qu'ils plongeaient dans le seau. Claire se chargea de passer le café. La chaussette, goudronnée à l'excès, ne laissait fuir le liquide que goutte à goutte. Les flammes éclairaient le visage de la jeune femme par en dessous. Julien la regardait, des images de cow-boys bivouaquant dans la pampa plein la tête. La nuit s'installait, sourdant de la forêt, barbouillant les champs de son coaltar. La lune n'était pas au rendez-vous et seul le minuscule feu de camp jetait ses reflets sur la façade de la grande maison de maître abandonnée. Julien se demandait ce qu'avait bien pu éprouver le grand-père jeté hors de chez lui par la bombe récalcitrante. De la rage ? Du désespoir ? Il était resté là, ne pouvant se résoudre à s'éloigner de son territoire, de son château. Il était resté là, en lisière, cramponné à sa terre comme un pou obstiné sur la tête d'un éléphant. Oui, il était resté là, à regarder ses champs se couvrir de chardons, de luzerne et de trèfle, tortillant du fil de fer pour aller poser des collets sur son propre domaine, tel un va-cul-nu de braconnier. Julien en avait retrouvé dix de ces lacets prêts à être accrochés dans la coulée des garennes. Etait-ce ainsi qu'avait survécu l'Amiral, lui qui, jadis, s'en allait à la chasse, un purdey sous chaque bras, et assez de cartouches sur les reins pour abattre une armée de janissaires ? Des collets, comme un croquant qui court à tout instant le risque de se faire plomber les fesses par le garde champêtre.

— Si on allait dormir ? proposa M'man. Demain on essaiera de s'organiser, de ramasser les légumes du potager. De planter quelque chose. Est-ce qu'on vous donnait des cours de jardinage à la pension ? Moi, je n'y connais rien.

— J'ai apporté un livre, dit fièrement Julien. Tout est expliqué. On s'en sortira, ne t'en fais pas.

Elle lui ébouriffa les cheveux. En dépit de la fatigue qui marquait ses traits, il la trouva tout à coup plus jolie et plus jeune que la veille. Ils burent le café à petites lampées. Julien, pour qui c'était une première fois, trouva cela amer, mais se força à vider son quart jusqu'à la dernière goutte puisque c'était par excellence une boisson de cow-boy.

A présent que le soleil était couché, il faisait froid, aussi se dépêchèrent-ils de gagner la cabane où ils se laissèrent tomber dans la paille, côte à côte. Julien avait l'impression d'avoir la fièvre, mais sans doute était-ce la conséquence de sa trop grande fatigue. Il aurait voulu savourer cette minute mais l'épuisement ne lui en laissa pas le temps. A peine était-il allongé qu'il sombra dans le sommeil.

6

Cette nuit-là, il rêva qu'il habitait une ville portuaire ravagée par la famine. Une ville peuplée de gens maigres aux yeux creux, aux côtes saillantes. Un bateau, ancré dans la baie, aurait pu résoudre ce problème car ses cales étaient gorgées de nourriture. Personne, hélas, ne pouvait y aborder, le pavillon de quarantaine flottant au sommet du grand mât. C'était un galion pansu, bas sur l'eau, alourdi de victuailles, d'épices et de rhum. La population se massait sur le quai, hagarde, l'œil fixé sur le bâtiment qui se balançait au large, et Julien se trouvait au premier rang, enveloppé dans une couverture trouée. La foule, derrière lui, le pressait de se jeter à l'eau et de nager vers le navire. Il n'aurait qu'à s'introduire dans la cale par un des sabords... Des femmes le traitaient de couard, brandissant sous son nez des nourrissons faméliques. Allait-il les laisser mourir de faim ? Ne ferait-il rien pour eux ? Pourquoi ne plongeait-il pas ? Il était le plus jeune, le plus vigoureux, il n'aurait qu'à voler un jambon, de la viande séchée, de la morue... Elles égrenaient cette litanie alimentaire sur le ton d'une prière. Julien se bouchait les oreilles, mais elles criaient de plus en plus fort.

Il se réveilla en sursaut, prit conscience qu'il était cinq heures du matin et qu'un coq chantait dans le lointain, sans doute celui de la ferme des Gorjus qui se trouvait de l'autre côté du rideau d'arbres, derrière ce boqueteau qu'on appelait la Brigandière, parce que c'était là que s'embusquaient jadis les bandits de grands chemins guettant les voyageurs. Julien leva la tête, il était complètement enfoui dans la paille, et seul son visage surnageait de l'herbe sèche. M'man s'était « enterrée » elle aussi, et ses cheveux étaient remplis de brindilles. Il se leva. Il faisait froid mais son séjour à la pension l'avait habitué aux couloirs sans chauffage et aux salles de classe glaciales. Il ne s'en était jamais plaint, car il avait toujours estimé qu'il était de son devoir de s'endurcir au plus vite.

Il sortit de la cabane et se dirigea vers le puits. Les corbeaux se tenaient là, de l'autre côté des barbelés, dans la luzerne. Ils bougeaient de façon mécanique, tels des oiseaux de tôle dans la vitrine d'un marchand de jouets. Leur bec bleuté avait des reflets de métal. Ils tournèrent tous la tête en même temps, dardant leurs petits yeux en bouton de bottine vers Julien. Ils avaient l'air de dire : « Hé ! Tu vois, bonhomme. Nous sommes chez nous ici. Bien malin qui viendra nous en déloger ! »

Julien fut tenté de leur jeter une pierre, mais il eut peur de toucher une mine, il ne savait pas grand-chose de ces engins de mort et craignait de provoquer une explosion terrible. Il tira un seau d'eau en essayant de ne pas trop faire grincer la manivelle. Ses douleurs musculaires se réveillèrent aussitôt, le faisant grimacer. Il ôta sa chemise, la secoua pour la débarrasser des brindilles, et se passa de l'eau sur le visage, le torse. Pour se donner du courage, il se racontait que les trappeurs d'Alaska faisaient de même, agenouillés au bord d'un grand lac gelé, puisant dans un trou ouvert dans la glace à coups de crosse.

Il aimait la sensation de vide et de solitude autour de lui. Il y avait le ciel, et le vent, les bois, et plus loin encore : la mer. On finissait par penser que les autres n'existaient plus. L'agitation des villes, la guerre, les cinémas, les cafés, les voitures à gazo, les vélos-taxis, les alertes, les abris, les files d'attente devant les magasins d'alimentation... tout cela devenait lointain, presque fantomatique.

Soudain, alors qu'il éternuait, il entendit l'écho d'un rire moqueur dans les fourrés. Un rire un peu méchant, comme devaient en avoir les faunes ou les lutins, jadis, aux époques de grandes légendes. Julien se dressa. Il n'y avait qu'une personne au monde pour s'esclaffer de la sorte ! Etienne, le fils de l'égorgeur... Etienne, dit « Gorget », son complice de jadis, le compagnon d'enfance. Julien aurait reconnu son rire entre mille ; M'man aussi, du reste, qui n'aimait guère cette hilarité hargneuse, empreinte d'un certain mépris. M'man n'avait jamais vu d'un très bon œil l'amitié des deux enfants. Elle avait d'ailleurs très tôt mis son fils en garde contre la malice de Gorget.

— Méfie-toi, avait-elle murmuré un jour, ce garçon te poussera à faire des bêtises. Il y a quelque chose en lui qui me déplaît. J'ai souvent l'impression qu'il ne sourit que pour dissimuler son envie de mordre. Tu sais bien ce qu'on dit : il faut se méfier d'un chien dès qu'on lui voit les dents.

Mais Julien n'avait pas compris. Gorget était gentil, Gorget savait où se trouvaient les terriers des farfadets. Il avait entendu passer la carriole de l'Ankou en route vers la terre de Bretagne pour y moissonner les morts. Il racontait tout cela sans rire, en répétant à Julien qu'il n'avait rien à craindre tant qu'il serait sous sa protection.

Mon Dieu! Comme c'était déjà loin tout ça!

Julien enfila sa chemise et se coiffa avec les doigts. Un nouvel éclat d'hilarité fusa de la forêt, un peu plus haut. A la fois invite et moquerie, signe de reconnaissance et défi. Cette fois aucun doute n'était plus permis, ce rire, c'était bien celui de Gorget. Il se nommait Etienne, on finissait par l'oublier, car personne n'utilisait jamais ce prénom. Pour tous, il était Gorget, le fils de Gorjus, l'ancien tueur des abattoirs, celui qui se présentait lui-même comme « le roi du masque Bruneau ».

Le masque Bruneau, utilisé dans les années 20, se composait — Julien l'avait appris avec un certain dégoût — d'un masque de cuir muni d'une grosse vis pointue au milieu du front. Une fois les courroies de cette muselière bouclées sur la nuque de l'animal, il suffisait d'enfoncer la vis d'un coup de maillet précis pour qu'elle transperce les os du front et s'enfonce droit dans le cerveau. La méthode avait cet avantage que, la cagoule aveuglant les bêtes, celles-ci ne voyaient pas venir le coup, et ne cherchaient donc pas à l'éviter. Elles attendaient la mise à mort dans une apathie proche de la somnolence, comme elles l'auraient fait dans une étable, la nuit tombée.

Gorjus avait quitté les abattoirs mais il possédait toujours chez lui, pendu à un clou dans la cuisine, un masque d'abattage. Il s'en servait pour terrifier les enfants quand ils n'étaient pas sages, leur affirmant qu'il allait leur faire subir le même sort qu'aux animaux. A plusieurs reprises, il avait bouclé la sinistre cagoule de cuir sur la tête de son propre fils, pour lui apprendre à se tenir tranquille. C'était un bonhomme aux bras énormes et aux mains de casseur de cailloux. Il était capable d'enfoncer toute la longueur d'un piquet dans le sol en moins de trois coups de masse. Il avait mené son fils à la dure, mais celui-ci ne lui en avait jamais tenu rigueur.

Julien courait dans les buissons, indifférent à la morsure des épines, en proie à une excitation inquiète. Quand il était petit, il aimait beaucoup Gorget qui traînait souvent aux écuries du « donjon ». Le fils de l'ancien tueur avait alors dix ans ; aussi sale qu'un cochon, il connaissait tout de la forêt et de ses mystères.

Julien s'immobilisa brusquement. Une silhouette lui faisait face, vêtue de hardes, une musette sur chaque hanche. La taille ceinte d'une grosse ceinture de cuir. Gorget...

Il devait avoir seize ans à présent. S'il n'avait pas beaucoup grandi son corps s'était par contre enveloppé de muscles durs qui lui donnaient déjà une silhouette d'adulte. Il n'avait plus désormais cette grâce animale, cette sveltesse de petit faune qui caractérisent certains enfants élevés au contact de la nature. Il se tenait planté sur des jambes solides, chevauchant une monture invisible, le torse aux pectoraux bien carrés se dessinant dans l'ouverture de la chemise ravaudée à la diable. Il avait les cheveux jaunes, hirsutes et drus, telle une poignée de paille qu'on aurait collée sur son crâne avec un peu de cette glu qu'il utilisait pour piéger les oiseaux. Sa peau était très blanche et semée de taches de rousseur. Le visage carré, petite boîte de bois dur, cassette mal rabotée renfermant des secrets confus. Il regardait Julien par en dessous, le front bas, le sourire sec, en coup de burin qui a ripé.

Julien se fit la réflexion qu'il ne paraissait pas immobile, mais bel et bien planté dans le sol, les pieds fichés en terre, racines roses et vigoureuses. Il y avait en lui quelque chose d'inébranlable. On l'aurait heurté de l'épaule sans le faire reculer d'un pouce.

— Alors t'es revenu ? fit Gorget. On ne peut pas vraiment dire que t'as forci. Le vrai petit poucet de la grande ville ! T'es gris comme un navet et t'as des bras comme des nouilles à l'eau.

— Qu'est-ce t'as dans tes musettes ? Des couilles de farfadets ? demanda Julien en s'asseyant sur une souche.

Il avait choisi d'ignorer la provocation. Les filles qui se retrouvent s'embrassent en pleurant, les garçons, eux, commencent par s'insulter, c'est la règle.

— Dans celle-là c'est de l'amadouvier, consentit à expliquer Gorget, un champignon que je détache des arbres. Ça fait de l'amadou, on peut le vendre pour les briquets, et aussi aux pharmaciens pour faire des remèdes. Dans l'autre c'est du crottin. T'y connais rien, mais la merde de cheval ça vaut de l'or, c'est le meilleur engrais qui existe au monde. Tu t'en rendras compte quand tu essaieras de faire pousser tes patates. J'ai mes clients, ça me fait un peu de gratte, le père est toujours aussi radin.

Ils se dévisagèrent, les narines frémissantes. Julien réalisa que Gorget sentait la crasse et le pied moite qui chuinte au fond des godillots.

— Tu cocottes comme un garçon coiffeur, ricana le paysan. Mince, tu serais pas devenu de la pédale ? Dans les pensions c'est des choses qui arrivent. T'as pris de mauvaises habitudes dans ton Paris de merde, on vous donnait cent lignes si vous vous savonniez pas le salsifi tous les matins, ou quoi ?

Il était tendu, sur la défensive, et Julien le sentit. Un instant, il regretta de s'être enfoncé dans la forêt. Qu'allait penser M'man si elle ne le découvrait pas à côté d'elle en s'éveillant ?

— Qu'est-ce que vous êtes revenus foutre ici ? aboya soudain Gorget, comme s'il se retenait depuis trop longtemps. C'est pas votre place. Ta mère et toi, vous êtes de la ville, vous saurez jamais vous adapter. Le vieux Charles, lui, il était d'une autre trempe. C'était un salaud, mais c'était un seigneur. Plus tard je serai comme lui. J'aurai de belles bottes cirées et je ferai chier le monde.

Il fit glisser les musettes de ses épaules et se caressa les joues. Julien songea que c'était un stratagème pour faire remarquer qu'il commençait à avoir de la barbe, et qu'elle crissait quand on la caressait à rebrousse-poil.

— Vous me faites pitié, dit Gorget en secouant la tête. J'vous regardais hier, en train de vous installer. Vous avez brûlé le matelas, faut-y être con ! Vous vous mangerez les mains de l'avoir fait, cet hiver, quand vous n'aurez plus de paille. Qu'est-ce que vous espérez ? Reprendre les cultures ? Faut pas y compter, les champs sont piégés, du haut en bas. J'étais planqué dans un arbre quand les Boches ont enterré les mines, j'ai tout vu. T'avise pas de passer sous les barbelés si tu tiens à garder ta tête sur les épaules. Y a plusieurs sortes de charges. D'abord des « individuelles », grosses comme une boîte de conserve. C'est les shrapnells, les préférées des Allemands. Quand elles sont enfouies, elles ne laissent dépasser que deux petites antennes, comme des moustaches de chat. Suffit d'une pesée de trois kilos pour les faire réagir. Alors elles sortent de terre de la même façon que si elles avaient un ressort au cul, ouais. Elles bondissent en l'air, aussi haut que toi, et là, seulement, elles explosent. Elles crachent des tas de billes d'acier qui te mettent en charpie. C'est le garde champêtre qui m'a expliqué ça. C'est pareil que si on te tirait dessus avec du plomb gros comme l'ongle du pouce. Y a un tas de bestioles qui se sont fait avoir de cette façon-là. Des chiens, des renards, des sangliers... Des vaches aussi. Trois kilos de pression c'est rien du tout. Y a guère que les oiseaux pour pas faire le poids.

Il fit une pause, pour juger de l'effet produit, mais Julien s'évertua à demeurer impassible. Au bout d'un moment, il ne put s'empêcher de tourner les yeux vers le champ aux corbeaux, comme si, d'où il se tenait, il allait pouvoir repérer les « moustaches de chat » mentionnées par son ancien camarade.

— Et c'est pas tout, renchérit celui-ci. Les Boches craignaient les atterrissages clandestins des Lysander angliches, alors ils ont enfoui des mines antichars. Celles-là, elles contiennent 10 livres de T.N.T. Elles réagissent à une pression de 160 kilos. Ça vise les véhicules. Toi tu pourrais marcher dessus sans risque, mais une vache, ça la couperait en deux, la tête d'un côté, le cul de l'autre...

Il émit un rire sourd, déplaisant, comme si cette évocation l'amusait. Il avait les yeux brillants. Julien le sentait content d'étaler une vraie science d'homme.

— Paraît même qu'il y aurait des mines en bois, ajouta Gorget en prenant un air mystérieux. Ça c'est une sacrée vacherie. Les Boches les ont inventées pour que les détecteurs magnétiques ne puissent pas les repérer. Le mécanisme est tout en verre et en céramique. Le poids d'un bonhomme suffit à les faire péter. Tu vois le travail ? Qu'est-ce que tu comptes faire, toi, au milieu de tout ça ? Vos champs, y sont foutus. Faudra attendre la fin de la guerre pour les déminer, et encore, y aura sûrement d'autres priorités à ce moment-là. Ça vaut pas un sou... Celui qui les rachètera, il prendra sacrément de risques.

Il regardait Julien par en dessous. Pour s'occuper les mains, il avait sorti un canif de sa poche et en affûtait la lame sur un morceau de pierre grise. Cela produisait un petit bruit acide en même temps qu'une odeur qui rappelait la poudre brûlée. A ce moment, Julien vit M'man sortir de la maison, en contrebas. Elle avait froid et se frictionnait les épaules. Elle regardait de droite et de gauche, se demandant manifestement où se trouvait son fils. Elle avait l'air inquiet. Julien fit une prière pour qu'elle ne se mette pas à appeler, pas maintenant, sous le regard moqueur de Gorget. Elle fit deux ou trois aller-retour devant la cabane, puis se dirigea vers le puits. Elle regardait fréquemment par-dessus son épaule. Il n'était pas difficile de comprendre qu'elle était de plus en plus angoissée. Elle puisa un peu d'eau dans le seau demeuré sur la margelle, et se bassina le visage. Gorget avait choisi de faire comme si elle n'existait pas, mais une lueur que Julien n'aimait pas s'était allumée dans son œil. Depuis quelques secondes il avait un regard d'homme.

— La maison, grogna-t-il, faut même pas en parler. C'est un miracle qu'elle ait pas sauté jusqu'à la lune !

C'est une bombe américaine qu'est dans ton grenier. Une bombe de « pénétration » qui doit peser dans les 450 kilos. C'est des trucs à nez blindé, faits pour crever les murailles de ciment. Elle aurait dû exploser. Normalement, elles ont un détonateur dans le cul pour prendre le relais, quand celui de la tête se coince, mais là ça n'a pas fonctionné. Ce n'est que partie remise. Quand elle pétera, le souffle rasera tout à cent mètres à la ronde. Vous serez balayés dans votre petite cabane de jardinage.

— Mon grand-père est bien resté ! objecta Julien.

— Ouais, mais il s'en fichait de mourir, rétorqua Gorget. La preuve, il est entré dans le champ de mines, et on n'a même pas retrouvé ses bottes. Ça c'est con... tant qu'à se suicider, il aurait pu y aller pieds nus. Des bottes pareilles, si j'avais pu les récupérer je les aurais bourrées avec de la paille pour qu'elles me tiennent bien aux pattes.

— C'est dégueulasse ce que tu dis, siffla Julien.

— Tais-toi, grogna l'adolescent. Tu sais même pas de quoi tu causes. Je le respectais plus que toi, l'ancien. Le vieux Charles et ton père, le Mathias, c'étaient de sacrés bonshommes, tu ne t'en es même pas rendu compte, accroché au jupes de ta mère que t'étais déjà. T'es passé à côté, morveux. Je te l'dis : t'es passé à côté du meilleur. T'as perdu ta chance de devenir un homme, un vrai. Ton paternel, le Mathias, c'était un rude salopard, mais c'était un seigneur. Dans le temps, ça aurait été un foutu chef de guerre. T'as pas su en profiter, t'as trop écouté ta mère, une fille de la ville qui travaillait dans la coquetterie pour demoiselles. Qu'est-ce qu'elle sait de la vraie vie, hein ? Penses-y un peu aujourd'hui.

— Et qu'est-ce qu'on devrait faire selon toi ? s'enquit Julien en serrant les poings.

— Rien, rigola Gorget. C'est bien comme ça, conti-
nuez sans rien changer. Ça va être marrant comme tout
de vous voir dégringoler les barreaux de l'échelle. Surtout ta mère qui jouait les baronnes ! Je vous regarderai d'ici, tu vois : le cul bien calé sur ma souche, ça me
fera mon cinéma, pour pas cher. Je vous regarderai
devenir des souillons, crever de faim et de froid, et
quand vous en aurez assez, je dirai à mon père de venir
vous faire une offre pour la maison et la terre. Oh ! pas
grand-chose, presque rien, parce que ça vaudra pas
plus. Et comme je t'aime bien, dans le fond, je supplie-
rai mon paternel de vous embaucher toi et ta
« môman », pour ne pas vous laisser mourir de faim.
Tu deviendras valet de ferme, et je te la mènerai dure,
tu peux me croire. La baronne, on la mettra à la cuisine. Le père Gorjus est bien toujours assez gaillard
pour la fourrer dans son lit, tu sais ! Ce sera assez amusant de la savoir sous le paternel, la nuit, elle qui jouait
les grandes dames du domaine. P't'être même qu'il
l'engrossera, le vieux ?

— Tais-toi ! Cochon ! hurla Julien en se dressant, les
poings serrés. Tu parles de ma mère !

— Et alors ? ricana Gorget. Tu crois que c'est ça qui
l'empêchera de devenir la poule du père Gorjus ? Chez
nous toutes les bonnes y passent. Et je les récupère
quand le vieux n'en veut plus.

Julien se jeta sur l'adolescent, mais celui-ci n'eut qu'à
tendre la main pour l'intercepter et le maintenir à distance. Son bras était une racine noueuse, Julien ne parvenait pas à la faire plier. Il expédia quelques coups
maladroits, dans le vide, sans même effleurer le garçon
aux cheveux de paille, redoublant l'hilarité de ce
dernier.

— Tu comprends donc pas ? dit ce dernier en redevenant soudain sérieux. *Vous nous devez,* toi, ta mère, et toute ta famille. Vous nous devez, pour les vaches qu'ont sauté sur les mines de ton foutu champ. Vous nous avez toujours considérés commes des moins que rien, mon père et moi, mais c'est fini, c'est le retour de manivelle. La remise à zéro. Bientôt vous nous baiserez les mains d'être venus à votre secours. Tu vas voir, bonhomme, la terre c'est dur à travailler, ça se mérite... C'est pas à la portée du premier venu. Faut de l'instinct. Faut savoir lire en elle, la deviner, l'apprivoiser. C'est une bête... T'en sais rien, toi, bien sûr. Et t'auras pas le temps d'apprendre. Alors, valet de ferme, ce sera déjà te faire bien de l'honneur, parce que t'as vraiment de gros bras, pas vrai ? Ta mère, par contre, elle plaira bien au père. Je la regardais, hier, se laver dans sa petite combinaison. Y a bien du bonheur par là-dessous, même si elle est encore un peu maigre, mais le père Gorjus la remplumera vite fait. Et puis s'il lui met un mioche, on deviendra une vraie famille. Faudra qu'on fasse frères de sang, toi et moi, comme dans les illustrés américains d'avant la guerre. Tu te rappelles ? Dans le temps, tu me bassinais tout le temps avec ça : « frères de sang », mais quand je sortais mon canif tu tournais de l'œil !

D'une traction, il expédia Julien au beau milieu d'un buisson de ronces. Il ne paraissait même pas en colère, juste un peu contrarié par cette agitation inutile.

— Ça sert à rien de te débattre contre le sort, dit-il calmement. Fallait pas revenir ici. Vous n'êtes plus les maîtres, alors c'est pas la peine de la ramener. Le vieux Charles je le respectais. Il me faisait peur, s'il m'avait pris à rôder sur ses terres, il m'aurait cassé la tête avec son gourdin. Quand j'ai appris qu'il s'était fait sauter, j'ai eu de la peine, vrai de vrai. Mais toi et ta mère, vous êtes pas de chez nous. Quand vous aurez mangé le cuir de vos godasses, mon père rachètera tout. Oui, le père Gorjus, celui qui marchait dans les tripes et la merde aux abattoirs de Saint-Chasnier. Ça lui fera une sacrée revanche, au vieux.

Il se redressa et rajusta ses musettes. Julien le regardait, abasourdi. Pendant des années il avait cru que Gorget était son ami, aujourd'hui il découvrait que le garçon l'avait toujours secrètement haï, il avait encore du mal à admettre l'évidence.

Gorget fit quelques pas puis se retourna.

— Oh! fit-il d'un air distrait. Je vais tout de même te montrer que je ne suis pas complètement mauvais. J'ai peut-être quelque chose qui pourra t'aider. Un chien... Un chien-loup que les Boches ont abandonné en partant. Il était dressé pour renifler l'odeur des explosifs. C'est une sorte de détecteur de mines à quatre pattes, si tu préfères. J'peux te le vendre. Faudra qu'on en reparle. Salut.

Et il disparut dans les broussailles.

Julien se mordit la lèvre jusqu'au sang pour ne pas pleurer, et comme cela ne suffisait pas, saisit à pleine paume une touffe d'orties. Une sorte de brouillard lui emplissait la tête. Déjà, il doutait de la réalité de ce qui venait de se produire. Avait-il vraiment rencontré Gorget? Gorget, l'ami d'autrefois? Puis, tout à coup, comme ce fourmillement qui vous prend au sortir de l'engourdissement, les idées se bousculèrent en lui, vives jusqu'à la douleur. Pour la première fois, il se prit à envisager la pauvreté autrement que sous la forme d'une épreuve facilement surmontable. D'un défi pour grand jeu scout. Soudain ce n'était plus amusant ; les histoires de trappeurs, de naufragés, d'île mystérieuse, s'effritaient devant la réalité d'un hiver qui, d'ici trois mois, deviendrait le seul et unique maître de la campagne. Il n'y avait plus qu'une maison interdite, des champs inutilisables, deux innocents aux mains vides dont toutes les connaissances en matière d'agriculture se bornaient à la certitude que les graines poussaient dans la terre... rien de plus.

Il sortit du bois, maussade. M'man ne lui posa aucune question. Sans doute croyait-elle qu'il était allé baisser culotte à l'abri des buissons ? Ils rallumèrent le feu, réchauffèrent le café de la veille qu'ils rallongèrent d'une moitié d'eau. Ce serait toujours meilleur que l'orge grillée. Et puis, ne disait-on pas que les Américains buvaient leur café très léger ? Ils y trempèrent du pain rassis tartiné de mélasse et mangèrent en silence. Ils avaient du mal à parler. La plaine les écrasait de son immensité, pour un peu ils se serait mis à chuchoter comme à l'intérieur d'une cathédrale.

Le travail reprit sitôt la collation engloutie. Bouger les réchauffa et chassa peu à peu leurs crampes. Dans les heures qui suivirent, ils achevèrent l'installation de la cabane, graissèrent les outils de jardinage — bêche, triandine, sécateur, râteau, serpe —, dressèrent un inventaire des provisions, des semences, et consultèrent le manuel volé à la bibliothèque pour savoir quand et comment il convenait de les planter. Sur le papier cela semblait relativement simple : des dessins montraient comment s'y prendre, les commentaires optimistes de l'auteur leur redonnèrent courage. Le soleil sortit enfin des nuages, et une bonne chaleur tomba sur les champs. Maintenant, Julien transpirait. Bientôt, il

quitta sa chemise. M'man avait passé une vieille robe
boutonnée devant, qu'elle ouvrit jusqu'à la naissance
des seins. Elle avait le visage très rouge et se barbouil-
lait de terre ou de poussière chaque fois qu'elle se passait la main sur le front pour essuyer la sueur qui lui
gouttait dans les yeux.

Dans la grange, Julien trouva des pommes alignées
sur des claies, et deux poules qui avaient fait leur nid
au sommet d'une botte de paille. Elles s'enfuirent à son
approche en poussant des gloussements apeurés. Il y
avait trois œufs dans la cache, mais nul ne savait depuis
combien de temps ils étaient là. M'man déclara qu'on
pouvait déterminer leur degré de fraîcheur en les plon-
geant dans un verre d'eau et en observant à quelle hauteur ils flottaient, mais elle ne se rappelait plus la
manière dont il convenait d'interpréter ces indications.

— Y a qu'à les casser, décida Julien. S'ils ne puent
pas c'est qu'ils sont bons à manger! On les fera à la
poêle, avec une noisette de saindoux.

La présence des poules le réconfortait. Grâce à ses
lectures, il savait qu'un œuf renferme toutes les pro-
téines nécessaires à la vie. C'était, dans les romans, la
première nourriture que les naufragés essayaient de
dénicher : des œufs d'autruche, ou de tortue. Les poules s'approchèrent de la cabane, méfiantes ou humiliées
par le larcin dont elles venaient d'être victimes. Elles
avaient sûrement faim. Julien leur jeta des miettes de
pain malaxées dans un peu de graisse.

M'man parcourait le potager, une main sur ses reins
douloureux. Le vent plaquait la robe contre son corps,
creusant le tissu entre ses jambes. Julien la trouva trop
mince, presque fragile. Elle ne ressemblait guère aux
paysannes de Morfonds, avec leurs épaules carrées,

leurs jambes en poteaux. Il se rappelait Bastine Méloire, qui venait faire le jardin, jadis. Une matrone taillée en lutteuse, avec des poings à la peau de crocodile qui faisaient râpe lorsqu'on les touchait. Claire avait l'air d'une enfant à côté. On l'imaginait difficilement affrontant l'hiver entre les murs disjoints de la cahute. Elle attraperait mal. Elle tousserait à s'en déchirer la poitrine. Oh, bien sûr, les trois mois à venir seraient agréables... des vacances au soleil. On brunirait, on ferait la sieste dans la paille, on irait se tremper dans le petit ruisseau qui coulait dans le bois de la Brigandière, mais ce répit serait de courte durée. Après viendraient la pluie, la grêle, le vent de la mer que le rempart des grands arbres ne parvenait pas à casser.

Plus le soleil grimpait dans le ciel, lui cuisant les omoplates, plus Julien pensait à l'hiver. La poussière qui montait du sol adhérait à son torse en sueur, et il prenait progressivement l'apparence d'un homme d'argile. Il s'était mis à gratter la terre des planches de cultures laissées à l'abandon et qui avait fini par durcir, se fendiller, faute d'arrosage. Il lui plaisait de casser le glacis de la tourbe sèche. Il aurait voulu, à l'instar de ces maîtres jardiniers, ramasser une pincée de terre, la poser sur sa langue, l'humecter de salive, la mâcher longuement, puis la recracher en déclarant : elle est argileuse, calcaire, siliceuse. Oui, il aurait aimé avoir cette science.

Ils ramassèrent les légumes qui s'abîmaient, les pommes tavelées ou picorées par les oiseaux. Il faudrait les manger en premier, mais cela ne représentait pas grand-chose, et Julien, l'estomac déjà creux, songeait aux réserves de la bâtisse interdite. D'après ce qu'il avait retenu des discours du notaire, la bombe n'avait chassé l'Amiral de la maison que six mois à peine avant sa mort. Cela signifiait que jusqu'à cette date, le grand-père avait eu tout le loisir d'engranger de la nourriture, de fumer des jambons, de boucaner de la viande dans la cheminée de la cuisine. Il avait pu fabriquer des conserves, les stériliser à l'autoclave et les stocker au sec. Depuis cinq ans que les Allemands avaient confisqué les fusils, les bois pullulaient de gibier. Le grand-père Charles n'avait donc eu aucun mal à piéger le lapin, la bécasse, le perdreau, et même le canard. Quant aux sangliers, il avait pu tout bonnement les chasser à l'ancienne : en les faisant tomber dans une fosse garnie d'épieux.

Julien salivait à cette seule pensée. L'Amiral avait toujours été débrouillard de ses mains, et prédateur dans l'âme, vivant sur le pays comme un conquérant ou un loup en maraude. Durant de longs mois, il avait eu la possibilité de se constituer des réserves à bas prix — une véritable cambuse d'Ali Baba — il y avait fort à parier qu'il n'avait pas laissé passer l'occasion ! Toutes ces victuailles étaient encore consommables. Les conserves, si on les avait stérilisées dans les règles, seraient bonnes dans un an. Et puis il y avait la cave à vin... Un trésor. Julien n'aimait pas le vin, mais il n'ignorait pas que ce serait là un merveilleux instrument de troc. Contre quelques bouteilles, on pourrait négocier des échanges fructueux auprès des fermiers, des cabaretiers de Morfonds et des villes du voisinage. Les grands crus se vendraient à prix d'or. Oui, la cave du grand-père, c'était un trésor liquide enfoui sous la poussière et le salpêtre. Il suffirait d'y puiser deux ou trois bouteilles, de les cacher dans une musette, et d'aller les proposer en ville. A ce cochon d'Audonier, par exemple ! Le nez violet du notaire laissait à penser qu'il accueillerait les tractations avec beaucoup d'intérêt.

Julien s'excitait. La sueur dessinait des rigoles claires dans la poussière maculant son visage. Courbé sur la terre, il essayait d'ignorer la maison pour ne pas donner l'éveil à sa mère, mais sa décision était déjà prise. Il ne pouvait pas décemment accepter de crever de faim devant ce coffre-fort couvert de lierre. La menace de la bombe avait préservé la bâtisse du pillage, il fallait en profiter, faire la nique aux Gorjus qui les croyaient déjà pleurant misère !

Il n'avait pas le choix. De toute manière, s'il ne fracturait pas la maison, M'man en serait réduite à mendier une place de servante dans une ferme des environs, c'était inacceptable. Il fallait se battre, ne rien céder aux Gorjus. Faire rentrer l'argent par tous les moyens, gagner du temps en attendant de pouvoir procéder au déminage des champs. Avec un peu de malice, c'était faisable !

Julien s'arrêta. Quand il voulut se redresser, la douleur lui scia les reins et il ne put se retenir de pousser un gémissement. Il alla boire au broc, et se versa un peu d'eau sur le front. La chaleur lui faisait bourdonner les oreilles, la nuque lui cuisait.

— Tu as les épaules toutes rouges, observa M'man en lui touchant le dos. J'ai été idiote, j'aurais dû te passer de la graisse sur la peau. Viens, je vais le faire maintenant, ça réduira la brûlure.

— Non, dit Julien. Le saindoux, faut le garder pour la cuisine. On ne peut pas commencer à le gâcher pour un rien. T'en fais pas, ça ne me tuera pas.

La jeune femme grimaça un sourire indécis, n'osant insister. Julien ne voulait pas lui parler, pas mainte-

nant qu'il était dans ses « imaginations » ! De toute
manière, il ne faudrait rien lui dire. Il sortirait les bouteilles en cachette et prétexterait une pose de collets
pour aller les troquer ici et là. Il se ferait vite une clientèle. L'argent frais rentrerait à flots. Combien de bouteilles attendaient donc sa visite, dans les caves de la
maison ? Une fois, grand-père Charles s'était vanté d'en
posséder plusieurs milliers, mais Julien n'avait pas
prêté attention au nombre énoncé.

— La plus belle cave de toute la région ! claironnait
souvent l'Amiral.

C'était combien de flacons, une « belle cave » ?

Il remâcha cette idée jusqu'à midi, conforté dans sa
décision secrète par le mépris de Gorget.

Epuisés, sur le coup d'une heure, ils s'abattirent dans
le foin de la grange. Leur fatigue était si forte qu'elle
leur ôtait même l'envie de manger. La sueur avait dessiné des taches sombres sur la robe de M'man, et toute
la peau de la jeune femme luisait, comme si elle était
frottée d'huile. Il faisait très chaud, et les mouches
bourdonnaient sous le toit de chaume affaissé, mises
en appétit par l'odeur de toute cette chair moite. Alors
seulement, Julien prit conscience qu'il avait les paumes des mains tapissées d'ampoules.

Ils grignotèrent une pomme farineuse, se partagèrent
un quignon tartiné de graisse.

— Ce soir on essaiera de faire une soupe, dit M'man
d'une voix gagnée par le sommeil. J'ai trouvé des pommes de terre pas trop germées. Il y a les poireaux et
le chou. Et puis les carottes qui ne sont pas mal. Si je
n'avais pas peur de tout gâcher j'y mettrais le lard à
ramollir, mais depuis combien de temps est-il là ? S'il
fiche tout en l'air, nous aurons l'air malin.

Elle monologua un moment, à mi-voix, puis s'assou-
pit. Julien aurait bien aimé l'imiter, mais il voulait profiter de la sieste pour pousser une première
reconnaissance sur le périmètre de la maison interdite.
Il se tourna de côté, fixant le profil de Claire, sa gorge
humide de transpiration, et les petits os qui se dessi-
naient sous la peau, juste au-dessus des seins. Comme
elle paraissait fragile ! Le déguisement de paysanne —
robe échancrée, fichu noué sur la tête — la faisait
davantage ressembler à une prisonnière en fuite qu'à
une robuste fille des champs. Elle avait pris des coups
de soleil, elle aussi, et son nez brillait, à vif. Quand sa
respiration fut devenue très lente, Julien se leva et
quitta la grange, poursuivi par le regard inquisiteur des
poules. Il s'engagea au milieu des broussailles qui
avaient pris la place des massifs de fleurs. Les rosiers
n'étaient plus que des buissons d'épines, une sorte de
barbelé végétal qui se déroulait tout autour de la
bâtisse. Il fallait déployer des ruses de Sioux pour s'y
faufiler sans se balafrer aussitôt bras et jambes.

De l'autre côté, le soleil chauffait les pierres de la
façade, avivant l'odeur de salpêtre qui montait des sou-
bassements. Des lézards se bousculèrent pour plonger
dans les fissures du revêtement. Ils étaient si noirs et
si minces qu'on les aurait crus dessinés au pinceau sur
la pierre des murs. Julien respirait à petits coups. Du
bout des doigts, il effleura la rampe de l'escalier. La
mousse avait envahi les marches que plus personne ne
grattait. Des mauvaises herbes avaient même poussé
dans les interstices de la porte à double battant. Julien
escalada les degrés avec une prudence excessive,
attentif aux craquements que pourraient faire naître
ses pas. Quand il se trouva face à la porte, il posa la

main sur la poignée de fer rouillée et l'abaissa, mais la serrure refusa de jouer et les battants demeurèrent clos. L'Amiral avait pris la précaution de tout verrouiller en abandonnant le navire. Par prudence ? Ou bien pour s'interdire la tentation de revenir ? Julien l'imaginait bien, verrouillant toutes les portes et s'en allant jeter les clefs dans le puits. Où étaient-elles, ces fichues clefs ? Audonier n'en avait pas fait mention. Le vieux Charles les avait peut-être au fond de sa poche le jour de l'explosion ? Julien sourit, ce n'était pas un obstacle suffisant pour arrêter un vrai cambrioleur. Ne possédait-il pas le passe-partout volé à la pension ? Le moment venu, il le frotterait avec un peu de graisse et forcerait le verrou. Il recula en songeant que c'était la première fois qu'il voyait la porte de la maison fermée. Jadis, même en hiver, les deux battants de chêne restaient toujours ouverts, béant sur l'immensité du vestibule où l'on entretenait le feu en permanence pour permettre aux visiteurs de se déshabiller.

Julien enjamba la rambarde de pierre et se laissa couler de l'autre côté. Le crépi lui érafla la peau du torse. Il pensa à Mowgli, nu dans la jungle. Il longea le rez-de-chaussée, cherchant à localiser une ouverture. Mais les volets étaient clos, bouclés de l'intérieur à la barre de sécurité. De plus, le lierre, en poussant, les avait en quelque sorte soudés entre eux. Les soupiraux étaient munis de grilles, l'accès à la cave aussi barricadé que l'entrée principale. Bien sûr, on aurait pu forcer ces obstacles à l'aide d'une bonne barre de fer et d'un marteau... *mais il y avait la bombe.* La bombe, là-haut, dans le grenier. C'était elle qui avait protégé la maison du pillage, mais c'était elle, également, qui prohibait toute tentative d'effraction. Julien se hissa à la force des bras pour tenter de regarder à travers les fentes des volets, cependant tout était noir à l'intérieur, on ne distinguait pas même le contour des meubles. Il faudrait se servir du passe-partout en priant pour qu'il puisse venir à bout de ce type de serrure. Il décida d'essayer le soir même, dès que M'man serait endormie. Il descendrait tout de suite à la cave pour voler quelques bouteilles. La cave... le point le plus bas de la maison, là au moins les vibrations ne seraient pas trop fortes, et puis, avec un peu de chance, le grand-père y aurait pendu un jambon, une cuisse de marcassin boucanée. Il faudrait les cacher, inventer une histoire pour que Claire n'en devine jamais la provenance.

Se faufilant dans le labyrinthe de ronces, il regagna la grange effondrée. M'man dormait toujours, la bouche entrouverte. Une mouche, posée sur son front, buvait sa sueur. Julien la chassa d'un revers de la main.

Lorsque Claire émergea de sa torpeur, ils se remirent à la besogne. Ils s'adressaient rarement la parole, économisant leur souffle. Ils découvraient que le travail de la terre ne laisse pas la tête libre, contrairement à ce qu'imaginent les citadins, mais qu'il vous conduit à une sorte d'obsession de la cadence ou du mouvement parfait. Julien se surprenait à haïr une racine qui lui donnait du fil à retordre, à parler aux cailloux sur lesquels venait cogner sa bêche, à entretenir un dialogue étrange avec cette terre qu'il retournait pour l'aérer, ce glacis croûteux qui se transformait par ses soins en une poudre brune, molle. Il n'y avait plus de place dans sa tête pour rien d'autre. Rien que ce monologue imbécile, ces jurons, ces objurgations. Il injuriait son corps,

ses muscles, comme il aurait maudit des ouvriers paresseux, il vociférait mentalement contre la terre, parce
qu'elle lui résistait, lui opposait son inertie de friche
solidifiée. Et la journée passa tout entière en un combat
silencieux qui ne finit qu'avec la chute du soleil derrière les arbres.

Ce soir-là, ils firent leur première soupe. Ils étaient
tous les deux très sales mais n'avaient plus le courage
de se laver. La sueur avait séché sur eux, leur amidon-
nant la peau. Julien commençait à souffrir de ses coups
de soleil, et M'man lui avait doucement frictionné le
dos avec un peu de graisse. Elle avait elle-même les bras
à vif. Elle toucha son visage brûlé et dit avec un rire
triste :
— Dire que je sortais jamais sans chapeau pour garder la peau blanche et éviter que le soleil ne me creuse
des rides ! A ce train-là j'aurai l'air d'une centenaire
avant la fin de l'été.
La soupe cuisait dans la marmite calée sur les pierres du bivouac de bohémien, grand pêle-mêle de tuber-
cules coupés en dés, d'eau et de graisse fondue. M'man
avait pelé les légumes avec une maladresse de femme
qui n'a plus touché un couteau depuis longtemps. Julien
se demanda qui l'avait servie pendant ces cinq dernières années. Une bonne ? Les garçons d'un restaurant ?
Avait-elle fait partie de ces privilégiés qui pouvaient
s'offrir le luxe de dîner deux fois par jour dans des offi-
cines clandestines où l'on servait de tout à volonté, et
sans tickets ? Quel baron du marché noir avait pu lui
assurer ce train de vie ? Quel trafiquant de pneus en
gros, de ferraille ou de laine ? Julien l'avait regardée

se battre avec les épluchures sans chercher à se dissimuler un certain agacement. La « baronne », avait dit Gorget. Et c'était vrai qu'elle avait quelque chose d'infiniment gracieux, une joliesse délicate et racée qui finissait par vous taper sur les nerfs. Tout à l'heure, il avait eu envie de lui arracher le couteau des mains en lui disant : « Laisse, tu ne sais pas y faire. A la pension on avait les corvées de pluches, alors j'ai l'habitude. »

Elle ne savait pas s'y prendre, pas plus avec la soupe qu'avec le potager. Elle savait dessiner des massifs, apparier les fleurs en fonction de leurs couleurs, mais elle était incapable de sortir un légume de terre sans l'abîmer, ella avait peur des poules qui la regardaient « méchamment », et faisait la grimace en mangeant sa tartine de saindoux à l'arrière-goût un peu rance. Ce soir plus que jamais, Julien sentit qu'il devrait veiller sur elle, la protéger, parce qu'elle était passée au travers de la guerre sans se durcir. Il lui en voulait un peu, mais pas trop. Il comprenait qu'après ce qu'elle avait subi avec Mathias, son mari, elle ait été tentée de se laisser adorer, en petite femme capricieuse qu'on habille comme une poupée. Elle avait passé cinq ans à rire de son rire perlé, si adorable. Elle avait vécu la guerre comme une grande convalescence qui lui avait permis de guérir de la terreur dans laquelle l'avait fait vivre Mathias Lehurlant.

Ils mangèrent la soupe que Claire versa dans les écuelles en se brûlant avec la louche. Elle était bonne, ou bien c'est qu'ils avaient grand faim. Ils durent faire un effort pour ne pas vider le chaudron.

— Il aurait fallu du pain, se lamentait la jeune femme. Et du beurre. Ça aurait été si bon avec du pain blanc et du beurre frais.

Julien couvrit la marmite, avant d'aller s'effondrer dans la paille. Il se coucha sur le ventre car le dos lui brûlait. Il se consola en se disant que les coups de soleil l'empêcheraient de dormir et qu'il pourrait tenter une première incursion dans la maison dès que M'man aurait sombré dans le sommeil.

7

La lune s'était levée, mais elle ne le gênait pas. Ce soir, elle faisait même plutôt son affaire en jetant sur la bâtisse un éclat froid qui bleuissait la pierre. Julien s'extirpa de la paille. Dans sa poche, il avait enfoui la boîte d'allumettes, une chandelle et le passe-partout tiré de la cantine sous prétexte de consulter, une fois de plus, le manuel de jardinage. M'man dormait, il la regarda, le cœur étreint par un mélange d'angoisse et d'excitation. Et si toute la baraque sautait, hein ? S'il se fichait la figure par terre, dans le noir, provoquant l'effondrement d'un casier de bouteilles dont le fracas courrait jusqu'au grenier, pour réveiller la bombe... Il ne fallait pas trop y réfléchir, d'ailleurs est-ce qu'ils avaient seulement le choix ? Julien se méfiait de l'été trompeur qui leur ferait croire la vie facile. L'été on pouvait dormir à la belle étoile, on se bourrait de fruits qui venaient facilement. L'été, c'était un mirage. Quant à lui, il ne pensait plus qu'à l'hiver. Des images absurdes flottaient dans son esprit : les trappeurs morts gelés, plus raides que des statues, dans leur cabane de rondins, là-bas, au Klondike, la glace recouvrant le canon des fusils et les faisant éclater, la peau des doigts collée

à l'acier trop froid ; les ruisseaux pris dans la glace et
s'arrêtant de couler. Cette dérive de l'imaginaire faisait croître sa peur hors de proportions. Il se secoua
et prit la direction de la maison. A une ou deux reprises il se retourna pour regarder par-dessus son épaule,
vers la forêt. Gorget était-il embusqué dans les taillis,
à l'espionner ? Julien espérait que oui. Le paysan avait
sans doute plus d'une fois caressé l'idée de pénétrer
dans la maison de maître sans oser passer à l'acte, par
peur de la bombe. Quelle humiliation ce serait pour lui
s'il voyait le « Parisien » franchir le seuil de la demeure
interdite !

Julien se glissa entre les buissons de ronces. Il s'écor-
cha le torse et le ventre sans même s'en rendre compte.
Il avançait, les yeux fixés sur la grande porte de chêne.
Allait-elle grincer en s'ouvrant ? Il escalada les marches
de pierre le souffle court, et s'agenouilla pour désher-
ber le bas du battant avec la lame de son canif. Puis
il tira la clef magique de sa poche et l'introduisit dans
la serrure. Il espérait que le mécanisme, inerte depuis
des mois, n'avait pas rouillé au point de refuser de bouger. Il aurait fallu de l'huile, une burette. Faire comme
les cambrioleurs qui graissent les verrous et les gonds.
Il tâtonna quelques secondes, le poignet durci, puis,
enfin, quelque chose craqua. Il crut que la clef venait
de casser, mais c'était bel et bien le pêne qui se retirait de la gâche. La sueur lui coulait sur le visage, lui
chatouillant le bout du nez. Il respira bien à fond, puis,
posant une main sur le bois, poussa d'un mouvement
régulier. Il dut donner toute sa force, car les mauvaises herbes et la terre s'étaient accumulées dans les
interstices. Il y eut un second craquement, et cette fois
la porte s'entrebâilla d'une trentaine de centimètres.

De l'autre côté, c'était le noir total, une nuit plus épaisse que celle qui régnait à l'extérieur. Julien hésita, surpris par cette opacité. Une peur irréfléchie le saisit, et, l'espace d'une seconde, il fut sur le point de s'enfuir. Serrant les dents, il craqua une allumette et enflamma la mèche de la bougie. Le bras tendu, il engagea ce lumignon dans l'entrebâillement du battant, pour éclairer le hall. Des histoires de croque-mitaine lui revinrent en mémoire, de ces légendes qui couraient la campagne et dont Gorget était si friand. Est-ce qu'une lame de faux, posée en équilibre, n'allait pas s'abattre tout à coup pour le punir d'oser violer le sanctuaire de la maison interdite, lui tranchant la main au ras du poignet ? Il se contracta, imaginant son poing, encore serré sur la chandelle, en train de rouler sur le dallage. Il dut s'injurier pour se ressaisir. Allons donc ! C'étaient des superstitions de croquants, il n'y avait personne dans la maison, si ce n'étaient quelques souris, des chouettes, et peut-être un blaireau.

Le ventre rentré, il se faufila dans l'interstice. La cire brûlante lui coulait sur les doigts mais il n'y prenait pas garde. Dès qu'il fut à l'intérieur, l'odeur de vieille poussière le prit à la gorge. Toute la bâtisse empestait l'air confiné, la chose pourrissante. Ça puait la crotte de souris, le moisi. Il songea que la pluie s'était introduite par le trou du toit, imbibant les parquets qui avaient gonflé. La lueur de la bougie éclairait difficilement le hall et Julien essayait de ne pas prêter attention aux silhouettes ondulantes qu'elle projetait sur les murs. Il fit quelques pas. Une épaisse couche de poussière recouvrait le sol et le dessus de la cheminée. Comme dans les premières pages du *Capitaine Fracasse*, il aurait pu écrire son nom du bout du doigt à la surface de la table. Il lui fallait se remuer, trouver une autre source d'éclairage avant que la chandelle ne devienne impossible à tenir. Traversant le hall, il entra dans la salle à manger. Il éprouvait une certaine difficulté à reconnaître les pièces car il gardait le souvenir d'une maison impeccablement rangée. Or, tout était en désordre. Des vêtements traînaient sur les fauteuils, des journaux éparpillés recouvraient les tables. Et sur ces quotidiens qui détaillaient les diverses phases de la guerre, on avait entassé des dizaines de tasses et de verres salis. Il comprit qu'une fois les domestiques chassés, resté seul dans sa maison de maître, l'Amiral — au lieu de faire la vaisselle — s'était contenté de puiser dans les buffets, jusqu'à épuisement complet de la porcelaine et de la verrerie! Le donjon n'était plus qu'une bauge, un campement de romanichels. Dans des coupes de faïence, des fruits oubliés avaient pourri.

Julien avisa une lampe à pétrole sur la grande table, la secoua pour vérifier qu'elle contenait encore un peu de liquide, et ôta le verre pour en allumer la mèche. Il y eut un grésillement charbonneux, une odeur de carburant brûlé, puis la lumière coula sur les murs de la salle. Un trottinement précipité l'avertit que des souris s'enfuyaient. Il leva la lampe au-dessus de sa tête. Il n'était pas là pour faire du tourisme; puisqu'il était toujours en vie, il devait en profiter pour trouver à manger, et vite!

Il prit le chemin de la cuisine, à petits pas, redoutant de se trouver soudain nez à nez avec un renard ou un blaireau, car il n'ignorait pas que les bêtes de la forêt ont vite fait de s'approprier les maisons désertées par les humains.

L'office se révéla d'une saleté repoussante. L'évier débordait de vaisselle, des cohortes de bouteilles vides encombraient le sol. Des os, des conserves, des bocaux de confits avaient été empilés dans la boîte à ordures, faisant le bonheur des nuisibles de toutes sortes. Le garçon ouvrit les placards, mais ils étaient vides. Il se retira sans insister. Il se mouvait avec prudence, essayant de ne pas faire craquer le parquet, un peu à la manière d'un scaphandrier se déplaçant au fond d'une épave, à des dizaines de mètres sous l'eau. La nuit lui semblait épaisse, comme une soupe trop chargée en pommes de terre. Il y bougeait avec une certaine gêne.

Il cherchait la porte menant à la cave, mais il s'aperçut bientôt qu'il ne se rappelait plus où elle se trouvait. Un début de panique lui serra la gorge. Il ne cessait de trébucher sur des bouteilles vides, des livres abandonnés au hasard, sur le plancher, des cendriers débordants de mégots de cigares ou de pipes encore pleines de tabac brûlé.

Il était surpris de constater qu'au cours des dernières années où elle avait été habitée, la maison s'était changée en un terrier dont on ne prenait peut-être même plus la peine d'ouvrir les fenêtres. Etait-ce après le départ de M'man que le grand-père Charles avait choisi de se rencogner dans cet antre en exilé volontaire, dégringolant jour après jour les barreaux de l'échelle ?

Julien entra dans la bibliothèque. Certains rayons étaient dégarnis car on avait jeté une partie des volumes dans la cheminée, pour allumer le feu. Des couvertures de maroquin carbonisé se mêlaient aux cendres du foyer. Mon Dieu ! Cela avait dû puer comme l'enfer ! Il avait fallu une certaine dose de malignité pour jeter ces livres dans les flammes alors que la forêt regorgeait de bon bois.

Dès qu'il entrait dans une nouvelle pièce, Julien entendait s'enfuir les souris. Au pied de l'escalier, il leva la tête vers l'étage supérieur. Une force qui l'effrayait le pressait de monter voir la bombe. Il savait que c'était une idiotie, mais il ne pouvait résister. *La bombe...* Il fallait qu'il s'en approche, qu'il la contemple. Parce que Gorget n'avait pas eu le courage de le faire, sans doute ? Il compta les marches. Ici, l'odeur de pourriture était plus forte que partout ailleurs, à cause de la pluie qui s'infiltrait par la déchirure du toit. Se mordant les lèvres, il posa la semelle sur le premier degré et l'écouta grincer. Juste un coup d'œil. Allez ! Il ne ferait que jeter un coup d'œil. D'ailleurs est-ce que cette histoire de bombe était seulement vraie ? Les paysans ne rechignaient jamais à fabriquer des légendes, ils avaient pu inventer celle-ci de toutes pièces et finir par s'en persuader. Comme ce serait drôle s'il n'y avait rien dans le grenier ! Si le trou de la toiture n'avait été causé que par la foudre frappant l'une des cheminées !

« Plus besoin de rester dans la cabane, pensa-t-il fébrilement. On pourrait réintégrer la maison. Nous passerions l'hiver au chaud. » Il s'hypnotisait sur cette idée. La lampe brandie, il entama son escalade. Très vite, le tapis qui recouvrait les marches devint spongieux sous ses pieds. Le papier peint cloquait sur les murs ou pendait à la manière des affiches arrachées par le vent un jour de déluge. De grandes auréoles roussâtres marbraient la maçonnerie. Les fibres des poutres exhalaient un relent de vieil arbre abattu, oublié sur la coupe et pourri à cœur. Toutes les pluies qui s'étaient engouffrées par la déchirure du toit avaient ravagé l'étage, y installant une atmosphère de cave, et le salpêtre tapissait les cloisons jadis blanchies à la chaux.

Julien continua à grimper. Il trouva l'escalier menant au grenier tout au bout du couloir. Il se répéta qu'il était encore temps de faire demi-tour, mais la force mystérieuse lui expédiait des bourrades entre les omoplates. Il franchit les derniers mètres le séparant de la caverne mortelle, en retenant sa respiration, comme s'il nageait dans les eaux d'un marigot. La première chose qu'il aperçut fut la lune, blanche, galette de cendre mal cuite dans le trou des tuiles émiettées. Elle éclairait le grenier avec la puissance de ces projecteurs utilisés par la FLAK, lors des raids alliés nocturnes.

Julien se figea sur le seuil. La bombe était là, énorme. Gros œuf de fer rouillé planté au milieu des matelas entassés. Les pluies l'avaient corrodée, et elle était rouge, grumeleuse, gainée d'une croûte de rouille qui la prenait toute, du nez jusqu'aux ailerons de dérive. Elle penchait légèrement sur la gauche, mais il était visible qu'elle était profondément enfoncée dans le monticule de paillasses, telle une flèche fichée dans un ballot de paille.

Julien n'eut aucun mal à identifier les matelas, c'étaient des couettes de varech séché qu'on distribuait aux journaliers à l'occasion des moissons. Il y en avait des dizaines, simples enveloppes de toile à voile usagée qu'on bourrait d'algues. La bombe, conçue pour exploser au contact du béton armé, s'était plantée là-dedans comme dans du coton. Le varech, détrempé par les averses, répandait une odeur marine presque suffocante. Cela puait la vase, et même le soleil qui tapait toute la journée sur le toit n'était pas encore venu à bout de l'humidité emmagasinée par la charpente.

Julien écarquilla les yeux, fasciné par la silhouette courtaude de la torpille. Elle était venue du ciel. Elle était tombée du ventre d'un avion en perdition.

« Et maintenant elle est à moi ! » ne put-il s'interdire de penser.

Cette fois il se fit peur et battit en retraite. Il tremblait de tous ses membres. Il crut qu'il allait s'évanouir, perdre l'équilibre et s'affaler là, dans l'escalier, provoquant un branle-bas énorme. Il s'adossa à la cloison pour reprendre sa respiration. Il avait vu le détonateur situé entre les ailerons. Si cette fusée se déclenchait, la charge d'explosif se réveillerait, c'était sûr, et la maison volerait en morceaux bien au-dessus des plus grands arbres de la forêt. Les jambes molles, il redescendit au rez-de-chaussée. Ainsi le notaire n'avait pas menti. La bombe avait dû surprendre l'Amiral en pleine nuit. Le vacarme du toit fracassé l'avait réveillé, et il était monté voir... Est-ce qu'il s'était enfui ventre à terre ? Julien se le représentait jetant quelques affaires de première nécessité dans un sac et se sauvant sur la route, persuadé que la maison allait se volatiliser d'une seconde à l'autre. Il avait trotté, sa houppelande sur le dos, son bâton à la main, pour se mettre à l'abri dans le boqueteau de la Brigandière. A bout de souffle, il s'était assis sur une souche pour attendre l'explosion. Au bout d'un moment, il avait sorti sa pipe, l'avait allumée pour se réchauffer, l'œil toujours fixé sur la grande maison blanche. A plusieurs reprises, il avait ânonné un compte à rebours toujours déçu: trois... deux... un... zéro. Rien ne s'était passé, et l'aube l'avait trouvé, transi sur sa souche, les rhumatismes réveillés, les reins douloureux. Alors, ne sachant où aller, il était revenu sur ses pas. Sur la pointe des pieds, il s'était introduit dans la bâtisse bombardée pour voler une marmite, un matelas, puis il avait verrouillé la grande porte, à jamais.

Il avait vécu dans la cabane durant les derniers mois de sa vie, dans ce côtoiement suicidaire, espérant peut-être que la bombe se déciderait à exploser en pleine nuit, le tuant au beau milieu du sommeil ? Mais la torpille tombée du ciel s'était obstinée à dormir, alors il était entré dans le champ de mines, sur un coup de tête, par impatience.

Julien errait au long des corridors, ouvrant des portes qui grinçaient. Enfin, une odeur de crypte le frappa au visage et la lumière de la lampe coula sur une volée de marches qui s'enfonçait dans la terre. La cave...

Les caves. Immenses, creusées sous une voûte soutenue par des piliers à arc-boutant. La crypte de l'ancien donjon, telle que l'avaient récupérée les Lehurlant en rachetant les ruines de la maison forte, au lendemain de la Révolution.

En ce lieu, qui avait toujours terrifié Julien lorsqu'il était petit, la lueur de la lampe à pétrole devenait dérisoire. Les yeux plissés, il distingua des étagères, des claies, des casiers à bouteilles. Il ne s'était pas trompé, c'était bien là le garde-manger de la maison, la cambuse magnifique du vaisseau amiral. Toute peur oubliée, il se déplaçait dans les travées, émerveillé par ce qu'il découvrait. Il y avait du riz, des nouilles, des fruits secs, du thé, de la farine à pudding, du lait en poudre, de la marmelade, du chocolat, tout cela stocké dans des boîtes de fer scellées d'un cachet de cire. Un butin engrangé par le grand-père avec ses derniers sous.

Des bocaux épais renfermaient des confits, des étiquettes d'écolier collées sur leur flanc pansu indiquaient qu'ils avaient été concoctés par le vieux Charles, il y avait moins d'un an. Julien faisait les cent pas, ne sachant plus où donner de la tête. Il s'empara d'un sac de toile ayant contenu des semences, et prit un pot de confit de canard, du riz, des abricots secs. Il ne pouvait pas tout emporter, trop d'abondance mettrait M'man en alerte, même s'il prétendait avoir obtenu cela des Gorjus. Il ne put toutefois résister à l'attrait d'une tablette de chocolat et d'une boîte de lait en poudre car il avait bien du mal à avaler son café noir. Il tremblait, les mains tendues, hésitant entre la cassonade, le miel. S'il s'était écouté, il aurait commencé à dévorer, là, assis sur le pavage, sans plus s'occuper des souris et des araignées dont les toiles couraient d'une étagère à l'autre.

Etait-ce pour lui, Julien, que le grand-père avait amassé ce trésor ? Dans l'espoir que son petit-fils reviendrait un jour au domaine familial ? Il n'était pas loin de le penser. Il se demanda si le vieux ne s'était pas serré la ceinture pour ne pas toucher à son butin, vivant de croûtons au-dessus de cette cambuse de rêve, s'affamant pour rester en mesure de choyer le fils de son fils.

Il y avait les bouteilles, Julien avait failli les oublier. Elles étaient là, alignées, côte à côte, couchées sous une croûte de salpêtre et de poussière. Des centaines de bouteilles couvrant les parois du sol au plafond. Une muraille de vins rares aux goulots cachetés de cire. Mais lesquels prendre ? Julien n'y connaissait rien, à cause de la couche pulvérulente qui les recouvrait, on ne pouvait même pas choisir en fonction des étiquettes. Il prit trois flacons au hasard, essayant de ne pas trop les remuer — recommandation qu'il avait souvent entendu vociférer par l'Amiral.

Le sac était maintenant très lourd. Il risquait de craquer. Il fallait cesser d'entasser.

Au moment où il levait le camp, Julien entendit son estomac émettre des gargouillis de voracité. Il résista à la tentation. Ç'aurait été mal de se gaver en l'absence de M'man.

« Mais si ! Tu peux, lui chuchotait la voix du diable. C'est toi qui as pris tous les risques. Tu as défié la bombe, tu as bien droit à une récompense. »

Il battit en retraite, mais sa musette de fortune était trop pesante pour qu'il puisse la transporter d'une seule main. Il dut poser la lampe à pétrole en haut des marches, et revenir chercher son butin. Cette fois il était un vrai cambrioleur, il allait s'enfuir, courbé sous un trésor mille fois plus important que des billets de banque ou les bijoux de Cagliostro. Il parvint au rez-de-chaussée, à bout de souffle. Il avait perdu la notion du temps et ne savait plus combien d'heures il venait de passer dans le ventre de la maison. En sueur, il tira le sac sur le parquet après l'avoir placé sur un petit tapis qui facilitait son transport. Il ne cessait de regarder derrière lui, persuadé que quelque chose allait se produire : une catastrophe qui viendrait le châtier de sa témérité. Il allait renverser un meuble, une chaise, provoquer l'effondrement des centaines de bouteilles vides alignées sur le parquet... Elles rouleraient toutes, les unes contre les autres, en un vacarme cristallin à vous péter les tympans, et la vibration née de cette avalanche ferait vibrer le détonateur de la bombe, à la manière de ce contre-*ut* des divas, capable de briser une flûte à champagne.

Il était au bord de la terreur quand il déboucha à l'air libre, mais le sac était trop gros pour passer par l'entre-bâillement de la porte, il dut le vider à demi, transpor-ter boîtes et bouteilles à la main. Enfin, il saisit l'anneau de bronze et referma le battant. A l'aide du passe-partout, il verrouilla la serrure en pensant : « Mission accomplie ! » Il était heureux mais épuisé. Il descendit les marches de pierre et cacha la musette dans un buis-son, à l'abri du soleil. Personne ne viendrait la cher-cher ici, surtout pas M'man qui évitait les parages immédiats de la demeure. En se redressant, il se prit à espérer que Gorget ne l'avait pas espionné, ç'aurait été un comble de se faire dépouiller par ce charognard ! Tout à cette idée, il hésitait à s'éloigner. Il serra les poings, ne parvenant pas à abandonner le sac. Pourtant il fallait bien ! Le ramener à la cabane était impossi-ble. La grange ne constituait pas davantage une meil-leure cachette. Claire finirait par le découvrir au hasard d'un rangement, et si elle apprenait qu'il était entré dans la maison, elle risquait de lui confisquer le passe-partout, ou même de vouloir retourner à Paris.

Il bâilla. Maintenant que la tension nerveuse était retombée, il avait du mal à garder les yeux ouverts. Il fallait qu'il dorme un peu avant le chant du coq. D'un pas traînant, il regagna la cahute et s'effondra dans la paille.

8

Le lendemain, il exhiba les bouteilles en prétendant les avoir découvertes dans la grange, derrière une botte de paille. M'man écarquilla les yeux, se passa la main sur le front et examina les flacons.

— Mon Dieu! dit-elle, un château-margaux et un château-latour, c'est comme si tu venais de trouver deux lingots d'or. Et ce sont de très bonnes années.

En voyant son air extasié, Julien eut peur, tout à coup, qu'elle ne propose de les déboucher, aussi se dépêcha-t-il d'exposer son idée de troc. Il bredouilla, parla trop vite des Gorjus, de la possibilité d'obtenir du pain, des conserves.

— Tu crois? fit Claire, hésitante. Sont-ils seulement capables d'estimer ces vins à leur juste prix? Audonier est un amateur de bordeaux, il...

— On ne va tout de même pas aller mendier chez le notaire! coupa Julien. Tu nous vois, attendant à l'office, nos bouteilles sous le bras, comme des romanichels?

Il était injuste, il le savait, mais il ne pouvait faire autrement. Claire rougit, détourna les yeux.

— Non, dit-elle. Tu as raison. Essaye de voir avec les Gorjus, mais fais attention, je crois qu'ils ne nous aiment pas beaucoup.

— T'en fais pas, fit Julien d'un ton assuré.

Il ne voulait pas parler du chien, mais il y pensait depuis son réveil. Le chien démineur. Ne pourrait-on pas l'utiliser pour débarrasser le champ des charges mortelles qui s'y trouvaient enfouies? Il pourrait s'attaquer à cette besogne en secret, la nuit, sans rien dire

à M'man. Il s'imaginait déjà : se glissant sous les barbelés, un couteau à la main, le chien à ses côtés, complice à la langue pendante. À eux deux, ils repéreraient
les mines, les déterreraient et s'en débarrasseraient en
allant les jeter dans la mer du haut de la falaise ! Cela
prendrait le temps qu'il faudrait, mais un beau matin,
en préparant le café, il annoncerait à Claire :

— Tu sais, *ça y est*... On peut de nouveau semer dans
le champ aux corbeaux. Il est à nous. Vraiment à nous,
maintenant.

Ce serait une sacrée surprise pour elle. Oh ! Elle crie-
rait bien un peu, comme toutes les mères, mais ça finirait de la seule manière possible : elle pleurerait et le
serrerait contre elle en lui disant qu'il était fou, et tout
ce genre de trucs. Même s'il écopait d'une ou deux
gifles, le jeu en valait la chandelle. Ce serait un sacré
cadeau à lui offrir : des terres... des terres cultivables
que plus personne ne pourrait prétendre acheter à bas
prix. Mais pour cela il lui fallait le chien des Allemands,
ce détecteur à quatre pattes dont avait parlé Gorjus.

—Alors ? insista-t-il, j'y vais ?

M'man lui ébouriffa les cheveux.

— Bien sûr, soupira-t-elle. Et puis ça te fera une
récréation. Je te fais travailler comme un esclave, je
suis complètement folle. Va, va voir ton copain, mais
ne parle pas trop, s'il te plaît. Ne lui dis rien sur moi.

Julien acquiesça. Il était heureux. Fatigué mais heureux. Il commençait à entrevoir le bout du tunnel, et
surtout, il lui plaisait d'organiser le futur en secret,
dans l'ombre, tels ces dieux clandestins des tragédies
grecques qu'on lui avait fait étudier à la pension. Il lui
avait suffi d'un peu d'audace et d'imagination pour
reprendre les rênes du destin. Entre la maison coffre-

fort qu'il pillerait à sa guise et le chien démineur, la vie s'annonçait sous les meilleurs auspices.

Laissant Claire penchée sur sa planche de carottes, il leva le camp. Les cailloux du chemin craquaient sous ses semelles comme ces *bombes algériennes* constituées de minuscules graviers enveloppés dans du papier de soie, et qui claquaient comme des pétards lorsqu'on les jetait contre un mur. La musette battant la hanche, il traversa le boqueteau de la Brigandière. Instinctivement, il pressa le pas, car il ne pouvait oublier qu'à l'ombre de ces arbres s'étaient déroulées mille horreurs. Il avait souvent entendu l'Amiral évoquer les égorgements, les viols, perpétrés en ce point précis où la route s'engageait sous le couvert. Certains paysans le prétendaient hanté et se gardaient d'y cueillir le moindre champignon. La ferme des Gorjus se dressait de l'autre côté.

À peine sorti du couvert, il entendit les hurlements de l'ancien tueur des abattoirs qui insultait ses ouvriers à propos d'un gazo en panne. Une fumée nauséabonde stagnait dans la cour, en provenance du véhicule. Julien mit cet écran à profit pour approcher la bâtisse par l'arrière. Il hésitait à appeler et regardait autour de lui, dans l'espoir d'apercevoir Gorget, quand celui-ci apparut sur le seuil d'une grange délabrée, clignant des yeux. Il était torse nu, la peau luisante, très blanche sur la poitrine et le ventre, foncée sur les bras, le visage et le cou. Il ne manifesta ni joie ni ennui en découvrant Julien, l'épaule sciée par la musette.

— Viens par là, dit-il simplement, c'est mon coin à moi. Pas la peine de rameuter le père, surtout qu'il n'est pas dans ses bons jours. Il a fait une crise de goutte et il a plus le droit de bouffer de viande, ça le rend dingue. Qu'est-ce tu veux ?

— T'avais parlé d'un chien démineur, lança Julien sur le même ton viril.

— Ah ouais, grogna Gorget. Mais c'est pas gratuit. Le cabot, il a fallu que je le nourrisse, et ça croque sacrément un berger allemand. T'as de l'argent ?

— J'ai de quoi troquer.

— Sans blague ? J'te préviens, les images cochonnes découpées dans le dictionnaire médical ça ne m'intéresse plus, et ça sera pas suffisant. J'espère que t'as du répondant.

Ils entrèrent dans la grange plongée dans la pénombre. Une chaleur suffocante y régnait. La lumière ne filtrait qu'entre les interstices des planches qui avaient perdu leur joint de filasse goudronnée, découpant des rais dorés où dansait l'épaisse poussière de foin en suspension dans l'air. Gorget s'installa sur une botte de paille. Julien distingua des tonneaux, autour de lui. Trois, quatre. Il en montait une odeur fétide qui faisait tourner la tête. Les mouches bourdonnaient dans l'air, affolées, ricochant sur le visage des visiteurs.

— C'est mon stock de merde, expliqua le paysan. Crottin de cheval, bouse de vache, fiente de poule. Je ramasse tout ce que je peux, ça vaut de l'or. J'ai mes clients. Assieds-toi, on va boire un canon et puis on discutera. Le cabot, il s'appelle Zeppelin, il est un peu branque parce qu'il a déjà sauté sur une mine, mais il est entier, faut pas croire. Il ne lui manque rien, ni la queue, ni la bitte ! Il a eu de la chance. Il a un flair pas possible pour repérer les explosifs. L'ennui c'est que ça le rend fou dès qu'il renifle une mine. Faudra que tu le tiennes à l'attache, bien serré.

Il avait débouché une bouteille de cidre et remplissait deux verres. Le liquide coulait, sirupeux, épais comme de l'huile.

— Il est bizarre, ton cidre, remarqua Julien en faisant la grimace, on dirait du sirop.

— C'est parce qu'il est malade, grommela Gorget. Y a un microbe dedans, on appelle ça la maladie de la graisse. C'est rien du tout, mais on ne peut pas le vendre. Le père le garde pour nous. Tu peux le boire, va, fait pas ta demoiselle. Personne n'en est jamais mort !

Julien se força, car il ne voulait pas passer pour un idiot. Ce n'était pas mauvais d'ailleurs. Très râpeux, et probablement trop fermenté. Une piquette de pommes titrant sournoisement ; presque un petit vin qui faisait tourner la tête avant qu'on ait eu le temps de s'en apercevoir.

— Tu donnes quoi pour le chien ? attaqua Gorget en se passant la langue sur les lèvres.

Julien ouvrit la musette et sortit les bouteilles. Gorget les nettoya d'un revers de paume et siffla entre ses dents. Presque aussitôt, ses sourcils se froncèrent et il prit un air méfiant.

— D'où tu sors ça ? chuinta-t-il. C'était à ton grand-père. J'en suis sûr. T'as pas pu rentrer dans la maison, c'est tout bouclé. Et puis c'est piégé, tu sais ça ?

— Piégé ? répéta Julien.

— Oui. Le vieux il était méchant comme la gale. Il ne voulait pas qu'on le pille, alors il avait installé des ficelles partout, attachées aux poignées des portes, aux volets. Tout ça remonte au grenier, comme une toile d'araignée. C'est noué au détonateur de la bombe. Si on secoue les ficelles, l'amorce se réveille et tout le bazar vous explose au nez.

— T'es sûr ? fit Julien en mimant la frayeur.

— Un peu! gronda Gorget. Si c'était pas piégé, y a longtemps que j'y serais entré dans cette baraque, j'l'aurais dépucelée, tu peux me croire! J'ai tourné autour, ça oui. Mais pas question de pénétrer en force. La masse et le coin ça peut pas fonctionner dans ces cas-là. Le seul moyen ce serait de passer par le toit crevé, mais c'est trop dangereux, les tuiles s'éboulent, on risquerait de partir sur le cul, en avalanche, et de tomber directement sur la bombe. Et là, pour une enculade, ce serait une sacrée enculade!

Il partit d'un rire qui venait de la poitrine et prenait des résonances de barrique.

— Le grand-père, c'était un méchant, répéta-t-il en se calmant. Une fois j'ai failli m'y laisser prendre. C'était après votre départ, quand il vivait tout seul dans la maison. J'avais remarqué que, l'après-midi, il faisait la sieste après avoir sifflé un bon gobelet d'eau-de-vie, alors je rentrais sur la pointe des pieds, et j'allais dans la cuisine, pour piquer quelque chose: un litre de vin cacheté, un pot de confiture, n'importe quoi. Un jour, en poussant la porte, j'ai eu une sacrée surprise. L'ancêtre avait attaché une faux avec une ficelle à la poignée. J'ai juste eu le temps de faire un bond en arrière, sinon la lame me coupait la main au ras du poignet. Une faux, oui, en équilibre sur le manche. Elle aurait pu tout aussi bien me scier la tête en deux!

Comme Julien affichait une expression incrédule, Gorget désigna une marque pâle sur son avant-bras nu.

— Tiens! triompha-t-il. J'ai encore la cicatrice! C'est même le père qui m'a recousu avec du fil graissé.

Il gratta la blessure qui avait conservé l'aspect boursouflé d'une plaie mal soignée.

— T'as pas pu entrer, dit-il encore une fois, avec un mélange de crainte et de méfiance. C'est tout bouclé.

— Mais non, lâcha enfin Julien. Je ne suis pas complètement dingue. C'était planqué dans la grange, derrière les bottes de paille.

— Je comprends mieux, ricana Gorget, je ne te voyais pas jouant les héros! N'y touche pas à la maison, ou tu te retrouveras assis sur la lune avec plus rien entre les jambes et la tête sous le bras.

Il finit d'épousseter les bouteilles de vin. On devinait sans mal qu'il échafaudait mille tractations pour en tirer le meilleur parti.

— C'est du pinard pour les bourgeois, marmonna-t-il. J'peux en avoir quelque chose, c'est sûr.

S'étant rassis, ils continuèrent à boire du cidre épais, dans la chaleur de la grange. Ils vidaient leur verre sèchement, rejetant la nuque en arrière, comme les vrais hommes. S'accordant à peine le temps d'une respiration entre deux tournées. Julien sentait le sang lui cogner aux tempes. Ses gestes devenaient lents, malhabiles, et il tâtonnait pour attraper le verre que Gorget ne cessait de remplir.

— T'as bien fait de revenir au pays, soliloquait le paysan dans un accès de bonne humeur. Y a rien à tirer de la ville. Là-bas, on passe son temps à se regarder en dedans, comme à confesse. Le vrai travailleur, je vais te dire, il n'a pas le loisir de penser, ou alors c'est que c'est un feignant. Ici, t'as une chance d'oublier tout ce qu'on t'a appris dans ta pension, profites-en. Tu comprends, y a trop de mots dans les livres, ça bourdonne comme des mouches à merde, tous ces mots, et ça finit par te mettre trop d'idées dans la tête. Alors au bout d'un moment tu t'embrouilles, c'est forcé, et tu ne sais plus quoi faire. Et tu restes là, les bras ballants, comme un con. A la campagne, mon petit vieux, on agit et on ne parle pas; à la ville, au contraire, on parle beaucoup mais on ne fait rien... Les gens de la ville, ce sont des moutons, ils attendent d'être tondus, ils ne sont plus capables de mordre depuis longtemps. Ils se cachent dans la pèlerine des flics, comme des mioches dans les jupes de leur mère. Chez nous, on n'a pas besoin des gendarmes pour régler ses comptes. On s'arrange entre nous. Ton père et l'Amiral, ils étaient comme ça.

— Qu'est-ce que tu veux dire ? interrogea mollement Julien.

— Y faisaient la loi chez eux, comme des seigneurs, grommela Gorget. Haute et basse justice. Et personne y trouvait à redire. C'est comme ça qu'ils ont liquidé Belzébuth.

— Belzébuth ? pouffa Julien. Le diable ?

— Mais non. Un braconnier. On l'appelait comme ça parce que, en 17, il avait reçu un éclat d'obus dans la tête. Comme on n'avait pas pu le lui ôter ça lui faisait une espèce de corne sur le front. Il était un peu maboule, toujours à piéger sur les terres du vieux Charles. Un jour, il a disparu. Tout le monde sait que c'est ton père qui l'a estourbi et donné à bouffer aux cochons.

— Tu rigoles ?

— Pas du tout. Les cochons, ça bouffe tout, même leurs petits des fois. Pour faire disparaître un bonhomme c'est la machine parfaite. Belzébuth, c'est comme ça qu'il a fini. Il avait trop tiré sur la corde.

Julien aurait voulu être en mesure de réfléchir, mais il avait la tête pleine de coton.

— Tu te rappelles pas, observa Gorget. C'est normal, t'étais trop petit à l'époque, mais moi je voyais les choses, l'air de rien. J'ouvrais les yeux, les oreilles, et j'enregistrais. C'est qu'il s'en passait des choses chez les Lehurlant. C'étaient des taiseux. Ils réglaient tout entre eux.

C'était bizarre de s'entendre raconter sa famille par un étranger. A cette occasion, Julien prenait conscience qu'il avait vécu durant toute cette période comme un somnambule. De ces années passées, ne subsistaient que des images éparses : P'pa sur le quai, longeant le bâtiment des conserveries, et les filles, toutes grasses de l'huile en boîte, le hélant avec des rires stridents. Il lui semblait les voir encore, ces filles, les bras nus, potelés, une hanche en avant, le corsant bâillant parfois jusqu'au quatrième bouton. Elles luisaient dans la pénombre des hangars, enveloppées de la fragrance brutale du poisson.

— Viens, criaient-elles, tu verras comme on a la peau douce, c'est à cause de l'huile. Aucune femme ne pourra t'offrir quelque chose d'aussi soyeux. Viens donc toucher, Beau Mathias !

Oui, cela lui revenait tout à coup : « Beau Mathias », c'était ainsi qu'elles appelaient P'pa, les étêteuses... Du matin au soir penchées sur un tapis roulant à couper des têtes de poissons morts. On les disait gaillardes, polissonnes.

— Elles ont beau se laver les cheveux au bois de Panama, l'odeur de la sardine s'y accroche, rigolaient les hommes. Quand on met son nez là-dedans, on a l'impression que ça renifle la foufoune. Bon sang, c'est à ne plus se tenir !

Mathias riait avec eux, plus fort encore, rugissant sans se soucier des passants qui tournaient la tête. Julien ne

comprenait pas tout. Tantôt il trottait sur le pavé iné-
gal, toujours gras de poisson écrasé, tantôt son père le
juchait sur ses épaules, le portant en triomphe. Julien
avait un peu le vertige, et les cheveux de P'pa, coupés
ras sur la nuque, lui piquaient l'intérieur des cuisses.
De là-haut, il dominait le monde, observait les ravau-
deuses de filet, tricotant leurs immenses toiles d'araignée en coton d'Egypte. Il ne comprenait pas pourquoi
les filles de la conserverie hélaient son père avec autant
de familiarité. Elles semblaient bien le connaître, elles
lui envoyaient des baisers du bout des doigts.

— Viens, insistaient-elles, viens rejoindre tes sardi-
nettes !

— Pas aujourd'hui ! répliquait Mathias Lehurlant.
C'est mon fils !

— Amène-le-nous ! criaient-elles avec de grands gestes d'invite. Il est si petit qu'on pourra le glisser dans
une boîte, avec les sardines !

Julien se débattait, il avait peur de ces femmes qui
coupaient la tête des poissons, il ne voulait pas aller
les voir.

— Tu sais ce qu'on raconte ? marmonna Gorget, vau-
tré dans la paille. Que ta mère a tué ton père... C'est
vrai ?

— C'est des conneries, grogna Julien avec difficulté.
C'était un accident.

Il aurait voulu se mettre en colère mais il n'y parvenait pas. Sa voix coulait de ses lèvres au ralenti, aussi
épaisse que le cidre sirupeux de Gorget.

— Je m'en fiche qu'elle l'ait tué, dit ce dernier. J'suis
pas gendarme. Les affaires de famille ça doit se régler

en famille. Mais y a des gens pour dire qu'elle était sur le quai quand ça s'est produit, et qu'elle a pas eu un cri, rien.

— Et alors ?

— Elle avait un mobile. Elle savait qu'elle devait tuer ton père avant qu'il ne la tue, lui.

S'il n'avait pas été engourdi par le cidre, Julien aurait bondi. Il se contenta de faire la grimace. Cette indifférence excita la hargne de son compagnon.

— Le Mathias, dit-il en martelant les mots, il était foutrement jaloux, tu sais ça ? Ta mère, s'il avait pu, il l'aurait tenue cloîtrée dans sa chambre. A la fin, il s'était mis dans la tête qu'elle le trompait avec l'Amiral.

Cette fois, Julien eut un sursaut.

— Tu déconnes, lâcha-t-il d'une voix mal assurée.

— Hé ! triompha Gorget, tu ne le savais pas ? Le vieux, il en pinçait pour ta mère. C'est même lui qui l'a vue le premier et qui l'a fait venir à la propriété. Mince, il faut tout t'expliquer !

Alors il se mit à évoquer la petite boutique bleu horizon où travaillait Claire, ce cabinet de lecture qui s'était spécialisé dans les romans à l'eau de rose pour dames de la bonne société. On y louait des ouvrages charmants, expurgés, qu'on pouvait mettre entre toutes les mains. Une devise brodée au point de croix trônait sur l'un des murs, annonçant clairement la philosophie de la maison : *Ad usum Delphini.* C'était une jolie boutique, avec des petits rideaux et des fleurs sur les tables. Il y flottait en permanence une odeur de bruyère. On y venait en toute confiance car l'on savait que Claire désinfectait scrupuleusement les livres avant de les remettre en rayon : enfermés dans une boîte hermétique, les ouvrages étaient soumis vingt-quatre heures

durant à des vapeurs de formol qui tuaient tous les ger-
mes cachés entre leurs pages. Une petite affichette collée dans la vitrine garantissait d'ailleurs à la clientèle
que tous les romans composant le fonds étaient scrupuleusement aseptisés au fur et à mesure de leur remise
en service. En la lisant, les dames de Saint-Chasnier
avaient toujours le même petit hochement de tête satis-
fait. Claire conseillait les clientes, résumait les intri-
gues, classait les romans par tranches d'âge. Des mères
lui amenaient des jeunes filles boutonneuses qui se ron-
geaient les ongles — Cécile, Delphine, Marie-Marthe —
et disaient d'une voix inquiète :

— J'aurais désiré quelque chose qui ne risque pas de
lui donner de mauvaises pensées. Vous comprenez, elle
est enragée de lecture, et cela m'inquiète.

— C'est là que ton grand-père l'a remarquée, dit Gorget. Il est entré dans la boutique pour lui demander de
venir s'occuper de sa bibliothèque qui était, à ce qu'il
racontait, remplie de vermine. Il faisait le faraud, il lui
a dit qu'il possédait des milliers de bouquins. C'était
vrai, seulement il ne les avait jamais ouverts ! C'étaient
des livres achetés à la caisse, chez des antiquaires, pour
faire bien sur les étagères. Le vieux Charles les avait
entassés là pour impressionner les gens qui venaient
le voir, ses clients. Il aimait chiquer au bourgeois. A
cause de l'humidité, la vermine s'était foutue dans les
pages. Quand on avait le malheur d'ouvrir un bouquin,
des mille-pattes s'en échappaient, ça la foutait plutôt
mal !
Alors M'man était venue au donjon, avec son petit
nécessaire dans un grand sac de cuir, et Charles était

allé la chercher lui-même à la gare, avec son vieux tilbury, parce que cela faisait plus romantique.

Julien sourit. Les paroles de Gorget réveillaient de lointains souvenirs. C'est vrai que M'man savait tout de la guerre contre les ennemis des livres, qu'elle en connaissait les armes, les ruses. Il lui semblait la revoir, dans la bibliothèque où personne n'entrait jamais, debout sur une échelle. Dressée sur la pointe des pieds, les muscles des mollets durcis sous la peau rose. Elle se livrait à des besognes mystérieuses dont il lui avait demandé le comment et le pourquoi. Alors, patiemment, elle lui avait expliqué : D'abord il y avait l'humidité, qui piquait les pages de taches roussâtres, et qu'on pouvait combattre en disposant sur les étagères des soucoupes contenant du chlorure de calcium fondu qui assèche le papier. Et puis les bêtes, les insectes minuscules qui grouillaient dans les vitrines, creusaient des galeries dans le bois des étagères : l'*anobium paniceum*, cette vrillette qui ronge les reliures des plus beaux volumes et dévore le papier ; l'*attagenus pellio*.

Oui, il lui semblait revoir Claire frottant le dos des livres malades avec un chiffon imprégné d'essence de térébenthine. Elle procédait avec des gestes très doux, comme si elle massait l'échine d'une bête dolente.

— L'odeur suffira à les éloigner, expliquait-elle. Si ce n'est pas suffisant, on se rabattra sur la teinture de pyrèthre.

Mais il y avait des moyens plus radicaux encore. La guerre totale, l'extermination généralisée, quand, en mars et en septembre, M'man ouvrait les vitrines de la bibliothèque pour y disposer un verre empli de sulfure de carbone. Elle refermait ensuite soigneusement les portes vitrées en chuchotant :

— Ça va les gazer, tu comprends. Les vapeurs vont s'infiltrer entre les pages, et toutes les bestioles seront asphyxiées.

Mais ce génocide n'était pas sans danger pour les humains, car les exhalaisons de sulfure avaient le défaut d'être terriblement inflammables.

— Si l'on entrait maintenant en portant une bougie ou une lampe à pétrole allumée, murmurait Claire, toute la maison prendrait feu! *Vlouf!* Ce serait comme un gaz s'enflammant. Un incendie terrible!

Une telle menace fascinait Julien. Le nez collé à la vitrine, il regardait les reliures de cuir baignant dans cette atmosphère mortelle. Il imaginait les insectes en pleine agonie, ces nuisibles mangeurs de mots, à la panse remplie de caractères d'imprimerie. M'man lui apparaissait auréolée d'un pouvoir terrible, elle régnait sur le savoir des hommes et le défendait contre la voracité du peuple rampant. Elle savait fabriquer des engins de mort qui tenaient dans une banale soucoupe ou dans un verre à pied.

Inlassablement, il fixait le godet, là-haut, sur la dernière étagère. Il aurait aimé voir s'élever la vapeur incendiaire en tourbillons bleuâtres, mais elle s'obstinait à demeurer invisible.

— Hé! fit Gorget, t'endors pas! Les bouquins malades, c'était un prétexte. Ce qu'il voulait, le vieux, c'était l'attirer dans ses filets. Tu piges? Il voulait coucher avec elle, voilà! Et peut-être même qu'il l'a fait, qu'est-ce qu'on en sait, hein?

Cette fois, Julien se secoua. Des choses troubles remuaient en lui qu'il n'avait pas envie de tirer au clair.

— Il lui tournait autour, tout le temps, insista Gorget. Je le sais, j'ai entendu les domestiques en parler à l'office. Il la faisait venir sous un tas de prétextes, et elle obéissait. Elle lui apportait des livres rares, des éditions qui coûtaient les yeux de la tête. Des machins que même un instituteur il n'a jamais lus ! Au vieux Charles, tu te rends compte ? Un bonhomme qui ne s'intéressait qu'à ses registres de comptabilité !

Il s'étouffait de rire, s'expédiait des claques sur les cuisses.

— Et puis ton père s'est amené, dit-il, enfin calmé. Et l'Amiral s'est fait voler la chevrette sous le nez. Il n'a rien dit. Il s'est effacé devant son fils. Mais il faut que tu te rentres bien ça dans la tête : ta mère, il ne l'aimait pas comme un beau-père doit aimer sa belle-fille. Il la voulait dans son lit, ouais ! Et ça, le Mathias s'en est toujours douté. Ça lui a longtemps travaillé la cervelle. A la fin, il avait fini par se persuader que le vieux avait eu sa femme avant lui... Ça le rendait complètement marteau. Il se racontait que, peut-être, t'étais pas son fils, mais celui de l'Amiral. Son demi-frère, quoi !

Julien essaya de s'asseoir. Il avait envie de vomir. Il se surprit à bénir son ivresse et à espérer qu'en se réveillant il aurait oublié tout ce que venait de lui dire Gorget. Il avait l'illusion de s'enfoncer dans un marigot.

Gorget s'était levé. Il suait et sentait fort. Une odeur de bête qui avivait la nausée de Julien.

— Ouais, grogna-t-il. T'es peut-être le fils d'un vieux. Ça expliquerait pourquoi t'es ni très malin ni très fort. Les gosses de vieux c'est souvent des idiots de village. Faudrait que tu demandes à ta mère... T'es soi-disant né prématuré, au bout de sept mois, mais qu'est-ce qu'on en sait, hein ? Les deux mois qui manquent, c'est peut-être ceux qu'elle a passés dans le lit du grand-père ?

Julien vomit sur ses chaussures. Quand les spasmes se calmèrent, il sortit de la grange en titubant et alla se tremper la tête dans l'abreuvoir. Gorget l'avait suivi, hargneux, désireux d'en découdre. Il ressemblait à un chien fou qui flaire le sang d'un lièvre blessé.

— Et puis y en a eu d'autres, martela-t-il. Le sculpteur... Benjamin Bruze... T'en n'as jamais entendu parler ? Le vieux lui avait commandé une grande statue en bois de ta mère. Une figure de proue. On devait la fixer à l'avant de la *Brigande*, le ketch que ton père était en train de fabriquer. Benjamin Bruze, un connard de Parisien. Un artiste à la manque. Il paraît que ta mère posait toute nue pour lui, les seins à l'air. La vraie cochonnerie, quoi ! Ton père tournait autour de l'atelier pour essayer de les surprendre. Et le vieux l'encourageait. C'était sa vengeance. Peut-être que ça le consolait de voir son fils aussi jaloux que lui. Benjamin Bruze. Tu devrais lui rendre une petite visite. Il est toujours dans la forêt, du côté de la coupe des Chuins, à vivre comme un sauvage depuis qu'il est rentré de Dunkerque. Lui, il pourrait te dire des choses. La *Brigande*, ouais... C'est le bateau qui s'est couché sur ton père. Elle ne lui a pas porté bonheur, la figure de proue !

— J'étais venu pour le chien, dit doucement Julien en s'essuyant le visage.

Gorget sursauta, ramené à la réalité. Il battit des paupières tel un dormeur dérangé par une lumière trop vive. Avec un grognement, il marcha vers l'abreuvoir et s'y plongea la tête jusqu'aux épaules.

— Foutu cidre, grommela-t-il en se redressant. Putain, ça cogne.

D'un geste, il fit signe à Julien de le suivre. Derrière la grange se dressait un chenil où le père Gorjus enfermait ses chiens de chasse. Un berger allemand se tenait là, à l'écart des autres bêtes, massif, mais les oreilles basses. Le poil manquait sur ses flancs que parcouraient de longues cicatrices rosâtres.

— L'a été à moitié éventré, dit Gorget. Son maître l'a recousu, mais ça n'a servi à rien. Il n'obéissait plus. Dès qu'il voyait un uniforme, il montrait les dents.

Il fit jouer le loquet, appela la bête. Julien en avait presque oublié sa migraine. Zeppelin s'avança, méfiant.

— C'est bien que tu le prennes, commenta Gorget, il refuse de chasser ou de monter la garde, et le père aurait fini par lui flanquer un coup de fusil. Mais pour renifler les mines c'est le champion.

Tout à coup, une idée horrible traversa l'esprit de Julien. Gorget n'était-il pas en train de lui tendre un piège ? N'espérait-il pas le voir sauter sur l'une des charges cachées dans le champ aux corbeaux ? Si cela arrivait, Claire s'en irait, bien sûr. Elle renoncerait à se battre et céderait la terre aux Gorjus pour une bouchée de pain... Non, c'était trop affreux. Il ne fallait pas penser à des choses pareilles, c'était mal.

Zeppelin léchait les mains de Julien. Il avait une langue rose et râpeuse.

— Allez, s'impatienta Gorget. Fichez le camp, j'ai du travail, moi. Et surveille ton clébard, si je le prends ici à tourner autour des poules, je lui fiche un coup de fourche !

Julien s'éloigna sans répondre. Le chien hésita une seconde, puis se décida à lui emboîter le pas. Il était assez

affreux avec son ventre tout pelé, et Julien se demanda
comment réagirait M'man en le voyant débarquer.

Claire fit la grimace en apercevant Zeppelin ; toutefois, si elle pensa que la bête représentait une bouche
de plus à nourrir, elle n'en dit rien. Julien, profitant
de ce qu'elle travaillait au fond du potager, était allé
récupérer les provisions dissimulées dans l'épaisseur
des taillis, et il s'empressa de déballer ces trésors pour
se faire pardonner. M'man osait à peine toucher les victuailles, émerveillée et incrédule devant les largesses
des Gorjus. Le chien, lui, tournait en rond, reniflant le
sol avec une méfiance non dissimulée. A plusieurs reprises il jeta un coup d'œil acéré derrière les barbelés,
comme s'il avait déjà deviné la présence des mines.
Ce fut un jour de fête, on abandonna les outils pour
s'installer autour du bivouac. Julien fit cuire le riz dans
lequel il versa le confit de canard. Il était heureux de
préparer la nourriture sous les yeux ébahis de sa mère.
L'odeur des aliments excitait Zeppelin qui s'était mis
à gémir et poussait le museau jusque dans la gamelle
brûlante. Julien fit trois parts, et l'on se goinfra, le plat
à hauteur de la bouche pour manger plus vite. C'était
bon de se sentir l'estomac sur le point d'éclater, de redé-
couvrir le fondant délicieux d'une viande qui n'avait
pas la consistance du linoléum. Ils se gavaient salement,
réalisant que, depuis leur arrivée, ils mouraient de faim
sans vouloir se l'avouer.
Le confit avalé, Julien partagea la tablette de chocolat. Des souvenirs de lecture le harcelaient : le capitaine
en loques, dans la canot de sauvetage, qui répartit d'une
main autoritaire les provisions entre les différents sur-

vivants du naufrage. Il éprouva soudain un bonheur intense à déposer les carrés de chocolat noir dans la paume terreuse de Claire, et à la regarder dévorer avec un appétit de petite fille. Il en oubliait sa propre gourmandise.

Engourdis par la digestion, ils se couchèrent dans l'herbe pour somnoler au milieu des plats que Zeppelin nettoyait à grands coups de langue.

9

Dans les jours qui suivirent, Julien se laissa engourdir par cette atmosphère de fausses vacances. Hors du
temps, hors du monde, il avait plus que jamais l'illusion d'avoir trouvé refuge sur une île déserte au terme
d'un naufrage fracassant. Parfois, au moment de
s'endormir, il se racontait que l'arche transportant le
pensionnat avait sombré au large des côtes, et qu'il en
était l'unique rescapé. Cette fantasmagorie l'en-
chantait.

Il se levait très tôt, dès le point du jour, émettait —
en entrouvrant à peine la bouche — un petit claquement
de langue pour signifier à Zeppelin qu'il était temps de
se mettre en route, et s'élançait sur le chemin, entre
les murailles de barbelés entourant *ses* terres. M'man,
victime de ses mauvaises habitudes citadines, dormait
toujours plus tard qu'il n'aurait fallu. Avec une pointe
d'inquiétude, Julien commençait à se demander si elle
serait capable de s'endurcir, ou si, au contraire, la campagne allait l'user précocement, faisant tourner sa
joliesse à l'aigre. Déjà ses mains, si fines, se craque-
laient ; la terre incrustée sous les ongles et dans les
replis de la peau leur donnait une apparence plus

épaisse. Claire s'abîmait, et cette métamorphose irait
en s'accentuant avec la venue de l'hiver. Et puis il y
avait la fatigue, énorme, qui vous tombait dessus au
coucher du soleil. On était trop las pour tirer l'eau du
puits et se laver, on s'habituait à la sueur, à la crasse.
Au fil des jours, la propreté ne semblait plus aussi indis-
pensable qu'au début. Ainsi les cheveux de Claire
pendaient-ils désormais en mèches lourdes de suint,
quant à la plante de ses pieds, elle était noire en permanence. En quelques semaines, elle avait pris l'aspect
d'une bohémienne. Oh! certes, d'une jolie bohémienne,
mais n'importe quel citadin s'arrêtant devant la cabane
pour renouveler l'eau de son radiateur l'aurait prise
pour une souillon.

Julien pensait à tout cela en remontant le sentier dans
la brume du matin. Il aimait marcher dans le brouillard
stagnant au ras du sol, voir ses galoches creuser des
trous dans cette fumée tourbillonnante. Zeppelin suivait,
les volutes cotonneuses lui montant jusqu'au ventre et
lui mangeant les pattes. Ces équipées de l'aurore per-
mettaient au garçon de prendre conscience de l'étendue
du domaine, des champs emprisonnés. Il y avait là des
hectares de bonne terre rendus inaccessibles par l'enche-
vêtrement du fil de fer, des friches où le chardon pullu-
lait. Tout un territoire inutilisable auquel il n'avait jamais
prêté la moindre attention par le passé. Mais c'était...
grand. Immense, même. Et c'était à lui!

En descendant vers la forêt de Craindieu, il aperçut
l'épave du Lysander, ce petit avion conçu par les Anglais
pour se poser n'importe où et effectuer des livraisons
clandestines. L'appareil avait explosé en roulant sur
une mine. Il offrait l'aspect pathétique d'une libellule
déchiquetée. L'herbe, les ronces et la mousse recou-

vraient en partie sa carcasse éparpillée. Julien s'approcha des barbelés, se demandant si les Boches avaient abandonné les corps des pilotes dans l'épave. Il avait un peu honte de sa curiosité, et Zeppelin grognait derrière lui pour le rappeler à l'ordre. Sans doute avait-il perçu l'odeur des explosifs ? Çà et là, le garçon dénicha d'autres dépouilles inapprochables : des restes d'animaux imprudents. Avec un frisson, il distingua une chaussure dans une touffe d'herbe, et des images macabres envahirent son esprit. De place en place, les terres emprisonnées étaient trouées de cratères noirs, à l'humus violemment expulsé, et ces volcans artificiels rappelaient que la mort attendait son heure sous les touffes d'herbe.

Cette tournée du propriétaire permettait à Julien de se familiariser avec l'idée du danger. Zeppelin marchait en grondant, les babines toujours à demi découvertes. De temps à autre, il se rapprochait des barbelés et reniflait avec férocité, sûrement parce qu'il venait de repérer une mine. Julien devait alors s'agenouiller, plonger les doigts dans la fourrure rêche de sa tête et le gratter entre les oreilles pour l'inciter au calme. L'éclat de folie qui brillait dans les yeux de la bête lui faisait un peu peur, mais il se répétait que les trappeurs du Klondike côtoient tous les jours des huskies et des malamutes aussi féroces que des loups.

Il fallait se décider à passer aux actes. Un matin, il quitta la cabane en emportant une musette qui contenait quelques outils de jardinage. Après s'être éloigné d'environ trois cents mètres, il s'agenouilla et cisailla les barbelés pour entrer dans le champ interdit. Il aurait bien sûr préféré commencer au pied de la maison, mais c'était trop risqué. Quand il eut ménagé une ouverture, il fit signe à Zeppelin de s'y engager.

L'animal gronda comme s'il allait mordre, mais le dressage ne lui laissait pas la liberté de refuser; le ventre à ras de terre, il rampa dans la trouée. Julien l'imita aussitôt. L'herbe était trempée de rosée et les chardons lui griffaient la peau du ventre. Malgré la froidure matinale, il était couvert de sueur. Le chien tremblait, le poil hérissé sur l'échine, la queue entre les pattes. Julien se coula dans son sillage, marquant le chemin à l'aide de pierres grises ramassées sur le sentier. Il éprouvait tout à la fois une terreur et une excitation terribles à l'idée de se déplacer en territoire interdit. Il avait la respiration courte et le diaphragme lui faisait mal. Ses intestins gargouillaient comme s'il allait devoir poser culotte d'une seconde à l'autre. D'où il se tenait, il apercevait l'épave du Lysander, tordue, avec ses ailes chiffonnées par l'explosion. La déflagration avait projeté aux alentours tout un tas d'objets hétéroclites. Une envie affreuse lui vint soudain de s'approcher de l'épave pour jeter un coup d'œil à l'intérieur, mais il savait que c'était mal. Il faillit poser la main sur un soulier au cuir moisi, et ce contact le dégrisa.

Zeppelin s'arrêta, les crocs découverts devant une touffe d'orties. Julien s'allongea à plat ventre, les yeux plissés. La terre s'était légèrement affaissée sous l'action du ruissellement, révélant qu'on avait creusé là quelques mois auparavant. Une mine se cachait donc sous l'herbe, attendant le pied imprudent qui la réveillerait. Le garçon sortit son couteau de la musette, et entreprit de sonder l'humus à petits coups. Gorget avait dit qu'une pression de trois kilos suffisait à déclencher le détonateur, il fallait donc y aller très doucement.

Quand la lame du canif toucha l'acier, Julien fut secoué par une décharge électrique.

« Bon sang, se dit-il. C'est la mort que tu touches là. Maintenant tu n'es plus un gosse. C'est fini. Tu es un homme... C'est prouvé. »

Tandis qu'il délimitait les contours de la charge au moyen de sa lame, il ne cessa de se répéter « c'est prouvé ». Du plat de la paume, il commença ensuite à refouler la terre, pour démasquer la mine. C'était un gros disque de fer, déjà piqueté de rouille en dépit de la peinture protectrice grise. Une sorte de bouchon trônait en son centre, sans doute le détonateur à pression qui déclenchait l'amorce par écrasement.

Julien avait perdu la notion du temps. Couché sur le ventre, il contemplait cette étrange marmite plate, ce fait-tout rempli de mort en conserve qui n'attendait qu'un coup de talon pour exploser.

Zeppelin grelottait en poussant des couinements plaintifs de chiot. Le garçon essaya de le caresser pour le rassurer, mais la bête recula.

« Ma première mine ! » songea Julien en tirant de sa musette un bâton au bout duquel il avait fixé un chiffon de couleur jaune. Finalement ç'avait été facile. Bien sûr, pour que son triomphe soit complet, il aurait fallu pouvoir désamorcer la charge, mais cela se situait hors de ses compétences. Il n'était pas soldat, il ne connaissait rien à la mécanique interne des bombes. En fait, il avait déjà mis au point une autre technique. Puisque les charges n'explosaient que lorsqu'on appuyait dessus, il n'y avait aucun danger à les soulever ! Il n'aurait donc qu'à venir ici avec une brouette, les sortir de terre et les convoyer jusqu'au bord de la falaise, où il les jetterait dans le vide. Elles exploseraient en s'écrasant sur les rochers, cent mètres plus bas. Ça c'était pensé !

Il observa le disque de métal que son nez touchait presque, en se demandant s'il aurait assez de force dans les bras pour l'extraire du sol. Il décida que oui.

Une joie un peu folle dansait en lui. Comme on était loin des pauvres pétards du 14-Juillet! Il s'imagina, promenant la mine dans la brouette du grand-père jusqu'au bord du vide, là où la falaise se cassait en un à-pic vertigineux. Il lui faudrait vite se reculer dès qu'il l'aurait balancée. Surtout ne pas céder à la tentation de la regarder exploser en touchant les rochers car la déflagration ferait sans doute monter les débris de pierre très haut dans le ciel.

« Je fais le ménage chez moi », songea-t-il avec une satisfaction qui l'emplissait d'orgueil. Oui, c'est ainsi qu'il allait procéder, jour après jour. Les paysans dépierrent leurs champs, eh bien lui, Julien Lehurlant, déminerait ses terres sans l'aide de personne, au nez et à la barbe des Gorjus! Il suffirait de baliser soigneusement les zones « propres », de dresser une carte précise en prenant des repères.

Ce matin-là, il localisa encore deux charges grâce au flair de Zeppelin, puis battit en retraite, car le temps passait et la bête ne tenait plus en place. En reprenant le chemin de la maison, le garçon essayait de calculer combien il lui faudrait de temps, à raison de trois mines par jour, pour récupérer son domaine, mais il n'avait jamais été très doué en arithmétique et s'embrouilla très vite.

Plus tard dans la journée, il graissa soigneusement l'essieu de la brouette afin de pouvoir s'éloigner sans que le grincement de la roue n'éveille aussitôt Claire.

Il faisait chaud, il faisait beau. Les provisions prélevées dans le ventre de la maison avaient eu raison de la faim tenaillante dont ils avaient souffert les premiers jours. Un peu choqué, Julien avait découvert que M'man aimait le vin. A la fin du déjeuner, elle sirotait son verre de pouilly-fuissé avec une mine gourmande de nonnette foudroyée par l'extase du péché. Elle plissait les yeux, humait l'odeur du liquide, et y trempait les lèvres avec une avidité qui déplaisait au jeune garçon. Où avait-elle pris ces habitudes de sybarite... et avec qui ? Tout de suite après, elle sombrait dans une torpeur souriante et se renversait sur la paille, suant doucement sous la caresse du soleil, de petites perles de transpiration s'accumulant dans le creux de sa gorge.

Ainsi, elle avait appris à apprécier les crus rares tandis que d'autres se forçaient à boire du « café » d'orge grillée et mangeaient du chat. Il y avait là quelque chose qui gênait Julien et lui donnait l'envie de la saisir par les épaules pour la secouer en lui criant : « Réveille-toi ! Mais réveille-toi donc ! Arrête de faire la gamine ! Bon sang, on dirait que de nous deux c'est toi qui as douze ans ! »

Quand elle lui proposait de verser quelques gouttes de vin dans son gobelet d'eau — parce que ce mélange le *désoifferait* davantage — il refusait farouchement. Il avait envie de lui crier au visage : « J'ai besoin d'avoir toute ma tête, *moi !* Je suis un démineur, je ne me contente pas de jouer à la fermière entre deux siestes au soleil. »

Il se mordait la langue pour ne pas céder à la tentation. Est-ce qu'elle avait un petit pois dans la tête ? Est-ce qu'elle avait seulement conscience de la convoitise des Gorjus et des menaces qui pesaient sur elle ?

« Idiote, songeait-il, fouetté par une colère sourde. Tu te saoules pendant que le père Gorjus reluque tes fesses

et t'imagine déjà dans son lit. As-tu seulement pensé
à l'hiver qui vient ? Quand nous crèverons de froid dans
la cabane ? Si je n'ai pas pris mes dispositions d'ici là,
tu serais bien fichue de te décourager, de capituler...
d'aller faire la servante chez les autres pour avoir simplement chaud. »

C'était Claire qui buvait, mais c'était lui qui s'échauf-
fait. Il s'agaçait de deviner chez sa mère une mollesse
sensuelle qui la prédisposait à la paresse, au luxe, à la
facilité. Déjà, son ardeur des premiers jours avait décru.
Elle travaillait la terre avec beaucoup moins d'énergie,
s'autorisant de fréquentes pauses pendant lesquelles
elle s'assoupissait. Mais c'était vrai également qu'elle
était fatiguée, qu'elle n'avait pas l'habitude du labeur
soutenu, des corvées, et que les prémices de l'été portaient naturellement à la fainéantise.

Par comparaison, il était surpris et rassuré de se
découvrir plus robuste qu'il n'aurait cru. Il lui arrivait
fréquemment de contempler les champs ceints de barbelés et de penser : « C'est à moi. Et ça n'appartiendra
jamais à personne d'autre ! »

Il s'éveillait maintenant avant l'aurore et sortait de
la cabane sans éveiller Claire. Zeppelin l'attendait toujours près du puits, assis sur son derrière, fidèle
complice que la peur n'empêchait jamais de se mettre
à l'ouvrage.

Un matin, Julien décida de se débarrasser de la première mine. Il en avait localisé plus d'une quinzaine à
ce jour, différant sans cesse le moment fatidique du
transport, car il savait que le vrai danger se tenait là.
Une fois la charge meurtrière posée dans la brouette,
il suffirait d'un faux mouvement, d'un accident du chemin pour engendrer une catastrophe.

Il fallait se décider. Ce matin-là, avant même que le jour fût levé, le garçon s'éloigna presque en aveugle, poussant la brouette devant lui. L'essieu, abondamment graissé, ne produisait aucun bruit. Quand il arriva à l'endroit où les barbelés étaient sectionnés, il alluma sa lampe de poche et se faufila dans le passage. Il transpirait tellement que ses doigts trempés glissaient à la surface de la mine sans parvenir à l'agripper. Il dut agrandir l'excavation pour glisser les mains en dessous de l'affreuse marmite grise. Elle était plus lourde qu'il n'avait pensé, et ne comportait aucune poignée de transport. Il connut deux minutes de terreur complète le temps qu'il mit à sortir la galette de fonte de son trou pour aller la poser au fond de la brouette. L'image de l'Amiral, déchiqueté, lui emplissait l'esprit, occultant toutes ses autres pensées. Allait-il mourir de la même façon, dans un éclair jaune, vertical, qui pulvériserait son corps ?

Poussant la brouette, il prit la direction de la forêt de Craindieu. Il tenait à peine sur ses jambes. Le jour se levait, ce qui permettait d'économiser la lampe. Zeppelin galopait, affolé par la présence de la bombe. Julien essayait de le rassurer par des paroles amicales, mais la bête ne comprenait sans doute que l'allemand. Ils s'engagèrent sous les arbres, là où la lumière du soleil naissant pénétrait à grand-peine. C'était la partie difficile du trajet. Trompé par la semi-obscurité, on pouvait tomber dans une ornière et verser dans le fossé. Si la mine heurtait une pierre, ce serait la catastrophe.

Julien ruisselait de sueur et mourait de soif. Il se maudit de n'avoir pas pensé à emporter une gourde. Il lui sembla qu'il tirait une langue aussi longue que celle de Zeppelin. Le sentier n'en finissait pas de zigzaguer entre les arbres. L'odeur de la mer dominait celle des aiguilles de pin. Il fallait être très prudent lorsqu'on traversait le bois en pleine nuit car rien n'avertissait le promeneur de la proximité du précipice. La forêt s'arrêtait brutalement au bord de l'abîme, les racines des derniers arbres poussant dans le vide.

Julien avançait au pas, maintenant, guettant la grande trouée du jour entre les troncs. Une lumière violette sourdait çà et là. L'humidité était intense, portant la senteur moisie des champignons et des mousses. Enfin, la roue de la brouette s'arrêta à la lisière du précipice. C'était marée basse. Le relent de pourriture des algues abandonnées par le reflux montait à la tête. Julien s'approcha doucement du bord pour risquer un coup d'œil en bas. L'amas des cailloux gris, fracassés, lui fit peur. Il fut tenté, pour en finir plus vite, de renverser la brouette, mais il craignit, au moment de passer à l'acte, d'être incapable de la retenir. Mieux valait saisir la mine entre les mains et la jeter dans le vide. Toute souillée de terre grasse, la bombe glissait sous ses doigts. Il faillit la laisser échapper. Il était à bout de force. En équilibre à la lisière du gouffre, il lâcha son fardeau à l'aveuglette et recula précipitamment. Il avait si peur qu'il n'entendit même pas le bruit de l'explosion. Il ne vit que les pierres, montant très haut à la verticale pour retomber en pluie serrée. Certaines d'entre elles lapidèrent la brouette, arrachant des éclats de bois. Il fut griffé aux bras par des cailloux tranchants, mais n'éprouva aucune souffrance. Il se demanda avec inquiétude si la déflagration avait réveillé M'man, mais c'était peu probable, la haute muraille de la falaise, le rempart de la forêt, avaient dû étouffer le vacarme. A présent, une ligne de fumée grimpait vers les nuages, raide, tracée au cordeau et empestant le produit chimique.

Il fallait songer à rentrer. Julien fit effectuer un demi-tour à la brouette, et prit le chemin de la maison.

« Et d'une ! » songeait-il en marchant le plus vite possible. L'ampleur de la tâche ne le décourageait pas, bien au contraire. Il y voyait une sorte de défi fabuleux. « Et d'une ! » se répéta-t-il en regagnant la cabane.

Dès lors son emploi du temps ne varia guère. Chaque matin, avant le chant du coq, il allait jeter une nouvelle mine du haut de la falaise, puis rentrait en prenant garde d'éveiller Claire. Dans la journée il jardinait. Deux fois par semaine, passé minuit, il s'introduisait dans la maison de l'Amiral pour aller prélever de quoi subsister dans l'immense garde-manger de la cave. Il cachait ensuite sa musette dans les buissons. Le lendemain, il s'en allait dans la forêt pour — prétendait-il — aller rendre visite à Gorget. En réalité, il s'allongeait sous un arbre et dormait une heure ou deux d'un sommeil de statue. Au retour, il faisait un crochet pour récupérer son sac dans la broussaille et déballait devant Claire les prétendus présents de Gorget. Il ne savait combien de temps ce subterfuge conserverait un semblant de crédibilité, mais, pour le moment, il s'avouait incapable d'inventer une autre ruse.

— C'est drôle, disait M'man. Je ne les imaginais pas si serviables. J'ai toujours cru qu'ils nous détestaient. Il faudrait que j'aille les remercier.

— Non, s'empressait de balbutier Julien. Tu les gênerais. Et puis ce n'est pas grand-chose pour eux, tu sais.

Le père Gorjus fait de l'abattage clandestin depuis le début de la guerre, il s'en est mis plein les poches. On ne fait que grappiller quelques miettes.

Claire hochait la tête, troublée, le sourcil froncé. Julien n'osait la regarder en face.

Un après-midi, alors qu'ils suaient sur une planche de haricots, un grésillement continu leur fit relever la tête. C'était le bruit d'un vélo sur le gravier de la route, que la magie de la résonance rendait étrangement proche. Pendant un moment, ils restèrent immobiles, accrochés à leurs outils, regardant s'approcher la silhouette courtaude montée sur roues.

— C'est le père Bornevent, dit soudain Claire dans un chuchotement que l'inquiétude rendait à peine audible. C'est le curé. Le curé de Morfonds. Qu'est-ce qu'il vient faire ici ?

Julien sentit qu'elle avait peur. Pour sa part, il n'avait jamais reçu la moindre instruction religieuse, l'Amiral s'étant déclaré une fois pour toutes libre penseur. S'il faisait bénir les bateaux de ses chantiers, c'était pour rassurer les gens de mer au tempérament superstitieux, mais jamais on ne l'avait vu à la messe. La réaction de Claire n'était pas de celles qu'aurait pu avoir un Lehurlant et Julien éprouva une gêne douloureuse à prendre sa mère en défaut.

Bornevent avait la stature trapue des paysans, mais le manque d'exercice physique et la gourmandise avaient enrobé de graisse les muscles sans emploi. Il était gras et rouge, toujours essoufflé et toujours murmurant, comme si sa parole véhiculait des secrets interdits aux profanes. Ses sermons incompréhensibles l'avaient rendu célèbre dans le canton. Il abusait du latin et des prédictions obscures tirées de l'Apocalypse de Saint-Jean. Pendant longtemps, il s'était obstiné à voir dans la guerre « l'occasion d'un retour aux vraies valeurs », le « coup de torchon » qui effaçait les idées néfastes véhiculées par le Front populaire. « Dieu voulait remettre les pendules à l'heure, vociférait-il du haut de sa chaire, il a choisi les Allemands pour horlogers ! » Depuis quelque temps, il s'était fait plus discret.

Il mit pied à terre et salua avec un grand sérieux. Julien ressentit une honte brutale à être ainsi surpris, transpirant, les ongles noirs de terre. Claire, le corsage bâillant, les épaules presque nues, avait tout l'air d'une sauvageonne. Une minute s'écoula, pendant laquelle le regard du prêtre évalua la situation, courant de la cabane aux habits crottés, survolant les champs inaccessibles pour se poser, finalement, sur la grande maison de maître aux volets clos, et son visage trahissait la plus complète satisfaction. Cette inspection terminée, il commença à parler. Il ne s'adressait qu'à Claire, de cette voix bourdonnante qu'adoptent les grandes personnes entre elles quand elles veulent exclure un enfant de la conversation. Comme la jeune femme ne réagissait pas, il la prit par le coude et la tira à l'écart, avec une fermeté qui manquait d'égards. Il soliloqua un long moment, sans que Julien puisse saisir ses paroles, M'man restait inerte, gênée, peut-être, d'avoir été surprise dans son costume de souillon. Julien décida de se rapprocher en feignant de gratter la terre.

— Il serait utile que vous vous montriez à la messe, murmurait Bornevent. Cela apaiserait les esprits. Contrairement à ce que vous avez l'air de croire, on ne vous a pas oubliée, en bas. On parle beaucoup de votre façon de vivre actuelle. Ce retour à la sauvagerie. Mon

Dieu! Qu'espérez-vous donc? Vous n'avez tout de même pas dans l'idée de survivre de vos récoltes? Avez-vous pensé à ce qui se passera cet hiver? M. Lehurlant subsistait comme un chevrier, c'est vrai, mais c'était un homme. Et puis il y a la promiscuité: vous et cet enfant partageant la même botte de paille. Enfin, ce n'est plus un bébé, vous en avez conscience. Vous allez éveiller en lui des curiosités. Je sais bien que les mères ne pensent jamais à ces choses-là, mais je sais, moi, comment fonctionnent les jeunes gens.

Il parlait, parlait, et Julien s'énervait de découvrir Claire si muette, si soumise. Pourquoi perdait-elle tous ses moyens face à cet homme en soutane verdie, qui sentait le fromage, la soupe et la sueur? Parce qu'elle avait été élevée chez les bonnes sœurs? Il avait envie de crier: «Mêlez-vous de vos affaires! Laissez-nous tranquilles!» Claire expliquait laborieusement qu'elle espérait remettre l'exploitation en état, que dès la fin de la guerre (qui ne tarderait plus maintenant) elle écrirait aux autorités pour obtenir l'envoi d'un démineur. Ce n'était qu'une question de patience, une fois les champs nettoyés, la maison débarrassée de sa bombe endormie, la vie pourrait reprendre comme avant.

— *Comme avant?* Vraiment? dit le prêtre, l'air pincé. Enfin, mon enfant, vous savez bien qu'on ne vous aime pas par ici. Vous serez toujours une étrangère... et pour beaucoup de commères, vous êtes à l'origine de la ruine de la famille Lehurlant. Je ne vous rappellerai pas les horreurs qu'on colporte sur votre compte. On vous a maintes fois accusée d'avoir partagé votre couche avec plusieurs hommes... de la même famille. Je ne prête pas foi à ces calomnies, mais elles vous font tort, néanmoins. Vous n'espérez pas élever un enfant dans un climat aussi empoisonné tout de même ?

— C'est si loin, soupira Claire le regard perdu. Et c'est si peu de chose comparé à la guerre. Ne pourriez-vous pas faire un geste qui apaiserait les esprits ? Montrer que vous êtes de notre côté en bénissant ces terres, par exemple. Vous organiseriez une procession et...

Bornevent se rétracta avec une grimace.

— Avez-vous perdu la tête, ma fille ? siffla-t-il tandis que ses joues se coloraient. Avez-vous déjà oublié que votre beau-père s'est suicidé ici même, et qu'il a fait de sa terre l'instrument de sa mort ?

— C'était peut-être un accident, plaida M'man. Il était vieux, il...

— N'ajoutez pas le mensonge à l'iniquité ! gronda Bornevent. Je ne bénirai pas ce sol, c'est hors de question. Il est rempli de morts sans sépulture. Des terroristes venus en fraude, et dont les âmes tourmentées sont condamnées à planer ici à jamais. C'est un mauvais endroit, voué à la mort violente depuis la nuit des temps. Une terre où campaient jadis les brigands, les détrousseurs de grands chemins. Rien de bon ne peut pousser ici. Il y a quelque chose de néfaste. Même quand votre beau-père l'exploitait, il ne se passait pas une moisson sans que quelqu'un se fasse happer par une machine, qu'un journalier se blesse mortellement avec sa faux. Il en a toujours été ainsi, je n'y peux rien. C'est à cause de ce boqueteau: la Brigandière... trop de crimes. Trop de sang versé pour de mauvaises raisons.

Il parlait sans prendre le temps de respirer, et, au fur et à mesure que l'asphyxie le gagnait, ses phrases se changeaient en râle. Croyait-il vraiment à ce qu'il disait ? Avait-il été payé pour venir semer le découragement dans l'esprit de Claire ? Qui pouvait l'avoir convaincu de la nécessité d'une telle opération ? Gorjus ? Non, c'était un rustre mal embouché. Alors ? Audonier le notaire ? Pourquoi pas ? C'était bien dans son style de racheter la terre des Lehurlant pour une bouchée de pain ; qu'avait-il promis au curé, une donation ? Une statue de la Vierge ? Une nouvelle cloche ?

— Même si vous arriviez à faire pousser des légumes, gronda le prêtre, il ne se trouverait personne au marché pour les acheter. La terre des morts... qui voudrait en manger le produit, je vous le demande ? Les gens sont superstitieux par ici, les têtes sont pleines de fariboles. Non, abandonnez cette idée. Je puis user de mon influence pour vous trouver du travail. Oh ! pas à Morfonds, mais aux pêcheries par exemple. On cherche toujours des étêteuses. Et puis là-bas c'est la ville, vous n'y êtes point connue. Voulez-vous que je parle pour vous ? Si vous vendiez la terre et la maison, cela constituerait un petit pécule de départ. Pas grand-chose, mais de quoi vous tenir propres et honnêtes, vous et le petit. Ce ne sera pas facile de trouver un acheteur, mais, là encore, je puis jeter ma parole dans la balance. Maître Audonier serait disposé à faire un geste, en souvenir du temps passé, quoiqu'il n'ait guère besoin de terrain.

Soudain, Julien se rappela l'un des avertissements d'Antonin : dans les semaines qui suivraient la fin des hostilités, le nouveau gouvernement changerait la monnaie, de manière que les profiteurs de guerre ne puissent dépenser leur magot. Le notaire ? Ne cherchait-il pas à transformer ses liquidités pour éviter de se retrouver dépouillé ?

— Ce serait plutôt à vous de faire un geste, lança brusquement le curé en se plantant en face de Claire.

Ne pensez-vous pas qu'il serait profitable que vous vous rendiez à confesse, sans chercher à le dissimuler. Publiquement, pourrait-on dire. Il est probable que ce comportement vous vaudrait le pardon général, ou du moins l'indulgence du plus grand nombre.

Il approcha son visage de celui de la jeune femme et dit, dans un souffle :

— Faites la paix avec les autres, je vous en prie, ou il vous arrivera malheur. Vous connaissez les paysans. S'ils se mettent dans la tête que vous avez le mauvais œil, votre vie deviendra un enfer. Vous n'êtes pas comme l'Amiral, vous ne leur faites pas peur, vous ne les tiendrez pas à distance. L'évêché a déjà reçu plusieurs plaintes à votre sujet. Des accusations ordurières. Si les Allemands n'étaient pas partis, c'est à eux qu'on aurait exposé ces doléances, et vous auriez eu bien des ennuis.

Dans la demi-heure qui suivit, il rabâcha ses arguments. Parler lui donnait soif, et il ne cessait de passer une grosse langue sèche sur ses lèvres, mais Claire ne lui proposa rien à boire.

Julien se demanda quelle commission lui avait promis le notaire s'il parvenait à emporter la vente.

Enfin, lassé de discourir en vain, le curé enfourcha son vélo et prit congé sans se donner la peine de sourire.

Son départ laissa M'man désemparée, et Julien comprit qu'elle se demandait bel et bien si elle devait se rendre à l'église pour obtenir la rémission de ses péchés. Le garçon l'imagina, remontant la rue principale, un châle noir sur la tête, l'air humble, les yeux baissés, sous le regard des commères embusquées derrière leurs rideaux. « Tiens ! chuinteraient-elles à l'adresse de leur mari. La putain des Lehurlant qui s'en va à confesse ! »

Il se raidit, les ongles incrustés dans le bois de sa bêche, cette seule idée lui était insupportable.

— Tu n'iras pas, hein ? murmura-t-il le soir, quand ils se retrouvèrent autour du bivouac. On ne doit pas se laisser humilier.

— J'ai un peu peur, avoua Claire avec un pauvre sourire. Je les sens tout autour, à nous épier. Depuis que nous sommes arrivés ici j'ai l'impression qu'on nous espionne en permanence. Comme s'ils étaient là, tapis dans les bois, à nous regarder. Maintenant je me cache pour faire ma toilette. C'est plus fort que moi. C'est ça qui est terrible avec la forêt, au début on se croit tout seul, et puis, peu à peu, on se rend compte qu'il y a tout un monde derrière les buissons.

— A la fin, bredouilla Julien, l'Amiral parlait aux corbeaux.

— Ça ne m'étonne pas, fit Claire en détournant les yeux. C'est vrai qu'on a l'impression qu'ils nous narguent.

— Tu n'iras pas ? questionna de nouveau Julien.

— Non, dit Claire. Et puis ça ne servirait à rien. On n'effacera pas la malédiction des Lehurlant de cette manière.

Une seconde, Julien faillit la supplier de lui dire toute la vérité, là, dans l'obscurité complice qui leur permettrait de rougir à l'insu l'un de l'autre. Des questions terribles brûlaient en lui : Qui est mon père ? Mathias, ton mari, ou l'Amiral ? Hein ? Dis-moi ? Est-ce que tu l'as tué ? Dis. Je sais qu'il était méchant, je sais qu'il était fou. Parle, dis-moi la vérité. Où étais-tu cachée pendant toutes ces années ? Est-ce que tu voulais m'oublier... recommencer à zéro ? Oui, c'est peut-être ça : tu ne voulais plus rien avoir à faire avec les Lehurlant, avec cette race de mauvais. Qu'est-ce qui coule dans mes veines, le sang du grand-père ou celui de Mathias ?

Il avait le visage en feu. Les flammes du bivouac lui cuisaient les joues. Les étincelles de l'acacia crépitant lui roussissaient les mollets, mais il ne faisait rien pour se soustraire à ces morsures. Il se dit que s'il ouvrait la bouche il se mettrait à hurler à la lune comme un chien. Il étouffait de trop de questions. Claire se leva, et l'obscurité mangea son visage.

« Un jour il faudra bien que tu parles ! » faillit lui crier Julien au comble de la détresse. Il fut content de la voir s'éloigner. Il allait pouvoir pleurer en paix.

Le lendemain matin, pendant qu'il traversait la forêt pour aller déverser son tombereau de mines du haut de la falaise, il fut victime d'une étrange aventure. Alors qu'il gravissait une petite côte, l'essieu de la brouette cassa d'un coup. La roue s'échappa tandis que l'avant du véhicule se plantait violemment en terre tel un soc de charrue. Déséquilibré, Julien faillit tomber à plat ventre sur les charges explosives, de tout son poids, ce qui aurait eu pour effet immédiat d'écraser les détonateurs. Il évita la catastrophe au prix d'une cabriole qui lui tordit les reins et le jeta sur le flanc. Il avait eu si peur qu'il demeura un long moment paralysé, incapable de se relever, le nez à la hauteur des mines gluantes de glaise. S'il n'avait pas eu le réflexe d'exécuter un saut de carpe, il se serait bel et bien effondré sur les bombes, percutant de plein fouet leur système de mise à feu.

La peur lui retourna l'estomac et il vomit un peu de bile. Quand il se redressa, il s'aperçut également qu'il avait pissé dans ses pantalons. Zeppelin tournait, fou, alerté par l'odeur d'angoisse émanant de son maître.

Julien s'agenouilla près de la brouette. Malgré la pénombre du sous-bois, il n'eut aucune difficulté à repérer le coup de scie sur l'essieu rompu. On avait essayé de dissimuler l'entaille en la remplissant de graisse, mais elle était bel et bien là : fraîche, d'une blancheur accusatrice. Un beau coup de scie, bien profond, mangeant la moitié du barreau.

Quelqu'un était venu dans la nuit saboter la brouette. Quelqu'un qui ne tenait pas à ce que Julien continue son travail de déminage.

Qui ?

« Gorget, pensa immédiatement le garçon. Allons, tu sais bien qu'il est le seul à pouvoir s'approcher de Zeppelin sans le faire aussitôt aboyer. Gorget. »

Gorget, qui avait tout intérêt à ce que le pré aux corbeaux reste en l'état, c'est-à-dire inutilisable.

« Et s'il t'a vendu Zeppelin, songea Julien, c'est parce qu'il croyait, en fait, que le chien n'oserait jamais entrer dans la zone interdite. Il n'a fait semblant de t'aider que pour mieux t'égarer. »

L'animal s'approcha, gémissant, inquiet, comme s'il avait senti planer l'ombre de la mort. Il entreprit de nettoyer à grands coups de langue le visage de son maître, emportant la sueur aigre de sa peur.

Julien se força à réagir. Allons ! Il n'allait pas passer la matinée à genoux, les yeux fixés sur l'essieu d'une brouette ?

Mécaniquement, l'esprit détaché du corps, il fit plusieurs voyages jusqu'au bord du vide, les doigts crispés sur les charges poisseuses qui menaçaient de lui glisser des mains à chaque pas. Il ne faisait même plus attention aux explosions sèches qui claquaient tout en bas, au ras des flots, levant des geysers de caillasse. Il ne pensait plus qu'à une seule chose : Gorget avait voulu le tuer.

« Mais non, lui chuchotait la voix de la raison, tu dramatises tout de suite ! Il a seulement voulu saboter la brouette pour t'empêcher de l'utiliser, c'est tout. Il a sans doute pensé que l'essieu lâcherait plus tôt, avant même que tu ne la remplisses. Il ne pouvait pas prévoir qu'elle tiendrait si longtemps. »

Julien fit la moue, c'était bien sûr une explication tentante, mais était-ce seulement la bonne ?

Son travail achevé, il eut bien de la peine à ramener la brouette à la maison. Il commença d'abord par la traîner derrière lui, telle une charrue, mais le procédé se révéla trop laborieux. Il résolut donc de la renverser et de la porter sur sa tête, comme l'on fait des barques. C'était beaucoup plus lourd qu'il ne le pensait, aussi dut-il s'arrêter de nombreuses fois pour reprendre son souffle. Quand il atteignit la cabane, il était tout barbouillé de glaise et en retard sur son horaire habituel. M'man s'éveillait et remuait dans le foin. Il se dépêcha d'arracher sa chemise, en réalisant que cela ne servait pas à grand-chose car il avait les cheveux pleins de limon verdâtre.

— Mon Dieu ! s'exclama Claire en le découvrant. Qu'est-ce que tu as fait ?

— C'est rien, éluda Julien. Je jouais avec Zeppelin et j'ai fait l'imbécile, je me suis roulé dans la boue. Tu sais, il paraît que c'est bon pour les cheveux !

La jeune femme lui jeta un regard étrange et il se sentit rougir. Il eut peur qu'elle n'aperçoive la brouette cassée, heureusement remisée derrière le puits.

« Elle sait que je mens, songea-t-il, mais elle ne me le reprochera pas. Elle sait qu'elle n'en a pas le droit. Nous sommes une famille de fous et de menteurs. Peut-être le curé a-t-il raison, après tout ? Et si nous avions bel et bien le mauvais œil ? »

10

Le lendemain, ils furent réveillés par le grondement des bombardiers traversant le ciel. Les arbres captaient le bourdonnement des hélices avec leurs branches pour le diffuser dans la terre par l'éventail de leurs racines. La terre tremblait, et Julien fut soudain terrifié à l'idée que ces vibrations puissent réveiller la bombe endormie dans le grenier. Il n'eut pas le temps de s'en inquiéter davantage. Des corolles blanches apparurent dans le ciel. Des parachutes, que le vent faisait dévier au-dessus de la forêt. Claire et Julien s'étaient figés, le nez levé vers les nuages. A cause de la position du soleil, on ne pouvait réellement voir ce qui se passait. Les champignons de toile se rapprochaient trop vite... et dans la mauvaise direction.

En fait, ils tombaient.

Ils tombaient comme des pierres au beau milieu du champ de mines.

— C'est le débarquement ! cria M'man qui ne comprenait pas encore ce qui allait se passer d'ici quelques dizaines de secondes.

Les soldats touchèrent le sol loin de la maison, presque à la lisière de la forêt, mais au beau milieu de l'enclave des barbelés. Julien se mit à courir pour leur crier de ne pas bouger. Si seulement ils acceptaient de rester immobiles assez longtemps, il pourrait aller à leur secours avec Zeppelin, mais avaient-ils seulement compris où ils venaient d'atterrir ?

Le chien aboyait, déjà fou d'angoisse, galopant sur les talons du garçon.

— Julien ! hurla M'man, attends ! Ne va pas...

Elle ne put en dire davantage. Il y eut deux explosions sèches, étouffées par le vent qui soufflait en sens contraire. Julien vit chaque fois fuser la flamme jaune, rectiligne, comme jaillissant de la gueule d'un canon enterré dans le sol, puis la fumée envahit le pré aux corbeaux. Les parachutes continuaient à glisser au ras du sol, traînant leurs suspentes derrière eux, grosses corolles à demi gonflées par la bourrasque. Julien s'arrêta, à bout de souffle, cassé en deux, les mains posées sur les cuisses. Zeppelin gémissait de plus belle, grondait, retroussait les babines. Les parachutes glissant au ras de l'herbe le rendaient fou. Quand il eut repris son souffle, le garçon s'approcha des barbelés. La fumée âcre le fit tousser. Il vit deux corps à cinquante mètres, de l'autre côté du rideau de fer. Le premier couché sur le ventre, le second sur le dos. Aucun des deux ne remuait.

— Hé ! cria-t-il. Vous m'entendez ? Vous êtes vivants ? Ne bougez pas, je vais venir vous chercher ! Restez où vous êtes !

Il aurait voulu parler américain, mais il ne retrouvait plus son vocabulaire. De toute manière, à la pension Verdier, on ne leur avait appris que l'allemand, le latin et le grec. Seul Antonin possédait quelques rudiments d'anglais qu'il dispensait avec avarice.

Au moment où Julien s'agenouillait pour s'ouvrir un passage au milieu du fouillis de fils de fer, Claire s'abattit sur lui et le ceintura.

— Non! hurlait-elle d'une voix stridente. Je t'interdis! Tu es fou! Tu n'iras pas!

Elle avait bouclé ses bras autour du torse de son fils et serrait à l'étouffer. Julien tenta de se débattre, mais Claire lui broyait les côtes, emportée par la fureur de l'angoisse. Il suffoqua.

— Il faut y aller, bégaya-t-il. Zeppelin peut ouvrir un chemin...

— Tu racontes n'importe quoi! hurla M'man. Et puis ça ne servirait à rien. Ils sont morts! Tu ne vois donc pas qu'ils sont morts!

— Non, riposta le garçon, ils ne sont peut-être que blessés, il faut y aller.

— Non, gronda Claire avec une étincelle de folie au fond des yeux. Je m'en fiche qu'ils crèvent... Mais toi tu n'iras pas. Tu es à moi.

Il y avait quelque chose d'effrayant dans l'expression de son visage qui fit céder Julien. Une sorte de détermination *criminelle*. C'était idiot, paradoxal, mais le garçon ne trouvait pas de mot plus adéquat. Une comparaison usée lui traversa l'esprit : un masque de Gorgone. Il comprenait tout à coup la signification exacte de l'image. Un masque étranger. Un visage d'étrangère, là, entrevu dans la confusion d'une empoignade. Quelqu'un d'autre. Quelqu'un qu'il ne connaissait pas.

Zeppelin ajoutait au tumulte en tournant autour d'eux, les crocs découverts, ne sachant qui mordre et qui protéger.

Enlacés, la mère et le fils tombèrent dans l'herbe, tout contre la muraille de barbelés qui leur égratigna la peau. Ils restèrent ainsi, haletants, dans la même position que les deux parachutistes malchanceux.

— Tu vois, murmura Claire au bout d'un moment en caressant les cheveux de Julien. Ils sont bien morts.

Il y avait du soulagement dans sa voix, presque de la joie.

Le garçon se dégagea doucement, l'œil fixé sur les silhouettes étendues. L'un des hommes était toujours attaché à son parachute, et la grande corolle que poussait la bourrasque le traînait dans l'herbe en une course hasardeuse.

— Il va..., commença Julien.

Claire lui mit la main sur la bouche pour le faire taire. Au même moment, l'homme heurta une nouvelle charge. Cette fois, ils entendirent vrombir les billes d'acier de la mine « pot ». La chevrotine des fragments hacha la corolle du parachute. Julien se boucha les oreilles à retardement. Les aboiements de Zeppelin lui parvenaient à travers du coton.

Il lut sur les lèvres de M'man la phrase : « On rentre. »

Il se laissa conduire. La main de Claire lui serrait farouchement la nuque pour empêcher qu'il ne soit tenté de regarder dans la direction des corps.

— Tu n'as rien à te reprocher, déclara M'man dès qu'ils se furent un peu éloignés. Tu n'es qu'un petit garçon. Tu ne pouvais rien faire.

Mais il savait que c'était faux. Avec Zeppelin il était aussi efficace qu'un démineur professionnel. Si M'man ne l'avait pas retenu il aurait pu...

Puis il se rendit compte qu'elle lui avait fait peur. Bien plus que les explosions ou les cadavres. Elle. Avec son regard de bête, ses mains dures, sa bouche crispée et blanche. Dieu ! L'espace d'une seconde, il l'avait vue *laide,* et cette image le hantait déjà. Jamais auparavant il n'avait pensé qu'elle pourrait avoir, un jour, un tel visage.

« Est-ce qu'elle avait cette tête quand elle a tué Mathias ? lui souffla la voix empoisonnée au fond de son crâne. Hein ? Tu y penses ? »

Oui. Il y pensait.

Ils entrèrent dans la cabane et se blottirent l'un contre l'autre tout le reste de la journée, Zeppelin couché à leurs pieds. Il faisait beau, mais un curieux orage roulait dans le lointain, une canonnade dont on n'aurait pu dire si elle était naturelle. De temps à autre, des bombardiers traversaient le ciel, faisant vibrer les tuiles du toit.

Julien songea encore une fois à la bombe fichée dans le grenier. Est-ce que ce ne serait pas plus simple qu'elle explose maintenant, après tout ? Il se sentait fatigué, découragé. L'énergie qui l'avait porté durant tous ces derniers mois s'était tout à coup évaporée, le laissant plus mou qu'un légume fané. Il se surprit à regretter la pension Verdier, Antonin. Tout était si facile dans ce temps-là.

M'man lui caressait les cheveux, mais, pour la première fois, il lui trouvait les mains moites, et ce contact ne lui était pas agréable.

— C'est le débarquement, répétait-elle, les Américains. Ils ne viendront pas ici, il n'y a plus d'Allemands. Ça va se passer plus loin. Tant mieux, après tout ça ne nous regarde pas, ces affaires-là.

Julien pensait à Gorget, à la T.S.F. du père Gorgus, là-bas, à la ferme de la Brigandière. En ce moment, le père et le fils devaient se presser devant le poste pour guetter les nouvelles.

Il faillit proposer à Claire de partir en éclaireur. Il comprit avant même d'ouvrir la bouche qu'elle ne le laisserait pas faire. Elle montait la garde, les mains prêtes à le saisir s'il faisait mine de bouger.

Quand la nuit tomba, le ciel, par-delà la forêt, s'illumina sous l'effet d'un curieux feu d'artifice. Il y avait du rouge, du jaune, des flamboiements dont les nuages reflétaient l'incandescence. M'man avait raison : c'était plus loin, vers l'est, à cinquante kilomètres au moins, dans un autre monde.

Ce soir-là, ils s'enveloppèrent dans une couverture et s'assirent devant les pierres du bivouac pour regarder palpiter l'orage à l'odeur de poudre. Les parachutes ne dérivaient plus à la surface du pré aux corbeaux. Ils avaient fini par se prendre dans les barbelés et pendaient, soie et câbles entremêlés.

« Ce sera l'été des combats », pensa Julien en frissonnant.

11

Ce fut une période étrange, à laquelle, paradoxalement, Julien prêta peu d'attention. Des « choses » se
déroulaient dans le lointain, quelque part, peuplant la
nuit de fulgurances et de bruits de fin du monde, mais
il ne se sentait pas concerné par ces bouleversements.
Il avait ses propres problèmes, lancinants, qui le poursuivaient jusqu'au cœur du sommeil.

Durant des semaines entières ils ne virent pas âme
qui vive, et leurs seuls compagnons furent les mouettes et les corbeaux. Morfonds-des-Hauts semblait s'être
détaché du continent à la faveur de la nuit. C'était
désormais une île à la dérive, remontant vers le pôle.
Si ça continuait, on finirait par découvrir des phoques
au pied de la falaise !

De temps en temps, la mère et le fils sursautaient,
mis en alerte par le grondement d'un convoi remontant
la route à vive allure. Ils entrevoyaient alors une file
de véhicules bâchés filant dans un nuage de poussière,
vers une destination inconnue. Rien de plus. Les
combats se poursuivaient, ici et là, mais ils n'en
savaient pas davantage. Au début, Julien avait bien été
tenté de reprendre contact avec Gorget, pour lui

soutirer des informations, car après tout les Gorjus possédaient une T.S.F., une voiture et un camion à gazo, ils descendaient toutes les semaines à la ville ; ces particularités leur donnaient accès à des renseignements que Julien et sa mère ignoraient. Cependant le souvenir de la brouette sabotée avait freiné l'élan du garçon, et le projet n'avait pas dépassé le stade de la velléité.

Comme Claire, il avait souvent l'impression qu'on l'espionnait en permanence, dans la moindre de ses occupations, et lorsqu'il se retournait pour tenter de surprendre le guetteur embusqué, il croyait toujours repérer un mouvement suspect dans les feuillages, une ombre, une silhouette se reculant sous le couvert. Une face blême s'enfouissant dans la pénombre, et qu'il n'identifiait jamais. Il se répétait qu'il s'agissait de Gorget, sans doute. Gorget, surveillant avec inquiétude la progression du déminage repris par Julien sitôt la brouette réparée.

De ce point de vue, les choses avançaient. Le garçon régnait désormais sur une petite enclave neutralisée au beau milieu du champ de mines, un territoire qu'il avait fait sien, et dont la découpe englobait l'épave du Lysander. Ce travail, exigeant toute sa concentration, lui permettait pendant une heure au moins de ne plus penser à rien d'autre. Tandis qu'il creusait tout autour de la charge mortelle, son esprit se vidait, les questions cessaient de résonner. Soudain, il n'y avait plus que ses doigts dans la terre grasse, ses mains déplaçant l'engin instable avec cette douceur réservée d'ordinaire aux petits enfants. Il était tout entier dans ses gestes, dans la lame du couteau avec laquelle il sondait le terrain pour déterminer la circonférence de la galette de fer.

Parfois, il se surprenait à penser que seul le travail l'empêchait de devenir fou. Lorsqu'il sortait du champ, trempé de sueur, les genoux en coton, il avait épuisé ses réserves d'angoisse pour la journée, et tout le reste lui paraissait d'une importance très relative.

Ce coude à coude avec la mort l'aidait à vivre au quotidien, à oublier le visage inconnu de M'man empreint d'une violence farouche, les insinuations de Gorget, la menace de l'hiver qui les surprendrait en haillons dans une cabane dépourvue de confort.

Plus il prenait de risques, plus il méritait sa terre. Il ne se contentait pas de l'avoir reçue en héritage, il en faisait la conquête, tel un seigneur de guerre du Moyen Age. Il se battait contre un ennemi étrangement silencieux, caché dans le sol, mais cuirassé comme un chevalier. Un ennemi qui, sur un faux mouvement, pouvait réduire son corps en un brouillard de sang. Cela lui plaisait. Souvent, au terme d'une séance, il aurait aimé s'asseoir au milieu de son petit territoire reconquis pour manger un casse-croûte sur le pouce, boire une gorgée de cidre, et peut-être même essayer de fumer l'une des pipes du grand-père, Zeppelin couché à ses pieds, mais il n'avait jamais le loisir de s'accorder ce petit plaisir. Sitôt la dernière charge jetée dans le vide, il lui fallait battre en retraite et revenir à la cabane avant le réveil de Claire. Pourtant il se voyait très bien dans ce rôle, revêtu de la houppelande noire de l'Amiral, le tuyau du brûle-gueule coincé entre les dents, un œil plissé pour se protéger de la fumée du mauvais tabac. Bah ! Ce serait pour plus tard, et il en tirerait plus de bonheur encore. Qui pourrait prétendre, alors, qu'il n'était qu'un gars de la ville, incapable de s'adapter ? Tous ses détracteurs devraient baisser le nez, Gorget le premier, et avouer : « Le p'tit Lehurlant, tout d'même, quel sacré mioche ! Il a repris son champ aux Boches, tout seul, alors que personne n'osait y poser l'pied ! Y en a pas beaucoup qu'en auraient fait autant ! »

Avec l'été venait aussi l'époque des somnolences, des paresses. Désormais, le travail était moins prenant, car on avait tiré tout ce qu'on pouvait espérer du maigre arpent entourant la cahute. Il fallait attendre que les graines daignent donner des fruits en priant pour que la récolte soit bonne et permette d'engranger de quoi tenir tout l'hiver. Les poules s'étant enfin résolues à pondre, Julien se risquait moins souvent dans les caves de la maison. Grâce au ruisseau, on réussissait deux ou trois fois par semaine à manger du poisson. Les collets donnaient bien, eux aussi, car la confiscation des fusils de chasse avait provoqué un pullulement de garennes ayant désappris la prudence et se laissant facilement piéger.

L'entretien du petit jardin laissait à la mère et au fils de longs loisirs. Trop longs, sans doute, car, pour éviter les tête-à-tête, chacun faisait durer la besogne hors de proportion, fignolant avec maniaquerie la tâche la plus imbécile. Dès qu'il ne s'agissait plus des problèmes quotidiens — les pucerons, la terre qui buvait trop, les taupes — ils ne savaient que dire pour remplir le silence. Ou plus exactement : ils savaient si bien de quoi ils auraient dû parler qu'ils en devenaient muets. Alors ils se réfugiaient dans la sieste, d'interminables siestes dans la touffeur de la cabane, sur la paille sèche, pendant qu'ailleurs, aux confins des campagnes, se poursuivaient des combats dont les échos leur parvenaient de plus en plus assourdis.

Julien n'aimait pas dormir l'après-midi. Il n'était jamais assez fatigué pour succomber au sommeil dès qu'il s'allongeait sur le sol, ou bien il était devenu plus endurant, mais cela revenait au même. Quand il avait le malheur de fermer les paupières, les questions revenaient, tourbillonnantes, lui donnant envie de boire du vin, au goulot, pour s'abrutir et cesser de penser. D'ailleurs, n'était-ce pas ce que faisait Claire, sournoisement, à la fin de chaque repas, quand elle se délectait des bouteilles rapportées de la cave avec de petits clappements de langue qui irritaient tant Julien ? « Un verre, rien qu'un verre », disait-elle en prenant son air de chatte gourmande. Ensuite, elle s'affaissait dans la paille, le visage tout piqueté de sueur, s'abandonnant à ce qui ressemblait à une fièvre délicieuse.

C'est parce qu'il en avait assez de la regarder dormir que Julien décida de crever l'abcès. Les choses ne pouvaient pas continuer ainsi. Il ne supportait plus de parler des oignons, de la manivelle du puits, de la corde du seau qui s'effilochait, de la roue de la brouette qu'il fallait graisser. Il n'ignorait pas, pourtant, que la plupart des paysans vivaient ainsi de la naissance à la mort, ne discourant jamais d'autre chose que du travail à faire, mais lui en était incapable.

Alors, un après-midi qu'il essayait désespérément de s'anéantir dans le sommeil, un nom vint flotter à la surface de sa mémoire. Un nom prononcé par Gorget, quelques semaines plus tôt. *Benjamin Bruze*.

Benjamin Bruze qui vivait quelque part du côté de la coupe des Chuins.

« Il en sait plus que moi », avait dit Gorget. Peut-être le moment était-il venu d'aller interroger ce témoin mystérieux ? Julien ne tenait plus en place. L'énigme des Lehurlant lui devenait insupportable. Si encore il avait pu poser des questions à Claire... mais depuis qu'il avait vu son *autre* visage, il n'avait plus confiance en elle. Il savait qu'elle était multiple. Elle ne lui présentait, ici, que l'un de ses masques. Elle en avait d'autres, des dizaines, et qu'il n'avait jamais vus, des masques qu'elle montrait aux hommes... à ses amants.

Un jour, on devait être au début du mois d'août, il se leva à la fin du repas en déclarant : « Je n'ai pas sommeil, je vais faire un tour. » Claire ne dit rien. Le vin l'avait engourdie, ou bien elle avait cru deviner un désir de solitude. Elle ne bougea pas. Julien lui jeta un dernier coup d'œil. Elle avait beaucoup bruni depuis le début de l'été. Elle était moins « citadine »... avec ce quelque chose qui fait dire aux hommes : « En voilà une belle souillon ! » Même ses petites mains de demoiselle paraissaient plus courtes, carrées, avec leurs ongles ébréchés par les travaux du jardin.

Dès qu'il entra sous le couvert, Julien fut surpris par la densité de la forêt. Avec la venue de l'été, la végétation avait épaissi. Tout en marchant, il se rappela que cette partie des bois avait jadis appartenu à sa famille. Protégée, elle avait constitué ce que l'Amiral surnommait sa « forêt marine ». Julien se souvenait tout à coup de promenades effectuées en compagnie du grand-père, juché sur les épaules du vieux.

— Là, disait Charles Lehurlant, tu vois ces arbres ? A une époque ils étaient gardés nuit et jour par des soldats en armes. Cette forêt était exclusivement réservée à la construction navale. Chaque essence y était sélectionnée en fonction des pièces de bois qu'on en retirerait. Chacun de ces arbres était un morceau de navire. Tu vois. La forêt tout entière était un grand puzzle. Ce chêne, par exemple, ç'aurait été un gouvernail, de cet autre on aurait tiré un bastingage. Tous étaient condamnés à prendre la mer, mais ils ne le savaient pas, ils se croyaient bien enracinés en terre, à jamais. Ils se trompaient. C'étaient des arbres destinés au voyage... des arbres qui flotteraient au-dessus des abîmes marins. Ils se croyaient destinés à devenir séculaires alors qu'une simple tempête les enverrait sans doute pourrir au fond de l'océan...

Julien aimait bien quand le vieux se laissait aller à la rêverie. Plissant les yeux, il essayait alors, comme son grand-père, de deviner dans la silhouette d'un chêne l'ébauche d'un mât, la courbe d'une carène. C'était drôle, cette idée d'un grand bateau éparpillé, couvert de feuilles. D'un bateau planté dans le sol par des milliers de racines entrelacées.

— J'ai encore, dans un classeur, marmonnait l'Amiral, l'ordonnance royale préparée par Colbert, qui fait de la coupe des Chuins une forêt destinée à approvisionner les vaisseaux de haut rang. Tu vois, petit, c'était d'ici que tout partait, de ce sol, de ces glands qui germaient pour engendrer de nouveaux arbres. Tu imagines un peu : un trois-mâts de la flotte de Louis le Quatorzième naissant d'une poignée de glands !

Alors Julien s'agenouillait, fouillait dans l'humus pour ramasser les graines miraculeuses. Il en remplissait ses poches, grisé par l'idée qu'il transportait maintenant un galion, une caravelle, un bâtiment capable de faire le tour de la Terre, de doubler le cap Horn et d'affronter les pires tempêtes.

La forêt marine... Elle était toujours là, plus touffue encore depuis que l'abattage avait cessé. A présent on ne fabriquait presque plus de navire en bois, à part les yachts et les chalutiers. Les grands vaisseaux possédaient des coques en fer, soudées, boulonnées.

— Des marmites, grognait l'Amiral. Ça n'a plus rien de vivant, ça naît dans les usines, au milieu de la fumée et du vacarme. Avant, les bateaux poussaient ici dans le silence de la forêt. Ils venaient lentement à maturité, sous le soleil et la pluie, endurcis par les saisons.

Julien s'arrêta un moment pour s'orienter. Les chênes le dominaient, certains revêtus de mousse jusqu'à mi-hauteur. La lumière du soleil filtrait avec difficulté au travers des frondaisons. Le garçon regarda ses mains : elles lui parurent vertes, il rit nerveusement. A partir de maintenant le terrain allait descendre en pente vive, et si personne n'avait entretenu le sentier, il deviendrait difficile de progresser. Le sol disparaissait sous les fougères. Julien tapa des pieds pour faire fuir les vipères, ainsi que le lui avait appris l'Amiral.

Il avait la respiration courte et son estomac se nouait à l'idée de ce qu'il allait apprendre.

Benjamin Bruze. Qui se cachait derrière ce nom ? Et qui pouvait vivre en un lieu aussi reculé, loin de tout confort ? Un charbonnier peut-être ? Il n'y avait guère que les charbonniers pour mener une existence de sauvages au cœur des grandes forêts.

Il transpirait, les mollets crispés pour lutter contre la pente. Ici, les grosses racines jaillissaient de terre, se mélangeant en une couvée reptilienne qui amenait à l'esprit des images de crocodiles endormis dans la vase. De temps en temps surgissait la trouée d'une ancienne coupe, avec ses billots comme des moignons, et ses troncs pourris gerbés en tas. Julien passa au large. Il savait que les serpents aiment habiter le bois gorgé d'humidité, et qu'il suffit souvent d'un coup de pied pour les faire sortir en sifflant de dessous les écorces spongieuses. Obéissant à un réflexe, il ramassa un bâton et se sentit plus fort. Il marchait depuis près d'une heure et il avait soif. La pente l'avait entraîné, il devait se trouver assez loin de chez lui, maintenant.

Il commençait à se demander s'il ne ferait pas mieux de tourner les talons, quand il aperçut les premières créatures sylvestres.

La surprise le figea, et, l'espace d'une seconde, il se crut victime d'un sortilège. Un arbre le regardait. Un arbre qui possédait des yeux, un nez, une bouche.

Un arbre qui avait un visage.

Julien — qui se faisait au demeurant un devoir de tirer chaque matin de la glaise assez de mort en conserve pour se retrouver assis sur la lune, la tête sous le bras — faillit s'enfuir en hurlant, terrorisé par cette vision tout droit sortie d'un livre de contes.

Il se figea, les orteils crispés au fond des galoches, les deux mains réunies sur la hampe du bâton. Mais l'arbre, indifférent à ces préparatifs belliqueux, le regardait toujours.

Il avait une expression triste, une bouche maussade, les traits déformés ainsi qu'il convient à un monstre ou à une créature de légende. Julien fit deux pas en avant, bien décidé à en découdre. La respiration bloquée, il tendit la main droite vers l'arbre qui le fixait... et tout à coup il fut presque déçu. Ce n'était qu'une sculpture. On avait en partie écorcé le tronc pour délimiter un espace de travail, et taillé dans la fibre vivante, gorgée de sève, dégageant de la masse l'ébauche d'un visage humain. En dépit de cette blessure, l'arbre avait continué à pousser, cicatrisant à la diable. La figure s'était déformée au rythme de la croissance, s'étirant vers le haut, ce qui lui donnait une expression dédaigneuse et triste.

Julien s'en voulut de s'être montré aussi benêt, mais il éprouva néanmoins quelque difficulté à poser les doigts sur cette face disgracieuse trouant l'écorce.

Qui avait fait cela ? Il fallait être doué d'une grande force et d'une prodigieuse habileté pour sculpter dans le bois vert.

Sa curiosité avait été piquée, il n'était plus question de faire demi-tour. Tous les sens aux aguets, il s'engagea entre les troncs. Bientôt d'autres figures surgirent, toujours incomplètes, taillées avec autant de frénésie que d'impatience. Elles semblaient sortir des souches, des billots, des troncs abattus et des arbres sur pied. Des yeux, des bouches, des visages languides, parfois beaux, parfois impérieux et mauvais, ou déformés par la cicatrisation approximative du bois. En certaines places, on avait carrément émondé l'arbre, et les sculptures demeuraient fichées en terre, avec, en guise de piédestal, les racines du chêne sacrifié. Elles avaient toutes la même pose étrange : une sorte d'élan évoquant le mouvement de celui qui se jette dans l'abîme, ou l'inclinaison d'un tribun dominant la foule massée sous ses fenêtres. Julien comprit enfin qu'il s'agissait de figures de proue.

Des figures de proue inachevées, taillées en dépit du bon sens. Des brouillons oubliés dans la forêt ? Des notes jetées à la surface des arbres par un artiste succombant aux nécessités de l'inspiration ?

Julien tressaillit, alerté par l'écho d'une cavalcade ponctué de ahanements sourds. Il ne lui fallut pas long-temps pour identifier le choc d'une hache heurtant le bois. Il y avait un bûcheron quelque part, à proximité... un bûcheron qui avait l'air de... *courir ?*

C'était absurde ! Et pourtant le son des pas se préci-sait, ainsi que celui des coups de hache. Cela se rap-prochait.

Mais c'était idiot ! On ne court pas quand on abat un arbre !

Julien éprouva le besoin de se dissimuler. L'étrangeté de la situation l'amenait au bord de la fantasmagorie. Il se précipita dans un buisson, sans prendre garde aux brindilles qui lui griffaient le visage, talonné par une crainte irraisonnée. L'homme surgit alors qu'il venait à peine de se cacher. Il était torse nu, luisant de sueur, le visage convulsé de colère. C'était un quadragénaire grand et fort, aux cheveux blond-gris, beaucoup trop longs, comme ceux des artistes de Montparnasse. L'effort lui avait empourpré le visage, le cou et le haut du thorax. Il semblait sur le point de s'effondrer tout d'une pièce, frappé d'apoplexie. Il brandissait une hache dans la main gauche, comme s'il montait à l'assaut d'un drakkar viking, et, chaque fois qu'il passait devant une sculpture, en abattait de toutes ses forces le tranchant sur la figure tirée du bois. Il frappait au hasard, maladroitement, mais avec une puissance qui ouvrait de profondes entailles en travers des visages. Julien serra les dents, terrifié par cette colère dont il ignorait les causes, ne voyant que les arbres balafrés, les figures de proue dont les têtes écla-taient dans un nuage d'esquilles.

L'homme poussait des grondements de sanglier. Le vent apporta à l'enfant son odeur de sueur et de gnôle.

Il était ivre. Ses traits, qui avaient sans doute été beaux dans le passé, étaient bouffis. Une mauvaise graisse commençait à envahir les muscles de son torse.

La hache s'étant trop profondément fichée dans un arbre, il dut lutter pour la récupérer, posant un pied sur le tronc et tirant de la main gauche.

Julien se demandait pourquoi il ne s'aidait pas de l'autre main, quand il aperçut le moignon, au ras de l'épaule droite. Cela faisait une boule violacée, un peu effrayante, et témoignant d'une amputation récente.

Le vandale était manchot. Comme Julien se ratatinait au creux du buisson, la voix de l'inconnu tonna au-dessus de sa tête.

— Hé! Toi! Tu ne vois pas que je suis coincé! Viens donc me donner un coup de main! J'ai encore jamais bouffé de marmot, parole de Benjamin Bruze!

Sur ces mots, il se laissa tomber sur une souche, le souffle court, essuyant de la paume la sueur qui dégoulinait de son front.

— J'ai trop bu, haleta-t-il, mais ça va mieux. La colère est partie. N'aie pas peur. Bon sang, il me fallait ça. Ça m'a fait du bien. Il fallait que je lâche la vapeur.

Il parlait sans attendre de réponse, en homme habitué aux soliloques. Cela n'étonna pas Julien, car il avait souvent entendu les paysans solitaires ponctuer leur ouvrage de commentaires ne s'adressant à personne. Il se força à sortir du buisson. Bruze lui faisait tout de même peur avec son physique d'Hercule de foire mutilé. Evitant de le regarder en face, il alla s'occuper de la hache. Il dut tirer de toutes ses forces pour en dégager la lame.

— T'as de la poigne, constata Bruze, viens donc chez moi boire un coup, c'est juste à côté.

Sans attendre de réponse, il se redressa et entreprit de descendre le sentier. Il avançait en zigzaguant, donnant parfois de l'épaule contre les troncs. Julien essayait de ne pas regarder le moignon, c'était difficile.

La maison apparut, accrochée de guingois sur la pente vive du coteau.

« Elle a l'air de s'agripper au bord d'un gouffre », songea l'enfant en la découvrant.

Elle ressemblait plus à une grange qu'à une cabane. On avait entassé des pierres sur le toit, pour remplacer les tuiles manquantes, et ces amas de cailloux recouverts de mousse accentuaient l'atmosphère de ruine qui pesait sur les lieux. Des sculptures s'amassaient tout autour de la bâtisse, l'encerclant. Des hommes, des femmes aux figures impérieuses qui paraissaient venus là pour manifester leur mécontentement. On eût dit qu'ils se préparaient à prendre la bergerie d'assaut. C'étaient des figures de proue de toutes tailles, certaines dépassant les deux mètres, les autres plus modestes. Certaines cuirassées de la tête aux pieds, les autres entièrement nues.

Julien avait laissé Benjamin Bruze le distancer. Il hésitait à poursuivre plus avant. L'étrangeté de l'endroit l'oppressait. Il se glissa entre les personnages de bois, osant à peine les détailler. Il y avait de grands dieux marins à la barbe en éventail, brandissant des tridents, et dont les corps se terminaient en queue de poisson ; des nymphes, la main timidement pressée sur le bas-ventre ; des guerriers antiques levant des glaives, la bouche figée sur un cri inaudible. Et puis des animaux fabuleux : licornes, dragons, chimères, tous ciselés avec une science du bois qui laissait pantois. Elles étaient plus dures que la pierre, patinées par les pluies, poncées et huilées avec tant d'amour que leur grain avait la finesse de la peau.

Julien zigzaguait au milieu de cette armée de titans. Il avait perdu Bruze de vue mais ne voulait pas appeler. Il émergea enfin de la « foule » pour pénétrer dans le dernier cercle. Là s'alignaient les ultimes travaux de l'artiste, des gnomes mal dégrossis, laids à faire peur. Des bûches auxquelles on avait désespérément tenté de donner un visage. Les efforts de l'infirme n'avaient produit qu'une cohorte de totems approximatifs, dont l'aspect barbare donnait envie de prendre ses jambes à son cou. Julien se crut transporté dans l'un de ces romans d'aventures où les explorateurs pénètrent par mégarde sur le territoire d'une farouche tribu cannibale.

En même temps, il ressentit une grande tristesse à la vue de tous ces personnages aux gueules cassées en attente d'une naissance sans cesse différée. Il songeait à la bûche enchantée d'où sort Pinocchio. C'était une sorte d'art « nègre », mais sans la beauté étrange des sculptures africaines. On en venait à plaindre le bois de s'être ainsi fait éplucher pour rien.

Une épaisse couche de copeaux recouvrait le sol, l'air sentait la sève, la sciure.

— C'est tout ce que j'arrive à produire, maintenant, grogna Bruze en se laissant tomber sur la première marche de l'escalier de planches menant à la maison.

Il attrapa une chemise à carreaux, roulée en boule sur une marche, et se frictionna le torse.

A présent qu'il le distinguait mieux, Julien constatait qu'il portait la barbe. Une barbe en broussaille où le gris dominait. Il avait des poches sous les yeux, maquillage de vieillesse précoce.

— Sculpter avec un bras! ricana Bruze, j'ai cru que je pourrais le faire. Je m'en étais presque persuadé là-bas, à l'hôpital militaire. La nuit, je m'inventais des astuces, des procédés. Je me disais que j'allais surmonter mon handicap pour me forger un nouveau style: barbare, dadaïste, cubiste, où je ne sais quoi... que ma mutilation serait l'occasion d'un vrai départ. Je n'arrêtais pas de me répéter ce vers d'Apollinaire, tu sais, celui où il dit quelque chose comme *Tu marches vers Auteuil, tu veux aller chez toi à pied Dormir parmi tes fétiches d'Océanie et de Guinée Ils sont des Christ d'une autre forme et d'une autre croyance Ce sont les Christ inférieurs des obscures espérances...* C'est dans quoi déjà? «Zone»? *Adieu Adieu... Soleil cou coupé...* Bon Dieu, ça me faisait rire ce «soleil cou coupé», ça tombait à pic... J'aurais pu dire: *soleil bras coupé...*

Il rit à s'en étouffer. Sa sueur empestait l'alcool. L'échauffement de la course lui faisait rejeter la gnôle par tous les pores.

— Tu ne connais pas Apollinaire, petit con? aboyat-il en agitant son unique main. Il n'y a rien de plus beau.

Julien secoua la tête en manière d'excuse. Guillaume Apollinaire ne figurait pas au programme de la pension Verdier, les professeurs chuchotaient avec gourmandise que c'était somme toute mérité parce qu'il avait écrit de «rudes cochonneries», des histoires de *verges* et de *mamelles* dont on ne parlait qu'en chuchotant.

— Ah! *Les obscures espérances*, grogna tristement Benjamin Bruze. J'en ai eu, ça c'est sûr.

Il parlait sans se soucier d'être écouté, en homme qui a pris l'habitude de soliloquer dans la solitude, pour rompre l'étouffant silence des bois.

— Je suis..., commença Julien.

— Pas la peine. Tu es un Lehurlant, coupa Bruze, ça se voit sur ta figure. Tu portes leur marque de fabrique. Tu dois être le dernier de la lignée. C'est quoi ton nom, déjà ? Oh ! Et puis je m'en fous. Je vais faire du café salé, ça me fera peut-être dégueuler, j'irai mieux après.

Il se releva difficilement, se cramponnant à la rampe pour ne pas perdre l'équilibre. Julien le suivit. A l'intérieur de la maison régnait un capharnaüm invraisemblable. Des monceaux d'outils jetés en vrac sur les tables, des billots entamés, dégrossis ou massacrés. D'étranges figures suspendues aux murs, des torses de femmes nues, des ventres, des bustes au visage familier. Julien fronça les sourcils, troublé. Il mit deux ou trois secondes à s'avouer la vérité : toutes ces sculptures représentaient sa mère. Claire. Claire nue, impudique, dégagée du bois dans une pose alanguie et terriblement charnelle. Les divers stades de l'ébauche recouvraient les cloisons comme des ex-voto dans une chapelle marine. Ils installaient un climat blasphématoires d'un érotisme déplacé. Le garçon sentit ses joues s'enflammer. Il avait honte. C'était Claire, comme avant. Claire cinq ans plus tôt, avec ses magnifiques cheveux longs dont Bruze avait reproduit le mouvement, leur donnant la souplesse aquatique de la vague qui court vers les récifs pour exploser en gerbe d'écume.

— C'est ta mère, grogna Bruze en poussant une cafetière d'émail sur le réchaud. J'ai rien produit de mieux par la suite. En réalité la guerre n'a pas vraiment brisé ma carrière, de toute façon je n'aurais plus fait que dégringoler. Je l'ai senti, dès qu'elle est entrée dans l'atelier.

Julien préféra se taire. Le fouillis de la maison l'écrasait. On ne pouvait faire un pas sans buter sur les bouteilles vides. Une paillasse reposait dans un coin, un matelas de varech comme en utilisent les journaliers lors de la moisson. Des livres tapissaient le mur du fond, érigeant une bibliothèque bancale, en partie écroulée. Çà et là, on avait fiché des chandelles dans le goulot des chopines vides. De grosses lampes tempête rouillées pendaient des poutres. Tout cela puait l'homme et le tabac froid, mais les figures appendues à la muraille étaient si belles qu'on ne prêtait guère attention au reste.

— Votre bras..., commença Julien.

— Dunkerque, dit Bruze qui fixait les flammes du réchaud léchant le cul de la cafetière. C'est à cause de ces salauds d'Anglais. Ils ne voulaient pas nous évacuer, ils nous repoussaient à la mer. Je me suis retrouvé coincé entre un canot et la coque en fer d'un bateau, j'ai plongé, mais mon bras est resté pris en tenaille. Je hais les Anglais. Je préfère encore les Boches. Ça n'a plus d'importance maintenant. Les Fritz vont partir, et les Amerlos se battront avec les Russkies. Une guerre chasse l'autre. On a à peine eu le temps d'apprendre l'allemand qu'il faut déjà se mettre à parler moujik !

Il versa le café dans un quart de métal sans prendre la peine d'en offrir à Julien. Il avait les yeux dans le vague, sautillants.

— Finalement, le bras coupé, murmura-t-il, ça m'a permis de réussir ma sortie. Maintenant je sculpte des totems. Ah-ah ! Des totems pour les nègres. Je vais m'installer en Afrique, j'ouvrirai un commerce de dieux au rabais. Les touristes en raffoleront. Je leur ra-

conterai que les cannibales m'ont bouffé le bras, ça
ajoutera au folklore.

— Vous faisiez des figures de proue pour mon grand-
père ? demanda Julien. C'est ça ?

— Oui, pour les bateaux de l'Amiral. Moi, Benjamin
Bruze, dont le père travaillait au dépôt des marbres,
comme apprenti de Rodin. Tu penses que c'est une
sacrée dégringolade ? Pas sûr. C'est un métier qui ne
me déplaisait pas, non. Je déteste Paris, les beaux-arts,
les critiques, les salons. Je n'avais pas envie de lécher
le cul des bourgeois et des journalistes, de me dégo-
ter pour mécène une banquière de soixante ans avec
qui j'aurais dû me montrer *reconnaissant*. Et puis je
n'ai jamais aimé la pierre, le marbre, le granit, c'est
trop froid pour moi, c'est mort. Le bois, c'est différent, le bois ça vit. Quand on taille dans un arbre, on
sent la sève couler, vous poisser les doigts, comme du
sang. On a davantage l'impression d'être un chirur-
gien qu'un sculpteur. La pierre c'est pour les stèles,
les monuments aux morts et les caveaux. Quand j'étais
tout gamin j'aimais déjà graver des choses dans
l'écorce des arbres, puis regarder comment ça poussait. Ça cicatrisait, comme une blessure, et l'arbre
continuait sa vie. Parfois, si ce n'était pas taillé assez
profond, ça s'effaçait. Dans la pierre rien ne cicatrise
jamais, ce qui est creusé le reste, pour toujours. Le
bois...

Il s'interrompit pour avaler son café additionné d'une
poignée de sel puisée à même le sac. Il buvait trop vite
et le liquide gouttait le long de ses moustaches.

— J'aimais bien travailler pour ton grand-père, c'était
un seigneur, il souffrait du déclin des navires en bois.
Moi aussi. Mon rêve, ç'aurait été de travailler pour les

chantiers de Louis XIV, à l'apogée de la marine à
voile, tailler des figures de proue pour les vaisseaux
de haut bord, des éperons pour les galères royales.
Faire la décoration du château arrière des trois-mâts.
Ça, c'était quelque chose. Ton grand-père essayait de
perpétuer la tradition, il continuait à mettre des figures de proue sur ses yachts, mais elles étaient bien
plus petites, rien à voir avec les navires de guerre de
la flotte du Roi-Soleil. Une figure de proue ce n'est
pas une simple décoration, tu comprends, c'est comme
un génie qui protégerait le bateau. Une espèce d'idole,
un petit dieu portatif. Elle veille sur le navire et lui
donne son âme.

Julien songea que l'artiste risquait de radoter ainsi
durant des heures et chercha un moyen pour ramener
son interlocuteur au sujet qui l'intéressait. Bruze parut
deviner ses préoccupations car il soupira.

— Tu t'en fous, bien sûr, c'est normal, mais moi ça
m'excitait de savoir que mes sculptures s'en allaient
sur les océans, dominant l'abîme, que les paquets de
mer leur fouettaient la gueule. C'était autre chose que
les machins morts qu'on expose dans les galeries, dans
les jardins ! Des statues qui sont comme des meubles,
des buffets. Des œuvres frileuses qu'on protège de la
pluie, de la lumière. Un art de petit monsieur, pour des
petites gens au cul serré.

— Mon grand-père..., rappela Julien.

— Ton grand-père me passait des commandes, dit
Bruze d'une voix éteinte. Ça a duré des années, et c'était
bien. Et puis un jour, c'était avant le mariage de son
fils, il m'a demandé d'exécuter une figure de proue
d'après un modèle qu'il fournirait. Une jeune femme.
Il la voulait en naïade. C'était pour un yacht qu'il pré-

voyait de construire pour son usage personnel : la *Brigande*. D'habitude, il ne s'occupait pas de savoir où je me procurais mes modèles, mais là, il était bizarre, gêné comme un collégien, prenant des précautions de langage. Un matin, il m'a amené la fille, elle s'appelait Claire. Belle, mais avec quelque chose en plus, une petite gueule sauvage, une bouche faite pour manger de l'homme, si tu vois ce que je veux dire. Et par-dessus tout ça, une fierté de marbre antique qui posait une grille... Une grille qui vous empêchait de tendre la main. Je l'ai vue nue, c'est vrai, mais je ne l'ai jamais touchée. Des culs et des nichons, Dieu sait si j'en ai lorgné ! Tout gosse dans l'atelier de mon père, à treize ans ça ne me faisait déjà plus rien, c'était devenu de la viande, je regardais les filles comme des vaches ou des juments, avec un œil de professionnel, pour voir ce qui clochait. Mais elle, la Claire, c'était différent. Même nue, elle restait royale. Bon sang, j'ai compris ce qu'éprouvait le vieux, et j'ai eu peur que ça m'arrive.

— Claire n'était pas encore mariée ? insista Julien.

— Non, grommela Bruze. Je ne sais pas trop ce qu'elle faisait là-haut. L'Amiral m'a dit qu'elle dressait l'inventaire de la bibliothèque, ça m'a paru bizarre parce que la seule chose que lisait le vieux, c'étaient ses livres de comptes et les lettres de ses banquiers ! Au début, je me suis dit : « C'est une poulette qui lui réchauffe les rhumatismes, le soir, au creux du lit. Une belle petite bouillotte qu'il s'est payée là ! » Et puis j'ai compris qu'il ne l'avait pas touchée, sinon il ne se serait pas passé ce qui s'est passé ensuite.

— Quoi donc ?

Bruze s'ébroua, il jeta un regard coléreux à l'enfant, comme s'il découvrait tout à coup sa présence.

— Qu'est-ce que ça peut te foutre ? grogna-t-il. C'est pas à un mioche d'enquêter sur les histoires de fesses de sa mère. Ça te regarde pas, fiche le camp, salopiot !

Une bouffée de colère s'empara de Julien, le faisant se dresser sur ses ergots.

— Si, ça me regarde ! hurla-t-il. Je ne sais rien, personne ne m'a jamais rien dit... J'en ai marre des sous-entendus, je veux savoir une bonne fois pour toutes, c'est ma vie après tout !

Bruze écarquilla les yeux, surpris de cet éclat. Il parut hésiter, eut un haussement d'épaules, et finit par saisir la bouteille de gnôle qui trônait sur la table.

— Oh, soupira-t-il, en fait, je m'en fous. Et puis t'as l'air plutôt dégourdi pour ton âge, ce que je te dirai ne te fera pas saigner les oreilles.

Il but au goulot. L'odeur de l'alcool de pomme alluma une brève nausée dans l'estomac vide de Julien. Le garçon put assister au surgissement de l'ivresse dans les yeux de l'homme, elle rendit ses prunelles vitreuses, leur donnant l'éclat laiteux du verre dépoli.

— Je me rappelle chacune des séances de pose, haleta Benjamin Bruze. Elle débarquait, avec son petit sourire lointain, elle passait derrière le paravent et se déshabillait, et chaque fois je recevais le même coup à l'estomac. Elle avait une grâce incroyable... une dignité de princesse au bain... quelque chose comme la *Diane* de Boucher. Etre nue ne la mettait pas en position d'infériorité, bien au contraire : c'était moi qui me sentais mal foutu en face d'elle. Bon Dieu ! Je me faisais l'effet d'un ours, d'un bœuf, je me cachais derrière mon carnet de croquis ou mon tas de glaise. Elle ne disait rien, elle prenait la pose et se perdait dans ses pensées. Elle avait l'air de ne même plus se rendre compte de

ma présence. J'adorais son profil, la ligne qui partait
de son front bombé pour suivre la courbe de son nez,
de sa bouche... la gorge, la poitrine, le creux du ventre... Ça allait de l'avant, ça se creusait, il y avait une
espèce d'élan poignant, je ne trouve pas d'autre mot.
Ça paraît tout con à dire, mais c'est vrai qu'elle avait
l'air d'une déesse. Je me disais qu'un bateau, avec une
telle figure de proue, affronterait toutes les tempêtes
sans dommage. Je me fatiguais avant elle, alors elle se
rhabillait et me disait au revoir avec son petit sourire
tranquille, pas émue, pas troublée, avec une candeur
bizarre. Poser nue ne l'entamait pas. Ce n'est pas si évident qu'on pense. J'en ai vu des filles, des profession-
nelles qui se croyaient blindées, mais toujours, quelque
part, elles étaient marquées. Il y avait une fêlure. S'exhiber les avait dégradées... elles finissaient par avoir une
assurance un peu poissarde, pas elle. Pas Claire.

Julien en avait assez de ces confidences gênantes. Il
respirait mal, étouffé par les odeurs de dortoir qui pla-
naient dans la maison.

— J'ai compris que ça allait mal tourner quand le
vieux a commencé à me rendre visite pour suivre les
progrès de la commande, expliqua Bruze en baissant
les yeux. Merde ! Il se plantait devant la sculpture, les
yeux hors de la tête. Puis il se mettait à la caresser sous
prétexte de vérifier le grain du bois. La soie du polissage... c'est ainsi qu'il disait : la soie du polissage. Il
n'arrêtait plus. Ses mains allaient et venaient sur les
seins, le ventre. Bon sang, ses grosses mains de vieillard avec leurs veines toutes bleues. Je me sentais mal
à l'aise, j'avais honte pour lui, un monsieur de cette
classe ! C'était visible, il en crevait de ne pas avoir cette
femme. Ça lui bouleversait la tête. Il fallait le voir, tri-

potant la statue, les yeux flous, la bouche entrouverte.
J'avais pitié, et il me dégoûtait en même temps. C'est
là que j'ai compris que cette histoire de commande
c'était juste un prétexte. Et puis un jour...

Il se tut, se passa la main sur la bouche, se saisit de
la bouteille pour boire une autre gorgée.

— Au bout d'un moment..., chuchota-t-il, au bout d'un
moment j'ai compris qu'il venait nous épier pendant
les séances... Je ne l'ai jamais pris sur le fait, mais il
me suffisait d'écouter le silence de la forêt. D'un seul
coup les oiseaux se taisaient, m'annonçant son approche. Je tendais l'oreille pour repérer les craquements.
Je crois qu'il montait dans un arbre pour nous regarder avec ses jumelles marines. C'était pitoyable, dérisoire. Et en même temps tellement malsain...
dangereux.

— Dangereux ? répéta Julien.

— Oui. La passion à ce point, ça devient de l'obsession, et l'obsession c'est le début de la folie. Il n'y avait
qu'à le voir caresser la statue pour comprendre que tout
devenait possible. J'avais envie de lui dire : « Libérez-vous ! Retrouvez votre dignité ! Sortez-vous cette fille
de la tête et du ventre, violez-la une bonne fois pour
toutes... C'est une sorcière, vous en avez le droit, ce sera
de la légitime défense, personne ne pourra vous le
reprocher ! » Et puis il ne courait pas grand risque, ces
affaires-là ça s'arrange toujours avec un peu d'argent.
La fille a généralement trop honte pour aller se vanter
de ce qui lui est arrivé. Il aurait dû en profiter... Il l'a
peut-être fait du reste, je n'en sais rien. Après, le fils,
Mathias, est entré dans la ronde. Alors là, c'est devenu
vraiment de la folie. Il était d'une jalousie féroce, et en
même temps d'une totale soumission à la volonté pater-

nelle. Quand il a marié la Claire, j'ai cru que c'en serait
fini des séances de pose, mais je me trompais. La figure
de proue n'était pas terminée, je travaillais très lentement... peut-être parce qu'au fond de moi je n'avais pas
vraiment envie que ça finisse. Je n'étais pas amoureux
de cette femme... elle était trop différente. Ce n'était
pas une fille pour moi. Elle me faisait peur, mais
j'aimais la voir parce que c'était une sorte d'animal unique. Elle était à l'apogée de sa beauté, je le sentais,
jamais plus elle ne serait aussi belle, et j'avais la chance
de profiter de ce moment. Les femmes, ça se fane vite ;
en trois ou quatre ans elles se flétrissent. Il y a un état
de grâce qui ne dure jamais très longtemps, une espèce
de parenthèse qu'on a parfois la chance de surprendre.
Il faut les dépuceler à ce moment-là. Claire en était justement à cette période un peu magique de la vie du
corps... quand les courbes deviennent parfaites, tendues, serrées, accordées au plus juste. Tu sais : comme
un violon, si tu donnes un tour de clef supplémentaire,
ça casse... Je savais qu'elle allait tout perdre, qu'elle
ne pouvait plus que se gâcher. Il me fallait sauver tout
ça, en laisser une trace. J'ai essayé... dans le bois, avec
mes outils.

— Mais Mathias ? interrogea Julien. Il vous a laissé
faire ?

— Il ne pouvait pas s'opposer à la volonté de son père,
alors il rôdait autour de la maison sans jamais se montrer. J'entendais le cuir de ses bottes craquer. Une fois,
même, j'ai deviné le claquement de son fusil. Il était
quelque part, dans un arbre, dehors. Il nous tenait en
joue, tous les deux. Il voulait voir ce que nous faisions.
Si j'avais osé un seul geste en direction de Claire, il
aurait tiré, j'en suis certain. Ce jour-là, j'ai su ce que

ça fait de se retrouver en face d'un peloton d'exécution.
Je sentais presque le canon du fusil dans ma nuque
comme s'il me touchait. La sueur me coulait du front,
les outils me glissaient des mains. J'ai continué comme
si de rien n'était, parce que j'avais peur, en me retour-
nant, de rencontrer son regard et de le décider à tirer.

— Et ma mère ?

— Je crois qu'elle avait deviné, elle aussi. Elle retenait son souffle, et de petites gouttes de sueur roulaient
de ses aisselles. Elle avait peur, mais peut-être que ça
l'excitait également, je ne sais pas. A un moment, nos
yeux se sont rencontrés, jamais nous n'avions été aussi
proches. Même dans un lit, peau sur peau, nous
n'aurions pas été plus unis, mais tu ne peux pas
comprendre ces choses. C'était magique. Une minute
de silence avant un tremblement de terre.

— Mais Mathias n'a pas tiré.

— Non, c'est vrai. Mais il a continué à rôder. L'Amiral ne venait presque plus. Et quand il se risquait ici,
il ne touchait pas à la statue. Il n'était pas guéri pour
autant, pas du tout. Je me suis souvent dit qu'il avait
peur d'être vu par son fils, peur, comme moi, de prendre un coup de fusil. Charles et Mathias, on peut dire
qu'ils avaient attrapé la même maladie ces deux-là !
Envoûtés, il n'y a pas d'autre mot.

— Ensuite ?

— Ensuite la statue a été terminée, Claire s'est
mariée, je n'ai plus su grand-chose de ce qui se passait
là-haut, à la maison forte. Elle n'est jamais revenue me
voir. Seul le vieux descendait parfois jusqu'ici, pour
regarder la figure de proue. Il s'installait dans un fauteuil, sans un mot, et fumait sa pipe, les yeux fixés sur
la sculpture. C'était toujours en lui, c'est sûr. Il avait

passé la main, il s'était effacé devant son fils, mais ça le tarabustait toujours... plus que jamais peut-être. Bon sang! J'aurais pas voulu habiter dans sa tête! Ça devait pas être beau là-dedans. A un moment, il m'est même venu une vilaine idée... mais je ne peux pas te la dire, ce serait sale.

— Si! décréta Julien, je ne suis plus un gosse. Dites-moi.

Bruze leva sur lui un regard glauque, empreint de gêne et d'excitation.

— Tu l'auras voulu, chuinta-t-il. Je me suis dit que le vieux avait peut-être violé la fille, pour se libérer, et qu'elle était tombée enceinte... et que pour la dédommager, il avait forcé son fils à se marier avec elle. Pour réparer, quoi! Tu comprends : le fils, ça ne causait pas de scandale, ça paraissait plus propre qu'une fille de vingt ans épousant un vieillard de soixante-dix. Je me racontais que c'était sans doute un mariage blanc, une ruse pour couper court aux bavardages... mais c'était idiot, l'Amiral se moquait des on-dit. S'il avait voulu se marier avec la belle, il l'aurait fait au nez et à la barbe du pays.

Julien ne dit rien, depuis un moment déjà il s'enfonçait les ongles dans les paumes sans même s'en apercevoir. La tête lui tournait. Il regarda par la fenêtre et trouva qu'il faisait bien sombre à l'extérieur. Les statues, qui regardaient toutes vers la maison, prenaient dans ce clair-obscur un aspect menaçant. Il fut tenté de s'assurer qu'elles ne s'étaient pas rapprochées. Mais non! C'était idiot! Où allait-il chercher des idées pareilles?

— J'ai longtemps retourné l'histoire dans ma tête, fit Benjamin Bruze en modulant exagérément les syllabes, à la manière des ivrognes essayant de ne pas bredouil-

ler. J'ai souvent eu l'impression qu'ils jouaient tous à
se tendre des pièges... Le vieux, Mathias, la Claire...
C'était une drôle de partie, un jeu que je ne compre-
nais pas. Qui en voulait à qui ? Qui essayait de se venger de quoi ? A un moment, juste avant la déclaration
de guerre, j'ai eu dans l'idée que la fille s'amusait à les
dresser l'un contre l'autre, le fils et le père, pour qu'ils
s'exterminent, comme si elle les détestait tous les deux.
Et puis j'ai eu d'autres soucis. En fait, ça ne me regardait pas.

— Et la mort de Mathias ? murmura Julien. Je sais
qu'on a accusé Claire de l'avoir assassiné...

— Ouais, grogna Bruze. Une histoire plutôt
embrouillée.

Il bâilla. On ne pouvait plus rien en tirer, dans une
minute il allait s'endormir, vaincu par l'alcool. Julien
se leva, pris entre la colère et l'envie de pleurer. Bruze
avait posé sa tête sur ses bras croisés. Il marmonnait
des choses incompréhensibles. Julien attendit qu'il
commence à ronfler pour tourner les talons. Au
moment où il franchissait le seuil, il éprouva un pince-
ment au cœur: pas une fois au cours de la conversation le sculpteur n'avait dit « ton père » en parlant de
Mathias Lehurlant. Pas une.

Les yeux pleins d'eau, il s'élança au milieu de la foule
des statutes, leur distribuant des coups de poing. Il les
haïssait toutes.

12

Le jour baissait déjà quand il atteignit la maison. L'ivresse de Benjamin Bruze était passée en lui et il titubait, les pieds meurtris par la longue course.

Claire l'attendait au bout du chemin, les bras croisés. Il y avait de la colère dans ses yeux, et il se sentit deviné avant même d'avoir ouvert la bouche.

— Je sais d'où tu viens, dit-elle en crachant les mots. Je t'ai vu partir vers la coupe des Chuins. C'est ton ami Gorget qui t'a donné l'adresse ? Ne me prends pas pour une idiote, je sais qui habite là-bas. Tu es allé voir Bruze. Ne mens pas, tes vêtements sont pleins de copeaux et tu sens la sciure. Qu'est-ce que tu fais ? Tu enquêtes dans mon dos ? C'est ça ? C'est Gorget qui te bourre la tête de racontars ?

Elle avait un visage dur, aux lèvres rétrécies, une petite bouche méchante. La colère mettait en relief les ridules de ses yeux. Julien crut qu'elle allait le frapper, elle avait de nouveau cette apparence sauvage entr'aperçue à l'orée du champ de mines. Elle exhala un long soupir, comme pour se débarrasser de son courroux, et tourna le dos à Julien pour surveiller l'horizon rougeoyant.

— Tu veux savoir, dit-elle, c'est normal... mais tu le regretteras peut-être. Il ne faut pas que tu laisses ces gens se mettre entre nous. Ils vont essayer de tout gâcher. Moi, j'espérais qu'on recommencerait à zéro, qu'on ferait semblant d'oublier le passé... qu'on essaierait de s'apprivoiser l'un l'autre. Je n'ai plus envie de regarder par-dessus mon épaule. Tu me fais me sentir vieille.

— J'ai essayé, moi aussi, murmura Julien. Mais c'est plus fort que moi, j'y pense tout le temps, ça se bouscule dans ma tête : l'Amiral, Mathias, tout ça. C'est qui mon père ? Est-ce qu'il est mort accidentellement, est-ce qu'on l'a assassiné ? Tu peux me le dire, va, je ne t'accuserai pas d'être mauvaise, je veux juste avoir les réponses pour ne plus y penser. De toute manière, Mathias, je ne l'aimais pas, il me faisait peur... et l'Amiral aussi. Quand j'étais petit, une fois, j'ai fait un rêve, c'était après Noël... j'ai rêvé que l'Amiral c'était en réalité Mathias déguisé. Tu vois : avec une barbe blanche et un coussin sur le ventre, comme pour le 25 décembre ! En fait, dans mon rêve, l'Amiral n'existait pas, c'était juste un rôle joué par Mathias pour me faire croire que j'avais un grand-père. Et c'est pour ça que je n'arrivais jamais à les voir ensemble.

Claire porta la main à sa bouche et poussa un cri étranglé. Elle battait des paupières pour retenir l'eau de ses yeux.

— Viens, dit-elle, je vais te dire les choses que tu dois savoir, même si ce n'est pas de ton âge. Nous n'en parlerons que ce soir, et puis nous ferons comme si c'était oublié. Tu entends ? Tu ne me poseras plus de questions, jamais ! C'est mort tout ça, ça n'a plus d'importance, il faut essayer d'être neufs puisque nous avons réussi à survivre à la guerre. Dans quelques mois les Allemands seront partis, la vie va recommencer. Je ne répéterai jamais ce que je vais te dire. Et personne avant toi n'a jamais su la vérité car à aucun moment je n'ai éprouvé le besoin de me défendre ou de me justifier. Ce que je vais dire, je vais le dire pour toi, uniquement pour toi, et tu ne le répéteras à personne. Ce sera notre secret. Nous l'enfouirons ensemble.

Elle marchait vite, sans savoir où elle allait. Le vent s'était levé, chassant les larmes de part et d'autre de ses tempes.

— Ecoute, dit-elle, avec une espèce de rage triste qui mit Julien à la torture. Ecoute bien. Mathias et Charles, les Lehurlant, ils étaient fous, tous les deux, mais je ne m'en suis pas rendu compte immédiatement. J'étais naïve, sans malice. Ils m'impressionnaient avec leurs bottes en cuir anglais, leurs cravaches. C'étaient des hommes de cheval, des maîtres, des seigneurs. Ils vous parlaient du haut de leur bête et on se sentait tout petit. Dans la campagne, on les surprenait rarement pied à terre. On se disait qu'ils voyaient tout de plus haut que nous. C'étaient des sentinelles, des guetteurs. Ils se penchaient sur le pommeau de la selle pour vous parler, et leur regard vous tombait dessus comme une pierre. Avant que Charles Lehurlant ne vienne me chercher dans ma boutique de livres, je n'existais pas. Je n'avais côtoyé que des femmes qui me donnaient des ordres : les bonnes sœurs, la libraire chez qui on m'avait placée à ma sortie de l'orphelinat. Je savais qu'elles ne m'aimaient pas. A l'institution on me forçait à m'enlaidir, la mère supérieure s'acharnait à me tondre les cheveux sous prétexte que j'avais des poux, c'était faux.

On me donnait toujours les vêtements les plus usés, les chaussures les plus lourdes. J'en souffrais, mais j'avais fini par me convaincre que c'était normal, que je devais expier pour ma jolie figure, que je causais de la peine aux autres petites filles en les faisant se sentir laides. Les sœurs étaient très fortes pour vous mettre ce genre d'idées dans la tête. Parfois, la nuit, je priais pour qu'un accident me défigure, que l'acné me fasse un visage tout grêlé. Sœur Antoinette prenait un malin plaisir à me raconter les grandes épidémies de variole du XVIe siècle, et comment toutes les grandes coquettes du temps s'étaient retrouvées la face criblée de furoncles et de cicatrices. J'essayais d'être invisible. Je me tenais courbée pour cacher ma poitrine, je prenais une expression stupide dès que j'étais en public... A dix ans j'avais même imaginé de rouler un chiffon en boule sous ma robe, à la hauteur des omoplates, pour faire croire que je devenais bossue. J'étais toute prête à vivre comme ça, pour qu'on m'accepte. En l'apprenant, la mère supérieure a décrété que je deviendrais folle à la puberté et que je serais un fardeau de plus pour la communauté. Avec Charles Lehurlant tout a changé... Je n'étais plus en faute, j'avais le droit d'être belle. Je sentais toujours son regard sur moi, tout le temps. Il me buvait des yeux. C'était agréable. Pour moi c'était un vieillard... un grand-père, je ne le considérais pas comme un homme. C'était une sorte de père Noël, si tu préfères. Asexué. Est-ce qu'on imagine le père Noël avec quelque chose entre les jambes ? Non, n'est-ce pas. Il me regardait, il me disait : « Riez, ma petite, vous avez un beau rire. Depuis le temps que je n'ai dans les oreilles que le cri des corbeaux ! » Il était charmant, délicat. J'étais tellement bête que je me racontais qu'il allait peut-être m'adopter, qu'il me considérait comme sa petite-fille. Je me disais : « C'est un vieil homme qui va bientôt mourir, il faut lui apporter un peu de douceur dans son crépuscule ! » Les bonnes sœurs employaient souvent ces tournures de phrases à la con. J'étais une bécasse, je croyais vraiment qu'il voulait faire de moi sa bibliothécaire, sa demoiselle de compagnie, sa lectrice. On s'asseyait dans le jardin et je lui lisais des vers. Comme il a dû se barber, le vieux bougre ! De temps en temps, quand je levais la tête de mon livre, je lui trouvais la figure bien rouge. Je me disais que la poésie l'émouvait, que j'avais choisi quelque chose de trop triste. En réalité, il regardait mes jambes en se faisant son petit cinéma intérieur. Mais j'étais piégée... Je n'avais plus envie de revenir à la boutique, de retrouver les dames patronnesses. De toute manière ma réputation en avait pris un sérieux coup. En m'installant à la maison forte j'avais brûlé mes vaisseaux. Il n'y avait que moi pour croire encore que j'allais exercer le métier de bibliothécaire privée, à Morfonds, tout le monde savait que le vieux Charles était d'une inculture crasse et qu'il achetait ses livres au poids, chez les chiffonniers, pour chiquer au bourgeois et impressionner ses clients.

Claire rejeta la tête en arrière pour reprendre son souffle. Elle fixait le soleil couchant avec une ardeur étrange, une avidité de femme condamnée.

— Il m'a fallu du temps, reprit-elle, pour comprendre que j'étais devenue l'enjeu d'une partie qui se déroulait entre le père et le fils... Charles avait décidé de m'avoir, de me partager peut-être, je ne sais pas exactement. Mathias me faisait peur. Il était beau mais trop violent. Il vivait son fusil à la main, il disparaissait dans

la forêt pour revenir, des bêtes mortes plein les
poches, du sang sur ses habits. Il avait des grains
de poudre incrustés sous la peau, ça lui faisait des
taches de rousseur bleuâtres sur les mains et les
joues. Il était beau, c'est vrai. Il m'impressionnait terriblement quand il arrachait sa chemise, le soir, pour
se laver à l'eau glacée du puits. Il se frictionnait à
grandes claques pour se débarrasser du sang séché
des lapins, des plumes ou des poils tout coagulés.
Charles l'avait compris, de son côté il en rajoutait
dans la douceur, le sentimentalisme. Par la suite, je
me suis souvent raconté qu'ils se retrouvaient le soir,
pour parler de la « partie » en cours, qu'ils confron-
taient leurs stratégies. On aurait pu dire qu'ils
jouaient aux dames, mais c'était moi la « dame ».
C'était un peu comme s'ils avaient fait un pari, dès
le début, sur celui qui l'emporterait. Comme s'ils
s'étaient lancé un défi réciproque. Ils jouaient chacun avec leurs armes propres.

Julien rassembla tout son courage pour demander :

— Mais toi... tu aimais lequel ?

Claire secoua nerveusement la tête et ses traits prirent une expression excédée.

— Je ne sais pas, martela-t-elle. Même aujourd'hui
je ne sais toujours pas. Tu es trop jeune pour comprendre, mais les femmes sont impressionnées par le désir
des hommes, elles se disent qu'elles ne le méritent pas.
Et en même temps, ce désir rend les hommes si pitoya-
bles qu'ils en deviennent touchants. On ne se sent pas
le cœur de leur faire de la peine en disant non. Après
tout ce n'est pas si important. C'est comme un caprice
de petit garçon, on y cède avec indulgence, à l'usure,
sans être dupe.

Elle se tut, croisa les bras sous ses seins. Le vent du soir creusait sa jupe entre ses cuisses, faisant faseyer l'étoffe.

— On ne devrait pas parler de tout ça, murmura-t-elle. Ce ne sont pas des sujets qu'une mère doit aborder avec son fils... mais tu ne me laisseras pas en paix si je ne vide pas mon sac, alors autant finir. Je ne sais pas pourquoi je me suis mariée avec Mathias. Sans doute parce que la tension montait à l'intérieur de la maison et que le match amical du début était en train de se transformer en guerre. Ils s'étaient tous les deux piqués au jeu. J'ai cru qu'en cédant à l'un, l'autre rendrait les armes et que les choses se calmeraient, qu'on n'en parlerait plus. Je me suis dit que j'avais bien de la chance pour une orpheline : la résidence, la terre, l'argent, un mari jeune et beau... ça faisait une sacrée liste. Et puis sœur Antoinette nous avait tellement répété que l'amour vient avec le temps... à la longue, j'avais fini par y croire. Mais ça n'a pas marché, en réalité c'est devenu pire encore. C'est à cause de l'Amiral, il avait décidé de se venger. Il ne s'en remettait pas d'avoir dû s'effacer devant son fils, d'avoir perdu la partie... Il savait que Mathias était jaloux, d'une jalousie effrayante, irraisonnée, alors il a tout misé là-dessus...

La jeune femme se cacha le visage dans les mains l'espace d'une seconde. Quand elle releva la tête, ses traits étaient pétrifiés.

— La guerre a commencé à Morfonds-des-Hauts dès le lendemain de mon mariage, murmura-t-elle. Je n'ai pas senti venir les choses, je n'ai pas su les désamorcer. D'ailleurs, est-ce qu'on aurait vraiment pu tenter quelque chose ? Ça s'est fait insidieusement, et encore une fois j'en ai été la dernière informée... Je n'ai pris conscience de la maladie que lorsqu'elle était déjà bien installée en Mathias. Le vieux... Le vieux avait entrepris de faire croire à son fils que j'étais sa maîtresse... Oui, que je couchais avec Charles Lehurlant pendant que mon mari travaillait au chantier, sur les bateaux. Oh! Il ne le disait pas franchement, il ne s'en vantait même pas... C'était plus sournois, plus fin. Il prenait des airs satisfaits, épanouis... Il jouait au chat repu, et puis, de temps à autre, il me coulait un regard étrange, complice, ou se permettait un geste trop tendre, comme on en a pour une maîtresse, pas pour une belle-fille. C'était sa main qui s'attardait trop longtemps sur ma cuisse, ou sur mon cou, ou encore une façon de m'attraper par les épaules qui pouvait laisser sous-entendre des... des choses. Des habitudes de peau entre nous deux. C'est difficile à dire, mais tu peux comprendre. Il installait une sorte d'intimité factice, s'exhibant devant moi en négligé, avec impudeur... Et puis il avait une certaine façon de me dire « tu », en chuintant, en soupirant presque. La machine était en marche, il m'attirait dans les coins, à l'écart, pour me chuchoter des choses sans importance sur la conduite de la maison. Il s'approchait très près de moi pour me souffler à l'oreille: « As-tu pensé aux confitures, ma petite? Il y a des kilos de fruits qui vont se perdre... » Et il s'arrangeait toujours pour que Mathias surprenne ces apartés, alors, il se redressait vivement et s'éloignait en prenant un air coupable. Et quand Mathias me demandait de quoi je parlais avec son père, je disais: « de confitures » et je n'avais rien de convaincant.

Julien osait à peine respirer. Il n'avait aucun mal à s'imaginer le climat empoisonné de la maison forte. Il avait peur d'entendre la suite. Il fut sur le point de prier Claire de se taire.

— Ce vieux salaud prenait son temps, continua la jeune femme. Pendant trois mois, il se comportait normalement, et puis tout recommençait, à la faveur d'une absence professionnelle de Mathias, d'un voyage qui nous avait laissés Charles et moi en tête à tête, dans la maison. Dès que son fils réapparaissait sa valise à la main, il recommençait son cirque, laissant entendre que nous avions repris nos « relations »... Et c'était de nouveau des chatteries, des agaceries, des embrassades à tout propos. Mathias n'avait pas besoin qu'on le tisonne très longtemps pour s'enflammer. La fièvre l'a pris et il s'est mis à bâtir des fables dans sa tête. Il me posait tout le temps des questions... et il inspectait mon corps. Une vraie visite médicale. Je ne devrais pas te parler de ça... Mais c'était tellement humiliant d'être déshabillée en pleine lumière et passée à la loupe. Il cherchait des traces, des morsures, des griffures, des suçons... Il me retournait dans tous les sens, comme un bestiau. Si j'avais le malheur de m'être égratignée aux rosiers, dans le jardin, je devais subir un interrogatoire, présenter mes témoins : est-ce que quelqu'un avait assisté à l'incident, est-ce que... est-ce que... Quand je suis tombée enceinte, Charles avait déjà en grande partie réussi son coup, il avait installé le doute dans l'esprit de son fils. Désormais il y avait une ombre entre nous... Quelque chose dont on ne parlait jamais, mais qui était toujours là, à chaque instant de la journée. J'étais moins cruche et je commençais à voir où le vieux voulait nous mener, mais je ne parvenais pas à imaginer de parade. Il était très fort. La haine le rendait génial. Le pire, c'est que je ne réussissais pas à lui en vouloir vraiment. J'avais une sorte de respect pour cet amour qui tournait à l'aigre. Ça me semblait beaucoup *trop* pour ma petite personne, complètement disproportionné...Je ne méritais pas autant d'acharnement. Je me faisais l'effet d'une héroïne antique. J'étais flattée... oui, c'est terrible de dire ça, mais j'étais flattée. Il avait beau être vieux, s'asperger de parfum pour dissimuler son odeur rance, la jalousie le rendait magnifique. Je crois qu'à un moment j'ai été sa complice. Je l'ai laissé faire. Il me voulait tellement que ça en devenait grand... tout : les petits complots, les comédies, les ruses. On glissait vers la tragédie et on le savait tous, mais on ne pouvait plus rien empêcher, trop de choses s'entremêlaient, je ne savais plus qui j'aimais vraiment, qui me faisait peur... J'ai laissé faire, en espérant que le destin trancherait pour moi, je n'étais pas capable de décider. J'y ai beaucoup pensé par la suite, mais je n'ai pas davantage trouvé de réponse.

Elle frissonna et s'agenouilla devant le feu pour en raviver les braises. Elle agissait mécaniquement, cassant les brindilles sans même s'en rendre compte. Comme d'habitude, l'acacia se mit à cracher des étincelles qui mordirent la peau de ses bras nus. Elle se recula, mais sans crier, elle semblait engourdie. Julien s'était tassé dans la pénombre, le visage baissé. Il ne voulait pas croiser le regard de Claire, s'il le faisait, elle se tairait aussitôt, il en avait l'intime conviction. Il savait aussi que c'était son unique chance de savoir la vérité, car la jeune femme n'évoquerait plus jamais cette période de sa vie, elle l'en avait prévenu. Tout serait dit ce soir ou jamais, et il suffirait d'un rien — deux regards qui se croisent, une toux, un bruit inattendu — pour que c'en soit fini de la magie de cette nuit de confession.

— Un jour, dit-elle dans un souffle, je l'ai surpris la main dans le sac... Le vieux. Charles... il se livrait à une mise en scène dans sa chambre. Il avait prélevé quelques-uns de mes cheveux sur ma brosse, dans mon cabinet de toilette, et il les disposait sur son oreiller... Il avait également acheté un flacon du parfum que j'utilisais et un tube de mon rouge à lèvres. Il était en train de s'en servir pour marquer la toile de l'oreiller. Tu comprends ? Il fabriquait de faux indices pour donner à penser à Mathias que j'avais passé la nuit dans son lit : mon rouge sur les draps, mon parfum sur l'oreiller. Je suis restée figée sur le seuil de la chambre, incapable de dire un mot. Il a senti ma présence et a relevé la tête. Il a souri... Sans aucune gêne. Il avait l'air content de lui, un peu comme s'il disait : « Regarde ce que je fais pour toi ! Tu vois à quoi tu m'as réduit ? » Je n'ai même pas eu le courage de lui dire ses quatre vérités. J'avais honte, je me sentais coupable, je me suis enfuie. Si j'en avais parlé à Mathias, il ne m'aurait pas crue. Charles le savait. Il avait toutes les cartes en main. Pendant ma grossesse il s'est un peu calmé, mais il me suivait partout au jardin, s'asseyant à côté de ma chaise longue, couvant mon ventre d'un œil de propriétaire. Il ne disait rien, il n'en avait plus besoin, les commérages allaient bon train dans la maison. Les domestiques étaient tous dupes de son petit jeu. Sa grande force c'était son silence, sa façon de tout jouer dans le regard, d'être plus attentif que Mathias... Un peu avant ta naissance, je me suis demandé s'il ne perdait pas la tête et s'il n'était pas en train de se convaincre de ses propres mensonges. A force de se raconter des choses, il avait fini par y croire... Et puis, à d'autres moments, il prenait un air matois, comme s'il voulait

me dire : « Ma pauvre petite, il ne faut pas m'en vouloir, je fais ça pour m'occuper, ça m'empêche de penser à la vieillesse, à la mort... D'autres collectionnent
les papillons, moi je fignole de petites mises en scène
domestiques, chacun son dada ! Je suis un peu sénile,
j'ai besoin qu'on me passe mes caprices. Bah ! ça ne
durera plus très longtemps maintenant... » Quand tu es
né, il a fait preuve d'une joie hors de proportion, pas
celle d'un grand-père, si tu vois ce que je veux dire...
Il n'arrêtait pas de te montrer à ses clients en répétant :
« C'est tout mon portrait, non ? » Mathias était à bout.
Il me haïssait. Il devenait de plus en plus violent, avec
les ouvriers, les animaux. Il n'arrêtait pas de se demander si tu étais son fils ou son demi-frère, ce n'était plus
possible, j'ai commencé à avoir peur qu'il te fasse du
mal. Quant tu partais avec lui sur les chantiers, je trem-
blais jusqu'au soir. Il n'arrêtait pas d'aller et venir entre
l'amour et la haine. Les années ont passé comme ça...
Pour tout le monde j'étais la putain des Lehurlant, celle
qui passait d'un lit à l'autre au point de ne plus savoir
qui lui avait mis un polichinelle dans le tiroir. On en
parlait à mi-voix dans les buvettes, sur les ports, et la
nuit, en mer, sur les chalutiers. Il y a souvent, dans les
fermes, une servante qui sert à tous les hommes, pas
parce qu'elle en a envie, mais parce qu'elle n'est qu'une
servante, justement, et que le maître ou les fils du maître c'est du pareil au même pour elle. J'étais cette fille-
là. Une bête du troupeau, marquée, à qui on ne demande
pas son avis. Les choses ont continué, cahin-caha. Certaines années, quand la santé de Charles n'allait pas
très fort, je bénéficiais d'un répit. D'un armistice. Nous
faisions chambre à part avec Mathias, je savais qu'il
fréquentait les filles des conserveries. Mais la trêve était

toujours de courte durée, dès que Charles reprenait le dessus, les hostilités recommençaient. Et Mathias tournait, tournait... Vers la fin, il avait mis au point la technique des faux départs. Il faisait semblant de s'en aller, puis revenait nous épier, le fusil au poing. Il nous donnait « l'occasion », tu vois... S'il avait pu nous surprendre, ils nous aurait tués. J'étais terrifiée, il ne lâchait plus ce fusil. J'avais peur que le vieux tente quelque chose, je ne sais pas : qu'il essaye de m'embrasser ou un truc du même genre. Je sentais le canon de l'arme en permanence, dans ma nuque, dans mon dos. Je savais qu'il était là, braqué sur moi. C'était intenable...

— Et l'affaire de la figure de proue ? s'enquit Julien.

— Oh ! Benjamin Bruze, dit Claire avec une emphase apitoyée. Je ne sais pas pourquoi j'ai accepté... En fait ce n'est pas vrai : je sais parfaitement, mais c'est un peu sale. Je crois que j'espérais quelque chose de Bruze... qu'il m'emporte, qu'il me délivre des Lehurlant. Pendant un moment, j'ai cru qu'il m'enlèverait et m'emmènerait quelque part, loin de Morfonds. Mais il n'a rien tenté, rien ne s'est fait. En réalité il était terrifié par les Lehurlant, il était à leur botte, comme un chien. Il n'avait pas le cran de s'opposer à eux. Benjamin Bruze... Il n'a pas su saisir sa chance.

— Et... l'accident ? dit Julien.

Claire resta un long moment silencieuse, l'air égaré.

— Oh... L'accident, répéta-t-elle, il y aurait bien des choses à dire à ce sujet. Je sais que certains n'hésitent pas à m'accuser d'avoir tué Mathias, mais c'est Charles qui a tout fait pour répandre cette rumeur. En réalité je suis persuadée que c'est lui qui a assassiné son fils... Il n'avait plus toute sa tête à l'époque, et il étouffait de voir que sa comédie ne débouchait sur rien. Il avait gâché le bonheur de Mathias, mais ce n'était pas assez... il s'estimait floué. Il voulait plus... Il voulait me récupérer. Il voulait son bien. Il me l'a dit, un jour. Il avait trop investi sur moi. Pour me récupérer, il n'y avait qu'une solution : la disparition de Mathias. Un accident de chasse ou de travail... A la campagne les accidents de chasse ont mauvaise presse, il a donc préféré comploter quelque chose sur le chantier.

— Mais tu étais là-bas, intervint Julien. Les gens répètent qu'on t'y a vue, et que c'était inhabituel parce que tu ne venais jamais voir ton mari sur son lieu de travail.

— C'est vrai, admit Claire. Je ne tenais pas à voir tout le monde se retourner sur mon passage pour ricaner dans mon dos. C'est Charles qui m'a donné rendez-vous là-bas, sous prétexte d'un papier à signer chez le notaire. J'étais venue par la forêt, en tilbury, toute seule, selon ses recommandations. En réalité, il n'y avait pas de notaire à l'adresse indiquée. J'ai erré dans les rues et beaucoup de gens m'ont vue, c'est vrai, égarée, tournant comme une folle... Pendant ce temps, Charles faisait basculer le bateau sur Mathias. Je n'ai pas de preuve, mais je sais que ça s'est passé ainsi. On ne me l'ôtera pas de l'idée.

— Mais grand-père était à la maison quand on est venu annoncer l'accident, objecta Julien. Je m'en souviens, j'étais là, je jouais avec mes soldats de plomb, sous la table.

Claire eut une grimace d'exaspération.

— Ça ne prouve rien, siffla-t-elle. Une fois son mauvais coup accompli, il n'a eu qu'à couper à cheval, à travers la forêt, c'est beaucoup plus rapide que par la route en voiture. Il pouvait tuer Mathias, enfourcher son cheval et être de retour ici bien avant l'arrivée des

ouvriers, d'autant plus que ceux-ci ont perdu beaucoup
de temps à essayer de relever la coque avant de se décider à donner l'alerte. Il fallait être du métier pour préparer « l'accident », savoir quelle manœuvre effectuer...
J'en aurais été incapable.

— Mais l'enquête ?

— L'enquête a conclu à l'accident. Personne n'a rien
vu, mais j'ai étudié la chose, par la suite. En fait, il suffisait d'actionner un cabestan pour faire riper les poutres soutenant la coque... Une corde trop tendue, et hop,
l'échafaudage s'écroulait. Charles a pu le faire, déguisé
en ouvrier, la figure barbouillée au coaltar, un sac sur
la tête. Il y a toujours du va-et-vient sur un chantier,
et chacun s'occupe de son propre travail.

— Mais pourquoi t'a-t-il accusée, alors ?

— Il a cru qu'à la mort de Mathias je me jetterais dans
ses bras, qu'il récupérerait enfin le fruit de ses efforts.
Au lieu de cela, je lui ai annoncé que je comptais m'en
aller. Il a perdu la boule. Je crois aussi qu'en m'accu-
sant il se libérait de ses propres remords. Il se rendait
compte qu'il avait fait une chose terrible et il voulait
l'oublier. Les derniers temps, il se comportait comme
un dément, nous n'étions plus en sécurité, il fallait que
nous partions, toi et moi, nous n'avions plus le choix.
J'ai rassemblé le peu d'argent que j'avais mis de côté
et je t'ai mis en pension. Je ne savais pas quoi faire
d'autre. Je voulais te soustraire à son influence. Je me
disais que si tu grandissais dans cette maison tu deviendrais fou, comme eux.

Elle se tut, et le silence s'installa.

— Voilà, conclut Claire, c'est à peu près tout... C'est
vite résumé sept ans de vie. En réalité c'était interminable... La peur, toujours la peur, et la mauvaise

conscience. C'étaient les plus belles années de ma jeunesse et Charles les a gâchées... Charles et Mathias, tous les deux. Ils étaient comme ces chiens qui se battent pour devenir chef de meute... toujours à se mordre. Et moi j'étais entre les deux, m'attendant à être dévorée d'une minute à l'autre...

— Bruze m'avait dit, pour le fusil, souffla Julien.

— Oui, c'était dur. Ça m'a usé les nerfs. Après ça, la guerre m'a semblé facile, presque reposante... C'est drôle, non? Même sous les bombardements j'avais moins peur que lorsque Mathias me tenait en joue, caché dans un chêne, attendant que je me trahisse... et je restais là, au soleil, pour qu'il ne puisse pas prétendre ensuite que j'avais passé la journée dans la chambre de son père. Et je sentais la sueur me couler dans les sourcils et le long de la colonne vertébrale. Il ne m'aurait pas ratée... et son père ne l'aurait pas dénoncé. Ils auraient réglé ça entre eux, à la « Lehurlant ». Je n'ai pas été assez forte... j'aurais dû m'en aller dès que j'ai compris, mais j'avais déjà pris des habitudes... Le confort, ça vous amollit toujours. J'ai eu ma part de responsabilité... J'ai nourri leur folie. Je ne suis jamais réellement arrivée à les haïr l'un ou l'autre. C'est ça qui m'a manqué : la haine.

La nuit était tombée maintenant. Julien sentit que Claire allait se taire d'une seconde à l'autre. Il essaya de savoir s'il éprouvait un quelconque soulagement.

« Elle t'a donné sa version, lui chuchota la voix au fond de sa tête, mais qu'est-ce qui te prouve qu'elle a dit la vérité, hein ? »

13

Le lendemain, ils firent comme si de rien n'était. De gros avions passaient dans le ciel, si nombreux qu'ils donnaient l'illusion de se déplacer aile contre aile. C'étaient des quadrimoteurs géants, sûrement ces « forteresses volantes » américaines dont parlaient les adolescents à la pension Verdier. Ils croisaient très haut mais leur vacarme n'en était pas moins assourdissant. A contre-jour, réduits à l'état de silhouettes, ils semblaient porteurs de catastrophes, et Julien n'éprouva nulle joie à les voir s'enfoncer au cœur du pays. Un sentiment d'inutilité l'envahit : était-il vraiment sage de continuer à travailler puisqu'une bombe pouvait tout réduire à néant en l'espace d'une seconde ?

Assis à côté de Claire, il resta longtemps, le cou cassé, à observer le défilement des bombardiers. Puis le doute revient, opiniâtre, et il passa une nouvelle fois en revue la « confession » de sa mère en dépit des promesses qu'il s'était faites.

Tout se tenait, tout était convaincant... *Trop convaincant ?* Une gêne subsistait en lui. La peur de s'être laissé berner. Comment savoir ? Claire avait disposé de plusieurs années pour mettre au point sa plaidoirie, pour récrire son histoire à sa guise, en se donnant le beau rôle... Elle avait pu répéter sa tirade des milliers de fois en prévision de la grande explication. D'ailleurs, il était également possible qu'elle ait fini par se persuader de ses propres mensonges, de sorte qu'elle ne mentait pas vraiment... Tout cela était décidément trop compliqué !

Un point, plus que les autres, préoccupait Julien : à aucun moment, Claire ne lui avait formellement déclaré : « Tu es l'enfant de Mathias... » Il avait guetté ces mots, elle ne les avait jamais prononcés. Pourquoi ? Par pudeur ? C'était plausible ; la formule suscitait inévitablement des images intimes, gênantes. Mais cette dérobade générait d'autres hypothèses.

Et si elle n'avait rien dit parce qu'elle ne savait pas elle-même, *en définitive*, hein ? Parce qu'elle avait été réellement la maîtresse du vieux et qu'un doute subsistait sur l'attribution de la paternité ?

Il aurait aimé disposer de photographies de Mathias et de Charles, s'examiner dans un miroir et se comparer aux clichés, essayer de déterminer à qui il ressemblait le plus. Claire avait beaucoup parlé, mais elle s'était également beaucoup tue. Il y avait des trous dans son discours, des approximations. Il aurait fallu tout reprendre, comme un interrogatoire de police, c'était impossible. La jeune femme avait posé une pierre sur ses souvenirs, elle ne dirait plus rien.

Au début de l'après-midi, n'y tenant plus, il déclara qu'il allait relever ses collets et prit la direction de la coupe des Chuins. Il fallait qu'il parle à Benjamin Bruze. Il n'emmena pas Zeppelin, prétextant que le chien faisait peur au gibier.

Il courut presque entre les arbres pour rejoindre la maison du sculpteur. La pente l'entraînait et il se tordait les chevilles sans ralentir pour autant. Il atteignit enfin l'étrange bicoque du manchot, à bout de souffle, les vêtements collés au torse par la transpiration. L'été explosait et une chaleur moite s'attardait sous le couvert.

— Encore toi ? grogna l'infirme en l'apercevant. Tu crois que j'ai besoin d'un apprenti ? Que veux-tu que je t'apprenne ? A sculpter des totems pour les nègres et les touristes ?

Il faisait semblant de gronder, mais Julien vit dans son œil qu'il était heureux d'avoir de la visite.

Bruze se tenait assis sur la plus haute marche de l'escalier. Il portait la même chemise que la veille et empestait le vin. Il n'était pas encore ivre, mais déjà bien engourdi, un sourire mou aux lèvres.

— Tu as vu ça ? ricana-t-il. Les « libérateurs » ! Ah ! ils en font de belles avec leurs avions. Ils larguent leurs bombes à une hauteur de 10 000 pieds au hasard, pour ne pas risquer de se faire rôtir les fesses par la D.C.A., et ça tombe n'importe où, sur les écoles, les hôpitaux, les églises... Ils sont en train de tuer plus de Français que d'Allemands ! Si c'est pas malheureux, quand les Boches nous ont envahis, eux au moins ils n'ont rien cassé... Les Amerlos et les Angliches, sous prétexte de nous libérer, sont en train de transformer la France en champ de ruines... Ah ! les salopards... On ne s'en remettra pas, c'est sûr. J'ai vu des refugiés de Normandie, au village, ce matin, il paraît que les soldats qui ont débarqué ont tiré sur les civils qui venaient les accueillir. Ah ! C'est du joli... Tu vas voir qu'une fois installés ils vont nous occuper, comme les Chleuhs ! Ils vont se partager la France : le haut pour les Anglais, le bas pour les Ricains... Au total on n'aura fait que changer d'ennemi !

Il riait, s'étouffait, libérant sa hargne. Sa manche vide pendait contre son flanc, attirant le regard.

— Les Boches étaient propres, reprit-il, eux sont sales comme des peignes. C'est une armée de nègres... Les gars du pays vont avoir intérêt à planquer leurs femmes et leurs filles, j'te l'dis ! Quand ils auront gagné, ce sera invivable. Il va falloir que je fiche le camp le plus vite possible, à Tahiti, comme Gauguin.

Il continua sur le même ton un bon moment, puis, s'avisant que sa bouteille était vide, demanda à Julien d'aller lui en chercher une autre dans la cuisine. C'était une piquette de marché noir, deux fois coupée, et l'ancien sculpteur devait en avaler plusieurs litres avant d'atteindre l'état d'hébétude souhaité. Julien revint avec la chopine. Pendant que Bruze en faisait fort adroitement sauter le bouchon avec les dents, il entreprit de raconter ce que lui avait révélé Claire, la veille. Il n'avait pas le sentiment de la trahir, non. Il s'estimait en droit de connaître la vérité, et ce droit l'autorisait à utiliser toutes les méthodes d'investigation.

— D'après vous, lança-t-il à Bruze, à qui je ressemble le plus, à Mathias ou à l'Amiral ?

L'infirme rota et haussa les épaules.

— Au vieux, peut-être, marmonna-t-il au terme d'une brève hésitation, mais ça ne signifie rien. Les ressemblances, ça peut sauter plusieurs générations. Moi, par exemple, je ressemble à mon arrière-grand-père avec qui ma mère n'a vraiment pas pu coucher puisqu'il était mort avant sa naissance ! Tu vois...

— Mais la mort de Mathias, insista Julien, vous croyez vraiment que ça s'est passé comme ça ?

— On ne saura jamais, mon gars, ça sert à rien de se torturer l'esprit, soupira l'infirme. Je crois qu'en fait c'était bel et bien un accident, rien de plus, mais les racontars du vieux et les bavardages de commères ont tout compliqué. L'affaire a pourri dans les têtes et dans les bouches, c'est devenu une marchandise avariée qu'on se repassait sous le manteau. Le bateau était mal calé, il s'est couché, ce sont des choses qui arrivent... il ne faut sûrement pas chercher plus loin. Cela dit, on peut rêver à l'infini sur ce qui s'est passé là-haut. C'est sûr que la maison forte c'était une sacrée marmite, et qu'il y mijotait une soupe bizarre, vrai! Il y régnait un climat vicié. Vicié et vicieux, ha-ha! Mais on peut juste imaginer... Le Mathias, il a peut-être été tué par ta mère, c'est possible. Elle avait le mobile.

— Quel mobile?

— C'est évident! *Le fusil!* Elle ne pouvait pas continuer comme ça, avec la menace dans la nuque à tous les instants de la journée. Elle savait bien qu'un jour ou l'autre Mathias ne résisterait pas au désir de tirer... Et puis, peut-être aussi qu'elle avait envie de retrouver le vieux dans sa chambre pour faire des choses avec lui, qui sait? L'Amiral, il avait une sacrée réputation au bordel de Morfonds dans sa jeunesse. Après, avec l'âge et les sous mis de côté, il ne fréquentait plus que des maisons pour les riches, des claques à notaires, à pharmaciens où les garces ont le derrière parfumé. Faut pas croire qu'il était trop vieux pour la chose, pas du tout. Il avait de l'appétit, j'ai connu des filles qu'il avait eues, elles en sortaient éreintées.

— C'est dégoûtant ce que vous dites, grommela Julien en baissant les yeux.

— Mais non, cria Bruze, c'est la vie! Chez l'homme, tant que l'escargot accepte de sortir de sa coquille tout va bien, tu apprendras ça. C'est après que ça se gâte, quand la pâte refuse de lever, quand le pain n'est plus digne d'entrer dans le four.

Il but au goulot. Il était heureux d'avoir de la compagnie et Julien le sentait prêt à monologuer jusqu'au soir.

— Ils ont d'ailleurs pu faire le coup ensemble, reprit l'ancien sculpteur. La Claire et le vieux. Ils étaient presque en état de légitime défense. Ils savaient qu'un jour ou l'autre Mathias les fusillerait... C'était un violent, il suffisait d'une simple contrariété pour lui faire bouillir la cervelle, et il perdait tout sens de la mesure. Ses imaginations l'emportaient. Je suis certain qu'il aurait fini par leur faire la peau... il est possible qu'ils aient décidé de prendre les devants, par prudence. Par sagesse. Je sais ce que ça fait d'avoir le canon d'un fusil braqué sur la tête durant tout un après-midi... d'ailleurs, c'est drôle, lorsque je me suis retrouvé au feu, à Dunkerque, j'ai eu moins peur que le jour où Mathias est venu nous épier et que j'ai entendu claquer son Purdey lorsqu'il l'a refermé pour nous viser, ta mère et moi. Oui, ils l'ont peut-être tué ensemble, en association... ou bien ta mère a été à l'origine du projet, et elle a poussé le vieux à le faire, à virer au cabestan pour balancer le bateau sur la tête de son fils. Dans ce cas, elle a les mains propres, c'est vrai, mais c'est elle qui a conçu le plan.

— C'est dégueulasse! siffla Julien.

— Les accusations du vieux, j'y ai jamais cru, continua Bruze sans prendre garde à l'interruption. J'ai toujours eu l'impression qu'il déployait des efforts

désespérés pour rejeter la faute sur quelqu'un d'autre...
A mon avis, il a tué son fils à la demande de ta mère,
par jalousie et par peur, parce qu'il était envoûté par
cette femme... et puis il a réalisé ce qu'il avait fait, et
il a perdu la boule. Il s'est mis à tout nier, en bloc, à
rejeter la faute sur Claire. C'est pour ça qu'elle a levé
le camp, ça commençait à sentir mauvais pour elle.

Il gratta sa barbe naissante avec l'ongle de son pouce.
Il fermait à demi les paupières, poursuivant une idée
qui germait dans son cerveau échauffé par la piquette.

— D'ailleurs, rêva-t-il à voix basse, on peut se demander si la guerre n'a pas rendu un fier service à ta mère...
Quand les Allemands nous ont envahis, ça a brouillé
les choses, les commères et les gendarmes ont eu
d'autres chats à fouetter, la mort de Mathias est passée au second plan, mais sinon on peut se demander
ce qui serait arrivé... Est-ce que la police n'aurait pas
fini par s'en mêler ? C'est à voir.

Julien s'assit sur une marche car il avait les genoux
tremblants. Bruze dodelinait de la tête, une expression
de ruse sur le visage. Il suait beaucoup.

— Après ma démobilisation, dit-il soudain, je l'ai
revu, le vieux... Je sortais de l'hôpital militaire, avec
mon moignon dans une chaussette, je ne savais plus
quoi faire. Plus question de travailler, hein ? Alors j'ai
commencé à rôder dans la forêt. A un moment, j'ai eu
dans l'idée de me tuer, mais je ne voulais pas me pendre. Je ne voulais pas me faire bouffer les yeux par les
corbeaux... C'est toujours comme ça qu'on retrouve les
pendus. Bien faisandés, laids à faire peur, très peu pour
moi. Et puis organiser une pendaison avec une seule
main, c'est délicat. Alors j'ai eu dans l'idée d'aller
demander à l'Amiral si — malgré la réquisition — il

n'avait pas un fusil de caché quelque part avec deux ou trois cartouches de rabiot. Je me le serais coincé dans la bouche, comme un tuyau de pipe, et boum ! Adieu la classe 24 !

Il fit une pause, essayant manifestement de rassembler des souvenirs confus. Affabulait-il ? Julien se méfiait des confidences nées du vin. Benjamin Bruze ne jouait-il pas à passer le temps ? Il avait trouvé un interlocuteur pour meubler son ennui, la tentation était grande de le retenir par tous les moyens, même le mensonge. Il y avait du conteur de bistrot en lui, une facilité qui faisant naître le soupçon.

— Je suis allé le voir, reprit l'infirme. A l'époque, il vivait encore dans la maison de maître, mais il avait fichu tous les domestiques à la porte. On disait qu'il n'avait plus de sous, mais je crois surtout qu'il voulait être seul, sans témoins, parce que l'idée du crime le rongeait... et surtout parce que le départ de ta mère le laissait fou de désespoir. Je l'ai trouvé dans le salon, habillé comme un clochard. Toute la baraque s'en allait à vau-l'eau, une misère ! Il s'était mis à boire, toute sa réserve de gnôle y passait, depuis le cognac trois étoiles jusqu'à l'alcool de patate distillé par les bouilleurs de cru. Il avalait ça comme du petit-lait, rrran ! Des mixtures à vous faire tomber les dents ! Il m'a raconté des choses... que la Claire avait tué Mathias parce qu'elle voulait vivre avec lui, Charles Lehurlant, le maître des chantiers navals. Que Mathias n'avait jamais su y faire avec elle, que c'était lui en réalité, tout vieux bonhomme qu'il fût, qui l'avait initiée aux plaisirs du lit, et qu'elle ne s'en remettait pas. Qu'elle en voulait toujours plus, qu'elle était insatiable. Il m'a dit qu'il l'avait récupérée au lendemain de sa nuit de noces, dégoûtée des choses de l'amour, brutalisée par son hussard de fils, et qu'il l'avait apprivoisée, peu à peu, lui faisant découvrir les plaisirs de la peau... Depuis, elle en était folle. Elle ne voulait plus de Mathias entre eux deux... et elle avait fini par le tuer.

— C'est idiot! gronda Julien d'une voix qui ne portait pas loin.

— Pas sûr, murmura Bruze. J'ai déjà vu des choses comme ça. Un vieux matou, ça a la manière avec les filles, c'est cajolant, câlin-câlin... ça prend son temps. Un jeune, ça sort sa baïonnette, et hop, que je t'embroche; en deux coups c'est fini, et on remet l'arme au fourreau sans un regard pour la victime... c'est pas la bonne méthode. C'est plausible comme histoire.

— Il vous a raconté ça?

— Il était imbibé, il parlait tout seul. Je ne sais même pas s'il m'a reconnu. Il buvait de l'alcool de patate dans un pot de confiture, c'est tout dire! Il disait qu'il avait chassé Claire de chez lui parce qu'elle lui était devenue odieuse après la mort de Mathias, et qu'il se reprochait de l'avoir laissé faire. Qu'il avait été trop faible. Je lui ai dit: « Monsieur Charles, faut être prudent, faut pas raconter des choses comme ça à n'importe qui, ça pourrait finir dans l'oreille des gendarmes... » Il m'a répondu: « J'm'en fous, je serai claqué avant que les gendarmes ne mettent le nez ici. J'y survivrai pas... Elle m'a tuée, la garce, elle m'a dépiautée comme un lièvre. C'est même pas mon fils que je regrette, *c'est elle*. Bon Dieu, *c'est elle*. Je vais en crever. Je suis un cochon, faudrait me pendre par les pattes et me saigner au-dessus d'une bassine. Ça devrait pas être permis des envoûtements pareils, ça tient de la sorcellerie. » Il m'a dit ça, en ces termes, exactement.

— Et vous y croyez ? interrogea Julien.

— C'était convaincant, mais va savoir ? En tout cas, il y croyait, lui ! Remarque, c'était peut-être juste une histoire qu'il se racontait dans sa tête pour se consoler.

— Est-ce qu'il a dit que j'étais son fils ?

— Non, il n'a pas parlé de toi, seulement de ta mère. Je te le répète, c'était une misère de voir un monsieur dans un état pareil, dans une maison transformée en porcherie, où les poules se promenaient sur le piano à queue, où les chiens pissaient sur les tapis... Il avait beau être grand buveur et savoir tenir la dose, il ne pouvait pas durer bien longtemps avec ce qu'il s'envoyait, des poisons frelatés, du vitriol d'alambic à vous dissoudre le cerveau comme un sucre dans de la tisane bouillante. De la gnôle comme ça, on en refilait aux soldats, en 14, pour les engourdir au moment de sortir de la tranchée. L'absinthe pure, à côté, c'était du sirop d'orgeat. Chaque fois que je venais le voir, j'avais l'impression que ses yeux perdaient leur couleur. Il ne mangeait presque plus rien. Il gobait les œufs de ses poules, se faisait une tartine de pain avec du saindoux pour se colmater l'estomac avant de commencer à engouffrer son vitriol. Je n'ai pas la prétention d'être propre, mais lui, il avait tout du cochon. Il ne portait plus que cette houppelande noire, été comme hiver. Quand il faisait trop chaud, il allait là-dedans tout nu, comme les moines. Personne ne lui faisait plus la lessive, et plutôt que de laver les vêtements sales, il les brûlait. Je l'ai vu faire. C'est grâce à lui que j'ai renoncé à me suicider. En le regardant dégringoler, j'ai réalisé qu'il y avait bien plus malheureux que moi. Lui, il aurait donné ses deux bras et ses deux jambes pour qu'elle revienne, la Claire, il était devenu sa chose, elle l'avait

ferré comme un brochet, et il avait l'hameçon bien
planté, tu peux me croire! Mais il y a autre chose... C'est
d'en parler que ça me revient. Ça le tenait tellement
qu'il a essayé de la retrouver, ta mère. Il lui a même
flanqué un détective aux fesses.

Julien sursauta.

— C'est vrai, insista Bruze en s'efforçant de corriger sa diction qui se délayait. Il a convoqué un type
qui travaillait pour lui du temps des chantiers navals.
Un enquêteur chargé de retrouver les mauvais
payeurs, de fouiner dans les affaires des concur-
rents... Un type avec un chapeau melon qui s'occupait aussi des histoires d'assurances, de baraterie...
Il l'a lancé aux trousses de ta mère, pour savoir ce
qu'elle était devenue, comment elle survivait. Je l'ai
vu lire et relire les rapports que lui envoyait le bonhomme comme si c'étaient des lettres d'amour. Il me
faisait pitié.

— Des rapports ? répéta Julien.

— Oui, tout un paquet. Tu penses, une enquête de
près de cinq ans !

— Il la faisait espionner ?

— On peut dire ça comme ça, oui. En fait, je crois
plutôt qu'il se tenait prêt à la secourir en cas de besoin.
Il avait peur qu'elle ne soit mêlée à des affaires de terrorisme... maintenant, il faut dire « résistance », mais
à l'époque on disait « terrorisme ».

— Et... qu'est-ce qu'elle faisait ? interrogea Julien qui
ne tenait plus en place.

— Je ne sais pas, avoua Bruze. Il ne m'en a jamais
rien dit. Il rangeait les rapports dans un gros dossier
brun, qu'il gardait dans son bureau, enfermé à double
tour. S'il ne les a pas brûlés, ils doivent encore être là-

haut... dans la pièce qui se trouve juste au-dessous de l'endroit où est plantée la bombe, tu vois ?

Il se tut brusquement, riva un œil vitreux sur le garçon et grogna, soudain inquiet :

— Hé ! Tu ne vas pas te mettre dans la tête d'aller les récupérer, hein ? Faudrait être dingue ! C'était un bureau d'ébène, je m'en souviens bien, avec de grosses serrures d'acier. Pour les forcer faudrait faire tout un branle-bas... Avec la bombe au-dessus de la tête ce serait du suicide. J'ai eu tort de t'en parler, tu vas faire une connerie...

— Mais non, éluda Julien, je ne suis pas fou. Je sais bien que c'est trop dangereux.

— C'est bien, approuva Benjamin Bruze. C'est pas drôle, tu sais, de se réveiller avec un bout de chair en moins, alors ne joue pas avec ça. Et puis c'est la vie de ta mère, ça ne te regarde pas. Que tu veuilles savoir qui est ton père, ça se justifie, mais pas le reste. Ne t'en mêle pas. Qu'elle garde ses secrets.

Qu'on lui fasse la morale irrita Julien au plus haut point. Il éprouva le besoin de se montrer méchant.

— Claire m'a dit qu'elle avait pendant un moment espéré s'enfuir avec vous, lâcha-t-il. Mais vous n'avez pas saisi l'occasion.

Le visage de Bruze se contracta sous l'effet de la douleur et les taches rouges que l'ivresse avait peintes sur ses joues disparurent aussitôt, gommées par sa pâleur.

— Je sais, murmura-t-il, elle ne me l'a jamais demandé mais j'avais deviné. Elle ne m'aimait pas, elle voyait juste en moi une bouée de sauvetage... J'ai été lâche. J'ai eu peur de Mathias, et puis je n'avais pas d'argent. Elle ne s'en rendait pas compte, mais elle avait pris des habitudes de grande dame. Elle aimait les sous.

Pour supporter la pauvreté à deux, faut vraiment s'aimer... là, c'était pas jouable.

Il se tut, réfléchit, puis dit, un ton plus bas :

— En réalité je mens... J'avais plus peur d'elle que de Mathias. Peur d'être envoûté, de ne plus pouvoir me la sortir de la peau. C'était trop pour moi, une femme comme ça. Et quand je vois ce qu'elle a fait au vieux Charles, je me dis que j'ai eu raison.

— Vous étiez là quand il s'est suicidé ? interrogea Julien.

— Non, mais si j'y avais été je ne l'aurais pas empêché de le faire. Il avait droit à la paix. Par contre, j'ai entendu l'explosion. Elle m'a réveillé. Je ne sais pas pourquoi, j'ai eu le pressentiment d'un malheur. Je savais que ça venait forcément du pré aux corbeaux puisque c'est le seul secteur miné par les Boches dans le coin. Je me suis dit : « C'est encore une vache des Gorjus qui vient d'y passer, ça va faire des histoires ! » mais je n'y croyais pas vraiment. J'ai immédiatement pensé au vieux, tout seul dans sa baraque de jardinier. Depuis le bombardement qui l'avait chassé de la maison, il filait un mauvais coton. Il ne parlait presque plus. Il avait liquidé les chantiers pour payer ses dettes. Il ne lui restait plus rien, que la maison forte et le bateau.

— Le bateau ?

— Oui, la *Brigande*... Celui qui... Enfin, celui qui a écrasé Mathias. Il l'avait fait remorquer jusqu'à la plage de Caudon, au bas de la falaise. C'était tout ce qui restait des chantiers Lehurlant, une coque de beau bois, imputrescible, superbe, mais que personne ne voulait acheter, même pour faire du feu.

— Pourquoi ?

— Ne sois pas bête ! Qui aurait envie de naviguer sur un bateau qui a déjà causé la mort d'un homme avant même de quitter la terre ? Les marins sont superstitieux. Et puis il y avait la tache... la tache de sang, sur le bois de la carène, personne n'avait réussi à l'enlever, même en frottant.

— Pourquoi l'Amiral l'a-t-il fait remorquer jusqu'ici ?

— Je ne sais pas... Peut-être à cause de la figure de proue que j'avais sculptée et qui était toujours fixée au beaupré ? La figure de naïade pour laquelle ta mère à posé... Il l'a fait échouer sur la plage. J'avoue que c'est une drôle d'idée. C'est comme une pièce à conviction... Ça ferait bizarre dans un roman policier, non ? Le bateau comme arme du crime... Tuer quelqu'un à coup de bateau... A coup de bateau !

Il eut un rire nerveux qui s'enfla en quinte de toux. Il riait et pleurait tout à la fois. Ces singeries agacèrent Julien qui se redressa. Il n'avait plus rien à faire ici. D'ailleurs, quel crédit pouvait-il apporter aux dires de Benjamin Bruze ? L'ancien sculpteur ne s'amusait-il pas à ses dépens depuis plus d'une heure ?

Il descendit l'escalier.

— Tu t'en vas déjà ? bégaya l'infirme. On commençait juste à s'amuser. Reste donc, c'est seulement après la troisième bouteille que je deviens vraiment drôle !

Julien s'éloigna sans tourner la tête. Comme il s'engageait entre les statues, la voix de Bruze le rattrapa, fielleuse :

— Si tu veux un conseil, petit, fiche le camp ! Ta mère c'est du poison... Elle est toxique pour les hommes, vénéneuse, comme les champignons. Elle te fera perdre la boule à toi aussi... Va-t'en pendant qu'il est encore temps, va t'embarquer comme mousse sur un chalutier. Laisse-la se débrouiller avec ses manigances.

14

Le poison était en lui, il n'y pouvait rien, il ne pensait plus qu'au dossier caché dans la maison, dans le bureau du grand-père. Il avait beau s'épuiser à la tâche, courir avec Zeppelin jusqu'à ce que le souffle lui manque et le jette dans la poussière, bavant une salive épaisse, rien n'y faisait. La chose était dans sa tête, lui rongeant la cervelle. Il fallait qu'il sache. Qu'il sache, bon Dieu !

Il tint deux jours entiers, puis, alors que se levait l'aube du troisième matin, il décida, au lieu de se rendre à la corvée de déminage, de s'introduire dans la maison pour visiter le cabinet de travail de l'Amiral.

S'assurant que M'man dormait profondément, il récupéra le passe-partout et se glissa dans la bicoque après avoir fait comprendre à Zeppelin qu'il devait rester assis sur son cul et se taire, surtout se taire !

Malgré ses fréquentes descentes dans la cave, il ne s'était pas encore habitué à l'atmosphère d'abandon de la maison forte. La pénombre perpétuelle, le désordre, la poussière et les souris courant en tous sens le remplissaient chaque fois d'une crainte qu'il ne savait nommer. Il lui semblait qu'entre les murs de la maison maudite tout devenait possible, et le surgissement d'un fantôme ne l'aurait pas étonné outre mesure, même s'il essayait de chasser cette éventualité de son esprit.

Sans s'attarder, il emprunta l'escalier. L'été brûlant avait en partie asséché l'humidité de la baraque. En partie seulement, et l'odeur de champignon subsistait dans les recoins fangeux.

Parfois, lorsqu'il travaillait au jardin, il songeait au soleil tapant sur l'acier de la bombe... La chaleur excessive ne risquait-elle pas d'enflammer les explosifs ? Il ne s'y connaissait guère en matière d'armement et s'alarmait souvent pour des idées saugrenues, mais celle-là, tout particulièrement, se promenait dans sa tête avec des trottinements de mulot. Le soleil, sur l'acier...

La maison sentait l'arbre mort dont l'écorce commence à s'émietter. La maison sentait le chien mouillé, le mouton égaré sous la pluie, la paille quand elle devient fumier... Un mélange vif et un peu nauséeux qui rappelait cette fragrance de suint et de caillé qui flotte dans les étables. Ce n'était pas franchement désagréable, juste un peu insolite s'agissant d'une habitation de maître. Julien devinait les bêtes aux abois tapies sous les coffres, les renards, les putois, les blaireaux. Ils avaient peur et montraient les dents.

L'adolescent atteignit le premier étage et remonta le couloir, essayant de se remémorer l'emplacement exact du cabinet de travail. Il eut une petite grimace en découvrant qu'il avait vu juste — la pièce se trouvait au-dessous du grenier. Il tendit la main vers la poignée de fer forgé avec l'espoir vague que la porte serait fermée, et que le passe-partout rudimentaire ne viendrait pas à bout de la serrure. Mais il n'eut pas cette chance. Le battant s'ouvrit en grinçant, dévoilant un cube d'obscurité strié de diagonales dorées où voletaient les pollens.

Seuls les rais de soleil s'infiltrant par les interstices des volets éclairaient la pièce, traçant dans la pénombre des sillons de lumière qui rappelaient à Julien le pinceau des projecteurs de la FLAK fouillant le ciel

pour localiser les B-17 venus d'Angleterre. Il régnait
entre les murs une chaleur à couper le souffle et une
odeur de poussière cuite qui prenait à la gorge.
L'enfant s'immobilisa sur le seuil, attendant que ses
yeux s'acclimatent à la pénombre. Des images de
roman d'aventures lui traversaient l'esprit : les égyp-
tologues s'arrêtant à l'entrée du sépulcre inviolé du
pharaon, la momie royale dans son sarcophage couvert de hiéroglyphes... C'était un peu bête et il ne
savait pas, en définitive, si cela lui donnait du courage ou lui en ôtait !

Le cabinet de travail, c'était le cœur de la maison,
la chambre où l'Amiral avait entreposé ses secrets
durant des décennies. « La cabine du capitaine », songea le garçon en avançant d'un pas. *La chambre des cartes...* Cet endroit mythique où le commandant d'un
navire trace la route de son bâtiment, le compas à la
main.

A présent, il distinguait plus nettement le grand fauteuil de cuir brun, patiné, les rayonnages de la bibliothèque couverts de gros volumes ayant tous trait à la
navigation ou à la construction navale, les classeurs
d'acajou où s'entassaient les plans jaunis, les *bleus*
d'architecte. Sur les étagères s'alignaient les maquettes de tous les yachts bâtis par Charles et Mathias
Lehurlant. Une poussière grise, épaisse, recouvrait cette
armada dérisoire, donnant l'illusion qu'elle était prise
sous la neige. Un peu partout s'entassaient des mouches mortes, tuées par la chaleur, desséchées, momies
minuscules des étés passés. Julien savait que s'il les touchait, elles s'émietteraient. On avait suspendu au mur
la bouée de liège du premier vaisseau construit par le
grand-père, la *Flèche-de-Kerouët,* un petit chalutier de

rien du tout. Des fanions de signalisation maritime la surmontait, l'un signifiait *Attention ! Epidémie à bord*, l'autre était également un pavillon de détresse indiquant l'imminence d'un naufrage. Le grand-père aimait les avoir en permanence sous les yeux, pour conjurer le mauvais sort et s'habituer à l'idée d'un pied de nez du destin. Sur les murs tendus de toile de jute, pendaient de grands tableaux peints au jus de chique où les bruns rivalisaient avec le noir et l'or. Là, ce n'étaient que naufrages, vaisseaux drossés à la côte par les brisants, étraves mordues par les récifs. Un paysage d'horreurs aquatiques, de voiles déchirées, s'effilochant dans la tempête, de marins emportés par les lames et qui roulaient par-dessus les bastingages, le visage déformé d'effroi. Les vagues, plus hautes que des maisons, menaçaient de jeter à bas le phare encerclé par l'ouragan, elles retombaient en bombardement liquide sur les voiliers perdus, rompant leurs mâts. Des naufragés s'accrochaient à la quille gluante d'un sloop retourné, un radeau dérivait peuplé de morts, d'agonisants et de cannibales...

Julien se déplaçait d'un cadre à l'autre. Pourquoi Charles avait-il tenu à s'entourer d'images aussi désespérantes ? Par superstition... par provocation ?

Le garçon avançait à pas lent, le souffle court. Tout au fond de la chambre, dans une sorte d'alcôve, on avait installé une grande peinture encore plus noire que les précédentes, et qui représentait des naufrageurs agitant leurs lanternes au bord d'une falaise. Ils étaient toute une horde, des couteaux à la ceinture, armés de fourches ou de gourdins. Trompé par les lumières, un vaisseau s'approchait des récifs, chargé de femmes et d'enfants — sans doute des émigrants — dont l'artiste avait rendu les attitudes implorantes avec un véritable souci de miniaturiste.

Julien battit en retraite, fâcheusement impressionné par l'atmosphère morbide de la toile. Fallait-il en déduire que la fortune des Lehurlant provenait de pillages ou de crimes de mer ? On imaginait sans mal le vieux Charles en pirate ou en naufrageur, régnant sur une tribu de renégats...

Julien s'ébroua, il se sentait en fraude, comme s'il était en train de violer une sépulture. Il croyait se rappeler que, du vivant de Charles Lehurlant, personne n'était admis dans cette pièce ; chaque fois qu'il s'y retirait, l'Amiral prenait soin, en effet, de donner deux tours de clef à la serrure. Certains domestiques racontaient qu'il venait y fumer de l'opium ou du haschich achetés dans les bistrots du port aux marins revenant d'Arabie ou d'Orient. Instinctivement, Julien renifla, mais il ne perçut rien d'autre que l'odeur de renfermé et de poussière chaude qui peuple d'ordinaire les greniers.

La table de travail occupait la moitié de l'espace, énorme bureau d'ébène et d'okoumé aux poignées et aux serrures d'acier. Il comportait un nombre impressionnant de tiroirs, tous munis d'un verrou compliqué. Trop compliqué pour le pauvre passe-partout de collège dont il s'était muni. C'était un meuble étrange, dont l'ébénisterie avait quelque chose de barbare. Avec un peu d'imagination, ç'aurait pu être le bureau d'un calife, d'un grand vizir ou d'un rajah... C'est du moins ce que pensa le garçon. Presque toute la surface en était sculptée en ronde bosse, alternant les batailles d'éléphants avec des déambulations de crocodiles sacrés. Ici et là, on distinguait de hauts guerriers munis de sagaies et de boucliers s'affrontant en de sanglants combats. Combien pesait un tel meuble ? Cent, deux cents kilos ?

L'enfant caressa les serrures du bout des doigts. L'humidité les avait piquetées de rouille, mais elles paraissaient solides, inviolables. Il regarda ses maigres outils et se demanda s'il avait vraiment une chance de forcer quoi que ce soit.

Il s'agenouilla pour se concentrer, comme le font les cambrioleurs devant un coffre-fort, et examina la disposition du meuble. On l'avait poussé contre le mur, si bien que chaque coup de marteau donné risquait fort de se répercuter dans la maçonnerie pour courir jusqu'à la bombe. Il leva la tête. *La bombe,* elle était là, juste au-dessus de lui, il ne l'ignorait pas. La pluie, en traversant le plancher du grenier, avait détrempé le plâtre du plafond, y dessinant de grandes auréoles qui ressemblaient à des cartes marines. Oui, elle était là, juste au-dessus, à la verticale du bureau, arrêtée dans sa course par l'empilement des paillasses de varech, et s'il commençait à taper avec son marteau sur les serrures, les secousses grimperaient directement dans son nez... dans ce nez muni d'un détonateur rétif...

N'était-ce pas tenter le diable ?

Il essuya ses paumes humides sur le devant de sa chemise et, s'emparant d'une barre de fer effilée qui constituait un pied-de-biche approximatif, en glissa la pointe dans l'interstice du premier tiroir. Le bois, très dur, s'opposait à la pénétration. Il aurait fallu user du marteau, taper comme un sourd. Julien n'osait s'y résoudre. Il pesa de toutes ses forces sur l'outil improvisé, se maudissant d'abîmer l'ébénisterie. La sueur lui ruisselait sur le front et dans les yeux. Il avait l'impres-

sion que les éléphants et les crocodiles d'ébène lui
jetaient des regards désapprobateurs. Il lutta de longues minutes, poussant et pesant sur son levier sans
obtenir d'autre résultat que des écorchures. Les pan-
neaux étaient épais d'au moins quatre centimètres, les
serrures massives et munies de multiples vis. C'était
véritablement un meuble de caissier (de banquier plutôt !), un meuble conçu pour abriter des secrets d'Etat.
Un bureau de ministre ou de roi nègre aux tiroirs remplis d'or. Julien s'arrêta pour reprendre son souffle, les
paumes de ses mains le brûlaient en dépit de la corne
qu'y avait installée le maniement quotidien des outils
de jardinage.

Il eut un nouveau regard pour le plafond, les crevas-
ses du plâtre, les auréoles de moisissure. Chaque fois
qu'il bougeait, les planches craquaient sous son poids,
et il voyait presque courir la secousse le long des poutres, telle une souris sortant de son trou. La vibration
s'amplifiait-elle à l'intérieur de la bombe comme au
cœur d'une cloche ?

Fatigué, il s'assit dans le fauteuil de cuir, imprimant
la trace de ses mains moites dans la couche de poussière tapissant le siège. A la surface du bureau s'entassaient les feuilles de papier d'une rame éparpillée, et
que l'humidité avait racornies. Il y avait un gros encrier
de verre guilloché à couvercle d'argent dans lequel était
fiché un porte-plume d'écolier. L'encre s'était évaporée depuis longtemps, et la plume de fer ordinaire avait
rouillé. La poussière avait installé son velours gris sur
tous les objets, tampon buvard, stylo-mine, coupe-
papier, loupe... Les rayons du soleil, qui tombaient sur
le sous-main, avaient progressivement effacé les mots
de la lettre demeurée en suspens, pâlissant l'encre

violette jusqu'à la rendre indiscernable. L'attention de Julien fut attirée par le râtelier à pipes et le pot à tabac. Petit, il avait toujours été fasciné par les brûle-gueule de son grand-père, ces pipes aux fourneaux sculptés ou polis, d'où montait un grésillement de braise. Il tendit la main, s'empara de l'une d'elles, la renifla. Le parfum âcre qui s'en dégageait le séduisit, et il coinça le tuyau entre ses dents. Le tabac contenu dans le pot était trop vieux, desséché, il n'avait plus aucune odeur. Il entreprit malgré tout d'en bourrer le fourneau, répétant les gestes cent fois observés.

Un étrange sentiment de plénitude s'emparait de lui tandis qu'une voix venue de loin murmurait au fond de sa tête : « Profite de ce moment, petit imbécile, tu ne connaîtras jamais plus un tel bonheur... » Cela pouvait sembler stupide, à première vue, mais il sut d'emblée que c'était la vérité pure, et que, dans quinze, vingt, trente ou quarante ans, il se rappellerait cet instant avec une intensité inentamée. Les gestes qu'il accomplissait en cette seconde resteraient à jamais affranchis de l'ordre du temps. Les allumettes, trop humides, refusèrent de s'enflammer, il se contenta donc d'aspirer l'air à petits coups, à travers le tuyau de corne.

Il se renversa dans le fauteuil, ne pensant plus à rien d'autre qu'au bonheur d'être perdu dans le ventre de la maison, dans cette chaleur trop lourde qui lui montait à la tête et le mettait au bord de l'assoupissement. Il flottait, à la dérive, son esprit se détachant de son corps pour dériver entre les rais de lumière saturés de pollen.

Il fermait déjà les paupières quand son regard déchiffra machinalement les premiers mots de la lettre pâlie qui occupait le centre du sous-main.

Mon cher petit Julien, disait le morceau de papier clo-
qué. *C'est probablement la dernière fois que je t'écris. Les
corbeaux m'ont annoncé ma mort prochaine, cette fois,
je sais que je ne pourrai pas me défiler, d'ailleurs je n'en
ai plus la force. N'écoute pas ce qu'on te racontera bientôt, je ne suis pas ruiné, loin de là, même si depuis des
mois je joue au clochard pour tromper mes voisins et
accréditer la rumeur d'une faillite. J'ai réalisé toutes mes
valeurs et je les ai converties en belles et bonnes pièces
d'or. Ce trésor est pour toi, uniquement pour toi. En agissant ainsi, j'essaye de te protéger contre les manigances
du notaire et celles de ta mère, surtout, qui n'hésitera pas
à te dépouiller. Rappelle-toi qu'elle n'a eu aucun scrupule
à t'abandonner dans un pensionnat des années durant !*

*L'or est pour toi, je te le répète, ne le dépense pas tout
de suite, attends d'être un peu grand. Il te permettra de
démarrer dans l'existence ou même de quitter ce pays si
la vie y devient impossible à cause des communistes. Je
suis assez fier de la cachette que j'ai imaginée...*

Le message s'arrêtait là. Si le haut de la missive avait
été protégé des rayons du soleil par l'ombre du tampon-
buvard, il n'en allait pas de même pour la moitié inférieure de la feuille, si bien que mots et dessins s'étaient
dissous dans la lumière jusqu'à rendre au vélin sa vir-
ginité première. Julien se redressa et arracha la pipe de
ses lèvres. Il n'était pas très sûr d'avoir bien lu, aussi se
pencha-t-il sur le sous-main, les yeux à quelques centimètres de la lettre. Mais il n'y avait plus rien. Il eut beau
épousseter la missive d'un revers de la main, l'écriture
de Charles Lehurlant ne revint pas à la surface.

Tout de suite, les hypothèses se bousculèrent dans
la tête du garçon formé aux extrapolations savantes du
roman d'énigme.

Ou bien le soleil avait effacé la suite du message, ou bien l'Amiral s'était interrompu pour une raison quelconque, remettant la fin de sa besogne à plus tard...

« Il est possible, rêva Julien, que la bombe soit justement tombée cette nuit-là, tandis qu'il écrivait, à la seconde même où il se préparait à dessiner la carte du trésor ! Il a dû s'enfuir précipitamment, persuadé que la maison allait exploser... »

C'était une explication plausible, mais pourquoi, dans ce cas, l'Amiral n'avait-il pas repris sa lettre le lendemain ? Parce qu'il était trop troublé ? Ou bien — tout simplement — parce que la sénilité avait déjà gommé ce projet de son cerveau ?

Julien se raidit, effrayé par ce qu'il entrevoyait. Il connaissait les ravages que peut exercer la vieillesse dans l'esprit des anciens quand il était petit, il y avait à la maison forte un journalier de quatre-vingt-cinq ans, encore dur à l'ouvrage, mais qui oubliait d'une heure sur l'autre le nom du président de la République. C'était d'ailleurs devenu un jeu cruel pour les valets de ferme qui ne cessaient de l'interpeller pour lui poser la question. Le bonhomme s'embrouillait, fronçait les sourcils, essayant désespérément de traquer à l'intérieur de son vieux crâne une information envolée sitôt qu'entendue...

Charles Lehurlant en était peut-être arrivé à ce stade ultime où la mémoire, épuisée, refuse d'engranger le moindre fait nouveau ?

Oui, il avait pu se réveiller un beau matin en ayant tout oublié de l'endroit où il avait enfoui le trésor ? Cela n'avait rien d'impossible. Il avait différé l'envoi de la lettre dans l'espoir qu'un jour ou l'autre la mémoire lui reviendrait, mais la chose ne s'était pas produite. Il était mort sans être parvenu à se rappeler.

« Ou bien, continua Julien le cerveau en ébullition, il a tracé le plan, mais il a oublié *à la fois* l'existence du trésor et de la lettre... et le soleil a tout effacé. »

Une frustration terrible s'empara de lui, une colère qui l'aurait conduit à saccager la pièce s'il avait eu moins de maîtrise nerveuse. Il se saisit du coupe-papier et en frappa le buvard, le réduisant en charpie. Durant une seconde il maudit l'Amiral, sa vieillesse et son cerveau diminué. Il fut sur le point de lacérer les tableaux, de jeter les maquettes de voiliers à bas des étagères et de les piétiner... puis il fondit en sanglots, et les larmes eurent raison de sa colère. Quand il eut recouvré son calme, il s'essuya les joues d'un revers de main, se barbouillant de poussière, et relut la lettre inachevée.

Il essayait d'imaginer le vieil homme enterrant une marmite de pièces d'or quelque part dans le jardin, en un lieu qu'il croyait à l'abri des fouineurs. Puis son exaltation retomba : et si le trésor n'avait jamais existé que dans l'esprit du vieux ? S'il avait perdu la tête, Charles Lehurlant était bien capable d'avoir mélangé rêve et réalité en un monstrueux ragoût. Il s'était rêvé riche pour nier sa déchéance, transformant sa pauvreté en une ruse destinée à leurrer les Gorjus.

Tout était possible.

« De toute manière, tu n'es pas venu là pour ça, songea brusquement Julien en repoussant la feuille à demi effacée. Tu voulais t'emparer du dossier du détective, tu te rappelles ? »

Il ne voulait pas repartir les mains vides, maintenant moins que jamais. La rage le reprit, et c'est avec une force accrue qu'il se mit en devoir de forcer le tiroir. Il pesait, ahanant tel un bûcheron, s'écorchant les doigts aux arêtes de la tige d'acier.

Soudain, alors qu'il s'arc-boutait de tout son poids pour faire levier, la serrure céda avec un craquement terrible. Julien bascula en arrière, heurtant le fauteuil qui se renversa. Le dossier du siège accrocha à son tour l'un des rayonnages de la bibliothèque qui se renversa, laissant choir une dizaine de gros volumes. Il se crut mort. Recroquevillé sur le tapis humide, il retint longuement son souffle, attendant le moment où la bombe éparpillerait la maison à cent mètres à la ronde... Rien ne se produisit.

N'en revenant pas d'être encore en vie, il s'obstina pendant une minute encore à compter les secondes. En imagination, il se représentait le travail du détonateur rouillé, réagissant avec une lenteur extrême. Il fit plusieurs comptes à rebours, chaque fois sans succès. Il finit par se relever, indécis, redressa le fauteuil et s'installa à la table de travail.

Il avait misé sur le premier tiroir par pure logique : parce que Charles Lehurlant était vieux, et qu'il lui était sans aucun doute pénible de se pencher pour atteindre le second tiroir. Normalement, le dossier devait être là, surtout s'il le tirait tous les jours de sa cachette pour en relire des fragments.

Le garçon se pencha et aperçut une mince chemise de carton brun fermée par une attache métallique. Une étiquette en occupait le centre, calligraphiée avec soin. Sous l'en-tête : *Fernand Maréchal, enquêtes et filatures,* on pouvait lire la mention : *Rapport général concernant les activités de Mme Claire Lehurlant au cours des années 41-42-43-44. Bilan de surveillance.*

Julien retint sa respiration. Cette fois ça y était. Il avait trouvé. La réponse à nombre de ses questions se tenait là, entre les pages de ce dossier marbré de taches grasses, et qu'on avait compulsé comme un missel ou une bible. La vérité sur la disparition de M'man, sur cette parenthèse qu'elle ne voulait pas évoquer et qu'il devinait lourde de sens. Quatre, presque cinq années de silence, de mystère... et tout était là, il n'avait qu'à soulever la page de couverture et à lire. Qu'attendait-il ? *Hein ?* Qu'attendait-il, il l'avait pourtant désirée, cette minute de vérité !

Il aurait voulu se secouer, mais il restait là, idiot, figé, le flanc douloureusement appuyé sur l'accoudoir du fauteuil de cuir. Il essayait de se représenter Fernand Maréchal sous les traits d'un vieux bonhomme à chapeau melon se déplaçant dans le sillage de M'man. Il l'avait épiée quatre années durant, expédiant ses petits rapports avec ponctualité. Il l'avait espionnée... peut-être même y avait-il des photographies compromettantes, sales ?

Julien avait beau se faire violence, il ne parvenait pas à poser la main sur la chemise brune. Il avait moins peur de la bombe que de *ça*... Des choses qui se cachaient là, au long de ces pages roussies d'humidité.

Il ne se demandait pas s'il avait le droit de le faire, de cela il ne doutait pas, mais il avait peur de ce qu'il pourrait apprendre... des choses qui lui interdiraient de regarder M'man en face jusqu'à la fin de ses jours. De ces choses que les adultes font, et que les enfants ne comprennent pas toujours. Des idées troubles le submergeaient, et il les repoussait avec un affolement croissant, ne voulant surtout pas leur laisser le temps d'éclore dans sa conscience.

Il fut tenté d'ouvrir le dossier et de le déposer sur le bureau, avec l'espoir vague que le soleil l'effacerait. Il savait que s'il en lisait une seule ligne il ne pourrait plus s'arrêter, il serait contraint de tout ingurgiter, du début à la fin. Ensuite il lui faudrait vivre avec cela en lui, comme ces éclats d'obus qui s'attardent dans la chair des blessés, voyageant à travers leurs corps au fil des années.

« Et si c'était un piège ? lui souffla la voix familière. Un piège tendu par l'Amiral, pour te dégoûter de ta mère à jamais ? Hein ? Tu y as pensé ? Ç'aurait bien été dans ses manières... Un faux dossier, fabriqué de toutes pièces. Des rapports diffamatoires bricolés par un détective-escroc, sur commande. »

Julien se raccrocha à cette théorie. Non, il ne fallait pas qu'il lise, parce que ce qu'il lirait ne prouverait rien. Dès qu'il s'agissait de Charles Lehurlant, tout devenait suspect. L'Amiral était tout à fait capable d'avoir envisagé une vengeance d'outre-tombe dans le seul but d'empoisonner la vie de celle qui lui avait échappé. Il était également capable d'avoir prévu que Julien deviendrait l'exécuteur testamentaire de cette vengeance... Il ne fallait pas se jeter tête basse dans le guet-apens.

L'adolescent se redressa. Il avait la migraine. Les rais de soleil se faisaient plus brillants, le temps passait et il ne pouvait pas s'attarder davantage. Il fallait prendre une décision.

Avec un gémissement de rage, il s'arracha au fauteuil et bondit hors de la pièce. Mais la tentation était toujours en lui et il savait déjà qu'elle allait l'accompagner tout le jour. La tentation...

Il dévala l'escalier et courut vers la porte qu'il referma en tremblant. Un coq chanta quelque part, le faisant tressaillir. Il tourna le dos à la maison et se faufila entre les ronces. Il laissait toutes les questions là-haut, dans l'atmosphère surchauffée du cabinet de travail. Toutes les questions...

Ce fut une mauvaise journée pendant laquelle M'man et lui n'échangèrent pas dix phrases.

Pendant qu'il travaillait au jardin, Julien fixait la terre entre ses pieds avec une ardeur désespérée. Le trésor était-il là, à quelques dizaines de centimètres de sa bêche ? Il aurait voulu voir à travers les choses, comme le vizir des *Mille et Une Nuits,* voir ce qui se cachait dans le sol : les mines, les taupes, la marmite de fonte au couvercle maintenu avec du fil de fer, et aux flancs remplis d'or. Cependant, une partie de son cerveau restait froide, acerbe, et se moquait de sa fièvre.

« Tu ne comprends pas que tu es en train de tomber dans le piège qu'on te tend ? lui disait-elle. Cette histoire de trésor ne tient pas debout, c'est une invention de l'Amiral destinée à vous empoisonner la vie... Si tu lui donnes droit de cité à l'intérieur de ton crâne, elle va te ronger la cervelle comme une chenille dévore une feuille de chou ! Tu es fichu, mon pauvre vieux ! »

La sueur lui gouttant dans les yeux, les épaules dévorées par le soleil, Julien travaillait avec une ardeur d'esclave menacé par le fouet du contremaître. Il flairait le piège, un piège ourdi par un vieil homme aigri, confit dans sa haine. L'Amiral était bien capable d'avoir occupé ses dernières semaines de solitude à fabriquer cette chausse-trape, en se réjouissant du chaos qui en résulterait. Julien se le représentait, ricanant, en train de gribouiller la lettre inachevée dans la touffeur du cabinet de travail. Semer le doute, la discorde, l'envie... Installer la fièvre dans les têtes, la mauvaise fièvre. A qui d'autre avait-il raconté cette fable ? A Gorget ? A Benjamin Bruze ? L'un et l'autre n'avaient-ils pas insisté pour que Julien et sa mère s'en aillent sans tarder ? Ne voulaient-ils pas avoir le champ libre pour sonder le terrain ? Bruze, l'infirme à qui ce pactole permettrait de quitter la France et d'aller s'installer en seigneur aux colonies... Gorget, à qui le trésor permettrait de s'affranchir enfin d'un père avare qui lui comptait jusqu'au moindre quignon de pain...

M'man, enfin, avec ses mauvaises habitudes de luxe et de paresse, M'man qui n'était peut-être revenue à Morfonds-des-Hauts que pour mettre la main sur cet hypothétique magot...

Allons ! Voilà qu'il perdait le sens des choses ! Il s'égarait ! Tout cela était bien trop compliqué et il avait l'impression que sa cervelle allait se fendre telle une citrouille trop mûre. Il était puni ! C'était de sa faute, aussi, il n'aurait jamais dû mettre le nez dans la maison.

Il dut s'arrêter car il était à bout de forces. A l'autre bout du jardin, Claire l'observait avec curiosité. Elle détourna les yeux dès que leurs regards se croisèrent. Depuis la fameuse nuit où elle lui avait tout dit de ses relations étranges avec les Lehurlant, une gêne s'était installée, et leurs rapports s'en ressentaient. Quand ils se retrouvaient en tête à tête, ils feignaient le plus souvent d'être trop fatigués pour bavarder et bâillaient à s'en décrocher la mâchoire. Quelque chose pourrissait. Une faute avait été commise qui les faisait irrémédiablement s'éloigner l'un de l'autre. Julien en venait à regretter de s'être montré trop curieux.

Et puis, maintenant, il y avait le dossier, là-haut, dans la serre du grenier. Le dossier brun tout marbré de traces de doigts. Fallait-il se dépêcher d'y mettre le feu pour retrouver la paix de l'âme ?

Durant la sieste il ne put s'endormir. La chaleur était lourde et les mouches lui trottaient sur le visage dès qu'il fermait les paupières. N'y tenant plus, il siffla Zeppelin et partit en direction de la falaise. Une idée lui avait soudain traversé la tête. Le bateau... Bruze n'avait-il pas parlé d'un bateau échoué sur la plage ? Et si le trésor était là, dans cette épave maudite que personne n'osait sans doute approcher ? Dans cette carcasse de bois qui avait tué un homme avant même de prendre la mer...

Et si c'était la raison pour laquelle l'Amiral avait fait remorquer le navire jusqu'ici ?

Julien marchait vite dans la poussière du chemin. Le soleil accrochait des étincelles éblouissantes aux piquants des barbelés entourant le champ de mines. L'ombre de la forêt fut une délivrance pour le garçon et il faillit se jeter dans l'herbe pour trouver le repos, tels les bergers des *Bucoliques,* qu'il étudiait à la pension Verdier. Ce fut Zeppelin qui dénicha le chemin descendant jusqu'à la plage, un mince zigzag caillouteux serpentant au travers des blocs de granit fracassés. S'y déplacer réclamait un certain sens de l'équilibre car la caillasse s'éboulait sous vos semelles tous les trois pas, menaçant de se transformer en avalanche. En bas s'étirait une crique d'accès difficile, bordée de récifs, et d'où s'élevait une puissante odeur de varech. Le bateau était là... couché sur le flanc, déjà bien ensablé par les marées. C'était juste une coque, belle et pansue, aux lignes d'eau très fluides, mais dépourvue de la moindre superstructure. Le pont, blanchi par la fiente des mouettes, ne possédait pas de mâts, ce qui accentuait les allures d'épave du bateau abandonné.

Julien progressait plus lentement à présent. La bouche entrouverte, il regardait la figure de proue dressée vers le ciel. C'était bien Claire, nue, les seins pointés, les reins épousant le profil de l'étrave. Elle semblait tirer le navire à elle toute seule. Son visage avait une expression d'avidité barbare, une gourmandise de déesse en rut ou de guerrière donnant le signal du combat. Il y avait quelque chose de surhumain en elle qui donnait envie de baisser les yeux. C'était une figure de proue pour navire pirate, une idole païenne défiant les eaux, conçue pour fendre la peau des océans le défi à la bouche.

Ce n'était pas M'man, mais c'était bien Claire. Une autre Claire que Julien n'avait pas encore rencontrée.

Etait-ce pour la sculpture que Charles Lehurlant avait fait remorquer le bateau inachevé jusqu'à la plage ? Descendait-il ici chaque jour, pour la contempler ? S'asseyait-il sur un rocher, le souffle court, se lamentant de ne plus pouvoir caresser la femme de bois comme il le faisait jadis dans l'atelier de Benjamin Bruze ?

Julien baissa la tête. C'était moins le corps nu qui le gênait que l'expression du visage. Ce regard, surtout, qui filtrait des paupières entrouvertes et dont on ne pouvait déterminer s'il faisait un effort pour scruter l'horizon ou s'il exprimait la ruse, la bestialité, l'assouvissement.

Un critique d'art aurait probablement décrété qu'il s'agissait d'une méchante effigie, produit d'un art naïf à la sensualité trop insistante, mais, telle qu'elle était, elle effrayait Julien. Il entreprit de faire le tour du navire ensablé, Zeppelin sur les talons. Le chien grognait en reniflant, comme s'il avait détecté une présence. Julien n'y prit pas garde, il cherchait la tache. Il s'était promis de ne pas le faire, mais maintenant qu'il était là, il ne pouvait s'en empêcher.

Il finit par la localiser, macule plus sombre sur le bois détrempé. On avait tellement frotté à cet endroit que la texture des bordées s'en était trouvée altérée.

La marée s'était retirée depuis peu, laissant l'épave frangée d'algues. La poupe s'enfonçait nettement et des coquillages la tapissaient, lui donnant un aspect grumeleux. Les mouettes, dérangées dans leurs habitudes, tournoyaient au-dessus du navire en hurlant, comme si elles cherchaient à effrayer les intrus. Zeppelin les observait en claquant des mâchoires. Julien longea la coque, l'effleurant du bout des doigts, l'apprivoisant. Aurait-il le courage de se hisser sur le pont et de se couler à l'intérieur, par l'échelle de coursive ? Un véritable aventurier n'aurait pas hésité !

Les hublots de cuivre étaient intacts, mais la fiente recouvrant leurs vitres interdisait de jeter le moindre coup d'œil à l'intérieur. D'ailleurs qu'y avait-il à voir ? Des cabines vides puant l'humidité... une cale qui devait commencer à faire eau et où pullulaient probablement les crabes... Rien de très attrayant en vérité.

Alors pourquoi éprouvait-il à ce point le besoin de la visiter ? A cause du trésor ? Du trésor caché dans la cale, justement ? Combien de temps encore allait-il remuer cette idée absurde ? N'était-il pas temps pour lui de grandir un peu ? D'oublier ce fatras de rêveries pêchées dans les innombrables livres d'aventures dont il s'était nourri ?

Le bois des bordées était glissant, mais un filin pendait. Julien s'en saisit, l'éprouva. Il était solidement noué au bastingage et l'on pouvait s'en servir pour se hisser le long de la coque. Zeppelin se mit à gémir dès qu'il comprit ce qu'allait faire son maître.

Le garçon avait commencé à grimper, les pieds posés bien à plat sur le flanc de l'épave. Il dut enjamber la tache sombre et le fit en serrant les dents, avec l'impression de s'engager en un territoire où il n'était pas le bienvenu. Il roula enfin sur le pont incliné sur tribord. Le guano le tapissait d'une croûte épaisse et gluante. A dix pas s'ouvrait le carré noir de l'écoutille. Julien songea qu'il n'avait même pas songé à se munir d'une lampe et faillit sauter sur ce prétexte pour renoncer. En bas, Zeppelin couinait comme un chiot. L'adolescent garçon rassembla son courage et s'engagea dans l'escalier de coursive. Sous ses semelles, le bois se révéla très spongieux. Faute d'entretien, il commençait à pourrir.

Il s'arrêta au bas des marches pour laisser à ses yeux le temps de s'habituer. Une pénombre un peu angoissante régnait dans l'entrepont. L'odeur d'algue et de bois mouillé était très forte. Pressé d'en finir, il ouvrit à la volée les portes des cabines. Elles étaient vides, bien entendu, baignées par la lumière grise qui filtrait des hublots caparaçonnés de fiente.

Vides, toutes... sauf la dernière.

Dans celle-là on avait installé une paillasse, une caisse retournée qui faisait office de table, un réchaud à alcool, une lampe à pétrole, des gamelles, des couverts, une gourde.

Julien s'immobilisa, stupéfait. Même l'odeur était différente. Cela sentait la tanière de berger. Cela sentait l'homme... Quelqu'un habitait dans l'épave ou s'y était ménagé une cache. Qui ? Un maquisard ? Un déserteur allemand ? Julien s'approcha lentement du lit. Il y avait des livres sur le plancher. Des romans d'aventures qu'il avait lui-même lus lorsqu'il était enfant, et deux ouvrages en anglais. Shakespeare ? Dickens ? Il déchiffra maladroitement les titres... Un Allemand aurait-il lu de telles œuvres ?

Il s'agenouilla près de la paillasse. Alignés contre la paroi, il y avait une lampe tempête, un poignard de parachutiste, une boîte en fer-blanc qui contenait un nécessaire démontable pour nettoyer les armes, de l'huile, un produit pour éliminer la poudre brûlée. Cette odeur fit naître en lui un certain malaise car elle était associée à l'image de Mathias Lehurlant nettoyant ses fusils sur la table de l'office ou graissant ses cartouches avant de les glisser dans sa ceinture.

Une tablette de chocolat avait été abandonnée sur le matelas, entamée, comme si un signal d'alarme avait provoqué la fuite de celui qui la grignotait encore un instant auparavant.

Julien se releva. La présence d'un intrus n'avait rien d'extraordinaire, c'était la guerre, après tout ! Il s'agissait sûrement d'un agent parachuté par Londres en vue de préparer le débarquement. Le type s'était embusqué dans l'épave parce qu'elle était difficilement accessible et que personne n'osait s'y aventurer. Il avait pris la fuite avec son poste émetteur en entendant rouler les cailloux du chemin et aboyer Zeppelin. Probablement avait-il cru à l'approche d'une patrouille allemande ?

Julien haussa les épaules, il n'y avait pas de quoi s'alarmer. Il décida qu'il était temps de repartir, il ne lui aurait servi à rien de descendre dans la cale puisqu'il n'avait pas emporté de lampe. Il se dépêcha de ressortir. L'air du large lui fit du bien et le lava du climat d'humidité chaude qui régnait à l'intérieur de l'épave. Se cramponnant au filin, il glissa le long de la coque et toucha le sable en souplesse. Le chien lui fit fête, ils s'éloignèrent tous deux, traversant la plage pour rejoindre la falaise. La remontée fut assez éprouvante. Les cailloux se dérobaient sous les pattes de Zeppelin, le ramenant sans cesse en arrière. Julien tomba deux fois et s'entailla les genoux. Il était parfois contraint de saisir l'animal par son collier pour l'aider à franchir les passages difficiles. Il songea que c'était là un endroit idéal pour se débarrasser d'un ennemi. Il suffisait de jeter une grosse roche sur la pente, tout en haut du sentier, pour qu'elle dévale aussitôt le versant de la falaise en provoquant une avalanche.

Ils atteignirent enfin le sommet. Au moment où le garçon allait se laisser choir sur l'herbe pour reprendre son souffle, une silhouette gesticulante jaillit d'entre les troncs d'arbres, lui arrachant un cri de frayeur. Il crut, l'espace d'une seconde, que l'intrus habitant l'épave avait décidé de le jeter dans le vide pour préserver le secret de sa cachette. Il levait déjà les bras pour se protéger quand il reconnut Benjamin Bruze, hirsute, le visage luisant et très rouge, les yeux rendus vitreux par l'ivresse. Une écœurante odeur d'eau-de-vie montait des vêtements du sculpteur. Il semblait se déplacer aux confins du délire éthylique et s'accrochait aux arbres pour ne pas perdre l'équilibre.

— *Je l'ai vu!* haleta-t-il en roulant des yeux fous. Il était là, avec son fusil... caché dans les buissons...

— Je sais, fit Julien avec un haussement d'épaules. C'est sûrement un Anglais. Il s'est installé un campement dans l'épave. Il n'y a qu'à faire comme si on ne savait rien.

— Quel Anglais ? balbutia Bruze. C'est pas de ça que je parle... C'est Mathias que j'ai vu ! Mathias Lehurlant... Sainte Mère de Dieu ! Il était là, avec son fusil, je l'ai bien reconnu...

— Allons, ça suffit, coupa Julien, vous avez bu, les fantômes, ça n'existe pas.

Il avait dit cela d'un ton rude, n'admettant pas la réplique, mais, en réalité, il n'avait pu s'empêcher de frissonner.

— J'ai bu, c'est vrai, admit Bruze, mais je sais ce que je dis. Il était là... Il m'a mis en joue et il a fait « pan ! » avec la bouche, pour me faire comprendre qu'il aurait pu me tuer s'il avait voulu. Bon sang ! S'il ne l'a pas fait, c'est justement parce que j'étais soûl comme une bourrique. Il a pensé que personne ne me croirait... et il ne s'est pas trompé. Je l'ai surpris par hasard, je crois qu'il te suivait.

— Assez ! trancha Julien. Vous ne me ferez pas admettre qu'il est revenu d'entre les morts. Je ne suis pas superstitieux.

— Mais non, petit con ! s'emporta l'infirme, je ne te parle pas de fantômes... Enfin, tu ne comprends donc rien ? Il n'est pas ressuscité... *Il n'est jamais mort, c'est tout !*

Julien fit un pas en arrière, comme s'il venait d'encaisser une gifle. Il eut l'illusion que son cœur se décrochait.

— Qu'est-ce que vous racontez ? bredouilla-t-il. Ça ne tient pas debout, vous délirez... Tout le monde sait qu'il a été écrasé par un bateau.

Bruze tomba à genoux et se mit à vomir avec des hoquets douloureux. Julien se détourna.

Quand il eut fini, le sculpteur arracha une poignée d'herbe avec laquelle il se nettoya la bouche. Son haleine empestait à deux mètres.

— Il nous a roulés dans la farine, lança-t-il en revenant aussitôt à l'assaut. Toi, moi, tout le monde. Le bateau ne l'a jamais écrasé, c'était une mise en scène. J'ai tout compris en le voyant... et en même temps, je me suis rendu compte que je m'en doutais depuis un moment déjà...

— Vous racontez n'importe quoi, protesta Julien. Vous ne voulez pas admettre que vous avez simplement été victime d'une hallucination.

— Je n'ai jamais d'hallucinations, gronda Bruze, c'est même tout mon problème. Peut-être que si je voyais des choses incroyables je deviendrais un vrai sculpteur ?

— Ce n'était pas Mathias, s'entêta le garçon.

— Si... Je l'ai parfaitement reconnu. Il a vieilli, c'est tout, mais c'était lui. Il n'est pas mort, il a jeté quelqu'un sous le bateau, à sa place, et tout le monde l'a cru réduit en bouillie. Ce n'était pas difficile en réalité ; tu sais comment on l'a identifié ? A ses vêtements et aux objets contenus dans ses poches. C'est tout. Le reste, c'était de la pâtée pour les chiens. Il a très bien pu échanger ses habits avec quelqu'un : un vagabond, un marin récemment débarqué... Tu sais comme moi que les ports sont pleins d'inconnus sans attaches. Il a pu en rencontrer un dans un bistrot, le convaincre de participer à sa mise en scène sous un prétexte quelconque et lui faire rouler le bateau sur le ventre.

— C'est abracadabrant, objecta Julien. Ça marcherait dans un roman policier, pas dans la vie réelle.

— Petit con ! siffla Bruze, si tu savais combien de types se sont fait passer pour morts pour éviter de remonter au front en 17 ! Le jour de « l'accident », Mathias portait un grand chapeau... C'est drôle, non, lui qui allait toujours tête nue ? Un chapeau à large bord. Tu sais pourquoi ? Parce que grâce à ce subterfuge, les ouvriers qui travaillaient sur le pont du bateau ne pouvaient pas distinguer son visage lorsqu'il se déplaçait tout en bas, au ras de la quille. Cela rendait possible la substitution, l'échange. Le vagabond a pris sa place sans savoir ce qui l'attendait. Mathias avait pu lui raconter n'importe quoi : qu'il s'agissait d'une bonne blague... qu'il avait besoin d'une doublure pour rendre visite à sa maîtresse, je ne sais quoi...

— Vous inventez...

— Pas du tout, je connais chaque détail. Je les ai assez souvent entendus dans la bouche des gars du chantier lorsqu'ils se racontaient l'accident. Ça a fini par se graver dans ma mémoire. Il y avait une cabane à outils, tout près de l'endroit. Mathias a pu s'y rendre et procéder à l'échange des vêtements. Ensuite, une fois le bateau renversé, il a profité de la panique pour disparaître. Ce n'était pas très compliqué, tout le monde regardait dans la même direction. Je te dis qu'il a pu le faire, c'était matériellement possible.

— Mais c'est idiot ! Ça lui aurait servi à quoi ? Il se faisait passer pour mort, d'accord, *et ensuite ?*

— Ensuite il revenait s'embusquer aux alentours de la maison forte, pour savoir enfin la vérité. Tu ne comprends pas son raisonnement ? Il s'est dit que si son père et Claire le croyaient bel et bien écrabouillé, ils ne prendraient plus de précautions. Du jour au lendemain ils cesseraient de se cacher... et lui, Mathias, pourrait enfin les prendre la main dans le sac et les punir. C'est pour ça qu'il a tout combiné : *pour connaître enfin la vérité!* Pour leur donner l'occasion de se trahir. Il n'en pouvait plus de ne pas savoir.

— C'est une histoire de fou.

— Mais il était fou! Fou de jalousie, comme son père. Tous les Lehurlant sont fous, c'est bien connu. A cause des incestes, des mariages entre cousins. Ils ont toujours été travaillés par des idées fixes, ce n'est pas d'aujourd'hui! Je te le dis : Mathias n'est pas mort. Il est revenu surveiller sa femme, son fusil sous le bras, des cartouches plein les poches. Mais il n'avait pas prévu une chose, que Claire s'en irait. Alors il est resté prisonnier des bois, ne pouvant se montrer à personne, vivant comme un braconnier. Il a mené cette vie-là pendant près de cinq ans.

— Vous l'auriez vu...

— Non. A cause des Allemands et des maquisards, je passais vite mon chemin quand j'entendais du bruit dans les buissons. J'ai dû le croiser à plusieurs reprises, j'ai dû sentir sa présence, mais je n'ai pas cherché à savoir.

Julien ne trouva rien à objecter. Il y avait de la logique dans le délire de Benjamin Bruze. La jalousie pouvait-elle pousser un homme à mettre en scène sa propre mort ? Sans doute, oui. Quand une question vous obsédait on en venait à faire des choses étranges, c'était sûr.

— Maintenant, les choses ont changé, murmura l'infirme en se rapprochant du garçon. Ta mère est revenue au pays... et il y a des hommes autour d'elle.

— Des hommes ? Qui ça ?

— Moi d'abord, puis Gorget qui la lorgne, et le notaire, et d'autres encore qui pourraient bien ne pas tarder à venir. C'est une bien belle veuve, et qui va faire rêver les célibataires. Ce qu'il reste à savoir, c'est combien de temps la Claire va être encore capable de dormir toute seule. Elle est jeune, elle va avoir besoin d'un homme, c'est la nature qui veut ça.

— Taisez-vous, cochon ! cria Julien.

— Petit crétin, ricana Bruze, que sais-tu de la vie, hein ? Les hommes et les femmes c'est fait pour s'emmêler au creux des lits, pour transpirer l'un sur l'autre, et ce n'est pas toi qui y changeras quelque chose ! Ta mère, ça va la travailler, tôt ou tard. Elle va y penser. Elle y pense déjà. Il fait chaud, l'été, c'est une saison qui vous pousse aux affaires de peau. Regarde-la donc quand elle s'étire au sortir de la sieste, on voit tout de suite à quoi elle a rêvé...

— Vous nous espionnez ! s'exclama Julien.

— Oui, moi, mais d'autres aussi. Gorget... *et Mathias*. Mathias c'est un chasseur, il a la patience, il va prendre l'affût. Il attend depuis tellement longtemps. Il sait que la mécanique est en train de se mettre en place.

— Vous feriez mieux d'aller cuver votre vin. Ce que vous dites n'a aucun sens.

— Allons, tu sais bien que j'ai raison ! Au fond de toi. Tu y as déjà pensé, n'est-ce pas ? La Claire, il lui faudra bientôt se frotter contre un ventre d'homme, c'est fatal. Ce n'est pas une nonne, et le jour où ça se produira Mathias sera là pour les mettre en joue avec son grand fusil, elle et son amant. Il l'aura enfin prise sur le fait.

— C'est invraisemblable, protesta faiblement Julien.

— Si tu crois ça, ricana Bruze, c'est que tu ignores tout des idées qui grouillent dans la caboche d'un jaloux. C'est un méchant cinéma, la jalousie, et qui tourne en permanence. Avec des questions qui explosent en feu d'artifice : L'a-t-elle fait ? Ne l'a-t-elle pas fait ? Va-t-elle le faire ? Y a-t-elle pensé ? Avec qui ? Quand ? Comment ? Et les images viennent, souvent pas des plus propres, si tu vois ce que je veux dire... Le pire c'est l'incertitude. Le flou. Le soupçon. On finit par prier pour que ça éclate enfin, alors on se met à tendre des pièges. On en arrive même à pousser sa femme dans les bras d'un autre homme, pour voir si elle va dire oui, si elle va résister... Ce qui compte, c'est d'en finir, d'arriver enfin à une certitude, bonne ou mauvaise.

— Vous avez l'air de savoir de quoi vous parlez ! siffla méchamment Julien.

Bruze tressaillit.

— Peut-être bien, admit-il, mais un jour ce sera ton tour. Tu as le sang des Lehurlant en toi. Pour l'instant tu es encore trop jeune, mais quand il commencera à bouillir tu feras comme eux.

Il se tut, la bouche soudain sèche, et se laissa choir sur une pierre. Julien en profita pour s'éloigner.

— Je rentre, annonça-t-il. Vous feriez bien d'aller ingurgiter un litre de café salé !

— Moque-toi, vas-y ! grogna l'infirme. Mais n'oublie pas de surveiller les buissons... De temps à autre, quand tu seras au jardin, regarde par-dessus ton épaule, tu pourrais bien voir briller le canon d'un fusil sous le couvert !

15

Il revint à la maison l'esprit plein de trouble, la poitrine oppressée. Il avait beau se répéter que Benjamin Bruze n'était qu'un alcoolique, un visionnaire, rien n'y faisait. D'un seul coup les buissons, la forêt, lui semblaient hantés, habités d'une présence impossible. Il ne cessait de se retourner tous les dix pas pour regarder par-dessus son épaule, tremblant à l'idée d'apercevoir, entre les troncs, la silhouette de Mathias Lehurlant, revenu d'entre les morts pour assouvir sa vengeance. La moindre branche devenait un fusil braqué, le double canon d'un purdey dont la ligne de mire traversait sa tête...

Il lui fallut beaucoup de temps pour retrouver un calme apparent, et durant tout l'après-midi il se répéta les mots *delirium tremens*, hallucinations éthyliques, lus autrefois dans les livres sans vraiment savoir ce qu'ils recouvraient.

Il travailla en tournant le dos à Claire, afin qu'elle ne puisse lire la confusion sur son visage.

La nuit venue, il se rendit dans la maison interdite, comme si la bâtisse allait lui fournir des armes contre le fantôme. Son instinct lui soufflait que la solution à tous les mystères se tenait là, quelque part dans les papiers du grand-père. Avec l'été, l'odeur de la maison était encore plus forte. Elle empestait le renard, le terrier, le suint, au point que l'enfant n'aurait pas été surpris d'entendre meugler le canapé de cuir et bêler les fauteuils. Il monta dans le bureau de l'Amiral et considéra longuement le dossier à couverture de carton brun toujours couché au fond de son tiroir. Tous les secrets des Lehurlant étaient là, la vie de M'man, ses erreurs, ses hontes... (ses crimes ?). Fallait-il courir le risque d'en apprendre trop ? La tentation lui agaça les doigts mais la peur fut plus forte que la curiosité, et il se détourna pour attraper sur les rayons de la bibliothèque les lourds albums de photos s'y trouvant alignés. A la lueur d'une bougie, il entreprit de feuilleter les pages cartonnées que protégeaient de minces pellicules de papier cristal, sans savoir réellement ce qu'il cherchait. Un indice ? Une clef ? Il examina une à une les photos de Mathias, aux différents âges de sa vie. Petit garçon, écolier, pensionnaire, soldat... Jusqu'à douze ans la ressemblance physique était étonnante, et il en fut remué. Par moment, il avait l'illusion de se contempler dans un miroir. Un miroir truqué qui lui aurait renvoyé une image de lui-même plus décidée, plus volontaire. Les clichés du mariage manquaient, bien évidemment. A partir de vingt ans, apparaissaient les moustaches. Julien se pencha sur les rectangles de bristol, interrogeant cette physionomie aux pommettes anguleuses, cette bouche avide que le poil noir ne parvenait pas à dissimuler entièrement. Beaucoup de photos montraient Mathias torse nu, une fourche ou un fusil à la main, debout au sommet d'une meule ou à la proue d'un bateau en construction, insolent de santé et de force, le corps bien musclé, puissant.

Julien avait beau se forcer, il n'éprouvait rien. Ni peur ni regret. Aucun fil mystérieux ne l'attachait à cet homme au visage de pirate. Etait-ce normal ? N'aurait-il pas dû normalement se produire une étincelle, un déclic ? Une *reconnaissance* mystérieuse ?

« C'est parce que Mathias n'est pas ton père, lui chuchotait la méchante petite voix installée dans le nid de sa conscience. Le lien du sang ne parle pas. Tu auras beau te forcer, tu n'éprouveras jamais rien pour lui. Ton père... *ton vrai père*, c'était l'Amiral. Tu l'as toujours su, d'ailleurs. Ne cherche pas à le nier. L'Amiral... "grand-père" Charles ! C'est lui qui est toujours venu en second, juste après Claire. Ne me raconte pas d'histoires. Je le sais bien. »

Les clichés se gondolaient entre les doigts moites de Julien. L'atmosphère épaisse de la pièce aux volets clos lui faisait tourner la tête. Il cherchait à se rappeler des choses qui n'avaient jamais existé : des tendresses, des connivences, des moments de complicité. Avec le recul, il prenait conscience que Mathias ne l'avait jamais traité comme un fils. Jamais il n'avait joué avec lui, jamais il ne lui avait raconté d'histoires pour l'endormir. Ils s'étaient côtoyés pendant sept ans, comme des pensionnaires qui partagent la même table, au réfectoire, mais n'ont rien à se dire.

« Il m'a emmené à la chasse, songea-t-il soudain. Pas très souvent, trois ou quatre fois. Et M'man n'aimait pas beaucoup ça. Elle se tordait les mains en nous regardant partir. Je m'en souviens bien. »

Oui, il revoyait Claire, le visage tiré, très pâle, appuyée à la balustrade de la terrasse, observant Mathias et le gosse sur le sentier, côte à côte dans le brouillard de l'aube. Elle avait les yeux dilatés, la bouche entourée d'un cercle blanc. De quoi avait-elle peur ? De la négligence de son mari, de la turbulence de son fils, des bêtes tapies dans les buissons, d'un éventuel sanglier jaillissant des ronces pour tout déchirer sur son passage ?

Que craignait-elle *exactement* ? Julien avait toujours eu la conviction secrète que son angoisse portait un nom précis, qu'il ne s'agissait pas de ces peurs vagues dont les mères sont si prodigues dès qu'elles voient s'éloigner leurs enfants. Non, ce n'était pas les animaux qu'elle redoutait, c'était quelque chose de beaucoup plus terrible.

De ces chasses silencieuses, Julien ne conservait que des sensations épidermiques. Le froid, l'humidité, la faim, la soif. L'obligation de demeurer immobile et de se taire.

« Tais-toi... » Les deux mots, martelés, revenaient sans cesse dans la bouche du chasseur. « Tais-toi. » Et le craquement des feuilles mortes, le bruit du gibier qui se cache. Julien aurait voulu taper dans ses mains pour les prévenir du péril. Mathias n'avait jamais essayé de lui transmettre son savoir. Jamais il ne l'avait même laissé toucher son fusil. A chaque sortie, ils marchaient côte à côte dans le brouillard stagnant sous le couvert. Un brouillard au sein duquel Julien, trop petit, s'engloutissait tout entier. « Tais-toi... Ne traîne pas en arrière. »

Julien se rappelait les détonations qui lui comprimaient douloureusement les tympans, les bêtes mortes et chaudes, dégoulinantes de sang frais. Les lièvres fracassés qu'on entassait dans la gibecière. Il se rappelait le souffle précipité de Mathias, son odeur d'homme, son air méchant.

Mathias... Mathias allant tirer des espèces interdites et immangeables, pour le seul plaisir de se prouver que son bon plaisir primait la loi. Et puis il y avait ce regard, qu'à deux ou trois reprises Julien avait surpris braqué sur lui. Cet œil d'homme sur un enfant de cinq ans, cet œil sans tendresse, d'une froideur d'outil.

« Il me regardait de la même manière qu'il fixait les lapins, lorsqu'il les mettait en joue, pensa brusquement l'adolescent. On aurait dit qu'il me... visait. »

La chair de poule lui couvrit les bras. Une idée déplaisante venait de lui traverser l'esprit. Est-ce que Mathias...? Est-ce que Mathias avait envisagé de le supprimer ? Une fois, rien qu'une ? Avait-il renoncé à la dernière seconde, le doigt sur la détente ? Ç'aurait été facile. Les accidents de chasse étaient fréquents, et plus d'un enfant y trouvait la mort à chaque nouvelle saison. Il n'aurait eu qu'à feindre la douleur muette, à balbutier devant les gendarmes : « Il s'est jeté devant moi au moment même où je tirais un lièvre. Je lui avais pourtant bien dit de rester en arrière... Mais il ne tenait pas en place. C'est un accident malheureux... »

Un accident malheureux, un de plus. Comment prouver le contraire ? M'man avait flairé le danger, c'est pour cela qu'elle avait toujours détesté les voir partir ensemble. Une peur diffuse s'était installée en elle, une peur sur laquelle elle n'osait peut-être pas mettre de nom. Combien de fois, dans la pénombre des sous-bois, loin de tout témoin, Mathias Lehurlant avait-il caressé l'idée de supprimer le petit bâtard qui trottinait maladroitement dans les feuilles mortes ? Combien de fois la fièvre lui était-elle montée à la tête ?

Julien se rappelait soudain les hécatombes de lapins, l'agitation qui s'emparait de Mathias au bout d'une heure, ses doigts tremblants sur les culots de cuivre des cartouches, les jurons crachés sous la moustache, la sueur dégoulinant de ses sourcils en dépit de la bise dénudant les branches. Cette espèce de rage l'avait toujours effrayé, surtout quand Mathias commençait à tirer sans reprendre haleine, faisant claquer la culasse du fusil qui n'avait même plus le temps de refroidir. Et les lapins... les lapins qui boulaient, déchiquetés, et qu'on ne se donnait plus la peine de ramasser tant ils étaient nombreux.

Julien n'avait pas compris, à l'époque, que son « père » se dépêchait d'épuiser ses munitions avant de céder à la tentation, qu'il ne retrouverait la paix qu'une fois la cartouchière vide, mais tout s'éclaircissait. Il comprenait... avec cinq années de retard, mais il comprenait enfin.

Se débarrasser du petit bâtard comme on fusille un lapin... par mégarde, dans la fièvre de la chasse, quand l'œil vous commande de tirer sur tout ce qui bouge sans prendre la peine de réfléchir...

Combien de fois Mathias avait-il été sur le point de le faire ?

Julien, les yeux mi-clos, cherchait à se rappeler les regards, les gestes, les rares paroles. Devenait-il fou ? Allait-il basculer dans le délire, comme Benjamin Bruze ? Imaginait-il tout cela ?

Il aurait voulu s'en persuader, mais de vieilles peurs se réveillaient en lui. Des angoisses de sous-bois... l'impression d'un danger imminent, d'une menace. L'envie brutale de rentrer à la maison, d'appeler M'man à l'aide.

Au terme de la longue déambulation, Mathias finissait chaque fois par tomber à genoux devant une mare, un abreuvoir. Il arrachait alors sa veste de chasseur, se mettait torse nu pour s'asperger le visage et la poitrine. Julien le regardait s'ébrouer dans l'eau gelée à la manière d'un chien fou, ne comprenant rien à cette toilette hivernale pour laquelle il fallait parfois casser la glace à coups de crosse.

Voilà, c'était tout ce qu'il lui restait de ses courses avec son « père ». Des promenades étranges qui avaient peut-être failli se changer en exécution secrète.

« Allons, murmura-t-il en refermant brutalement l'album. Tu inventes. Tu imagines... »

Il avait la fièvre, lui aussi, les tempes brûlantes et la tête pleine d'un sang lourd, comme à la veille des compositions, au pensionnat, lorsqu'il passait des heures à essayer de retenir les leçons inscrites au programmes de l'examen.

Mathias l'avait-il haï au point de vouloir sa mort ? Au point de vouloir détruire par le plomb le produit d'un accouplement incestueux qui lui faisait horreur ? L'espace d'une minute, il tenta de se représenter sa mère, à la fenêtre, le visage tourné vers la forêt, tressaillant chaque fois que l'écho assourdi d'une détonation filtrait du couvert. Avait-elle osé, une fois, une seule, formuler clairement ses frayeurs ?

Julien alluma une autre bougie. La transpiration lui coulait sur le front et le torse. La mort et le crime avaient toujours constitué l'ordinaire des Lehurlant, il en avait désormais l'intime conviction. Parce qu'il grelottait de peur rétrospective, il éprouva le besoin de descendre à la cave voler quelques douceurs. La cire de la chandelle lui rôtissait les doigts mais il n'y prenait

pas garde. Une fois dans la crypte, il pilla les réserves
de l'Amiral et s'empiffra de chocolat. Cette orgie lui fit
du bien et les frissons qui l'agitaient depuis un moment
s'apaisèrent enfin. C'est au moment où il allait s'en aller
qu'il aperçut la paillasse, dans un coin éloigné de la cave,
entre deux colonnes blanchies de salpêtre. Les souris
en avaient rongé la toile rayée, essayant de s'y introduire. C'était un matelas posé à même le sol, près d'une
caisse retournée. Julien s'agenouilla, fouillant sans vergogne dans la boîte. Tout de suite ses doigts touchèrent
le cuir d'un baudrier militaire. Il y avait un étui de revol-
ver vide, une carte compliquée, en anglais, qu'il ne sut
pas déchiffrer. Un vêtement de grosse toile taché de sang
qui ressemblait à une combinaison de vol. Quelqu'un
s'était caché là. Un Anglais que l'Amiral avait sans doute
recueilli. Peut-être même le pilote de ce Lysander planté
au beau milieu du pré aux corbeaux ?

Julien s'aperçut qu'il respirait mieux. Beaucoup de
choses s'expliquaient. La présence irritante du « fantôme » caché dans les bois, le campement improvisé
dans l'épave de la *Brigande*... Un Anglais, un type de
la R.A.F. que grand-père Charles avait tiré du champ de
mines, sans doute mal-en-point, et qu'il avait hébergé
dans la cave, à cause de la bombe dont les Allemands
n'osaient pas s'approcher. Lorsque le pilote avait été
capable de tenir sur ses jambes, l'Amiral l'avait
accompagné jusqu'à l'épave, pour lui aménager une
seconde cachette, moins périlleuse. La réputation du
bateau était telle qu'aucun natif de la région n'y posait
jamais le pied ; le blessé y avait achevé sa convalescence,
ravitaillé par le vieux, à l'abri de toute curiosité.

Puis Charles Lehurlant en avait eu assez de la vie,
un matin, il était entré dans le champ de mines pour

en finir, et l'Anglais s'était retrouvé seul, abandonné, sans personne pour lui venir en aide. Depuis, il errait dans la forêt, n'osant prendre contact avec les nouveaux occupants des lieux. Il crevait de faim mais se méfiait des Français, parfois si soucieux de collaborer avec l'Occupant. C'était lui que Benjamin Bruze avait surpris dans la pénombre du sous-bois. L'Anglais, que l'Amiral avait probablement habillé avec les vêtements de Mathias ! La méprise du sculpteur venait de là ! De cette similitude dans l'apparence. Oui, les vêtements de Mathias donnés pour remplacer la combinaison de vol déchirée et tachée de sang. La fameuse veste de chasse, la casquette, les bottes. L'ivresse avait fait le reste, ressuscitant pour une heure le fils Lehurlant.

Julien laissa retomber les hardes. Il se sentait mieux. Avait-il été bête de se laisser impressionner à ce point ! Mathias était mort, Benjamin Bruze était un ivrogne, et lui, Julien, un gosse encore trop crédule pour son âge.

Fâché contre lui-même, il gagna l'escalier en se demandant s'il devait chercher à établir un contact avec l'aviateur. Il n'aimait pas trop l'idée de voir un homme se rapprocher de la maison. Un homme qui vivait depuis si longtemps comme un naufragé.

« Je pourrais prendre le relais de l'Amiral et lui déposer quelques vivres, de temps en temps, à proximité de l'épave ? » songea-t-il en sortant de la maison.

Cela lui paraissait un bon compromis.

En règle avec sa conscience, il se coula vers la cabane. Comme il en avait l'habitude, il flatta au passage l'échine de Zeppelin pour l'empêcher d'aboyer.

Cette fois, sa main ne rencontra qu'une masse de poil inerte, sans réaction aucune. Un paquet de chair compact que n'agitait pas le moindre tressaillement.

D'ordinaire le chien réagissait à la caresse par un coup de langue immédiat et une sorte de glapissement étouffé.

Julien se baissa, le cœur battant. Zeppelin gisait sur le flanc; l'herbe, sous sa tête, était toute gluante de sang. On lui avait tranché la gorge.

16

Julien se rejeta en arrière, frottant frénétiquement ses mains dans l'herbe. Il savait déjà ce qui s'était passé. L'Anglais... L'Anglais avait voulu se rapprocher de la maison, pour se procurer de la nourriture, ou lier connaissance avec la femme qu'il observait depuis des semaines. Zeppelin l'avait surpris et lui avait sauté à la gorge. L'aviateur l'avait aussitôt assassiné avec son poignard de commando, avant de battre en retraite.

Salaud. Le salaud. Qu'avait-il espéré ? Voler des vivres ? Se rouler dans la paille avec Claire ?

« Il m'a vu entrer dans la maison, songea Julien, il a décidé de profiter de mon absence. C'est un lâche, une ordure ! »

Brusquement, il oublia le chien et ne pensa plus qu'à Claire. Elle était peut-être morte, là-bas, dans le foin. L'Anglais avait essayé d'abuser d'elle, elle avait crié et il l'avait poignardée pour la faire taire.

L'adolescent voulut se relever, bondir, mais ses jambes étaient mortes sous lui. Il était incapable de bouger. Il gémit, appela, sans que sa voix parvienne à s'enfler. Des images de terreur le traversaient. Claire.

Claire dans la paille. Un vertige immense l'emplissait, évidant son crâne et sa poitrine. Un vent glacé soufflait en lui, un déchirement qui donnait envie de s'arracher la peau du visage, de s'anéantir, de s'écraser la tête sous une pierre.

Titubant, il s'arracha enfin à l'immobilité et tâtonna pour trouver l'entrée de la cahute. Il n'y avait pas de lune, ce soir, et la nuit imposait à chacun une cécité profonde qui condamnait le marcheur à se déplacer en somnambule. Julien trébucha, s'abattit dans la paille, ses mains cherchant le corps de sa mère. Il faisait si noir qu'il la distinguait à peine. Elle sursauta à son contact, étouffant un cri de frayeur. Il se jeta contre elle pour l'étreindre, mais, mal réveillée, elle se débattit, le frappant au visage comme si elle s'était trouvée en présence d'un agresseur. L'enfant sentit le sang lui couler de la lèvre.

— Julien, cria Claire, c'est toi ?

— Zeppelin, balbutia l'enfant, on l'a tué.

Mais ce n'était déjà plus si grave, il en prit conscience au moment même où il prononçait ces paroles. Il avait été si près de croire Claire assassinée que la mort du chien perdait subitement toute importance. Il fut effrayé de son indifférence.

— Qu'est-ce que tu dis ? chuchota la jeune femme.

Il répéta, sans même écouter ce qu'il disait. Il se cramponnait à la chaleur de Claire, à la tiédeur de sa peau, à la pulsation de son corps. Il aurait voulu se coucher sur elle pour la sentir vivre par toutes ses fibres.

Claire alluma la lampe tempête, ils sortirent sur le seuil, pressés l'un contre l'autre, se soutenant.

— Ne regarde pas, dit M'man.

Julien fit semblant de lui obéir, mais ça n'avait plus
d'importance maintenant. C'était comme si Zeppelin
n'avait jamais existé. Toute son affection pour la bête
avait été gommée en une fraction de seconde.

— C'est sûrement un soldat en maraude, murmura
Claire. Un Allemand, ou même un Américain... Il faut
se barricader. Viens, ne restons pas là.

Ils se dépêchèrent de regagner la cabane dont ils fer-
mèrent toutes les ouvertures à l'aide des barres de
sécurité. Le manque d'aération rendit très vite l'atmosphère irrespirable, mais ils ne songèrent pas à s'en
plaindre. Blottis l'un contre l'autre, ils attendirent
l'aube les yeux ouverts, guettant leurs respirations
réciproques, chacun cherchant à se persuader que
l'autre dormait.

Julien en éprouva un bonheur étrange et honteux.

Ils enterrèrent Zeppelin le lendemain matin, dans le
fond du jardin. Sans dire un mot. La bête, toute raide,
avait l'air d'avoir été empaillée à la faveur de la nuit.
Julien ne ressentait que de la colère, de la haine pour
l'Anglais tapi dans les bois. Il espérait bien le voir mourir de faim, faute de ravitaillement. Un instant, il s'imagina posant des pièges à loup dans la forêt, creusant
des fosses garnies d'épieux dans lesquelles l'aviateur
naufragé tombait en poussant des cris de souffrance.
Œil pour œil. Des bouffées de violence lui faisaient les
joues brûlantes et les mains glacées. Des envies le submergeaient, l'envie de mettre le feu à l'épave de la *Brigande,* de guetter l'intrus au sommet de la falaise et de
provoquer un éboulement qui l'ensevelirait sous des
monceaux de roche calcaire. Ou bien...

Il touillait dans sa haine comme dans une marmite, regardant s'épaissir le venin. Il se familiarisait peu à peu avec l'idée de dénoncer l'aviateur aux Allemands et de le faire fusiller. Il grinçait des dents en se représentant le choc des balles pénétrant dans la chair : paf-paf-paf... Il savait que c'était mal, mais cela le soulageait. Il aurait voulu avoir de la peine, il ne découvrait en lui qu'un impérieux désir de vengeance.

Parfois, la mauvaise voix revenait, lui chuchotant des choses qu'il refusait d'admettre : « Et si c'était vraiment Mathias, *hein !* Si l'Anglais n'existait pas plus que l'Ankou. Si Bruze n'avait pas la berlue ? Tu y as pensé ? La mise à mort du chien signifierait alors que ton "père" se rapproche de plus en plus... qu'il vient dans la cabane à la faveur de la nuit, pour vous regarder dormir. Vous ne vous en doutez pas, mais il sort du bois dès que la lune est pleine, comme un fantôme... Zeppelin le gênait. Il devait s'en débarrasser. Oui, c'est Mathias, il vient vous contempler pendant que vous dormez. Il s'agenouille dans la paille, et parfois il vous touche du bout des doigts... et vous n'en savez rien. A d'autres moments, il pose le canon de son fusil sur vos têtes et il fait "boum", avec la bouche, tout doucement. Ensuite, il repart comme il est venu. »

Chaque fois que cette idée s'insinuait en lui, Julien s'ordonnait de penser à autre chose. Mais une démangeaison lui venait, sur le côté de la tête, et il se frottait machinalement la tempe, là où il imaginait que le canon de l'arme s'était posé. Se réveillerait-il une nuit, au beau milieu d'un rêve, pour découvrir l'ombre de Mathias penchée sur lui, la crosse bien emmanchée au creux de l'épaule, l'index caressant la détente polie par l'usure ?

Peu de temps après la mort du chien, il rencontra Bruze alors qu'il relevait des collets. Le sculpteur était ivre, comme à l'ordinaire.

— Tu n'es pas au courant des dernières nouvelles ? lui cria-t-il en agitant son unique main. Les Boches sont en train de rejeter les Américains à la mer ! Leur foutu débarquement a fait long feu ! On va peut-être enfin pouvoir se soûler tranquillement !

Julien décida de ne pas l'écouter, il ne tenait nullement à ce que l'artiste lui parle encore une fois du « fantôme ».

Zeppelin lui manquait. Désormais, chaque soir, on fermait portes et fenêtres pour se protéger des visites nocturnes, mais ces précautions installaient une telle chaleur dans la cabane qu'il en devenait difficile de trouver le sommeil. Au bout du troisième jour, ils décidèrent de laisser un volet entrebâillé, puis la discipline se relâcha, et comme il ne se passait rien M'man décréta qu'on pouvait de nouveau ouvrir la porte. Son insouciance étonnait Julien. Quand il lui parla de la nécessité de monter la garde, elle répliqua que l'homme était sûrement parti depuis longtemps, et qu'il n'y avait rien à craindre.

Elle semblait rêveuse, pas préoccupée, non... plutôt habitée par un projet secret qu'elle mûrissait en silence. Julien le devinait à de menus détails : le besoin de se laver fréquemment les cheveux, les bains qu'elle allait prendre dans le ruisseau, ces longs moments passés devant le miroir fendu, à s'examiner sous toutes les coutures.

— J'ai l'air d'une paysanne, murmura-t-elle un soir. Tu as vu ma peau ? Le soleil m'a creusé des rides de

centenaire! Et mes mains... elles étaient si douces,
aujourd'hui on croirait des mains d'homme. J'ai davantage vieilli en deux mois qu'en cinq ans de guerre.

Elle avait rouvert sa valise en carton pour en tirer
des pots de pommades, une boîte de poudre de riz, un
tube de rouge à lèvres aux trois quarts usé. Elle se lavait
la tête au bois de Panama, s'imposait deux cents coups
de brosse tous les soirs. Elle chantonnait des refrains
de Charles Trenet, les yeux perdus dans le vague.
Lorsqu'elle était ainsi, Julien ne la reconnaissait plus.
Sa voix changeait, ses gestes semblaient ceux d'une
inconnue, et il éprouvait une gêne insupportable. Il
avait envie de lui crier: «Arrête! Ne repars pas en
arrière... Tire un trait sur ce qui s'est passé avant. J'ai
laissé le rapport du détective au fond du tiroir, là-haut,
dans le bureau du grand-père, c'était ma manière de
signer la paix. Ne me le fais pas regretter!»

Quelque chose était en marche, qu'il ne comprenait
pas. Bientôt Claire lava le corsage qu'elle avait le jour
de son arrivée au pensionnat, puis repassa son pauvre
tailleur de tissu retourné à l'aide du vieux fer à braises déniché dans le fourbi de l'Amiral.

— Tu te bichonnes pour le bal de la Victoire? lui
lança Julien, agacé par ces préparatifs. Tu t'y prends
peut-être un peu trop à l'avance, il paraît que les Boches
ont rejeté les Amerlos à la mer. C'est Bruze qui me l'a
dit.

Claire haussa les épaules, ignorant le ton sifflant
adopté par son fils.

— Ce sont des bêtises, dit-elle calmement. Les Américains ont gagné. Gorget est passé l'autre matin, pendant que tu relevais tes collets. Il était bien aimable,
il m'a raconté que les Allemands battaient partout en

retraite et que la région était désormais sous le contrôle des Alliés. On l'a même annoncé à la T.S.F.

— Gorget ? aboya Julien en enfonçant rageusement les poings dans ses poches. Le voilà d'un seul coup bien civil ! J'espère qu'il n'a pas essayé de t'embobiner.

Claire se retourna pour lui lancer un regard perçant.

— Je croyais que c'était ton grand ami, fit-elle avec une pointe de sarcasme dans la voix. Ne faisiez-vous pas du troc ensemble ?

Julien baissa les yeux, peu désireux de s'engager sur ce terrain.

— Ecoute, attaqua soudain la jeune femme. J'ai pris une décision. On ne peut pas continuer comme ça. Je vais descendre au chef-lieu pour demander l'envoi d'un démineur. Il paraît que c'est possible, que le service de défense détache des équipes pour neutraliser les explosifs que le débarquement a laissés un peu partout. Je vais aller trouver les responsables de cette unité et essayer de les convaincre de s'occuper de nous. Comme ça, avec un peu de chance, les champs seront nettoyés pour l'automne. Tu comprends ? C'est pour nous que je le fais, pas pour prendre des vacances.

Un brouillard de haine emplit la tête de Julien. Une rage qui lui faisait bouillir le sang aux tempes, et qu'il ne comprenait pas.

— Parce que tu t'imagines qu'ils vont t'écouter ? siffla-t-il, la bouche tordue. C'est pour ça que tu te pomponnes comme une poule depuis trois jours ?

Le visage de Claire se ferma.

— Ça suffit, lâcha-t-elle sèchement. Tu n'as pas à me parler sur ce ton. Si tu étais un homme je te giflerais. Je vais descendre à Morfonds. De là, je me débrouille-

rai pour prendre contact avec les autorités. Les
gendarmes pourront sûrement me renseigner.

— Je vais avec toi, annonça aussitôt l'adolescent.

— Non, coupa Claire. Toi, tu restes là, tu gardes la
maison.

— Mais..., bêla Julien.

Les mots lui restaient dans la gorge. Il aurait voulu
expliquer à sa mère qu'elle ne pouvait pas partir seule
sur les routes, qu'il devait l'accompagner pour la protéger, mais il sentait la volonté de la jeune femme inébranlable. Elle avait déjà tout arrêté, sans lui en parler.
Il fut sur le point de lui crier : « Tu pars te promener
en me laissant ici, et tu te fiches pas mal que quelqu'un
sorte du bois pour m'égorger, comme Zeppelin ! », mais
c'était un argument trop pleurnichard, et il préféra ne
pas s'en servir. Pendant quelques secondes ils se firent
face avec des visages qu'ils ne se connaissaient pas, puis
la tension retomba, et Claire tendit les mains pour attirer le garçon contre elle.

— Allons, dit-elle, tout se passera bien. La guerre
est en train de se terminer. Si nous récupérons les
champs nous pourrons survivre sans rien demander
à personne. Tu sais bien qu'il faut que tout soit réglé
avant l'hiver, c'est notre seule chance de nous en tirer
la tête haute. C'est la visite de Gorget qui m'a décidée, j'ai bien senti qu'il tournait comme un charognard. Il venait se rendre compte de nos difficultés.
Si nous échouons, le père Gorjus rachètera tout pour
une poignée de billets, et nous partirons sur les routes, comme des romanichels. Je ne veux pas que nous
en arrivions là. Notre seule chance, c'est qu'on nous
accorde l'envoi d'une équipe de déminage. Il faut que
j'obtienne cela.

Mais c'était justement cette détermination qui effrayait Julien. Des peurs troubles l'envahissaient. Jusqu'où M'man irait-elle pour obtenir ce qu'elle voulait ? Etait-elle prête à tout ? Ce qu'il entrevoyait lui faisait peur et le dégoûtait. Il se représentait Claire, si belle, si coquette, au milieu des soldats crottés, mal rasés. Elle n'aurait rien pour rien, le savait-elle ? Sans aucun doute, et elle en acceptait le risque. Julien fut sur le point de se débattre, de repousser ces bras qui l'entouraient ; la chaleur de sa mère lui était tout à coup odieuse. « Va ! fut-il tenté de hurler. Va donc faire la putain si c'est ce que tu veux ! C'est pendant que j'étais en pension que tu en as pris l'habitude ? »

Il s'écarta et elle ne chercha pas à le retenir. Une gêne s'installa entre eux qui rendit la conversation difficile jusqu'au départ.

La jeune femme s'en alla le lendemain matin, un casse-croûte aux œufs durs et un bouteillon de café froid dans sa valise.

— Je vais descendre à Morfonds avec mes galoches, décida-t-elle, j'emmène mes escarpins dans ma valise, je changerai de chaussures au moment d'entrer dans la ville. Si j'ai l'air d'une dame, on m'écoutera d'une autre oreille.

Exception faite du hâle, elle était redevenue l'inconnue qui était venue chercher Julien au pensionnat, deux mois plus tôt. Une Parisienne aux haillons enluminés d'un souvenir d'élégance. Elle ne s'était ni maquillée ni poudrée, sans doute gardait-elle ces armes pour la rencontre décisive, lorsqu'il lui faudrait séduire l'officier du génie responsable des opérations de déminage ? Julien avait envie de la gifler, de lui crier de ne plus revenir. Des images insoutenables s'entrechoquaient dans sa tête. Ils s'embrassèrent sur le seuil de la cabane, mais sans chaleur. Julien se sentait froid et raide comme une pierre levée perdue sous la pluie. La jeune femme lui adressa un sourire mal assuré et un petit signe de la main, puis tourna les talons. Il songea qu'elle avait l'air ridicule avec son tailleur et ses grosses galoches de paysanne. Il la regarda s'éloigner, la fixant entre les épaules, se demandant si elle aurait le front de se retourner encore une fois pour lui faire au revoir, mais elle disparut très vite de l'autre côté du talus, et seul le bruit de ses semelles de bois écrasant les cailloux du chemin s'attarda dans l'air.

Julien s'empara d'un outil et entra dans le jardin. Sa colère se changeait en détresse et il ne voulait surtout pas se mettre à pleurer. Des idées folles explosaient dans sa tête : M'man ne reviendrait pas, elle en avait assez du travail de la terre, elle voulait le luxe, la facilité, elle allait replonger dans la ville et s'y perdre. Elle commencerait par fréquenter les officiers, puis le tourbillon des plaisirs la happerait. (C'était ainsi qu'on décrivait les choses dans les romans : *le tourbillon des plaisirs*...) Elle repousserait son retour à Morfonds d'une semaine, de deux, de trois... Elle oublierait Julien comme elle l'avait déjà oublié par le passé. Elle découvrirait la joie de redevenir une Parisienne courtisée et n'aurait plus aucune envie de se déguiser en paysanne. Le temps passerait. Peut-être expédierait-elle quelques lettres à son fils, des mandats ? Elle réapparaîtrait pour de courtes périodes, mais ne s'attarderait jamais, prétextant une affaire à conclure, une obligation mondaine.

Julien travailla toute la matinée à s'en arracher la paume des mains. Par moments, il s'arrêtait pour jeter

un regard circulaire sur la forêt. Il aurait aimé que le
« fantôme » daigne enfin se montrer. Que ce soit l'aviateur anglais ou Mathias Lehurlant revenu d'entre les
morts, il aurait roué de coups l'un et l'autre, sans faire
de distinction. Aujourd'hui, il avait besoin de faire mal
à quelqu'un.

Vers midi, alors qu'il levait le seau d'eau au-dessus
de sa tête pour s'asperger, il détecta une ombre dans
le boqueteau, à trente mètres à peine de la maison. Cette
fois la rage le prit. Saisissant sa bêche, il s'élança à la
poursuite de la silhouette, indifférent aux ronces qui
cinglaient sa poitrine nue. Il sauta sur le dos du fuyard,
l'expédiant au sol, puis se redressant immédiatement,
lui abattit l'outil en travers des reins. Il frappa à la
volée, sans retenir son coup, avec un plaisir presque
effrayant.

— Arrête ! T'es fou ! hurla Gorget qui essayait de se
protéger le visage derrière ses bras levés.

— J'en ai marre de vous tous ! vociféra Julien. J'en
ai marre de sentir vos yeux dans mon dos... Toujours
à m'épier ! Fous le camp ! Fous le camp !

Sa haine ne connaissait plus de limite, et il s'aperçut qu'il cherchait à atteindre la tête de Gorget pour
lui faire éclater la peau du crâne. Il voulait le voir saigner, lui écraser le nez, lui éparpiller les dents.

— T'es dingue ! glapit le paysan avec une pointe
d'inquiétude dans la voix. Merde, je faisais rien de mal...
Je venais juste te prévenir...

Il se ratatina, dans une posture ridicule, les genoux
ramassés sur le ventre. Son visage exprimait l'incrédulité, le désarroi.

— Merde, souffla-t-il alors que Julien se reculait, la
bêche toujours brandie. T'es devenu aussi fou que les

Lehurlant... T'es comme eux maintenant. Ça t'a rat-
trapé... t'as leur maladie. Tes yeux, tes yeux ont changé.

— Tu racontes n'importe quoi ! haleta Julien. Qu'est-
ce que tu voulais si t'étais pas venu pour épier ?

Gorget se redressa en frictionnant ses bras meurtris.
Un filet de sang coulait de son sourcil droit, se diluant
dans la sueur qui graissait son visage.

— C'est à propos du chien... Zeppelin...

— On l'a tué, répliqua froidement Julien.

— Je sais, dit Gorget en baissant la voix. Je sais qui
a fait le coup... c'est pour ça que je venais te mettre en
garde. Tu ne me croiras peut-être pas, mais ça
m'emmerderait qu'il t'arrive malheur.

— Je sais qui a fait le coup, trancha Julien.

— Ça m'étonnerait, ricana Gorget, retrouvant en une
seconde son assurance coutumière. J'étais là, dans le
bois, quand c'est arrivé. J'ai tout vu.

— D'accord, admit Julien, pressé d'en finir, lâche ton
truc et tire-toi. Alors, qui t'as vu ? L'Ankou, les fantômes des brigands de Craindieu ?

— Ta mère..., souffla le paysan. C'est ta mère qui l'a tué.

Julien voulut rire mais ne parvint à produire qu'un
pénible bruit de gorge.

— C'est ta mère, renchérit Gorget. T'étais pas là ce
jour-là, rappelle-toi. Tu maraudais. Le chien, elle a
d'abord essayé de l'empoisonner avec de la mort-aux-
rats, mais le cabot n'a pas voulu y toucher. Il n'était
pas complètement idiot. C'était un chien de soldats, on
l'avait dressé à éviter ce genre de piège.

— C'est des bêtises ! fit Julien en reculant d'un pas.
J'y crois pas, tu mens, t'as toujours menti.

— Non, assura Gorget. La nuit, quand vous vous êtes
couchés, elle a attendu un peu, puis elle est ressortie

avec un couteau. Elle s'est approchée du chien qui ne s'est pas méfié, et elle l'a saigné, vite fait, tu peux me croire. Un sacré coup de main ! Il n'a même pas eu le temps de couiner, le pauvre vieux. Ensuite, elle est rentrée dans la cabane, comme si de rien n'était. Elle était calme comme tout. Ça m'a tellement fichu la trouille que j'ai décampé sans demander mon reste. Elle ressemblait à la dame blanche de la légende, tu sais...

— C'est complètement idiot, observa Julien qui retrouvait son calme. Ça n'a aucun sens. Pourquoi elle aurait tué Zeppelin ?

— Parce qu'elle est folle, dit Gorget. T'as pas encore compris ? C'est une meurtrière. Elle a tué Mathias, elle a peut-être même poussé l'Amiral dans le champ de mines. C'est un besoin qu'elle a. C'est en elle. Si tu fais pas gaffe, ce sera bientôt ton tour. C'est ça que je voulais te dire. Fiche le camp avant qu'il ne soit trop tard. Elle détestait tous les Lehurlant, ils lui en ont trop fait voir, et toi tu es un Lehurlant, même si tu ne t'en rends pas bien compte. Tu t'es transformé depuis que tu es arrivé ici. Tu n'es plus le même. Tu as beaucoup changé. Tu t'es mis à leur ressembler. D'ici peu, elle va commencé à te haïr, toi aussi. Tu vas lui rappeler trop de mauvais souvenirs. Elle a tué le chien pour vider le besoin de sang qui grimpait en elle... Zeppelin a pris ta place. Il est mort pour payer ton sursis.

— Tais-toi, coupa Julien, tu déparles... T'es plein de gnôle.

— Pas du tout, protesta Gorget en essuyant le filet de sang qui rampait sur sa joue. Je suis venu parce qu'on est quand même copains. J'ai peur pour toi, c'est vrai. Tu ressembles à Mathias, elle ne te le pardonnera pas, je le sens. Tu ne l'as pas vue tuer le chien, moi si.

Elle était comme une somnambule, elle n'avait même pas l'air de savoir ce qu'elle faisait réellement. Tu vas devenir son ennemi. N'oublie pas que c'est un Lehurlant qui t'a mis dans son ventre, et elle va te le faire payer. C'est sûrement pour ça qu'elle t'a oublié pendant cinq ans dans ta pension parisienne. Elle ne tenait pas à s'apercevoir que tu ressemblais aux deux autres... le Mathias et l'Amiral. Elle voulait éviter de te faire du mal. C'est pour ton bien qu'elle ne venait pas te voir. Elle te tenait à distance pour te préserver de sa haine.

— C'est de la folie, bégaya Julien. Tu délires... Le soleil t'a cuit la cervelle.

— Rigole, va, imbécile heureux, siffla Gorget. Au fond de toi tu sais que j'ai raison. Je suis à peu près certain qu'elle est venue ici en cachette et qu'elle a poussé l'Amiral dans le champ de mines. Elle voulait faire place nette, rompre avec le passé. Puis elle est retournée à Paris, te chercher. Pas pour jouer à la maman, non, pour te liquider, toi aussi. Elle ne redeviendra libre qu'une fois la lignée des Lehurlant complètement éteinte. C'est comme une malédiction pour elle. Je ne sais pas ce qu'ils lui ont fait, mais ça l'a rendue marteau. Tu es le dernier. Faut te tirer des pattes vite fait si tu veux pas finir comme un mouton à l'abattoir.

— Je ne te crois pas, déclara Julien en tournant les talons. Tu me fais perdre mon temps. Tu crèves de jalousie parce que tu vois qu'on va s'en sortir tout seuls, ma mère et moi.

— Pauvre type ! gronda Gorget. Ta mère, c'est moi qui lui a soufflé l'idée de descendre en ville chercher un démineur, pour l'éloigner, pour te donner le temps de t'enfuir. Viens chez moi, je te cacherai dans la grange. Si tu restes là t'es foutu. Elle va te saigner. Elle

a pris le pli avec les Lehurlant. Jamais deux sans trois.
Elle n'a plus peur du sang depuis longtemps. J'essaie
de te sauver parce que t'es mon pote.

— C'est pas vrai ! hurla Julien, tu ne m'aimes pas, et
je ne t'aime pas non plus ! T'es qu'un plouc jaloux, tu
veux nous voler notre bien, mais tu n'y arriveras pas.
T'es qu'un menteur.

— Et toi un idiot, soupira le paysan avec lassitude.
On est en temps de guerre, un mort de plus ou de moins
c'est pas grand-chose, tu sais. Y a pas mal de comptes
qui se règlent en ce moment, tu pourrais bien faire partie du lot. Elle peut te tuer n'importe quand... après il
lui suffira de jeter ton corps dans le champ de mines
et de raconter aux gendarmes que tu ne tenais pas en
place. Qui ira y chercher malice, hein ?

— Fous le camp, conclut Julien en reprenant le chemin de la maison. Je ne veux plus te voir chez moi ou
je te casse les reins.

— C'est vrai que t'en serais bien capable, observa tristement Gorget. T'as bougrement changé. T'es plus
comme avant.

Julien sortit du bois sans se retourner. Les paroles
de Gorget grésillaient tels des courts-circuits dans sa
cervelle. Il savait qu'il devait s'en purger au plus vite,
ne pas les laisser croître à la manière des mauvaises
herbes.

« Maintenant tu sais pourquoi ta mère t'a laissé seul,
lui chuchotait la voix. Maintenant tu sais pourquoi elle
ne craignait pas qu'on vienne t'égorger... Il ne faut pas
chercher plus loin. Tout s'explique. Et toi, idiot, qui
t'étonnais de son impatience à rouvrir portes et fenêtres alors même que l'assassin de Zeppelin rôdait peut-
être encore dans les parages ! »

Il passa le reste de l'après-midi adossé au puits, à contempler ses mains vides couvertes de cals. Elles ne ressemblaient plus à des mains d'écolier, Gorget avait raison. Le maniement des outils les avait façonnées, épaissies. Julien les observait, hébété, comme si elles ne lui appartenaient pas. Il prit subitement conscience que son corps avait subi les mêmes changements. Des muscles lui étaient venus qui n'étaient pas là deux mois auparavant. Il avait durci. Un duvet noir lui ombrait les joues et la lèvre supérieure. Ses rondeurs d'enfant avaient fondu. Une silhouette noueuse émergeait du bloc, une silhouette que Claire n'avait pu reconnaître sans un frisson de dégoût.

Et si Gorget disait la vérité ? Si elle était bel et bien folle, folle perdue, hantée par d'obscurs fantômes. Et si cette folie lui dictait la nécessité d'éteindre au plus vite une race maudite ?

« Allons, pensa Julien. Voilà que tu commences à parler comme un roman ! Reviens sur terre ! Gorget s'amuse avec toi. Tout cela fait partie de la même stratégie. Il veut te brouiller avec M'man, te rendre le séjour insupportable, t'amener à renoncer... »

Et d'abord, si c'était lui qui avait tué Zeppelin ? Le chien le connaissait bien, il avait pu laisser approcher son ancien maître sans aboyer... Gorget n'avait jamais été tendre avec les animaux, tout petit, déjà, il se vantait de saigner le cochon pour la Noël. Tuer le berger allemand n'aurait pas été pour lui une épreuve insurmontable.

Julien chassa les mouches qui se posaient sur son visage pour boire sa sueur. Il ne savait plus où il en était. Ces manigances le rendaient fou. Mais derrière l'écheveau confus des pensées contradictoires une autre peur s'installait, plus insidieuse. La peur de se découvrir trop semblable à Mathias, pétri dans la même chair mauvaise.

Avec le recul, la violence dont il avait fait preuve avec Gorget l'épouvantait. Il ne se reconnaissait plus. Et c'était peut-être cette métamorphose dont il n'avait jamais eu clairement conscience qui avait éloigné Claire de lui.

17

Claire demeura absente quatre jours pendant lesquels Julien prit la mesure de sa solitude. Il ne travaillait presque plus et se contentait d'errer, désœuvré, sur le périmètre du pré aux corbeaux. Sans Zeppelin, il n'était plus question de poursuivre l'entreprise de déminage. Les grands projets bâtis dans l'excitation des aubes brumeuses tournaient court. A plusieurs reprises, l'adolescent se demanda s'il ne devait pas tout bonnement mettre à profit l'absence de sa mère pour s'en aller. Un héros de roman aurait fait son balluchon, rejoint le port le plus proche et se serait embarqué comme mousse sur un navire en partance. L'époque, troublée, se prêtait à de telles bifurcations. Julien rêvait à Jack London, au *Loup des mers*, aux adolescents trop tendres qu'on endurcissait à coups de poing sur le pont des bateaux phoquiers. Il se sentait mûr pour une telle aventure. Devait-il écrire une lettre à M'man, la clouer sur la porte de la cabane, et prendre le large ?

Il avait si peur de la voir revenir différente, marquée.

Peut-être devait-il saisir l'occasion qui lui était donnée pour rompre avec sa famille, tirer un trait définitif sur les Lehurlant, leurs tares et leur malédiction ?

S'en aller, oui, en finir avec les questions, les mystères, ne plus s'interroger, ne plus s'occuper que de ses
propres lendemains... Découvrir le bonheur dans
l'égoïsme.

Il marcha jusqu'au bord de la falaise, remâchant ce
brouillon de destin sans parvenir à prendre de décision.

Le soir du troisième jour, alors qu'il fouillait dans
les placards, il aperçut un paquet de mort-aux-rats sur
lequel on avait dessiné un crâne, deux tibias, et les révélations de Gorget lui traversèrent fugitivement l'esprit.

Claire revint le jour suivant, remorquant sa valise qui
semblait devenue très lourde. En fait, Julien l'entendit approcher bien avant de la voir, car le vent lui
apporta le craquement des graviers écrasés sous les
semelles de bois alors que la jeune femme se trouvait
encore au bas de la côte. Son premier mouvement fut
de courir à sa rencontre, mais il s'ordonna de rester
immobile et s'assit sur une pierre en attendant que
rétrécisse l'espace qui les séparait. Il voulait moins la
punir que retarder le moment où il lui faudrait peut-
être découvrir une autre femme, une de plus.

Il avait les jambes un peu molles, et cela l'agaça.

M'man laissa tomber le bagage près du puits avec une
gaieté que Julien estima factice. La longue escalade lui
avait mis le visage en feu et elle transpirait dans son
tailleur froissé. Ses jambes étaient grises de poussière.
Personne ne l'avait raccompagnée. Elle était revenue
comme elle était partie, en romanichelle. Il en fut presque rassuré et un certain attendrissement le prit.

— Ouvre! lança-t-elle en poussant la valise dans sa
direction, j'ai plein de bonnes choses! Ouvre donc! Ne
boude pas, j'ai réussi: ils vont nous envoyer une équipe
de déminage. Ça n'a pas été facile, mais Audonier m'a

aidée. Il sent que le vent tourne et il essaye de se faire le plus d'amis possible.

Elle se défit de sa veste, plongea ses mains réunies en coupe dans le seau posé sur la margelle du puits et s'aspergea le visage. Julien ne voulait pas la regarder de peur de lui trouver les yeux cernés ou la bouche irritée par les baisers. Il était encore à cet âge où l'on s'imagine que les femmes ne peuvent sortir d'un lit que gravement blessées. Déjà, Claire racontait une histoire embrouillée d'état-major et de responsable du génie, elle parlait du bombardement de Caen, des milliers de morts civils qui en avaient résulté, elle s'emportait contre les pilotes alliés lâchant leurs bombes de si haut qu'ils ne savaient même pas sur qui elles tombaient, et tuaient plus de Français que d'Allemands. Julien s'en fichait, elle parlait trop.

La valise contenait des rations de soldat américain, du chocolat, du chewing-gum, des cigarettes. Un butin de mendicité qui exaspéra l'adolescent. Il en voulut à sa mère d'avoir ouvert les mains pour accepter cette camelote infantile, d'avoir dit merci à des vainqueurs trop contents d'eux. Pour qui les prenait-on, pour des sauvages qu'on flatte avec de la verroterie ? Alors, seulement, il se décida à lever la tête pour affronter le visage de Claire. Elle avait une expression de petite fille excitée, « De gourde ! » pensa-t-il méchamment. Ah ! que les femmes étaient donc bêtes ! Il referma la valise sans rien prendre, dédaignant même le chocolat. Comme Claire s'étonnait, il fut tenté de lancer : « C'est de la camelote pour bidasse, je préfère celui de l'Amiral ! »

Le gazouillis de la jeune femme lui devenait insupportable. Il eut envie de la faire redescendre sur terre, de couper court à ces anecdotes sur la vie de garnison dont il n'avait que faire. Il se moquait complètement du capitaine Machin et du lieutenant Truc « qui s'étaient montrés si aimables... ».

— Gorget est passé, dit-il sèchement. Il voulait me faire des révélations.

Il regretta la formule qui faisait un peu roman à deux sous, mais il ne pouvait plus revenir en arrière.

— Quoi ? fit Claire, interrompue au milieu d'une anecdote.

— Gorget, répéta Julien. Il dit que c'est toi qui as tué Zeppelin.

Voilà, c'était lâché, comme l'une de ces foutues bombes anglaises, il n'y avait plus qu'à attendre l'explosion.

Le sourire de M'man se fripa, et il eut l'impression qu'elle lui en voulait d'avoir terni sa joie. Elle ne se sentait pas coupable, non, elle était irritée d'avoir à se rappeler un épisode désagréable.

— Oh ! La barbe ! siffla-t-elle, je savais que tu allais en faire une histoire. Si tu veux tout savoir, je l'ai fait pour toi, à cause de toi, de tes bêtises. C'est ta faute si j'ai dû en arriver là.

— Ma faute ? hoqueta Julien.

— Oui, cria Claire. Tu me prends pour une idiote ? Tu crois que je ne sais pas ce que tu faisais le matin dans le champ de mines ? Tu t'imagines peut-être que les explosions ne me réveillaient pas ? Tu crois que j'avais le sommeil si lourd que je ne me rendais pas compte de tes petites expéditions ? Quand tu te glissais hors de la cabane je me précipitais pour te regarder par la fente du volet. J'étais terrifiée... A chaque seconde je m'attendais à te voir mourir. C'était insupportable... J'avais l'impression de devenir folle. Tout ça à cause de ce chien qui déterrait les bombes comme des truffes.

— Tu savais ? murmura Julien. Mais tu ne m'as rien dit.

— Oh ! s'emporta la jeune femme, parce que tu m'aurais écoutée, sans doute ? J'ai failli sortir en hurlant à dix reprises, mais j'avais peur de te troubler, de provoquer un faux mouvement. J'ai vécu dans la terreur de ce qui risquait d'arriver. Si je t'avais grondé, tu serais passé outre, ne dis pas le contraire. Tu es un Lehurlant, tu n'en feras jamais qu'à ta tête.

Sa voix se cassa et les larmes jaillirent de ses yeux sans qu'elle esquisse un geste pour les essuyer. Julien fit un pas vers elle. La jeune femme leva les mains pour lui caresser le visage.

— J'ai bien compris ce que tu essayais de faire, chuchota-t-elle, c'était courageux mais je ne pouvais plus le supporter, et si je t'avais demandé d'arrêter tu ne m'aurais pas écoutée. Alors, j'ai eu l'idée de... de tuer le chien. J'ai pensé que sans lui tu ne te glisserais plus sous les barbelés. Je n'ai pas trouvé d'autre moyen... Je sais que c'est affreux, mais c'est toi que j'aime, et je n'ai que toi... que toi. Alors le chien...

Elle parlait maintenant très bas et avait attiré l'adolescent contre elle. Debout au centre de la plaine, ils ne formaient plus qu'une seule silhouette.

— J'ai essayé de l'empoisonner à plusieurs reprises, dit-elle dans un sanglot, mais il refusait toujours de manger. On aurait dit qu'il devinait mes pensées. Je n'en pouvais plus, alors j'ai décidé d'en finir... de le saigner pendant son sommeil... Je croyais que ce serait dur, mais finalement ça s'est révélé assez facile. J'en étais arrivée à le détester, c'était à cause de lui que tu prenais des risques insensés, chaque matin. Il fallait qu'il disparaisse. Tu comprends ? Je l'ai tué parce que je t'aime, parce que j'en avais assez de te voir jouer le héros. Tu es un enfant, Julien, cesse de te comporter comme un homme. Tu n'es pas obligé... Tu n'as pas à m'épater, pas de cette manière... Trop de gens meurent en ce moment, ne les prends pas en exemple... Le sang des Lehurlant est en toi et il te poussera souvent à faire des bêtises, résiste-lui. Fais toujours le contraire de ce qu'auraient fait Mathias ou l'Amiral, je t'en supplie.

Julien se dégagea doucement. Des sentiments mêlés l'habitaient. De la peine, de la tendresse, une horreur diffuse pour le sang versé. Il se surprit à regarder les mains de M'man, ces mains qui avaient guidé le couteau vers le cou de Zeppelin. Elles ne portaient pas la marque de leur acte. Les mains faisaient toujours mille choses honteuses mais il suffisait de les passer sous l'eau pour qu'il n'en subsiste aucune trace.

— Je l'ai fait pour toi, répéta Claire, tu n'as pas le droit de m'en vouloir. J'étais en état de légitime défense. Tu m'y as forcée. Je ne pouvais pas rester les bras croisés pendant que tu t'amusais à transporter des bombes dans une brouette ! N'importe quelle mère en aurait fait autant ! Il ne faut pas que cela se mette entre nous.

Julien se détourna, mal à l'aise. Il savait que Claire avait raison, mais la haine et la colère refusaient d'écouter la voix de la sagesse. Cela bouillait en lui, quelque part, très loin, à la manière de ces éruptions volcaniques qui mijotent un siècle durant.

— Oh ! Et puis ça suffit, trancha soudain la jeune femme à bout de nerfs, on ne va pas faire une histoire pour un vulgaire chien alors que des milliers de gens meurent en ce moment tout autour de nous. Ne sois pas ridicule ! Cette bestiole était laide à faire peur, Mathias ou l'Amiral lui auraient flanqué un coup de fusil le jour même où tu l'as amenée.

Julien fit volte-face, mais Claire avait déjà ramassé la valise et gagné la maison pour se changer. Quand elle en ressortit, son visage s'était fermé et ses gestes trahissaient la colère rentrée. Elle s'emporta contre l'adolescent parce qu'il avait laissé traîner les outils de jardinage sans les nettoyer et que les lames d'acier avaient rouillé au contact de la terre.

— Et puis il va falloir ranger cette porcherie, décidat-elle en agitant les bras, je ne tiens pas à avoir honte quand les soldats arriveront. Il faudra les coucher et se montrer aimable. J'espère que tu feras des efforts pour sourire, si tu crois que ça a été facile d'obtenir qu'on s'occupe de nous !

Elle parut sur le point de dire quelque chose, emportée par la colère, mais se reprit à la dernière seconde.

— Ne te crois pas dispensé d'obéir parce que tu allais faire des trous dans le champ de mines ! hurla-t-elle soudain, moi aussi j'ai payé de ma personne... et ça n'a pas été aussi facile que tu sembles le croire !

Puis elle tourna les talons et disparut au fond du jardin, laissant Julien planté près du puits.

Une atmosphère de bouderie s'installa, que l'adolescent ne sut comment dissiper. Claire parlait toute seule en ramassant les légumes ; d'où il se tenait, Julien voyait ses lèvres remuer comme si elle menait une conversation orageuse avec un interlocuteur invisible. Avec qui se querellait-elle ? Il fit deux ou trois tentatives malhabiles pour la faire rire, mais ses plaisanteries tombèrent à plat. Elle paraissait en vouloir à la Terre

entière. Ils n'échangèrent pas dix phrases et se couchèrent maussades, chacun à un bout de la pièce.

Julien dormit très mal cette nuit-là. Alors que poin-
tait l'aube, il fut réveillé par le crissement d'un vélo
grimpant la côte. Le bruit de ferraille portait loin dans
le silence des champs. Intrigué, il se glissa dehors. Une
silhouette dansait sur la route. Un homme vêtu d'une
capote militaire, debout sur les pédales de sa machine,
le porte-bagages encombré d'un barda bizarre. Il avait
accroché son casque à sa ceinture et enfoncé son calot
au ras de ses sourcils.

— Caporal Pierre Etançon, annonça-t-il en posant
pied à terre devant Julien, 6e régiment du génie. Vous
avez des problèmes avec les explosifs, paraît-il ? J'ai
un ordre de mission. C'est bien ici la ferme des
Lehurlant ?

Il était grand, interminable, avec une figure aux joues
rougies par le feu du rasoir. Quel âge avait-il ? Vingt-
cinq ans ? Il souriait, dévoilant de grandes dents robus-
tes et bien plantées. Ses mains larges et dures sortaient
des manches trop courtes de la capote pour envelopper le guidon du vélo avec une faconde de coureur
cycliste qui tient à afficher un certain « style ».

Julien ouvrit la bouche mais ne réussit qu'à balbutier comme un gamin pris en faute. L'ombre du soldat
l'écrasait, le forçant à lever le nez.

— J'ai un ordre de mission, répéta l'homme. Tu peux
aller chercher ta maman, elle doit être au courant, elle ?

Mais Claire l'avait entendu, la porte de la cabane
s'ouvrit en grinçant, et elle apparut. Elle s'était brossé
les cheveux en hâte pour chasser les brins de paille.

L'homme ébaucha un salut militaire et se présenta à nouveau.

— Je m'excuse d'arriver si tôt, dit-il, mais je suis en route depuis hier soir, j'ai eu du mal à trouver. Les gens du coin ne sont pas trop accueillants, on dirait.

Il descendit de sa machine qu'il appuya à la margelle du puits, se massa les reins en jetant un regard circulaire sur la plaine et la maison.

— Alors c'est là, observa-t-il. Ben vrai ! Y a du travail !

— Vous êtes tout seul ? s'étonna Claire.

— Oui, rigola le grand gars, c'est moi toute l'équipe de déminage, mais c'est déjà beau que je sois là, hier matin y avait un lieutenant qui voulait déjà annuler mon ordre de mission, je me suis tiré des pattes vite fait.

Claire s'agita, proposa de faire du café et s'agenouilla pour raviver les braises du bivouac. Le soldat s'interposa.

— Non, m'dame, laissez-moi faire. Je ne suis pas venu les mains vides, j'ai des douceurs pour le gosse et vous.

De son paquetage, il sortit une boîte de métal qu'il exhiba fièrement en annonçant : « Marmelade anglaise ! » Il alluma le feu, prépara le café comme s'il était chez lui. Il ne tâtonnait pas, ses grandes mains dénichaient les objets sans hésiter, avec une aisance un peu agaçante. Il tisonnait les bûches sans craindre de se brûler, insensible aux étincelles jaillissant des brindilles d'acacia. De sa besace miraculeuse, il sortit une miche de pain, qu'il débita en gros chanteaux odorants.

— Ça vient de la caserne, annonça-t-il avec forfanterie, on a touché de la farine des Amerlos, c'est pas du gruau de chez nous, mais c'est toujours meilleur que la sciure, pas vrai, bonhomme ?

Et il ébouriffa les cheveux de Julien qui réprima un mouvement de recul. Pourquoi se sentait-il soudain si petit en face de ce grand pendard de bidasse ?

Ils mangèrent, Julien du bout des dents, Claire en sauvageonne affamée. Elle riait aux plaisanteries bêtes du caporal. Quand ils furent gavés, la jeune femme retrouva son sérieux pour dresser l'état des lieux. Etançon hochait la tête en caressant son quart rempli de café brûlant.

— C'est du travail, commenta-t-il, mais j'ai mon détecteur et mes batteries, et puis je ne suis pas manchot. Des champs de mines, j'en ai nettoyé plus d'un. Le plus urgent, c'est d'essayer de désamorcer la bombe qui se trouve dans la maison. Si on n'y réussit pas, ça ne servira à rien de dénoyauter le pré. Vous avez déjà couru un sacré risque en campant là. Voilà comment je vois les choses : je vais me reposer un peu, et puis vous reculerez jusqu'au bord de la falaise avec le petiot. Et moi j'entrerai dans la bicoque pour voir ce que cette méchante marmite a dans le ventre.

— Ce sera dangereux ? s'enquit Claire d'une voix mal assurée.

— C'est toujours dangereux, m'dame, fit le caporal. C'est pour ça que j'aime faire un bon repas avant, on ne sait jamais, ce pourrait être le dernier ! Si ce machin-là explose, vous verrez votre pauvre maison s'éparpiller à travers toute la campagne, quant à moi, vous pourrez enterrer mes restes dans une petite boîte d'allumettes. Mais faut pas voir les choses en noir. Si ça se trouve, je vais la neutraliser en deux minutes, votre bombe, et ce soir vous pourrez coucher dans la grande maison, comme une duchesse.

— Vous ferez attention ? demanda Claire. Personne n'est plus entré dans cette baraque depuis la mort de mon beau-père. Il est possible que tout soit dans un état épouvantable.

Etançon haussa les épaules, prit une badine, et entreprit de dessiner l'image de la bombe dans la poussière du sol, il expliqua ensuite comment il comptait s'y prendre. Julien n'écouta pas. Il ne regardait pas le dessin mais la longue figure du soldat, ses joues roses, ses cheveux tondus au ras de la peau. Il avait un grand nez, de grandes oreilles, de grandes dents, mais, curieusement, cet ensemble disproportionné n'était pas déplaisant. Il s'en dégageait une impression de force paisible parfaitement maîtrisée.

— Je vais déballer mes affaires et piquer un petit somme, annonça le caporal. Pendant ce temps, préparez-vous un casse-croûte. Le mieux c'est que vous descendiez sur la plage, là, vous serez à l'abri des éclats en cas de malheur.

Dépliant son long corps, il ôta sa capote militaire et apparut en bretelles. Sans plus s'occuper de ses hôtes, il déballa ses affaires et dressa une petite tente individuelle à l'écart. Son fusil était rangé avec une sorte de curieuse machine constituée d'un long manche, d'une paire d'écouteurs, et d'un disque plat rappelant un couvercle de lessiveuse.

— C'est mon détecteur, expliqua-t-il en surprenant le regard de Julien. Chaque fois qu'il passe au-dessus d'une mine, il m'expédie un signal dans les oreilles. Ah, c'est sûr que ça vaut pas une bonne chanson de Trenet, mais c'est bien utile.

Il aurait sûrement aimé que Julien lui pose des questions, mais celui-ci demeura silencieux. « Il pense peut-être qu'il va m'épater avec son machin ! songea le garçon. Moi, j'en avais un de détecteur, et un peu plus mariole ! »

Quand il eut planté la tente, Etançon défit ses bandes molletières et s'allongea dans sa niche. Là, il se bourra une courte pipe avec du gros gris et se mit à fumer, les yeux clos, pendant que l'abri de toile s'emplissait d'un nuage bleuâtre qui ne semblait nullement le déranger. Au bout d'un moment, le brûle-gueule s'éteignit de lui-même et le caporal commença à ronfler. M'man saisit Julien par le poignet et le tira en arrière.

— Tu ne vas pas rester planté là à le regarder, tout de même ! souffla-t-elle, indignée.

— Je ne fais rien de mal, protesta Julien. Et puis il ronfle.

— Cet homme vit peut-être sa dernière heure, siffla Claire, il a droit à un peu de respect. Je te rappelle qu'il va risquer sa vie pour nous rendre la maison. Ça ne te paraît pas important ?

Julien sentit le froid l'envahir. La voix de M'man avait changé. Ce n'était plus une voix d'égal à égal. C'était une voix d'institutrice interpellant un mauvais élève. Il chercha ce qu'il pourrait dire pour rétablir l'équilibre, mais Claire s'était déjà détournée. Elle empilait des objets dans la valise, bourrait un sac. Les ronflements du caporal auraient pu rendre la scène ridicule, il n'en était rien. C'était comme si le démineur avait soudain pris possession du domaine par la magie de son savoir. Il était arrivé sur son petit vélo, et voilà qu'il était déjà chez lui, fumant, faisant la sieste, exhibant ses grands pieds qui dépassaient de la tente !

Pendant une heure on ne fit rien, qu'attendre son retour à la conscience. M'man avait préparé un balluchon de survie, de quoi affronter les routes si la maison de maître et la cabane de jardinier volaient en éclats. Julien en venait presque à souhaiter cette conclusion cataclysmique.

Pierre Etançon s'éveilla en grommelant et sortit de la tente à quatre pattes. Il avait les gestes d'un homme qui croit à l'éternité. S'il avait peur, il ne le montrait pas. D'une boîte de métal, il tira deux cigarettes roulées, les fuma à petits coups. Puis il s'empara d'un flaçon de gnôle et s'en versa un fond de verre. Il mettait en toute chose une lenteur exaspérante. Claire le fixait, un peu de sueur sur la lèvre supérieure, les mains nouées sur les genoux. Enfin, le caporal parut émerger de son engourdissement et se dressa sur ses pieds.

— Madame, dit-il, il est temps pour vous et le mioche de vous mettre à l'abri. Je commencerai à travailler quand vous serez arrivés au bout de ce chemin. Si vous ne descendez pas sur la plage, cachez-vous bien derrière les arbres. Une bombe de cinq cents kilos, quand ça explose, ça creuse un entonnoir énorme. Et il y a fort à parier que les mines sauteront en chapelets sous le choc des débris. Ça décapera la terre jusqu'à la roche, et ça empoisonnera l'humus pour des années. C'est toujours comme ça que ça se passe : où explose une bombe, il ne pousse plus rien. Les produits chimiques se mettent dans la terre, et c'en est fini de la culture.

Il se frictionna la tête avec la paume de la main, faisant crisser ses cheveux ras.

— Allez ! gronda-t-il, on va pas pleurer avant que le glas ait sonné, pas vrai ? Filez donc à l'abri, zou ! Moi je vais aller visiter cette grande maison avec ma petite trousse à outils.

— La porte est verrouillée..., balbutia M'man d'une voix d'écolière.

— C'est pas important, claironna Etançon. Les serrures, ça me connaît. J'ai tout ce qu'il faut dans mon balluchon.

Claire se dressa, embarrassée.

— Je ne sais pas quoi vous dire, murmura-t-elle. J'ai un peu honte de vous obliger à prendre autant de risques.

— Pensez-vous ! clama le caporal. Dites-vous bien que si je n'étais pas ici, je ferais la même chose ailleurs. C'est mon boulot, faut pas en faire une tartine.

— En tout cas merci, dit-elle avec un sourire triste qui la rendit étrangement fragile.

Comme Julien se préparait à tourner les talons, elle le saisit par l'épaule.

— Tu pourrais au moins remercier le caporal ! lâcha-t-elle entre ses dents serrées.

— Laissez, intervint Etançon, entre hommes on ne se fait pas de ronds de jambes, pas vrai gamin ?

« Je voudrais que tu sautes avec toute la baraque ! eut envie de crier l'adolescent, et que ça s'entende de l'autre côté de la lune ! »

Mais Claire l'entraînait déjà en marmonnant qu'il lui avait fait honte. Il s'en fichait royalement. Depuis que le démineur avait débarqué, elle le traitait comme un gosse, eh bien, il allait se comporter comme un gosse, voilà tout !

Ils remontèrent le sentier en direction de la mer, longeant la muraille de barbelés. Julien se retenait de regarder par-dessus son épaule. Est-ce que la maison allait sauter ? Une excitation mauvaise bouillonnait en lui. Qu'on en finisse, et vite ! Ce qu'avait dit le caporal

lui avait beaucoup plu : la terre stérilisée par les explosions... N'était-ce pas le moyen idéal de tirer un trait
définitif sur l'héritage des Lehurlant ? Une terre stérile,
invendable, un cratère en guise de maison ! On repar-
tirait sur des bases saines, loin de Morfonds et de ses
sortilèges. Oui, il était peut-être souhaitable que la
bombe se réveille.

M'man haletait, tirant la valise qui contenait tous
leurs biens. Quand ils atteignirent les premiers arbres,
ils se laissèrent tomber dans l'herbe. Il faisait très
chaud. Le soleil cuisait les pierres telle une pâte à pain
immangeable.

Hypnotisés, ils attendaient, les yeux fixés sur la maison forte. Là-bas, Etançon n'était plus qu'une petite silhouette bleue.

— Il va entrer, murmura Claire. Je crois qu'il force
la serrure.

— Il va l'abîmer, ricana Julien. Il aurait dû me
demander, j'aurais ouvert proprement, moi.

— Toi ! grogna la jeune femme. Il faut toujours que
tu te croies plus malin que les autres.

Claire prit la valise et se replia derrière le rideau
d'arbres. Julien l'y rejoignit et s'allongea dans l'herbe,
sur le ventre. Il faisait bon à l'ombre, les mouettes
criaient sur la plage et le bruit des vagues roulait mollement sur les rochers. Ç'aurait pu être les vacances.
Julien arracha une herbe, la mordit pour en extraire
le suc. L'engourdissement le prenait, il crut qu'il allait
s'endormir. Là-bas, au bout du chemin, les lignes de la
maison dansaient dans la brume de chaleur. Décollera ?
Décollera pas ?

Où en était ce grand escogriffe d'Etançon ? Il montait doucement l'escalier du grenier, s'approchait à pas

de loup de la bombe à la carapace rouillée... Julien se
le représentait : agenouillé sur les matelas de varech,
farfouillant dans la quincaillerie des détonateurs. Il
était content de n'éprouver aucune admiration pour le
soldat. Après tout, il avait fait la même chose, avec son
chien pour tout détecteur !

« De nous deux, c'est moi le plus fort ! songea-t-il,
parce que je suis censé n'être qu'un gosse ! »

Mais ce qu'il avait accompli, aux yeux des adultes,
ça s'appelait et ça s'appellerait toujours des « bêtises »,
alors qu'Etançon était un héros. Il y avait là-dedans une
injustice qui le révoltait.

Il compta les secondes, s'irritant de la nervosité de
Claire. Qu'elle saute, cette fichue baraque ! Des tas de
gens, à travers toute la France, n'avaient plus où se
loger. On ferait comme eux !

Il finit par perdre la notion du temps. Pour un peu,
il aurait posé sa joue sur son bras et se serait endormi.
Il se sentait empli d'un grand calme, au bord d'une libération. Toutes ces histoires d'adultes ne l'intéressaient
plus, il s'en lavait les mains. Il voulait retrouver ses livres,
ses rêveries. Se rabibocher avec Gorget peut-être ? Ah !
Le temps des chasses aux lutins... Comme il avait été heureux à l'époque, sans même s'en rendre compte. Il se rappelait soudain les gambades dans la forêt, l'épée de bois
au poing, les batailles contre les géants des fougères. Les
histoires pour se faire peur qu'inventait le fils du tueur
des abattoirs. Il avait cru que cela durerait toujours. Une
mélancolie poignante lui serrait la poitrine. Retrouverait-
il jamais ce sentiment de plénitude, ce bonheur imbécile d'être un gosse ?

La main de M'man se ferma sur son bras, le tirant
de sa torpeur.

— Il a réussi ! criait la jeune femme. Regarde ! Il est sur le perron, il nous fait signe de revenir ! Il a réussi... Nous sommes de nouveau chez nous !

18

Claire ouvrit toutes les fenêtres, toutes les portes, créant des courants d'air qui traversèrent la maison de part en part, chassant l'odeur de renfermé et levant des nuages de poussière sur les meubles. Le soleil s'engouffra par ces ouvertures, si violent qu'on avait l'impression qu'il allait décolorer livres et tentures, enflammer les tapis, blanchir les tableaux. Julien osait à peine bouger, il ne reconnaissait plus la forteresse nocturne si souvent visitée au cours des derniers mois. Le château mystérieux n'était plus qu'une grande bâtisse à l'abandon, transformée en porcherie par un souillon.

— Mon Dieu, gémissait Claire, toutes ces bouteilles, cette vaisselle, j'ai honte. Comment peut-on se laisser aller de la sorte ?

Pierre Etançon les attendait au bas de l'escalier, les pouces glissés dans les bretelles.

— C'est fini, annonça-t-il, vous n'avez plus rien à craindre. J'ai enlevé les détonateurs, à présent pour qu'elle explose il faudrait que la foudre tombe dessus. Je ne peux rien faire de plus. On fera venir une grue pour l'enlever. Faudra voir ça par la suite, quand les choses seront rentrées dans l'ordre.

Il les guida jusqu'au grenier pour leur montrer l'ogive de métal rouillé. M'man poussa un gémissement d'horreur en mettant sa main devant sa bouche. Julien lui en voulut de jouer ainsi à la petite fille effrayée.

— Tu peux la toucher, p'tit, lui lança le caporal, n'aie pas peur, elle ne te mordra plus maintenant.

Julien ne bougea pas, c'était drôle de passer pour une poule mouillée aux yeux de ce grand idiot. La bombe, dont il avait dévissé une partie de la carapace, ressemblait désormais à une machine rouillée oubliée dans un dépôt d'ordures. Un vieux Godin, ou un Mirus cabossé.

— Elle est inerte, commenta le soldat, mais on va tout de même la recouvrir avec des sacs, pour qu'elle reste humide.

Il plongea la main dans sa poche, en extirpa des pièces métalliques, sans doute les détonateurs défectueux.

— Tu vois, dit-il en les brandissant sous le nez de l'adolescent, je lui ai enlevé les dents.

Ils redescendirent. Pendant que M'man courait d'une pièce à l'autre, ne sachant par où commencer, Etançon s'installa dans le fauteuil de l'Amiral et sortit sa courte pipe qu'il entreprit de bourrer calmement. Il se mit à fumer, les yeux clos, le visage tourné vers le soleil qui entrait à flots.

Claire fit signe à Julien de la rejoindre dans la cuisine.

— J'espère que tu ne comptes pas rester les bras ballants, au moins ? lui lança-t-elle. Rends-toi utile, ramasse toutes ces bouteilles vides et entasse-les dans le jardin.

Pendant deux heures, le fils et la mère s'activèrent, maniant le balai et le plumeau. M'man bondissait sur les escabeaux, époussetant les bibelots, les livres. La vaisselle avait été mise à tremper, les ordures transportées jusqu'au tas de fumier.

— Il faudra s'occuper des chambres, énumérait la jeune femme, aérer les literies, poser les matelas sur le rebord des fenêtres. J'espère que les draps ne sentent pas trop le renfermé. Nous les laverons au fur et à mesure.

Elle parlait pour elle-même, cette accumulation de travaux ménagers la grisait. Elle avait de la poussière sur le nez mais l'excitation lui faisait les yeux brillants.

— Tu te rends compte ? dit-elle à deux reprises, nous sommes de nouveau chez nous !

Etançon n'avait quitté son fauteuil que pour se servir un petit verre d'eau-de-vie de prune qu'il sirotait entre deux bouffées de tabac. Il avait ôté ses croquenots et se promenait en chaussettes, indifférent au tumulte. Julien, que cette passivité agaçait, grimpa au premier et arracha les matelas des sommiers pour les poser en équilibre sur le bord des fenêtres. Chaque mouvement soulevait des tempêtes de poussière grise. Quand il avait défait le lit, il ouvrait l'armoire à deux battants, pour chasser l'odeur de moisissure. La chaleur du dehors s'installait, amenant les insectes, les mouches, les papillons, mais aussi le pollen.

Il fut tout surpris, au détour d'un couloir, de retrouver sa chambre d'enfant dont il avait presque oublié l'existence. Rien n'avait bougé, les images à colorier, les crayons, les godets de peinture fissurés par le temps, les livres et les albums de Gontran le Canard... Tout était là. *Gontran chasse le lion, Gontran chez les Indiens, Gontran au pôle Nord, Gontran roi de la savane...* Le lit à barreaux lui parut étonnamment petit. La poussière avait terni les couleurs vives des jouets. Les soldats de plomb disparaissaient sous la farine du temps. Cédant à un brusque élan de gaminerie, il se coucha sur l'étroit sommier. Ses jambes dépassaient d'au moins trente centimètres ! Il chercha à se rappeler s'il avait été heureux en cet endroit. C'était si loin qu'il ne parvenait plus à retrouver de souvenir précis.

« Je suis comme ces chiens qui ne sont plus capables de déterrer les os qu'ils ont enfouis dans le jardin de leur maître ! » pensa-t-il.

Tendant la main, il ouvrit le coffre à jouets, là où s'entassaient dans des boîtes numérotées les centaines de soldats de plomb offerts par l'Amiral. Une folie de grand seigneur... de père vieillissant ? Un millier de répliques scrupuleuses, peintes à la main, et permettant de recomposer les grandes batailles du passé : Wagram, Eylau, Austerlitz... et même Waterloo. Un cadeau qui avait agacé Claire. « Quelle idée ! avait-elle lancé, maintenant on ne pourra plus mettre un pied devant l'autre ! » Julien souleva le couvercle d'un emballage. Les petits bonshommes étaient là, au garde-à-vous, fidèles compagnons de l'enfance envolée.

Il referma le coffre et se redressa, de mauvaise humeur, le cœur remué de mélancolie. Pour ne plus songer à toutes ces choses, il reprit sa besogne de nettoyage.

En atteignant le cabinet de travail de l'Amiral il eut une hésitation. A l'idée de déverser la lumière du soleil dans cette niche nocturne, un scrupule le prenait. Ne valait-il pas mieux laisser tout en état, comme un musée ?

Il entra à pas de loup, aveuglé par la pénombre. Ce fut en s'approchant du bureau qu'il aperçut le tiroir vide.

Le rapport du détective avait disparu.

Le dossier qu'il n'avait jamais osé ouvrir n'était plus là. La stupeur le figea. Qui s'était donc introduit dans la pièce pour voler la chemise de carton brun ? Pierre Etançon... M'man ? Il chercha à se rappeler les allées et venues de la jeune femme depuis leur entrée dans la maison, mais c'était difficile puisqu'elle n'avait cessé de courir d'un étage à l'autre. Quant au caporal... il était resté assez longtemps tout seul dans la bâtisse pour avoir le temps d'en faire l'inventaire.

« Il a peut-être désamorcé la bombe en dix minutes, songea Julien, ensuite il a pris tout son temps pour visiter les tiroirs, avec l'espoir de dénicher quelque chose à voler. C'est pour ça qu'il nous a laissé attendre une heure dans la forêt. Il fouillait dans les armoires, dans les papiers de grand-père... et il a trouvé le dossier. Le rapport sur les activités de M'man durant la guerre ! »

Il s'en voulait de n'avoir pas songé à le cacher. A de petits détails de ce genre il réalisait qu'il n'était encore qu'un gosse. Il ne savait pas tout prévoir ! Pendant les quatre jours où il était resté seul, il n'avait pas pensé une seule fois à la chemise de carton brun. Il aurait pu cent fois la brûler au fond du jardin, mais il n'avait su que pleurnicher sur son triste sort. Il n'avait pas cru à la venue des démineurs, au fond de lui il avait toujours été persuadé que M'man reviendrait bredouille. L'arrivée du caporal l'avait cueilli par surprise. Il ne bougeait toujours pas, scrutant le tiroir vide, comme si le dossier compromettant allait réapparaître par magie.

Et la question revenait. Qui l'avait subtilisé ? M'man ou le caporal ? Le caporal, avec ses airs de grand nigaud jovial, ses paresses de petit rentier se dorant la couenne

au soleil en suçotant le tuyau de sa pipe. Si c'était lui,
il savait tout sur M'man, il allait la faire chanter, il...
— Julien! Qu'est-ce que tu fais? Descends!
La voix de Claire le fit tressaillir. A reculons, il sortit du bureau. M'man l'appelait du salon.
— Viens, dit-elle, viens voir ce que Pierre a déniché
à la cave! Des milliers de bonnes choses!
Julien descendit, sachant déjà à quoi sa mère faisait
allusion. Etançon avait tout simplement trouvé la porte
de la crypte et les réserves de l'Amiral.
— J'avais oublié que c'était là, lança la jeune femme
en brandissant des bouteilles de champagne recouver-
tes de salpêtre. Pierre, vous êtes formidable!
Sur la table s'empilaient des conserves et un jambon
que le garçon connaissait bien.
— C'est formidable, répéta Claire en battant des
mains, je pensais que le grand-père avait dévoré toutes ses réserves, on dirait qu'il n'y a pas touché. Pierre,
vous nous rendez la vie! D'abord la maison, ensuite la
caverne d'Ali Baba!
Etançon se tenait en retrait, les mains poussiéreu-
ses, souriant modestement.
— On va faire un festin, décida Claire, dès que la vaisselle sera lavée. Il faut fêter notre retour à la maison.
Julien, tu vas aller ramasser des légumes. Les assiettes je m'en occupe, tu les casserais.
Dans le courant de l'après-midi, le caporal daigna
s'extraire de son fauteuil pour huiler les serrures et graisser les charnières des différentes portes. Il travaillait avec
nonchalance, chantonnant toujours un petit refrain gai.
« Je sais que tu es une crapule, pensait Julien en le
fixant dans la nuque, et je crois que tu sais que je le
sais. Ça ne marchera jamais entre nous. »

Il aurait aimé deviner où le soldat avait dissimulé le dossier brun, mais c'était difficile. Etançon avait eu tout le temps de dénicher une bonne cachette pendant l'heure qu'il avait passée en solitaire dans la maison.

Alors qu'il allait au jardin, l'adolescent surprit des animaux en train de s'enfuir de la bâtisse par le soupirail de la cave. Un renard et un blaireau que l'arrivée des intrus avait décidés à déménager sans attendre. Il ramassa les légumes réclamés par M'man et les porta à la cuisine. Quand la jeune femme l'apostropha parce qu'il mettait de la terre sur le carrelage qu'elle venait de nettoyer, il se prit à regretter l'époque de la cabane. Ainsi c'en était fini de la vie aventureuse, des bivouacs, des nuits passées dans la paille, de la toilette au ruisseau... Il allait falloir tout réapprendre, rentrer dans le rang, prendre les patins.

Et par-dessus tout il n'aimait pas la manière dont Claire se promenait de pièce en pièce, en caressant les meubles du bout des doigts, pas pour vérifier s'ils étaient propres, non : pour se persuader de leur existence. Et cet air extasié qu'elle affichait, ce demi-sourire rêveur. Elle avait retrouvé les boîtes de cire au fond du placard de la cuisine, les vieux chiffons à lustrer, et le produit à argenterie. Dans quelques jours la maison scintillerait de la cave au grenier, puis on s'attaquerait au jardin dont on taillerait les haies, les rosiers, et la douce sauvagerie des premiers mois ne serait bientôt plus qu'un souvenir.

« Est-ce qu'elle me remettra en pension ? se demanda Julien. Quand les champs auront été déminés, quand elle aura assez d'argent pour commencer à embaucher des ouvriers... »

Cette perspective le terrifia.

Pour que le festin soit digne de ce nom, il fallut encore astiquer les candélabres d'argent. Enfin, à la nuit tombante, alors que les papillons de nuit venaient se brûler les ailes aux flammes des bougies et roulaient en cendre sur la nappe, on dévora le jambon et les pommes de terre à l'eau. Etançon avait débouché plusieurs bouteilles. M'man buvait beaucoup, en pouffant de rire. Il faisait lourd. L'air sentait la fumée, le vin et la sueur. Le caporal parlait peu. Il avait posé son éternelle pipe devant son assiette. Julien n'écouta rien de ce qui se disait. C'était du bla-bla de grandes personnes. Avec les adultes on ne savait jamais si les mots étaient vraiment vides de sens, comme ils en avaient l'air, ou s'ils sortaient d'un code secret interdit aux enfants.

Puis il fallut débarrasser la table et monter se coucher.

— Vous n'allez pas dormir sous la tente, tout de même ! protesta Claire au moment où Pierre Etançon esquissait un mouvement pour gagner le jardin. Ça me donnerait mauvaise conscience... après tout ce que vous avez fait pour nous. Enfin quoi ! Vous nous rendez la maison et nous vous obligerions à coucher dehors comme un chien ?

— Les convenances le voudraient, objecta le caporal. Vous n'avez pas peur qu'on jase ?

— Nous sommes au bout du monde, décréta M'man, et puis c'est la guerre.

On grimpa au premier pour faire les lits. Il faisait chaud, des odeurs filtraient par les fentes des volets fermés. La buée de la terre, la senteur coupante de l'herbe humide. On dépliait les draps à tâtons, dans le noir, « pour ne pas attirer les moustiques ». Claire et le caporal ne cessaient de se cogner dans l'obscurité et d'échanger des « pardon » chaque fois que leurs mains ou leurs épaules se touchaient.

— Je vous remercie, dit le soldat au moment où on lui souhaitait la bonne nuit, ça fait bien longtemps que je n'ai pas dormi dans un vrai lit.

— Il y a des pyjamas dans l'armoire, expliqua M'man, n'hésitez pas à en prendre un. Ils sentent un peu le renfermé, c'étaient ceux de mon mari.

Puis Julien se retrouva dans le corridor, avec elle, la porte de la chambre d'Etançon refermée. Du pouce, il fit monter la mèche de la lampe à pétrole restée sur une desserte, et qui charbonnait en répandant une lueur de veillée mortuaire.

Claire avait les yeux brillants; les joues, la gorge, empourprées par le vin.

— Je suis tellement excitée que je ne pourrai pas fermer l'œil, lança-t-elle en se passant la main sur le front. Il faut que je me fasse couler un bain !

Ils allèrent vérifier l'état du chauffe-bain à charbon qui n'avait probablement pas servi depuis cinq ans.

— Tu crois qu'on peut le mettre en marche ? murmura M'man. J'aurais dû demander à Pierre de l'examiner, je suis sotte, je ne vais tout de même pas le réveiller maintenant.

Julien ne répondit pas. La baignoire était toute duveteuse de poussière. Il tendit la main, tourna le robinet. L'eau de la citerne alimentant la maison coula noire, terreuse.

— Tu ne vas pas barboter là-dedans ! ricana-t-il. Ça n'a pas servi depuis si longtemps que les couleuvres ont dû faire leur nid dans les tuyaux.

Il regretta d'avoir lâché cette taquinerie, mais il lui était désagréable d'imaginer sa mère nue, plongée dans la mousse, à quelques mètres à peine du caporal.

— Ça ne fait rien, capitula la jeune femme, je me nettoierai avec le broc et la cuvette. Je ne vais pas courir le risque de mettre le feu à la maison alors que je viens tout juste de la récupérer.

Ce « je viens » frappa l'adolescent comme une gifle.

— Je vais me coucher, annonça-t-il, j'en ai assez.

— Pourtant, persifla Claire, on ne peut pas dire que tu te sois beaucoup fatigué aujourd'hui !

Ils se séparèrent sur ses propos douceâtres, sans échanger le traditionnel baiser de bonne nuit.

— Où vas-tu dormir ? lança la jeune femme au moment où Julien disparaissait à l'angle du corridor.

— Dans ma chambre, fit le garçon sans tourner la tête.

Et il ouvrit la porte de ce que, jadis, Claire s'appliquait à surnommer « la nurserie ». Il avait laissé la lampe à la jeune femme, aussi dut-il tâtonner un moment avant de parvenir à enflammer la mèche de la bougie sortie de sa poche.

Le lit était bien sûr trop court pour qu'il s'y installe, mais il récupéra le matelas et le posa sur le sol.

Il ôta ses vêtements et se coucha tout nu, le corps un peu poisseux de la transpiration de la journée. La douceur du matelas le désorienta car il avait suffi de deux mois pour qu'il s'habitue à la paille de la cabane. Il était lui aussi énervé, tendu, et son oreille guettait les bruits de la maison. Quelqu'un marchait dans le couloir... Sans doute Claire qui continuait à aller et venir en caressant la surface des meubles, bergère d'un troupeau fleurant la cire d'abeille, et qu'elle essayait d'apprivoiser.

19

Lorsqu'il repoussa ses volets, le lendemain matin, Julien découvrit le caporal au milieu du pré aux corbeaux. Le soldat s'était déjà mis au travail. Les écouteurs sur les oreilles, il avançait à petits pas, le détecteur de mines tenu à deux mains, le disque de fer qui ressemblait à un couvercle de lessiveuse frôlant à peine l'herbe folle. Il avait balisé son chemin au moyen d'une cordelette tendue sur des piquets. Julien s'assit sur le rebord de la fenêtre, les jambes dans le vide, pour le regarder faire. Quand il avait localisé la présence d'une mine, le soldat ôtait ses écouteurs, s'agenouillait, et délimitait doucement les contours de l'engin avec la pointe d'une baïonnette. Il sortait ensuite la mine de terre, l'ouvrait et la désarmorçait en neutralisant le détonateur. Cette dernière opération prenait beaucoup de temps, mais lorsqu'il déposait la charge sur le plateau de la brouette, elle était tel un serpent auquel on aurait arraché les crocs. On pouvait désormais sauter dessus à pieds joints sans courir le moindre risque.

Etançon ne se pressait pas. De temps à autre, il s'arrêtait pour se rouler une cigarette, l'œil fixé sur la ligne d'horizon. Il était difficile de deviner s'il avait peur, ou s'il appartenait à cette catégorie d'hommes dépourvus de nerfs, et dont on dit qu'ils font les meilleurs soldats. Etait-il courageux ou... anormal ?

Julien, incapable de trancher, décida de descendre déjeuner. Il surprit Claire embusquée à la fenêtre de la salle à manger. Elle aussi observait le caporal debout au milieu du champ de mines.

Julien s'installa à la table. Une bonne odeur de soupe et de vrai café flottait dans l'air. Un gros pain entamé reposait sur la toile cirée, enveloppé dans un torchon. Sans doute une nouvelle offrande du soldat ?

L'adolescent se servit et commença à manger. Claire n'avait pas daigné se retourner... ou bien elle était si absorbée par son examen qu'elle n'avait même pas entendu son fils tirer la chaise pour s'asseoir.

— Il ne va pas vite, grogna Julien la bouche pleine. A ce rythme-là, il en a pour un siècle.

C'était une réflexion bête, mais, une fois de plus, il n'avait pu s'empêcher de parler. Décidément, le caporal le rendait aussi stupide que Gorget !

Claire fit la sourde oreille.

— Quand le champ sera nettoyé, dit-elle d'une voix rêveuse, je prendrai une hypothèque chez Audonier. Il ne me la refusera pas, pas en ce moment, il a trop besoin d'amis. Avec l'argent j'achèterai des semences. Pour les ouvriers, ce sera facile, il paraît qu'on pourra faire travailler pour rien les prisonniers de guerre allemands, c'est Pierre qui me l'a expliqué. Je remettrai l'exploitation en état.

Je... je... je... Julien aurait donné n'importe quoi pour l'entendre dire « nous » comme avant... *comme jadis.*

« Et moi ? eut-il envie de crier. Que feras-tu de moi ? Tu m'expédieras dans une autre pension ?

La journée se déroula sans heurt, dans un silence que troublaient seulement les cris des corbeaux mécontents de voir leur domaine envahi. Ils s'étaient mis à tourner au-dessus de la tête du caporal, cherchant à l'effrayer, mais le soldat poursuivait placidement sa besogne, auscultant la terre, grattant, désarmorçant. Quand la brouette fut pleine, il revint sur ses pas pour en vider le contenu sur le bord du chemin. Les mines s'entassaient, grosses galettes de fer boueuses à présent inoffensives. Julien rôdait, les mains enfoncées dans les poches, ne sachant quelle contenance adopter. M'man le rappela pour qu'il l'aide à récurer la maison. Il lui fallut balayer, encaustiquer, cirer, nettoyer l'argenterie, faire les vitres, décrocher les rideaux, roules les tapis abîmés par les pluies, décoller le papier peint en loques... La maison se révélait un bagne domestique dont il était le principal condamné. Il enrageait, peinant comme une femme de ménage alors qu'Etançon jouait au héros au milieu des corbeaux.

A midi, M'man prépara un panier pour le caporal. De la soupe chaude dans un bouteillon, du pain, du jambon, du vin prélevé dans la cave de l'Amiral, une belle poire. Elle se recoiffa, puis sortit pour se risquer à la lisière du champ, là où le soldat avait cisaillé les barbelés. Julien, embusqué dans le recoin d'une fenêtre, l'observa. Tout en elle avait changé, la démarche, les gestes, le port de tête, sa façon de parler, son rire, ses mimiques.

Etançon vint l'accueillir à l'entrée du terrain et la prit par le bras pour la guider le long du chemin balisé. Claire affichait une expression de peur feinte et serrait son panier contre sa poitrine. Etançon parlait, ébauchant de temps à autre un geste pour expliquer ce qu'il allait faire. M'man hochait la tête, en écolière appliquée. Ils bavardèrent longtemps, et quand Etançon s'assit pour manger Claire s'agenouilla pour le servir. Julien jugea ce pique-nique au milieu du champ de mines de la dernière imbécillité. N'étaient-ce pas là de vraies manières de m'as-tu-vu soucieux d'en mettre plein la vue aux filles trop crédules ?

Le cœur débordant de rage, Julien s'en retourna passer les parquets à la paille de fer.

« Allons, se répétait-il, garde ton calme. De toute manière il ne pourra pas rester là une éternité ! Il va bien falloir qu'il rentre un jour ou l'autre à la caserne ! »

Mais les jours passèrent, se ressemblant tous, sans que le caporal fasse mine de plier bagage. Il prenait son temps, fumait sa pipe, se faisait servir sans se donner la peine d'entretenir la conversation. Au début, Julien avait cru que le soldat tenterait de faire ami-ami et de l'éblouir en lui contant ses exploits guerriers, mais rien de pareil ne se produisit. Le regard d'Etançon traversait Julien sans même remarquer son existence. Passé les politesses des premiers jours, le démineur s'était installé dans un laconisme de paysan habitué à être servi par une horde de femmes silencieuses. Il ne faisait aucun compliment sur la nourriture, le vin ou le tabac. Il fumait les cigares de l'Amiral sans jamais demander la permission. M'man ne protestait pas. Toutefois, elle ne lui souriait plus autant, Julien le remarqua. Très vite, du reste, la jeune femme devint nerveuse et s'emporta à la moindre peccadille. L'adolescent faisait les frais de ces éclats qui retombaient très vite, et dont il ne comprenait pas la cause.

Quelque chose, quelque part, s'était détraqué. La maison était d'une propreté parfaite, les carreaux scintillaient, le vent jouait dans les rideaux immaculés, mais une atmosphère bizarre s'était installée entre les murs de la bâtisse. Une tension masquée que trahissaient l'empoignade des regards, le recul de deux corps brusquement mis en présence, les phalanges de Claire blanchissant sur le manche d'un couteau. Julien ne savait comment interpréter ces signes. Fallait-il en déduire que M'man et le caporal se détestaient ?

Il se sentait de trop, témoin indésirable.

Au demeurant, Pierre Etançon poursuivait scrupuleusement sa besogne. Il avait déminé une surface équivalant au quart du pré aux corbeaux. Cette portion de terre reconquise, criblée de trous, aurait dû provoquer la joie de M'man. Il n'en était rien. Maintenant, quand elle regardait Etançon travailler, c'était avec un œil préoccupé.

Julien n'avait qu'un espoir : qu'un ordre de mission rappelle le caporal à Morfonds.

Un jour, n'en pouvant plus, il prit la fuite sous prétexte d'aller relever ses collets. En réalité, il s'enfonça dans la forêt, en direction de la coupe des Chuins. Comme il l'espérait, il ne tarda pas à rencontrer Benjamin Bruze, errant au milieu des arbres saccagés à coups de hache. Il y avait longtemps qu'il n'avait pas vu le sculpteur, et celui-ci lui parut amaigri, en proie à la nervosité. Au moindre bruit, il regardait vivement par-dessus son épaule et saisissait le manche de sa cognée de son unique main, comme s'il se croyait sur le point d'être attaqué.

— Ah, c'est toi..., soupira-t-il en apercevant le garçon. Tu m'a fichu la trouille. Je croyais que c'était Mathias qui venait me flanquer un coup de fusil.

— Oh ! grogna Julien, toujours cette vieille histoire ! Je ne suis plus un gosse, ne vous croyez pas obligé de me faire chaque fois le coup du croque-mitaine.

— Je sais bien que tu me prends pour un fou, lança Bruze, mais tu as tort, tu pourrais bien t'en apercevoir avant peu.

Cette menace impressionna l'adolescent plus qu'il ne l'aurait souhaité. Il hésita un moment, se demandant s'il devait s'attarder ou tourner les talons.

— C'est qui ce type que ta mère a fait venir ? interrogea Bruze. Il est en train de mettre le champ sens dessus dessous. Il sait ce qu'il fait au moins ?

— C'est un gars du génie, répondit Julien en se laissant tomber sur une souche.

L'air sentait le copeau, le bois fraîchement coupé. La chaleur prisonnière du couvert avivait les parfums au-delà du supportable. La sève coulait des entailles ouvertes ici et là par la hache du sculpteur.

— Tu crois que le Mathias est heureux de voir ça ? marmonna l'infirme.

— Quoi ?

— Ne fait pas l'idiot, tu le sais bien. Ta mère et ce type, qui se tournent autour en se reniflant comme une paire de bêtes en rut.

Julien baissa les yeux. Bruze, en quelques mots, matérialisait toutes ses craintes. *Ainsi c'était ça...* C'était bien ça.

— Qu'est-ce que vous en savez ? balbutia-t-il.

— En tout cas j'en sais plus que toi, c'est sûr, ricana le manchot. Bon sang ! Ça sent l'accouplement à cent pas. Et toi tu es dans leurs jambes, tu les gênes. Ils t'enverraient bien au diable s'ils pouvaient ! Moi, je m'en fiche, mais je pense au Mathias... Il n'est pas aveugle, si la fièvre le prend, il va venir une nuit dans la maison pour les surprendre tout entortillés, et les fusiller sur le lit, là, au milieu des draps. Tu peux en être certain. C'est pour toi que je le dis... Parce que, dans sa colère, il est bien capable de brûler la cervelle à tout le monde, toi compris.

— Mathias est mort, fit Julien en essayant de rester calme. Vous êtes un ivrogne, et vous racontez n'importe quoi. Arrêtez de propager ces fables, il n'y a que vous pour y croire encore.

— Un ivrogne, ça je ne peux pas dire le contraire, hoqueta Bruze, mais je ne suis pas aveugle. Le Mathias il est là... entre les arbres. Il vous observe toute la journée, et une partie de la nuit. J'ai repéré sa silhouette plus d'une fois, et la réverbération du soleil sur son fusil. Je ne rigole pas, petit. Je ne cherche pas à t'effrayer pour passer le temps. Fais attention. Ta mère et le soldat, ils se reniflent, ils se tournent autour. Ils se retiennent parce que tu es là et que ça leur fait un peu honte, mais ça les travaille, tu peux me croire. Mathias l'a senti, lui aussi. Il rôde, il se rapproche... S'il les surprend en flagrant délit l'affaire sera conclue, il y a tellement longtemps qu'il attend ça : une preuve !

En dépit de la touffeur qui régnait sous le couvert, Julien frissonna. Chaque fois qu'il rencontrait Bruze ses vieux démons se réveillaient, et les délires de l'infirme devenaient soudain étrangement crédibles.

— Ils sont nerveux, hein ? insista le manchot. C'est comme les bêtes avant de se grimper dessus, elles se mordent, montrent les dents, et puis ça finit par un bel emboîtement. Tiens-les à l'œil si tu ne veux pas les retrouver un beau matin criblés de plombs. Continue à jouer les empêcheurs de tourner en rond.

Bruze se passa la main sur le visage. La sueur gouttait de ses sourcils et l'alcool lui faisait la respiration sifflante.

— Y a une drôle d'idée qui m'a traversé la tête, murmura-t-il après avoir jeté un regard par-dessus son épaule. Ce type, ce soldat... est-ce que c'est vraiment un soldat ?

— Qu'est-ce que vous voulez dire ? interrogea Julien.

— Je veux dire qu'un uniforme ça ne prouve rien, lâcha l'infirme avec suffisance. Il a pu le ramasser n'importe où, surtout en ce moment où les cadavres s'entassent sur les routes. Ça ne te paraît pas bizarre qu'il reste si longtemps ?

— Il a un ordre de mission, objecta l'adolescent.

— Un bout de papier ! ricana Bruze. Tu t'y connais, toi, en ordres de mission ? Et si c'était un type que ta mère a connu pendant la guerre... un type avec qui elle faisait la bringue à Paris, hein ? Si cette histoire de déminage c'était juste un prétexte pour le ramener ici... et te rouler dans la farine ?

— Mais il est vraiment démineur, protesta Julien. Il a déjà sorti un tas de charges du pré aux corbeaux.

— Et alors ! riposta l'infirme. Il a appris à l'armée, comme tout le monde, c'est pas si compliqué ! Moi aussi j'ai appris ! Ce type... ce pourrait être un baron du marché noir, ou un milicien de la L.V.F. Tu vois ce que je veux dire ? Ta mère le cache...

— Elle ne le cache pas, tout le monde l'a vu arriver.

— Justement, c'est encore mieux ! Beaucoup plus futé ! Ta mère descend à Morfonds pour annoncer à tout le monde qu'elle va demander au Commandement militaire qu'on lui envoie un démineur. Et, quelques jours après, le gars s'amène avec tout son barda. Ça n'étonne personne. Seulement, ce que les ploucs de Morfonds ne savent pas, c'est que la tête de ce mec va être mise à prix d'ici quelques semaines, quand les Américains entreront à Paris. Il est venu se cacher ici parce qu'il ne savait pas où aller. Il y en a beaucoup comme lui en ce moment, tu peux me croire. Des combinards qui filent, ventre à terre, une valise pleine de billets dans chaque main.

— Il n'a pas l'air bien riche !

— Si c'est un type de la L.V.F., c'est un condamné à mort sur pattes. Ceux-là, personne ne leur fera de cadeau. On les collera au mur et paf ! Et ceux qui les auront aidés finiront en prison.

— Vous n'avez pas de preuves, dit Julien, c'est juste des suppositions.

— P't'être bien, grogna Benjamin Bruze. Mais j'ai toujours eu du flair. Ce caporal de mes fesses, il n'est pas net. Ici, c'est le bout du monde, il peut se cacher un bon moment, se faire oublier. Probable qu'il va essayer de se montrer gentil avec toi, et quand tu te seras attaché à lui, on te dira la vérité. On te conseillera de tenir ta langue si tu ne veux pas que le bon tonton machin soit emmené par les gendarmes. Comment s'appelle-t-il, au fait ?

— Pierre Etançon. Et il n'est pas particulièrement gentil avec moi. C'est à peine s'il se rend compte que j'existe.

— Parce qu'il est à cran, c'est tout. Il a besoin de se vider les burnes et tu l'en empêches. Faut pas chercher plus loin... Mais ça viendra, c'est tout réglé comme du papier à musique. Un uniforme ça prouve rien.

Julien se redressa, il avait envie que Bruze se taise. L'angoisse lui encerclait la poitrine, il haletait presque.

— Vous n'ouvrez la bouche que pour dire des choses mauvaises, souffla-t-il. Vous êtes jaloux, vous en avez après tout le monde !

— Comme tu veux, fit le manchot en secouant la tête. Moi, ce que j'en dis, c'est parce que je t'aime bien. Ta mère, elle peut s'envoyer en l'air avec qui elle veut, le problème c'est que Mathias Lehurlant ne l'entend pas de cette oreille, et qu'au moindre faux pas il viendra la punir.

— Ça suffit ! hurla Julien. J'en ai marre de vos histoires de fantômes !

— Et le trésor, martela Bruze, tu y as pensé ? Le trésor de l'Amiral. Tout le monde sait qu'il est caché quelque part... Et si ta mère et son amant avaient décidé de mettre la main dessus avant de s'embarquer pour l'Amérique du Sud ? Moi, je vois ça comme ça, tout bien préparé. Ce type, il dit qu'il démine le champ, mais est-ce qu'il chercherait pas plutôt le magot du vieux ?

Julien lui tourna le dos. Il avait eu tort de venir, une fois de plus. Il n'y avait rien à attendre d'un raté comme Bruze. L'ancien sculpteur ne savait plus que distiller le venin, et lorsque ce petit jeu ne l'amuserait plus, il se pendrait. C'était juste une question de temps. « Ça aussi, pensa Julien, c'est réglé comme du papier à musique ! »

Le caporal continuait à travailler. En l'espace de deux jours, il avait érigé une petite cabane en bordure du champ afin de disposer d'un local où engranger les mines désarmorcées. Julien avait été réquisitionné pour l'aider dans cette construction, et il avait dû transporter à pied d'œuvre toutes les planches récupérées derrière la maison.

— On ne sait jamais, lui expliqua Etançon pendant qu'il assemblait grossièrement les morceaux de bois, un orage peut éclater et la foudre s'abattre sur les mines, attirée par le métal mouillé. C'est pour ça qu'il est plus prudent de les mettre à l'abri.

En peu de temps, il avait improvisé une cahute que Julien aurait trouvée formidable quelques années plus tôt. A l'époque des guerres indiennes qui l'avaient opposé à Gorget, il en aurait fait son Fort Sutter. Aujourd'hui, cette époque lui semblait n'avoir jamais réellement existé.

Le caporal et l'adolescent entassèrent les galettes de fer au sein de la guérite, suant et soufflant de concert. Julien, à cette occasion, eut l'impression que le démineur esquissait un rapprochement à coup de plaisanteries bêtes, mais il resta distant, campant sur ses positions tel un soldat sur le qui-vive.

Etançon ne lui en tenait pas rigueur. Entre deux casse-croûte pris sur le pouce, il continuait sa moisson de fer, tirant du sol des mines, mais aussi des morceaux d'acier torturés par les explosions. Julien, examinant ces éclats, leur trouva l'allure de fétiches barbares. Il fut tenté d'en attacher un au bout d'une ficelle pour le nouer à son cou, mais renonça à la dernière minute, car le temps des enfantillages était définitivement révolu.

Etançon, ayant deviné son projet, lui expliqua:

— Au front, y a des types qui en trimbalent dans leurs poches. Ils croient que ça éloignera la mort. C'est drôle ce qu'on devient superstitieux quand une bombe peut vous tomber dessus d'une minute à l'autre.

Julien comprenait ce qu'il voulait dire. En d'autres temps, en d'autres lieux, il se serait sûrement attaché au démineur. C'était un type comme il les aimait : il n'essayait pas de vous faire la morale et se moquait des bonnes manières.

Un jour, alors que le soleil baissait à l'horizon, Etançon entra dans la cuisine pour annoncer :

— J'ai trouvé trois corps, deux parachutistes, et peut-être un aviateur. Il faudra bricoler une chapelle ardente en attendant d'officialiser leur disparition. On pourrait peut-être les mettre dans la cabane du jardinier ?

Mais cette proposition fit grimacer M'man, et l'homme n'insista pas.

— De toute manière, observa-t-il, la baraque est un peu trop au soleil, il vaudrait mieux dresser un cabanon à l'ombre, dans un boqueteau, sous le vent.

L'édification de cette morgue rudimentaire prit plus de temps que celle de la remise aux bombes, car on commençait à manquer de bois. Il fallut dégarnir en partie les flancs de la grange pour fabriquer une cahute à claire-voie que le vent de l'océan balaierait de manière permanente. Julien se demanda si le caporal allait requérir son aide pour le transport des dépouilles, mais il n'en fit rien, et se chargea de la besogne après avoir disposé chacune d'elles dans un suaire bricolé avec de la toile de sac à patates. M'man, un peu gênée, proposa de sacrifier des draps, Etançon haussa les épaules en déclarant que les pauvres bougres ne feraient pas la différence.

Pendant quelques jours, la chapelle ardente attira les regards de chacun. C'était la première chose qu'on cherchait à localiser en ouvrant sa fenêtre, le matin, la dernière à quoi on jetait un coup d'œil avant de rentrer à maison, le soir. Puis la routine s'installa, et on finit par l'oublier.

— J'ai peur chaque fois que je vous vois entrer dans le champ, avoua M'man en apportant son déjeuner au soldat, j'ai toujours l'impression qu'une explosion va se produire... Je passe toute la journée l'oreille aux aguets, et si une porte a le malheur de claquer, j'ai le cœur qui se décroche.

Etançon eut un petit rire gêné.

— Faut pas craindre comme ça, dit-il en levant son détecteur. Vous voyez cet engin ? On surnomme ça une poêle à frire, à cause de la ressemblance. Dès que ça repère un bout de métal, ça me couine dans les oreilles. Vous comprenez ?

— Mais si ça tombait en panne ? interrogea Julien. Ou si la batterie était usée ?

— Y a pas de risque, fit l'homme en haussant les épaules. Tu vois cette petite lampe, là ? C'est le voyant de contrôle. Tant qu'il est allumé, c'est qu'il y a du courant. Pas de problème.

M'man ne sembla pas rassurée pour autant, Julien ne chercha pas à en savoir davantage.

D'ailleurs, il avait d'autres soucis.

Les prédictions de Benjamin Bruze le hantaient. La nuit, surtout, quand l'image de Mathias, rôdant fusil au poing aux alentours de la maison, l'empêchait de trouver le sommeil. Il se tournait et se retournait sur son matelas trop court, suant, les cheveux collés au front, l'oreille tendue pour écouter les bruits de la maison. Il détestait ce travail d'espion qui lui donnait la nausée et le forçait à imaginer des choses désagréables.

Claire, Claire dans les bras d'Etançon, collée à lui, transpirant sous lui... Parfois la douleur devenait si forte qu'il se cognait le front contre le plancher, jusqu'à ce que les lattes impriment le dessin de leurs fibres dans sa peau. Ou bien il se coinçait le doigt dans la porte d'un placard et faisait jouer la charnière, pour que la douleur née de l'écrasement progressif lui vide la tête. Un espion, oui... guettant le bruit des pieds nus sur le parquet du corridor. Qui sortait ? Qui allait chez qui ? Il respirait mal et se collait aux murs dans l'espoir d'intercepter une conversation révélatrice. Il aurait tant voulu que la théorie de Bruze fût fausse. Quand l'épuisement le gagnait, il sombrait dans de brèves somnolences où les cauchemars le rattrapaient aussitôt. Il voyait toujours Mathias, s'approchant à pas de loup, le visage émacié par l'attente, vieilli, du poil blanc dans les cheveux et la moustache. Un Mathias que la haine avait changé en une marionnette n'ayant plus que la chair sur les os. Ses bras, ses poignets, étaient à peine plus épais que le canon de son fusil, et il avançait courbé, tel un squelette d'image d'Epinal, la lune faisant luire l'acier de son arme. Il se rapprochait de la maison, se haussant sur la pointe des pieds pour regarder par les fenêtres du rez-de-chaussée... et, d'un seul coup, il était à l'intérieur, sans qu'on sache comment il avait fait pour entrer. Il remontait lentement les couloirs, le purdey tenu d'une main ferme. De temps à autre il s'arrêtait pour entrebâiller la porte d'une chambre... La maison, devenue sa complice, ne craquait ni ne grinçait, comme si elle avait décidé de lui faciliter la tâche. Et Julien, prisonnier de son petit lit à barreaux, ne parvenait pas à courir vers la chambre de M'man pour la prévenir du danger. Il essayait de se redresser, en vain. Il tentait de crier, mais sa bouche ne laissait filtrer qu'un vagissement, incapable de traverser les cloisons pour donner l'alerte. Et Mathias poursuivait sa progression. Il avait glissé deux cartouches à sanglier dans la culasse de son fusil, deux brenneke dont le pouvoir de destruction était effroyable. De sa main gauche, osseuse, il entrebâillait la porte donnant sur la chambre du caporal. A cet instant, la lune l'éclairait d'un éclat blême, et son visage apparaissait, émacié. Une tête de vieillard précoce rongé par le tourment, macéré dans la haine. Une tête ratatinée comme un fruit immangeable oublié au fond d'un bocal d'eau-de-vie.

Il levait le fusil à deux canons, l'index tâtonnant sur la détente. Il était si maigre qu'on était forcé de se demander si le recul de la crosse n'allait pas lui briser la clavicule, émietter son squelette, et l'on ne pouvait se défendre d'une sorte de pitié pour cet assassin enveloppé de guenilles.

Julien se réveillait toujours une fraction de seconde avant la détonation, la bouche grande ouverte sur un gargouillement. Il lui fallait plusieurs secondes pour revenir à la réalité et se désentortiller du rêve. La tentation, alors, était de se jeter dans le couloir pour vérifier que Claire était toujours vivante. En ces instants de panique il lui semblait qu'il aurait tout accepté sans faiblir, les étreintes, les corps noués...

Depuis sa rencontre avec Bruze il ne dormait plus guère et chaque nuit prenait pour lui la forme d'une nouvelle épreuve.

Vers deux heures du matin, il lui arrivait d'ouvrir les volets et de s'exhiber dans l'encadrement de la fenêtre, une bougie allumée à la main pour signaler sa présence et tenir les rôdeurs à l'écart.

Les rôdeurs ?

Il avait atteint ce point de fatigue où les fantasmagories les plus sottes deviennent crédibles. Penché à sa fenêtre, il devenait gardien de phare scrutant la tempête, sentinelle au sommet d'une tour guettant le surgissement des hordes barbares. La forêt conspirait contre lui, inventant des ombres lascives, les nuages masquaient la lune, le vent agitait les branches pour faire diversion... Tous approuvaient la vengeance de Mathias, tous lui prêtaient leur appui.

Une nuit, n'y tenant plus, Julien sortit de sa chambre et se glissa dans le couloir. Il était torse nu car un orage couvait, rendant l'atmosphère irrespirable. La plante de ses pieds collait au plancher ciré. Dans un état de confusion, il s'avança vers la chambre de M'man. Il n'avait pas une idée très claire de ce qu'il voulait, mais il était à bout. Il se moquait de ce qu'il allait surprendre, désormais il lui fallait une certitude. N'importe laquelle. En même temps, il avait honte de sa jalousie, de ce désir de possession maladif qui le ravalait au rang d'un Mathias. Mais c'était en lui, ça grandissait, ça palpitait. Il avait beau se répéter que la vie de sa mère ne lui appartenait pas, rien n'y faisait.

Il arriva à la hauteur de la chambre de Claire, posa les doigts sur la poignée de porcelaine et entrebâilla la porte. Le lit était vide.

Il ressentit une douleur au creux du ventre, si vive qu'il crut un instant qu'une main invisible lui arrachait un organe.

Rassemblant ce qui lui restait de présence d'esprit, il fit encore quelques pas pour s'approcher de la chambre d'Etançon. La porte était épaisse, mais il s'age-

nouilla pour amener son oreille à la hauteur du trou
de serrure. On parlait. Il y avait deux voix. L'une gouail-
leuse, l'autre irritée. Une voix d'homme, une voix de
femme.

— Tu te rappelles, ricanait Etançon, le petit hôtel de
la rue de Vernet, à Paris, en 43... tu faisais moins la fière
à cette époque-là. Quand est-ce que la mère Bartheau
changeait les draps, déjà ? Une fois par mois ?

— Tais-toi ! siffla Claire, je ne veux plus entendre parler de ça... C'était une autre vie. Je ne comprends pas
le plaisir que tu prends à remuer ces choses... Ne t'avise
pas de mêler le petit à nos histoires. Il ne doit pas être
au courant, à aucun prix.

Julien se redressa si vivement qu'il faillit heurter le
bouton de la porte.

Bruze avait vu juste ! M'man et Etançon se connaissaient de longue date... Ils avaient vécu ensemble à
Paris, pendant les années de la pension Verdier. Ils
avaient fricoté... *fricoté*...

Julien ne trouvait pas d'autre mot, mais celui-ci évoquait assez bien ce qu'il éprouvait, il s'y mêlait des
relents de complicité louche, d'expédients, de honte, de
choses troubles.

Oppressé, il battit doucement en retraite. Le théo-
rème de Benjamin Bruze chantonnait à ses oreilles telle
une table de multiplication récitée par un élève des petites classes.

Ce-n'est-pas-un-vrai-soldat
Tout-était-combiné
Ils-t'ont-roulé-dans-la-farine...

Une comédie. Ils lui avaient joué la comédie, depuis
le début. Qui était réellement Etançon ? Un magouil-
leur en fuite, un milicien promis au peloton d'exécution,

un de ces scribouillards qui, pendant cinq ans, avaient écrit des horreurs sur les juifs dans des journaux comme *Je suis partout* ? Ou encore un présentateur de Radio-Paris... Un comédien vendu à la UFA, un...

Mon Dieu, on n'avait que l'embarras du choix !

On pouvait faire confiance à Claire pour avoir choisi son amant parmi les pires cloportes engraissés par la collaboration. Avait-elle jamais eu le moindre discernement ? D'abord l'Amiral, puis Mathias, puis... Qui ? Qui donc ? Quelle fripouille sécrétée par le Milieu parisien ? Un politique en fuite... un financier véreux... un « enquêteur aux affaires juives » ? Julien se rappelait soudain les discussions chuchotées des « grands », à la pension Verdier, toutes ces choses terrifiantes qu'ils évoquaient dans un coin du préau, changeant de conversation dès qu'un pion s'avisait de rôder à proximité.

Etançon sortait de ce brouillard nocturne avec son grand visage si franc, son sourire de gars du peuple qui a le cœur sur la main.

Julien rentra dans sa chambre et se laissa tomber sur le matelas. Comme il avait été bête ! Tout s'éclairait.

Il n'y avait jamais eu de fantôme ni de parachutiste anglais. L'homme sans visage qui habitait l'épave de la *Brigande*, cette silhouette insaisissable qui se glissait entre les arbres, c'était Pierre Etançon !

Claire l'avait caché là, depuis le début. Avant même qu'elle n'aille chercher son fils à Paris. Dès qu'elle avait appris la mort de l'Amiral. Elle avait fui la capitale avec son amant, parce qu'elle savait le débarquement imminent. Elle avait installé l'homme dans la carcasse du bateau, le ravitaillant tant bien que mal.

Et c'était pour cette raison que le fuyard n'avait cessé de tourner autour de la maison, parce qu'il crevait de faim et qu'il profitait des absences de Julien pour venir chercher les paniers préparés par Claire.

Tout s'expliquait, les pièces du puzzle s'emboîtaient soudain à merveille. Mathias était bel et bien mort, comme l'Amiral, et seul Pierre Etançon l'avait fait revivre le temps d'une méprise.

Il avait attendu dans l'épave que Claire trouve le moyen de le faire revenir au grand jour. Alors, ils avaient inventé la farce du démineur, peut-être parce que le hasard des combats avait mis entre les mains du fuyard l'un de ces détecteurs de métal utilisés par les soldats récemment débarqués. Comment savoir ?

« En tout cas, pensa Julien avec amertume, ils se sont bien payé ta fiole ! »

Il s'était juré de ne pas pleurer, et quand les larmes roulèrent sur ses joues, il murmura entre ses dents serrées : « C'est de la sueur. C'est seulement de la sueur. »

20

Julien s'enfuit de la maison dès l'aube. Il ne pouvait envisager d'affronter les visages de Claire et d'Etançon à la table du petit déjeuner. Il n'était pas comme eux : capable de jouer la comédie, de donner le change. Il préférait se cacher pour qu'ils ne puissent déchiffrer la haine inscrite sur ses traits.

Il se mit à courir droit devant lui, sans savoir où il allait, espérant quelque accident dont M'man se sentirait responsable jusqu'à la fin de ses jours. Il ne regardait pas où il marchait, indifférent à l'idée de poser le pied sur une mine. Les basses branches lui fouettaient le visage et il serrait les dents sous ces gifles qui lui mettaient le sang à fleur de peau. Il courait malgré la fatigue de la nuit sans sommeil, le cœur battant à tout rompre. Il aurait aimé que la terre l'engloutisse et lui donne le repos. Il aurait voulu ne plus voir, ne plus entendre, dormir du sommeil des pierres.

Brusquement, alors qu'il distinguait le miroitement de la mer entre les troncs, une idée folle lui vint, et il décida de courir droit devant lui les yeux fermés durant soixante secondes. Il était prêt à tout pour que cesse la souffrance. Oui, il allait courir en aveugle le temps

d'égrener une minute, et tant pis si cette ruée l'amenait au bord de la falaise, à la lisière du vide. Si la bande
de terrain se révélait trop courte il tomberait... Il tomberait sur les rochers, et la marée l'emporterait au
large. Et M'man l'appellerait des heures durant sans
jamais le retrouver. C'était tout ce qu'elle méritait. Au
moins serait-elle libre, débarrassée... Ainsi, elle pourrait faire la vie avec tous les hommes qu'elle aurait
envie de coucher sur elle, Etançon, mais aussi ceux à
venir, les ouvriers agricoles, les métayers... Audonier
le notaire, tous ! Il s'en fichait, il ne serait plus là pour
le voir, il ne serait plus là pour avoir honte.

Il s'élança, les paupières serrées, ne distinguant
qu'une pulsation rouge faite de sang et de soleil.
Soixante secondes d'une course à l'abîme, et s'il ne tombait pas c'était que la mort ne voulait pas de lui, et il
faudrait se résigner à vivre.

Il commença à compter, le souffle court, les mains
tendues malgré lui. Il se tordait les chevilles dans les
trous du sol, les ronces lui déchiraient les mollets et
les cuisses. Il courait toujours. Quarante-cinq...
quarante-six... quarante-sept...

Etait-ce encore loin ? Il lui semblait que la lumière
devenait plus vive, que l'odeur du varech se faisait plus
forte.

Que ressentirait-il à l'instant où le sol s'effacerait
sous ses pieds ? Aurait-il l'illusion de s'envoler dans les
airs comme une mouette ? Est-ce qu'il écarterait les
bras dans un réflexe un peu bête ? Ou bien tomberait-
il en hurlant de terreur, griffant le vide pour essayer
de se raccrocher à quelque chose ?

Les cris des albatros lui emplissaient les oreilles, à
présent il était sorti de la forêt, l'herbe, sous ses

semelles, avait fait place aux cailloux. Cinquante-huit...
cinquante-neuf...

Son pied droit heurta une pierre, le déséquilibrant,
et il se sentit décoller à l'horizontale. Il hurla. Le choc
lui fit croire une seconde qu'il était mort, puis il
ouvrit les yeux et réalisa qu'il était tombé sur le ventre à cinquante centimètres à peine de l'endroit où
la falaise se cassait en à-pic. Il aurait suffi d'un pas
de plus.

Ses mains égratignées saignaient sur le calcaire mais
il n'éprouvait aucune souffrance physique, seulement
une frustration terrible.

Il n'avait plus la force de se relever. Tout son corps
lui paraissait éparpillé. Les mouettes furieuses tournaient au-dessus de sa tête en piaillant. Le soleil striait
la mer de filaments de mercure. L'eau charriait des
reflets douloureux pour l'œil.

Julien serra les poings, enfonçant les ongles dans les
coupures de ses paumes.

— Je veux qu'il meure ! hurla-t-il sans savoir à qui
il s'adressait. Je veux qu'il meure... Pierre Etançon...
Il doit mourir ! Il le faut...

Puis il se recroquevilla sur lui-même et fondit en
larmes.

Il pleura longtemps, jusqu'à ce que l'épuisement
le fasse basculer dans le sommeil. Quand il reprit
conscience, il constata que ses genoux saignaient
autant que ses mains, et que, sous l'effet de la
peur, il avait pissé dans sa culotte. La poussière de
craie s'était déposée sur ses joues, ses cheveux. Il
éprouva le besoin pressant de se laver et descendit
sur la plage par le chemin caillouteux qui menait à
l'épave.

Là, il se dévêtit, étendit ses vêtements sur un rocher et s'avança tout nu dans la mer. La marée était haute et il n'eut pas à marcher. L'eau le fit suffoquer et le sel alluma une brûlure dans ses plaies. Il se dit qu'il pouvait encore décider de se noyer. Il suffisait pour cela de trottiner vers la ligne d'horizon... mais l'océan lui faisait peur. C'était une façon de mourir qui ne l'attirait pas. Des algues s'enroulèrent soudain autour de ses jambes et il recula, succombant à l'illusion idiote que des mains essayaient de l'attirer vers le large. Claquant des dents, il émergea des vagues. Le vent lui parut glacé et il se dépêcha de passer ses habits. Au contact du sel ses blessures saignaient davantage.

Penaud, il grimpa la pente escarpée pour rejoindre le sommet de la falaise. Il avait la tête vide, le corps sans force. Le sang ne cessait de goutter de ses mains et de ses genoux à vif.

Avait-il eu de la chance ou bien le destin lui avait-il fait une mauvaise blague ?

Etançon auscultait toujours la terre, quant à M'man, elle travaillait au jardin. Julien se faufila dans la maison et nettoya ses plaies du mieux qu'il put avant de les faire disparaître sous des bandeaux de charpie.

Il se sentait dans la peau d'un cavalier que son cheval vient de traîner dans la poussière un quart d'heure durant.

Comme personne ne lui prêtait la moindre attention, il monta dans sa chambre et s'étendit sur la paillasse. Il ne s'était jamais senti aussi bête.

Pierre Etançon mourut le lendemain. Julien et M'man écossaient des petits pois quand l'explosion se produisit. Ils sursautèrent, et la jeune femme poussa un glapissement douloureux.

Ce ne fut pas une grosse explosion, seulement une gifle sèche, un très gros coup de fusil. D'un même mouvement, ils se tournèrent vers la fenêtre. Ils ne virent rien, hormis un nuage de fumée bleuâtre que le vent chassait déjà. Il y avait un trou dans le sol, une sorte de cratère, et la fumée piquante sortait de cette excavation comme si un volcan avait soudain décidé d'éclore dans le jardin. M'man tâtonna le long de la table. Julien remarqua qu'elle n'avait pas lâché la cosse qu'elle était en train de vider. Elle descendit les marches du perron, mais sans courir, presque au ralenti, et Julien lui emboîta le pas. Ils ne se pressaient ni l'un ni l'autre. Julien se cacha le visage dans les mains car les émanations chimiques de l'explosion lui irritaient les yeux.

M'man s'immobilisa à la lisière du champ, là où commençait l'enclave nettoyée par le caporal. Tout au bout le « volcan » continuait à fumer. Il y avait une silhouette juste à côté, les bras en croix. Le détecteur de métal — la fameuse « poêle à frire » — avait été projeté à vingt mètres en arrière. Ce n'était plus qu'une tige de fer tire-bouchonnée, inutilisable.

— Reste là, ordonna M'man.

— Non, fit Julien. Je viens aussi.

Claire parut hésiter, puis haussa les épaules. Elle ne pleurait pas, elle n'avait pas l'air alarmée, juste un peu stupéfaite. Julien supposa qu'elle ne réalisait pas encore tout à fait ce qui venait de se produire, et qu'elle fondrait en larmes dès qu'elle serait auprès d'Etançon.

Ils avançaient, côte à côte, se tenant par la main, hésitant à peser de tout leur poids sur le sol. Etançon reposait sur le dos, les yeux et la bouche déformés par la surprise, tous ses vêtements semblaient avoir été passés au goudron. Il avait les mains noires, charbonneuses, comme s'il avait commis l'erreur de plonger les avant-bras dans les flammes pour saisir une marmite brûlante. Il ne saignait pas. Quelques trous crevaient sa chemise, là où les shrapnells s'étaient enfoncés dans sa poitrine.

— Il est peut-être seulement blessé, murmura Julien.

— Ne dis pas de bêtise, fit M'man, tu vois bien qu'il est mort.

Une expression d'extrême attention figeait ses traits, mais il n'y avait aucune souffrance en elle, aucune affliction. Elle s'agenouilla pour toucher le caporal à l'épaule. La capote se révéla couverte de suie.

— Qu'est-ce qui s'est passé ? demanda Julien pour dire quelque chose.

— Il a été imprudent, c'est tout, répondit Claire, il avait trop confiance dans sa fichue machine... ou bien il est tombé sur une mine que le détecteur ne pouvait pas localiser.

— Gorget m'a parlé de mines en bois, se dépêcha de préciser l'adolescent.

— Alors ça doit être ça, conclut M'man.

— J'aurais peut-être dû le prévenir..., balbutia Julien.

— Pourquoi ? fit Claire. Tu n'allais pas lui apprendre son métier, n'est-ce pas ? Il n'avait qu'à être plus dégourdi, c'est tout.

Elle regarda autour d'elle et parut opter pour une solution.

— Il ne faut pas prendre de risques, décida-t-elle, il y a peut-être d'autres mines oubliées... Allons-nous-en.

— On ne peut pas le laisser là ! protesta Julien.

Claire fit la grimace, se pencha et saisit le cadavre sous les aisselles.

— Aide-moi ! ordonna-t-elle, il est lourd.

Julien vint lui prêter main-forte. A reculons, ils sortirent lentement du champ en prenant bien garde de revenir dans leurs traces. Pierre Etançon regardait toujours le ciel, la figure plus noire que celle d'un charbonnier. La perplexité avait annihilé en Julien tout sentiment d'horreur. Il ne comprenait pas... M'man se comportait comme si elle n'avait jamais rien éprouvé pour le caporal. Pire : elle paraissait soulagée.

Toutes ses théories s'effondraient.

— On va le mettre dans la cabane, annonça la jeune femme, je suppose que les autorités militaires sauront quoi en faire.

— On ne l'enterre pas ? s'étonna Julien.

— Je ne sais pas si on a le droit, avoua Claire. Il faut sûrement demander l'autorisation. En attendant on préviendra le curé. Prends-lui les pieds, ce sera plus facile.

L'adolescent obéit. Les godillots du caporal avaient la consistance de la couenne de cochon grillé, et puaient pareillement. Tant bien que mal, la mère et le fils portèrent la dépouille jusqu'à la chapelle ardente que Pierre Etançon avait bâtie de ses mains. Ils ne s'attardèrent pas, peu soucieux de voir les corps mutilés que le soldat avait récupérés dans le champ de mines. Le mort posé sur le sol, ils battirent en retraite et se frottèrent les mains dans l'herbe. L'odeur de chair et d'étoffe carbonisées leur emplissait les narines.

— Qu'est-ce qu'on fait maintenant ? s'enquit Julien.

Claire frissonna.

— Je ne sais pas, avoua-t-elle. Il faut sans doute que je redescende à Morfonds pour annoncer sa mort...

Ses traits se crispèrent et elle eut un trépignement de rage enfantine.

— La barbe ! cracha-t-elle, j'avais déjà tellement eu de mal à obtenir celui-là, à tous les coups ils ne voudront pas nous en prêter un autre !

Décontenancés, ils prirent le chemin de la maison. Des dizaines de questions se bousculaient sur la langue de Julien. Il aurait voulu avoir l'audace de les poser.

« Alors, songeait-il, s'adressant mentalement à sa mère, tu t'en fiches qu'il soit mort ? Tu couchais pourtant avec lui, je le sais. Je vous ai entendus dans la chambre quand vous évoquiez vos souvenirs de Paris... Ça ne te fait vraiment rien ? Tu ne l'aimais pas vraiment ? »

Du coin de l'œil, il examinait M'man, cherchant à identifier sur son visage les indices d'une souffrance cachée. Elle jouait peut-être la comédie ? Elle feignait l'indifférence pour dissimuler la vérité à son fils, pour lui faire croire que cet homme n'était pour elle qu'un étranger.

Tout à coup, alors qu'ils approchaient de la maison, Julien sentit un frisson glacé lui courir dans la nuque. Il venait de se rappeler ce qu'il avait hurlé la veille au bord de la falaise, quelques secondes après avoir failli basculer dans le vide.

Il avait crié : « Je veux qu'il meure. Je veux que Pierre Etançon meure... » Oui, oui ! Cela lui revenait subitement. Une prière, une prière imbécile jetée aux mouettes. Une bouffée de haine par laquelle il avait espéré se soulager de sa souffrance et de son humiliation.

Une prière que quelqu'un avait entendue, exaucée.

« Non, non, s'empressa-t-il de penser. Ne commence pas comme ça ! Ce n'est qu'un hasard, c'est tout ! Il ne faut pas y voir malice. Tu ne lui as pas porté malheur, ce serait idiot de s'imaginer un truc pareil. Ce serait de la superstition. »

De la superstition ? Pas forcément. Quelqu'un avait pu entendre la supplique et décider d'y accéder. Quelqu'un pour qui les souhaits de Julien était sacrés. Mais qui ?

Mathias ? Mathias Lehurlant, son... père ?

Non, ça ne tenait pas debout ! Et d'abord comment s'y serait-il pris pour...

Julien n'alla pas jusqu'au bout de son objection. Allons donc, ç'aurait été un jeu d'enfant pour Mathias de saboter le détecteur de mines ! Il lui aurait suffi de couper les fils alimentant les écouteurs, de manière que le signal d'alerte ne retentisse plus aux oreilles du caporal.

« Il n'avait qu'à laisser la petite lumière de contrôle de la batterie, songea l'adolescent dont le front devenait moite. Sans les écouteurs, Etançon ne pouvait pas deviner qu'il s'approchait d'une charge et... »

Dit de cette manière ça paraissait facile.

Au moment d'entrer dans la maison, il ne put se retenir de regarder par-dessus son épaule en direction de la forêt. Le fantôme... on en revenait toujours là.

M'man s'activa dans la cuisine. Après s'être longuement lavé les mains, elle mit du café à réchauffer. Malgré la chaleur elle grelottait et se frictionnait les épaules avec ses paumes. Julien s'assit à la table, devant les petits pois abandonnés. Il aurait aimé avouer ses craintes, mais il n'était pas sûr qu'on l'écoutât.

— Il ne faut pas que tu te sentes coupable, murmura M'man en versant le café dans les bols. Ce n'est pas de notre faute... Ce n'est pas parce qu'il est mort sur nos terres qu'il faut s'imaginer que nous sommes responsables. Il aurait pu sauter ailleurs, n'importe où. C'était un soldat. C'était son... travail !

« Mais tu couchais avec lui, objecta mentalement Julien. C'était ton amant. Et tu étais avec lui quand moi je croupissais à la pension Verdier. Vous aviez des tas de souvenirs en commun. Cinq années de souvenirs. Et aujourd'hui tu l'enterres comme tu as enterré Zeppelin, sans verser une larme. »

Ses mains se crispèrent sur le bol de porcelaine brûlant. Quelque chose l'avait arrêté dans sa démonstration... un rapprochement malheureux, gênant... Il se mordit les lèvres, essayant de repousser le trouble qui montait en lui.

— C'est trop chaud ? s'enquit M'man. Attends un peu, et prends du sucre.

Mais le sucre n'arrangea rien.

Il pensait au fantôme, à Zeppelin, à Pierre Etançon étendu mort, là-bas, dans la cahute à claire-voie. Le grand Pierre au long nez que la mort avait transformé en ramoneur, en charbonnier. Le grand Pierre si rose, et qui, maintenant, avait l'air d'une statue modelée dans le goudron.

La journée s'écoula ainsi, dans l'hébétude et le silence. Les petits pois se fripaient dans le saladier.

— Heureusement qu'il y a son vélo, dit M'man alors que le soleil rougissait. Ce sera plus facile pour descendre à Morfonds. Ce qui serait bien, c'est qu'ils oublient de le réclamer. On le garderait, ce serait pratique.

Jouait-elle la comédie ? A plusieurs reprises, Julien quitta la pièce sous le prétexte d'aller aux toilettes. En réalité il revenait sur la pointe des pieds, dans l'espoir de surprendre Claire en train de sangloter. Il en fut pour ses frais. La jeune femme demeurait immobile, les yeux dans le vague, fixant la ligne d'horizon par la fenêtre ouverte.

Alors que la nuit tombait, Julien entendit craquer le parquet du couloir. Quelqu'un sortait en essayant de faire le moins de bruit possible. Quelqu'un ? Comme il était bête ! Ce ne pouvait être que M'man puisqu'il n'y avait plus personne d'autre dans la bâtisse. Ces précautions l'alertèrent, et il se dressa à tâtons pour aller s'embusquer dans l'entrebâillement des volets. Claire apparut dans le jardin deux minutes plus tard. Elle tenait une lampe tempête à la main. Elle eut un bref coup d'œil vers la chambre de Julien, puis s'éloigna d'un pas pressé le long du chemin bordant le champ. Elle marchait sur l'herbe pour éviter que les graviers ne crissent sous ses semelles.

Julien s'écrasait le nez contre les fentes des jalousies. Où allait-elle ? A la chapelle ardente ? L'obscurité s'épaississait, l'empêchant de distinguer les lointains. Claire marchait vite, un peu courbée, et sa silhouette évoquait la petite vieille qu'elle serait peut-être un jour. L'adolescent en fut bizarrement remué.

La chapelle ardente... mais pourquoi ?

« Elle s'est surveillée toute la journée, pensa-t-il, mais maintenant elle n'en peut plus, elle va pleurer Etançon dans la nuit, pour elle seule, sans témoin... »

Il ne voyait pas d'autre explication. Là-bas, la lumière jaune de la lampe tempête filtrait entre les planches disjointes de la cabane des morts. Julien avait du mal à se représenter Claire, agenouillée près de la dépouille d'Etançon, au milieu des cadavres abîmés. Bon sang ! Il n'aurait pas pu rester là-dedans plus d'une minute ! Priait-elle ? Pleurait-elle ?

Un long moment s'écoula, puis une lueur se mit à danser au bout du pré, comme si quelqu'un avait allumé un feu de camp. Ce fut bref, car le vent coucha les flammes sur l'herbe, et le bivouac s'étouffa.

L'adolescent fut dans l'incapacité de trouver une signification logique à ce qu'il lui avait été donné de voir. La nuit était bien installée maintenant, et le lumignon brandi par M'man dansait au-dessus du sol, tel un feu de Saint-Elme. Elle revenait.

Il la vit franchir la barrière du jardin, grimper les marches du perron. Il se dépêcha de s'étendre et de feindre le sommeil, au cas où elle aurait l'idée d'entrebâiller la porte de sa chambre, mais elle ne vint pas.

Le lendemain matin, aux premières lueurs de l'aube, il se glissa hors de la maison. Tenaillé par le besoin de savoir, il s'était réveillé très tôt. Imitant sa mère, il se déplaça sur l'herbe et longea les barbelés. Il y voyait à peine. Il s'aperçut qu'il tremblait de froid et de nervosité. Le vent de la mer lui gelait la figure. Il s'avança sur le seuil de la maison des morts et fit jouer les quatre planches clouées sur deux traverses qui tenaient lieu de porte. Etançon était tout nu.

Là, sur le sol... on avait déchiré ses vêtements qui formaient un gros tas de charpie. Son visage, ses mains brûlées, paraissaient incroyablement noirs par rapport au reste de son corps. Les blessures creusaient de gros trous sombres dans la pâte cireuse de sa poitrine.

Julien recula d'un bond, effrayé par la vision du cadavre dénudé. Il ne comprenait plus rien.

Alors qu'il se préparait à faire demi-tour, son regard tomba sur un petit tas de cendres. On avait essayé d'enflammer quelque chose à cet endroit. Des papiers qui s'étaient racornis dans le brasier. Des feuilles. Il s'agenouilla. Il savait que les débris carbonisés tomberaient en poussière s'il y portait les doigts. Là où le feu avait imparfaitement fait son œuvre, on devinait des caractères dactylographiés. Rien de lisible cependant.

C'était le rapport du détective, il en fut persuadé. Le rapport volé dans le tiroir du bureau, le jour où Etançon avait désamorcé la bombe.

M'man l'avait récupéré dans la doublure de l'uniforme du caporal et l'avait détruit.

Alors qu'il allait se redresser, la voix de Claire retentit dans son dos.

— Dis-moi la vérité, Julien, je ne te gronderai pas. Est-ce que tu l'as tué ?

21

Julien leva la tête, cherchant le regard de sa mère. La jeune femme se tenait à trois pas, les bras le long du corps. Le vent du large plaquait ses vêtements sur sa poitrine et tirait ses cheveux en arrière. Jamais elle n'avait autant ressemblé à la figure de proue sculptée par Benjamin Bruze.

— J'allais te demander la même chose, dit l'adolescent. C'est toi qui l'as tué ?

Claire haussa les épaules.

— C'est idiot, observa-t-elle, réfléchis un peu : j'aurais été incapable de trafiquer le détecteur de mines, tu sais bien que je n'y connais rien en mécanique.

— C'est pour ça que tu es venue hier soir, dit Julien en désignant les cendres grises, pour récupérer le rapport du détective et le brûler.

Cette fois Claire écarquilla les yeux.

— Comment connais-tu l'existence du dossier ? lança-t-elle vivement. Etançon t'en a parlé ? Il m'avait pourant juré que...

Elle se tut, plissa ses paupières, et tout son visage prit une expression de ruse un peu chafouine que Julien trouva déplaisante.

— Oh ! fit-elle en hochant la tête d'un air entendu. Je suis bête. Tu es également entré dans la maison, malgré mon interdiction ! Le champ de mines, la bombe... il a fallu que tu ailles traîner partout où c'était le plus dangereux ! C'était de là que venaient les victuailles... de la cave. Tu n'as jamais fait de troc avec Gorget. Tu as trouvé le dossier... tu l'as lu, bien sûr.

— Non. Je ne l'ai jamais ouvert. Je te le jure. Il était dans un tiroir du bureau de l'Amiral. C'est là qu'Etançon l'a trouvé. Je croyais qu'il l'avait détruit.

Une expression d'irritation se peignit sur les traits de Claire.

— Le détruire ! siffla-t-elle. Tu n'as rien compris. Il s'est empressé de le lire, oui, et de s'en servir pour me faire chanter.

— Mais..., bégaya Julien, c'était ton... ami ?

— Mon ami ? grogna la jeune femme. Je n'avais jamais vu ce type avant qu'il arrive ici. Il a profité de ce qu'il savait sur moi pour me forcer à... Il me menaçait chaque soir d'aller te réveiller pour tout te raconter. Je ne savais plus quoi faire.

Elle se détourna, les bras étroitement serrés sur la poitrine, les yeux fixés sur la ligne des arbres.

— C'est difficile à expliquer, dit-elle d'une voix qui tremblait. Pendant que tu étais en pension j'ai fait des choses... dont je n'ai pas envie de me vanter. J'étais seule, perdue, sans argent. Tu es trop jeune pour comprendre. Ton grand-père me faisait surveiller et je ne le savais pas. Je l'ai appris quand Etançon m'a révélé l'existence du dossier. Tout était consigné là-dedans... avec des photographies. Je ne voulais pas que tu voies ça, à aucun prix. Etançon m'a forcée à coucher avec lui. Voilà, c'est dit. Tu es assez grand pour le supporter.

Tu nous as peut-être entendus. Je l'ai fait pour lui racheter le rapport, par parce que j'en avais envie. C'était désagréable mais je m'en remettrai, n'en fais pas un drame. Ce n'est pas aussi important que s'obstinent à le croire les hommes.

— Mais vous évoquiez vos souvenirs... Il parlait d'une logeuse nommée Bertheau ou Bartheau, objecta Julien en écrasant les cendres du bout de son soulier.

— Non, coupa Claire. Nous n'évoquions rien. Tu l'as entendu réciter le rapport. Il faisait tout le temps ça, dès que je tentais de me rebeller. Il se mettait à réciter un passage du dossier, pour me rappeler à l'ordre... C'était une sale petite gouape. Il me tenait et il le savait. S'il n'était pas mort ça aurait pu durer une éternité.

« Et c'est pour ça que tu as saboté le détecteur magnétique... » songea Julien.

— Je ne savais pas où il avait caché les papiers, dit Claire en essuyant d'un geste nerveux les larmes qui lui mouillaient les joues. J'étais persuadée qu'il les avait enterrés dans le champ de mines parce qu'il pensait que je n'oserais jamais aller les récupérer là-bas.

— En fait, ils étaient sur lui, murmura Julien. Dans la doublure de sa capote...

— Oui, je m'en suis aperçue hier, quand nous l'avons transporté. L'explosion avait déchiré le tissu, et j'ai vu, par le trou, une feuille de papier dactylographiée. J'aurais cherché partout sauf là, c'était tellement bête. Je suis venue dans la nuit, mais le corps était tout raide et trop lourd pour que je le déshabille, j'ai dû déchirer l'uniforme.

Elle renifla et fit face à l'adolescent. Ses yeux étaient rouges et gonflés mais sa bouche avait quelque chose de dur. Une sorte de pli que Julien ne lui connaissait pas.

— C'est vrai que tu ne l'as pas lu ? demanda-t-elle encore une fois. J'ai pensé que tu avais saboté le détecteur par jalousie... ou parce que tu avais compris qu'il me faisait chanter.

— Mais non, répéta Julien. Ce n'est pas moi.

Claire leva la main.

— Ce n'est pas grave, dit-elle, tu n'as pas à me le dire, après tout. J'ai mes secrets, tu as les tiens. C'était de la légitime défense. Et puis les Lehurlant ont toujours agi ainsi.

— Ce n'est pas moi ! insista l'adolescent.

Et il faillit ajouter : « Je sais que c'est toi, va, tu peux me le dire. Ne prends pas la peine de jouer cette comédie. Tu en connais bien assez en mécanique pour saboter un détecteur de mines. Tu l'as tué, comme tu as sans doute tué Mathias. Comme tu supprimes tous les hommes qui commettent l'erreur de vouloir te commander. Tu as trafiqué les fils des écouteurs, de manière à créer un faux contact, et tu t'en es remise à la chance en te disant qu'à force de remuer sa poêle à frire dans tous les sens, Etançon finirait bien par provoquer une panne définitive du système. Il est devenu sourd sans le savoir. Le détecteur a bien repéré la présence de la mine, mais le signal n'a pas retenti à ses oreilles, et il a continué d'avancer. C'était aussi simple que ça. Un simple petit coup de pouce au destin. Ça pouvait marcher ou rater, mais tu as eu de la chance. »

— C'était une fripouille, renchérit Claire. Il avait également mis la main sur une lettre de l'Amiral, là-haut, dans le bureau, une lettre qui parlait d'un trésor. Il s'était mis dans la tête de le trouver.

La lettre inachevée ? Julien avait fini par l'oublier, celle-là.

— Si tu l'as tué, dit la jeune femme, tu n'as pas de remords à avoir. C'était un nuisible. Tout ce qui importe c'est que tu n'aies pas lu le dossier. Ça, c'est à moi. Ça m'appartient. Si j'ai fait des erreurs, elles ne regardent que moi. C'est du passé. Il ne faut pas que ça se mette entre nous.

— Je ne l'ai pas lu, fit Julien avec lassitude. Je n'ai jamais osé l'ouvrir. Je te le jure. Je trouvais ça horrible qu'on ait pu t'espionner tout ce temps. Je ne voulais pas devenir complice de l'Amiral.

Claire ébaucha un geste vers lui, mais sa main retomba à mi-course.

— Il était fou, soupira la jeune femme. Il s'était persuadé que j'avais tué Mathias... Il ne savait plus vraiment où il en était. Il se racontait des choses. Peut-être aussi que ça l'amusait de me voir dégringoler la pente.

Elle se mordit les lèvres.

— Viens, dit-elle, rentrons à la maison. Il faut que je descende au bourg prévenir les gens du quartier général. Je vais prendre la bicyclette.

Ils s'éloignèrent de la chapelle bancale, n'osant se donner la main. Le vent leur expédiait de grandes bourrades dans le dos comme pour annoncer que l'été toucherait bientôt à sa fin. Alors qu'ils longeaient les barbelés, M'man s'arrêta une minute pour examiner le champ dont moins d'un tiers était utilisable. Elle semblait découragée. Julien referma sa paume sur les doigts de la jeune femme, ils étaient glacés.

« Je m'en fiche si tu l'as tué, songeait-il. C'est pas grave, tu as raison. Ce qui compte c'est nous deux. »

— Si ce n'est pas toi, fit doucement Claire en se remettant en marche, alors c'est le hasard... Tant mieux, parce que s'il n'était pas mort j'aurais fini par le tuer.

J'avais peur qu'il s'installe, tu comprends. Il commençait à parler de revenir ici après la guerre. Il faisait
des projets. Il avait décidé qu'on se marierait. Il se
voyait en maître du domaine. Il disait qu'on aurait de
la main-d'œuvre pour pas cher. Je ne pouvais pas
accepter ça.

— C'est fini, dit Julien. Il est mort.

— C'est le destin qui l'a puni, souffla M'man sans dissimuler son contentement.

— Oui, renchérit l'adolescent. C'est le destin.

Mais il n'en croyait pas un mot.

De retour à la maison, ils préparèrent le petit déjeuner. Ils avaient du mal à se parler, et c'était comme si
Etançon se tenait encore là, assis au bout de la table
à les écouter. Il leur faudrait sûrement un peu de temps
pour reprendre leurs habitudes. Julien avait décidé de
ne plus réfléchir. Il en avait assez de s'interroger. Il
avait envie de redevenir un enfant, le plus vite possible, de s'installer dans l'herbe avec un roman de Jack
London ou de Fenimore Cooper, et de retrouver ses
amis les loups, les ours ou les Mohicans.

« Je vais oublier tout ça, décida-t-il en finissant son
café. Bruze, l'Amiral, les morts... Je vais faire comme
si ça n'avait jamais existé. Ce n'est pas de mon âge. Ce
sont des affaires de grands, et je ne suis qu'un gosse. »

Brusquement, la perspective de repartir en pension
ne lui était plus aussi désagréable. Il y retrouverait
Antonin, le père Verdier.

M'man partit se changer. Elle voulait descendre au
bourg le plus vite possible pour signaler la mort d'Etançon. Il y avait eu beaucoup de tués ces derniers temps,

et la disparition du caporal passerait probablement inaperçue. Il n'y aurait pas d'enquête.

La jeune femme réapparut, l'ordre de mission du soldat à la main.

— J'y vais, annonça-t-elle. Je ne sais pas combien de temps ça va prendre, ne t'inquiète pas. Les formalités administratives sont toujours interminables. Je vais essayer d'obtenir l'envoi d'un remplaçant.

Elle ébaucha un mouvement vers Julien pour l'embrasser, mais le garçon ne s'avança pas à sa rencontre. Il venait de réaliser qu'il n'avait pas envie de sentir sur sa peau les lèvres que la bouche du caporal avait meurtries, nuit après nuit.

« Tu aurais mieux fait de me dire la vérité, pensa-t-il, ç'aurait été moins grave... moins sale. »

Moins sale ? Qu'est-ce qu'il en savait après tout ?

Il se gratta la tête avec fureur pour chasser les idées bourdonnantes. Il ne voulait plus penser à toutes ces choses.

Il sortit sur le perron pour regarder M'man s'éloigner à bicyclette. Elle peinait un peu, déséquilibrée par cette machine d'homme trop haute pour elle. Quand elle eut disparu derrière le boqueteau, Julien s'assit sur les marches de pierre, désœuvré. Dans son dos, la maison vide pesait telle la coquille d'un énorme escargot.

Il faisait chaud mais le ciel se couvrait. L'orage contaminait la nuée, épanchement nocturne tachant l'azur. En l'espace de quelques minutes la luminosité baissa de façon spectaculaire et Julien en éprouva une légère inquiétude. Il n'aimait pas savoir Claire sur les routes alors que les éclairs zébraient le ciel. La bicyclette de métal pouvait attirer la foudre et...

Il s'agita. La pierre des marches lui meurtrissait les fesses, pourtant il ne parvenait pas à prendre la décision de se mettre à l'abri. Les mouches, rendues folles par l'approche du déluge, tourbillonnaient, se cognant aux vitres. Leur zonzon agaçant chantonnait un refrain que Julien ne pouvait entendre sans serrer les dents : *Elle-l'a-tué... Elle-l'a-tué...*

Et alors ? avait-il envie de crier. Allez vous plaindre à qui vous voulez mais pas à moi, ça ne me regarde plus !

Le tonnerre roula sur la mer, faisant trembler les carreaux, et les premières gouttes s'écrasèrent sur les bras nus de Julien, chaudes comme le lait jaillissant d'une mamelle. L'adolescent ne bougea pas. Au contact de l'ondée, la terre rendait la chaleur dont elle était gorgée, et une buée de vapeur stagnait tout autour du perron. Ce n'était pas désagréable cette haleine sourdant des profondeurs qui donnait envie de fermer les yeux et de se laisser bercer par le bruit de l'averse.

Mais les gouttes se refroidissaient déjà. De plus en plus serrées, elles cinglaient la peau. L'adolescent se résigna à rentrer une minute pour décrocher un ciré de marin pendu à une patère. Enveloppé dans le vêtement huileux, il reprit sa faction, rendu sourd par le bruit des gouttes ricochant sur la capuche trop vaste.

Il lui semblait qu'il aurait pu rester là un siècle, à observer la mitraille liquide changeant la poussière du chemin en un chocolat noir onctueux. Peut-être, lorsqu'il serait grand, devrait-il devenir gardien de phare ?

Il faisait presque nuit, à présent, et seuls les éclairs qui craquaient au-dessus de la forêt faisaient courir sur le paysage leur bref incendie bleuâtre.

Et soudain Julien le vit.

Silhouette dressée entre deux chênes, ombre délavée par l'averse... *Le fantôme*. Il était là, debout à la lisière de la forêt, presque à découvert. La lumière de la foudre blanchissait sa peau et ses vêtements. Il ne faisait rien pour se cacher, comme s'il souhaitait qu'on l'aperçût. Il se tenait figé, sentinelle dont le fusil lançait des éclats de mercure. Julien se dressa d'un bond, adoptant sans en avoir conscience la même attitude que l'homme embusqué de l'autre côté du chemin.

Le fantôme le regardait fixement et ses yeux paraissaient énormes au milieu de son visage émacié. Il portait une casquette et une veste de chasse à parements de cuir que Julien connaissait bien ; sa grosse moustache cachait presque sa lèvre inférieure.

C'était Mathias Lehurlant, revenu d'entre les morts, l'homme qu'un bateau avait réduit en bouillie, l'homme que M'man avait soi-disant assassiné. Il était là, courbé sous la pluie, vieilli, amaigri par le jeûne, la main crochée à la bretelle du fusil. Julien serra les poings et se répéta qu'il ne devait pas s'enfuir. Quelque chose lui soufflait qu'il n'avait rien à craindre. Mathias n'épaulerait pas son arme pour le tuer, pas plus qu'il ne traverserait la route pour venir lui parler. Il n'y aurait rien de plus que cette confrontation muette, ce face-à-face qui prenait tout à coup l'allure d'un pacte.

Et c'était comme si le fils de l'Amiral lui disait tout à coup : « Voilà, maintenant tu sais... J'attendais que ta mère soit partie pour me montrer à toi. Je vous observe depuis votre arrivée, je vous surveille. Je suis le regard que tu as si souvent senti dans ta nuque au cours des mois qui viennent de s'écouler.

« Je suis là, je serai toujours là. J'ai tué le caporal parce qu'il n'avait rien à faire sur mes terres. Vous êtes à moi, vous êtes mes animaux familiers et je vous contemple comme on observe les bêtes dans la cage d'un zoo. Vous n'aurez rien à craindre tant que vous respecterez le pacte... mais si vous faites entrer un étranger dans ma maison, je le tuerai, et je vous punirai. Je vois tout, et la nuit, quand vous dormez, je me faufile dans les couloirs pour venir vous regarder et écouter votre souffle. Je me tiens là, debout à votre chevet, et vous n'en savez rien. Je pourrais vous tuer, sans difficulté... bêtement. Je voulais que tu le saches. Surveille ta mère, ne la laisse pas sortir du droit chemin. Tu dois travailler avec moi, c'est à ce prix que je te laisserai vivre. N'oublie jamais que je serai là, toujours, derrière toi. Ce sera notre secret. »

Brusquement Mathias fit un pas en arrière et disparut entre les troncs. Quand la foudre crépita à nouveau, il n'y avait plus personne au bord du chemin, et Julien se demanda s'il n'avait pas rêvé. Il s'élança sous la pluie battante, dégringola les marches du perron, traversa le jardin boueux. Est-ce qu'il était en train de perdre la tête ? Il avait vu Mathias, il en était certain. La lumière âpre des éclairs avait suffisamment illuminé le visage de l'homme pour ne lui laisser aucun doute. Il n'avait pas fait l'objet d'une plaisanterie, ce n'était ni un Benjamin Bruze ni un Gorget grimé pour la circonstance, mais bel et bien Mathias Lehurlant, officiellement mort et enterré. Mathias le chasseur, Mathias aux yeux de haine.

Julien faillit s'étaler de tout son long en traversant le chemin. Il atteignit la lisière du bois à bout de souffle. Là où s'était dressé le fantôme, dans la terre détrempée, les bottes de chasse avaient imprimé des traces profondes. Julien crut qu'il allait vomir. Il n'avait pas été victime d'une hallucination.

Il tituba, se raccrochant aux basses branches pour ne pas perdre l'équilibre. Il tremblait trop pour se lancer sur la piste de l'homme. D'ailleurs il n'aurait su que lui dire. Désormais le pacte était signé, et il savait ce qu'on attendait de lui.

Il devrait espionner Claire, la contraindre à la solitude. Et si elle ramenait un homme, un jour, sa mission consisterait à l'en dégoûter. Il devrait se montrer tyrannique, faire comprendre à sa mère qu'il n'accepterait personne dans la maison. C'était à ce prix que Mathias garderait le fusil à l'épaule et les cartouches dans sa poche.

« Il se venge en me faisant jouer son propre rôle, songea le garçon en enfonçant ses ongles dans l'écorce du chêne. Il sait qu'en me montrant jaloux je me ferai détester de M'man. Plus le temps passera, plus je ressemblerai à Mathias, et plus elle me repoussera. Et c'est de cette manière qu'il compte me punir... »

Oui, il faudrait apprendre à vivre dans la solitude, coupé du monde. Claire se retrouverait condamnée à la triste existence des nonnes, et la maison deviendrait une prison, une citadelle gouvernée par un geôlier invisible toujours présent dans l'ombre. Un enfer dont personne ne soupçonnerait les règles secrètes.

Julien s'ébroua. Il perdait la raison. Où se croyait-il ? Dans un roman gothique ? Il devait se méfier de son imagination ! Il le savait, pourtant !

D'un mouvement de tête, il rejeta le capuchon pour offrir son visage à la pluie. L'eau glacée se mit à ruisseler sur son front brûlant, lui permettant de reprendre quelque peu ses esprits.

22

Il entra dans la cuisine, essayant d'ordonner le chaos roulant dans sa cervelle. Pour se donner le temps de réfléchir, il fit réchauffer un peu de soupe qu'il mangea lentement. Il n'avait pas pensé à ôter le ciré qui dégoulinait sur le carrelage de l'office et formait une mare autour de sa chaise. La canonnade des éclairs explosait au-dessus du toit, aussi menaçante qu'un bombardement.

Mathias... ce nom seul occupait ses pensées.

Ainsi Benjamin Bruze avait vu juste ! Le fils de l'Amiral avait bel et bien mis sa mort en scène, sacrifiant pour cela un innocent, un clochard ramassé sur les quais. Il n'avait joué les cadavres que pour mieux revenir espionner son père et sa femme avec l'espoir de les prendre en flagrant délit. Hélas, les choses n'avaient pas tourné comme il l'espérait. Claire était partie pour Paris et le vieux avait perdu l'esprit, vivant comme un romanichel jusqu'au jour où il avait préféré en finir dans les flammes et le vacarme d'une dernière explosion. Pendant tout ce temps, Mathias s'était caché dans l'épave de la *Brigande,* vivant de braconnage, avec peut-être l'espoir que Claire se déciderait à revenir.

Le piège n'avait pas fonctionné comme prévu. Officiellement mort, sans argent, il ne lui avait pas été possible de se lancer sur les routes, à la poursuite de sa femme adultère. La guerre avait éclaté, compliquant davantage les choses. Sans papiers, déserteur, décédé pour l'état civil, il s'était retrouvé condamné à hanter les bois du domaine en s'appliquant à n'être vu de personne.

Seul Bruze avait deviné sa présence, son odeur, ses manies. L'alcoolisme de l'artiste, de notoriété publique, avait par bonheur empêché qu'on prête le moindre crédit à ses propos délirants.

Julien repoussa son bol vide. Pourquoi ressasser, encore et encore ? Pourquoi jouer les étonnés ? N'avait-il pas toujours su la vérité, depuis le début ?

La soupe avalée trop vite pesait lourd sur son estomac. Il imaginait Mathias, tournant en rond, le fusil à l'épaule, observant la maison vide.

Après la mort de l'Amiral, Mathias Lehurlant avait repris espoir. Il savait que l'héritage ferait revenir Claire, alors il avait joué les sentinelles embusquées, omniprésentes.

« Combien de fois m'a-t-il observé, songea Julien, à l'abri d'un buisson, en se demandant : "Est-ce mon fils ? Est-ce celui du père ?" Combien de fois a-t-il pointé le canon du fusil sur Claire ou sur moi ? »

A présent Mathias leur accordait un sursis pourvu qu'ils acceptent de se soumettre et de vivre hors du monde, comme des parias. Il voulait leur faire payer les cinq années de solitude passées dans l'épave échouée au bas de la falaise. Il s'amuserait à leur infliger un règlement infernal, avec l'espoir secret qu'ils le transgresseraient et le forceraient à les punir.

La peur... il allait les faire mijoter dans la peur, toujours à l'affût, la main sur la courroie du fusil, le doigt caressant le pontet jusqu'à le rendre luisant.

Il se vengerait sans faire de détail: l'enfant, la femme... tous paieraient. Le bâtard et la catin.

Julien repoussa sa chaise. Cela ne devait pas arriver, il fallait trouver un terrain d'entente, passer un traité.

Il devait se décider vite, tout régler avant le retour de M'man.

Avec des gestes fébriles, il s'empara de la lampe tempête, l'accrocha à sa ceinture, sous le ciré, pour conserver les mains libres, et glissa une boîte d'allumettes dans la poche de sa culotte courte. La peur lui faisait siffler les oreilles. Il se jeta dehors pour ne pas prendre le temps de réfléchir, sans chercher à déterminer ce qu'il dirait une fois devant Mathias.

Il dédaigna les bois, persuadé que l'homme avait trouvé refuge dans l'épave échouée au bas de la falaise. Courbé sous les rafales, il longea le pré aux corbeaux.

La pluie tombait si fort qu'elle lui cinglait les pommettes. Il traversa le boqueteau à grands pas, s'approchant du bord de la falaise, là où s'ouvrait le sentier menant à la grève. Le ciré trop large le gênait dans ses mouvements car le vent s'y engouffrait, transformant le vêtement en une grosse bulle d'étoffe. Quand cela se produisait, il marchait à reculons.

Il descendit sur la plage. L'averse sonnait sur l'épave. La figure de proue dressée vers le ciel noir ruisselait telle une sirène crevant la vague au terme d'une interminable remontée.

Mathias se tenait forcément là, dans cette carcasse plantée de guingois. Il ne fallait pas fléchir. Surtout pas. Ou sinon le courage lui manquerait et ses jambes se mettraient à courir toutes seules.

Les poings serrés, il traversa la plage. La corde qui permettait de se hisser sur le bateau n'avait pas été remontée. Fallait-il y voir une invite ? Une invite ou un piège.

Il saisit le filin et s'éleva le long de la coque, les pieds posés à plat sur les bordés. Quand il fut en haut, il tira la lampe tempête attachée à sa ceinture et en alluma la mèche. Maintenant il devait descendre.

Descendre et affronter son « père »...

Une chaleur moite stagnait dans l'entrepont, avivant les relents de goémon.

— Vous êtes là ? demanda Julien d'une voix de fille.

Il ne pouvait se résoudre à dire « tu », car c'était un étranger qu'il venait voir. Un étranger et un ennemi.

— Je suis venu en paix, ajouta-t-il, adoptant malgré lui un langage de trappeur infiltré chez les Iroquois. Vous voulez qu'on parle ?

Il leva la lampe tempête à bout de bras. La lueur jaune dansa, éclairant les parois de la coursive d'un mouvement pendulaire. L'odeur de bois moisi était très forte. Les planches grincèrent dans l'obscurité. Une silhouette émergea enfin de la dernière cabine.

Mathias s'avançait à la rencontre de la lumière. Il n'avait pas son fusil. Il respirait fort, comme un vieillard qui a du mal à se déplacer. Quand il entra dans le faisceau lumineux, Julien faillit lâcher la lampe.

Ce n'était pas Mathias Lehurlant.

C'était l'Amiral. L'Amiral qui avait rasé sa barbe blanche pour la remplacer par une moustache teinte en noir.

L'Amiral amaigri, et que ses joues glabres faisaient ressembler à son fils d'une manière hallucinante.

— Grand-père..., balbutia Julien en reculant d'un pas.

— Oui, dit le vieux. Tu m'as tout de même reconnu, je suis content. Tu as tellement grandi que j'ai dû y regarder à deux fois pour m'assurer que c'était bien toi... Mon Dieu ! J'avais gardé l'image d'un bébé, quand tu as débarqué j'ai cru que Claire avait adopté un garnement de la ville !

Il se tut, ôta sa casquette.

— C'est un déguisement idiot, dit-il avec un sourire d'excuse, mais c'était pour effrayer ce crétin de Bruze et tenir Gorget à l'écart. L'un est alcoolique et l'autre superstitieux comme tous les paysans. J'ai inventé ce fantôme pour les empêcher de venir fouiner ici. Et puis je ne voulais pas qu'on me reconnaisse, qu'Audonier ait le moindre doute sur ma mort. Je voulais que tu hérites. C'est pour toi que j'ai fait tout ça. Pour toi, tu es mon petit, Julien... tu es mon fils, tu l'as toujours su, n'est-ce pas ?

L'adolescent recula. Charles Lehurlant l'épouvantait avec ses vêtements trempés, sa casquette informe.

— J'ai pris les vêtements de Mathias, c'est vrai, avoua le vieil homme, et j'ai fait semblant de me suicider. J'étais obligé, tu comprends ? C'était le seul moyen de provoquer le retour de ta mère. Je savais qu'elle ne reviendrait qu'à ma mort, pour ramasser les miettes... et pour le trésor aussi.

Ils demeurèrent un long moment face à face, ne sachant plus que dire. Julien ne parvenait pas à démêler les sentiments contraires qui l'assaillaient. Le soulagement, la haine, la tendresse. Le vieux se fatiguait, il fit comprendre à l'enfant qu'il devait s'asseoir. Ils entrèrent dans la cabine et l'Amiral se laissa choir sur la paillasse. Sans sa barbe blanche, il n'avait plus aucune prestance. Julien n'en pouvait plus du silence qui durait.

— Mais Audonier disait que tu avais sauté sur une mine ! balbutia-t-il soudain.

Le vieillard eut un geste vague, signifiant que tout cela n'avait guère d'importance.

— Il me fallait un remplaçant, dit-il. J'ai utilisé cet Anglais récupéré dans le champ... le type venu de Londres à bord du Lysander. Il était blessé, je l'ai d'abord caché dans la cave, puis ici, dans l'épave. Je ne l'aimais pas beaucoup, c'était un vieil emmerdeur, il ne cessait de me tarabuster pour que je prenne contact avec la Résistance. C'était un spécialiste de je ne sais quoi. Je n'ai pas hésité à l'estourbir... Tu aurais fait pareil.

— Vous l'avez tué !

— Hé ! Il fallait bien que quelqu'un prenne ma place, n'est-ce pas ? Je lui ai flanqué un coup de crosse sur la tête pour lui passer mes vêtements, mes bottes, tout. Puis je l'ai traîné dans le champ, là où je savais que se trouvait une charge très puissante. Les Allemands les ont enterrées presque sous mon nez, leurs foutues mines. J'ai couché l'Anglais sous les barbelés, puis je me suis reculé, et j'ai tiré sur le détonateur depuis la forêt avec une brenneke à sanglier. Le choc a tout fait sauter. Il n'est pas resté grand-chose du bonhomme, c'était ce que je voulais. Après je suis revenu et j'ai glissé ma montre dans les lambeaux de la veste et quelques bricoles personnelles que tout le monde connaissait à Morfonds. J'ai trouvé ça amusant, ça m'a rappelé les petits romans d'Agatha Christie que me lisait ta mère lorsque je l'ai engagée pour s'occuper de ma bibliothèque.

Il se tenait très près de Julien et son odeur de vieux incommodait l'adolescent. Les vêtements qu'il portait étaient dans un état épouvantable, des loques ravaudées à la diable. Mais le pire, c'était encore son visage affaissé que Julien avait toujours connu masqué par l'immense barbe blanche à la Victor Hugo. Privé de cette toison, Charles Lehurlant avait l'apparence d'un petit vieillard à la figure grosse comme le poing, aux lèvres avalées. Ses cheveux et sa moustache mal teints cessaient de faire illusion dès qu'on se rapprochait.

— Je me suis peinturluré, dit le vieil homme avec un petit rire. J'ai trouvé les produits dans le fourbi de l'Anglais. C'était un espion, un hypocrite quoi ! Il avait apporté un poste émetteur et de quoi se déguiser... une trousse à maquillage comme les acteurs de théâtre. Je ne voulais pas qu'on puisse me reconnaître... et seul un fantôme pouvait tenir les curieux à l'écart. Alors j'ai ramené Mathias d'entre les morts. Il me ressemblait énormément. Vous ne vous en rendiez pas compte à l'époque, à cause de ma barbe, mais je le savais. C'était moi avec trente ans de moins.

Il dut s'interrompre à cause d'une quinte de toux qui le plia en deux. Pour la première fois, Julien réalisa qu'il était en face d'un homme malade, usé. Il eut un geste pour le soutenir, se ravisa, pris d'une peur étrange. Charles Lehurlant avait le souffle rocailleux.

— Tu es trempé, observa Julien, il faudrait te changer.

— Je t'attendais, murmura le vieux. J'ai profité du départ de ta mère pour me montrer... J'espérais que tu allais venir. J'ai failli t'aborder plusieurs fois, quand tu étais dans la forêt, à relever tes collets, mais j'ai toujours renoncé à la dernière minute. Maintenant ce n'est plus pareil, je m'affaiblis, je n'ai plus le temps, je le sens. L'été va finir et ce sera le dernier pour moi. Julien, il fallait que je te parle, que je te touche... Laisse-moi te toucher, s'il te plaît, n'aie pas peur...

Les mains de Charles se tendirent, marbrées de taches hépatiques, sillonnées de grosses veines. Les articulations déformées par les rhumatismes donnaient aux doigts une structure bizarre. Julien ne se déroba pas. Les mains du vieux saisirent les siennes. Elles étaient brûlantes de fièvre, écailleuses et durcies par le cal.

— Mon fils, balbutia Charles Lehurlant, mon petit... Toi, je t'ai vraiment voulu. Pas Mathias, j'étais trop jeune alors. Mais toi... toi. Seule la vieillesse peut vous faire comprendre combien il est important de donner la vie. Tu es moi... tu vas me continuer. Je suis dans tes veines, comme avant, jeune.

Julien voulut se dégager mais les doigts de l'Amiral le serraient comme des pinces.

— J'avais tout préparé pour ton retour, haleta le vieil homme. Le dossier dans le tiroir du bureau... J'espère que tu l'as lu. Tu dois tout connaître de ta mère pour te défendre d'elle. C'est une arme que j'ai forgée pour toi, qui te donnera un moyen de pression si elle refuse d'en passer par où tu veux. Ne l'épargne pas, c'est une chienne. Elle est belle, mais elle a du poison dans le corps. Elle m'a rendu fou... et Mathias avec moi. Elle nous a fait danser, la garce ! J'ai laissé le dossier dans le tiroir, là-haut, dans mon cabinet de travail... et aussi la lettre qui parlait du trésor, pour te prévenir. Je savais que tu t'introduirais tôt ou tard dans la maison. Une bombe de cinq cents kilos n'a jamais effrayé un Lehurlant. J'étais sûr que tu explorerais le grenier. Moi, je me suis réfugié dans la cabane du jardinier pour accréditer dans l'esprit des gens que j'étais devenu gâteux. Ah ! je leur ai bien donné la comédie aux Gorjus, à Audonier, aux Allemands et aux autres. Ils étaient tous persuadés que j'avais perdu la tête. Il le fallait. Chaque fois que je croisais quelqu'un, je m'empressais de lui raconter que j'en avais assez de la vie. Assez de la vie ! Bon Dieu, quelle connerie ! Si c'était possible je me couperais les deux jambes pour qu'on m'en donne en rabiot de la vie, oui !

Il eut une nouvelle quinte.

— C'est la carcasse qui s'en va, bégaya-t-il lorsqu'il eut repris sa respiration, mais dans la tête tout brille, tu ne peux pas savoir ! Ça m'éblouit parfois. Ta mère, c'est une garce, mais elle m'a fait voir les choses comme de l'or. Tout était meilleur avec elle : le vin, le tabac, la nourriture. J'ai l'air d'un vieux con, je le sais, mais tu comprendras plus tard.

— Est-ce... Est-ce qu'elle a tué Mathias ? murmura Julien. Ou bien est-ce que c'est toi ?

Le vieillard s'immobilisa, son visage s'affaissa sous l'effet de la surprise et de l'impuissance.

— Pour t'avouer la vérité, je ne sais plus très bien..., chuchota-t-il. Ma mémoire s'en va. J'aurais dû tout écrire dans un carnet quand j'avais encore ma tête, pour m'en souvenir le moment venu, mais tu sais : moi et les écritures ! C'est tout brouillé en dedans à présent, comme un grenier dont on a laissé la lucarne ouverte et où la brume du matin est entrée... tu vois ? Je fais des phrases parce que c'est dur à expliquer à un bonhomme tout frais et rose comme toi. Qui a tué Mathias ? Mon pauvre gamin, je serais tenté de te dire qu'on est deux à se le demander... A un moment j'ai cru que c'était la Claire, et je l'ai accusée. J'avais honte, le remords me bouffait la tête. Je l'ai harcelée et elle est partie. J'ai failli en crever. Elle ne voulait plus me voir, jamais. Aujourd'hui, en cette minute, je me dis que ce n'est pas moi qui ai tué Mathias. J'en suis presque sûr, mais demain ? Hein, *demain* ? Alors c'est peut-être elle... ou bien c'est un accident. Un véritable accident. Mais j'ai le doute, tu vois. C'est trop bien tombé, c'était inespéré.

Il se tut pour se mouiller les lèvres. Il avait une grosse langue décolorée et presque pas de salive.

— Quand je réalise que je me suis peut-être réjoui de la mort de mon propre fils, je me dégoûte, reprit-il dans un souffle. Je crois bien que j'ai rejeté la faute sur ta mère, que je l'en ai accusée pour me laver de cette horreur. Après, j'ai regretté d'avoir joué les vertueux. J'ai compris que la mort de Mathias n'avait en réalité aucune importance, et que j'avais eu une chance extraordinaire. Peu d'hommes connaissent l'amour avec une telle intensité, rappelle-toi ça, et il ne faut pas rater une occasion pareille, jamais.

— Alors tu ne sais pas ? insista Julien.

— Non, avoua Charles Lehurlant. Mais si elle l'a tué ce n'est pas grave, je lui pardonne. J'ai eu le temps d'y réfléchir, et si c'était à refaire, tu vois, je lui proposerais mon aide. Ne me regarde pas avec ces yeux-là, je n'ai commencé à vivre que lorsque je l'ai vue, là-bas, dans sa librairie paroissiale, avec sa petite robe grise toute minable. J'étais déjà vieux mais j'ai eu l'impression que tout commençait enfin... que j'avais cessé d'attendre. Le reste, les lois, la morale, les liens familiaux, c'est de la foutaise, ça ne tient pas une minute. Tu comprends ? Il ne faut pas lui en vouloir... elle m'a donné le feu. Je ne voulais pas mourir sans l'avoir revue... et toi avec. Alors j'ai tout mis en place. J'ai réussi. Je n'en ai plus pour longtemps mais je suis heureux. Il ne faudra rien lui dire, surtout. Ce sera notre secret. De temps en temps tu m'aideras à grimper le sentier parce que mes jambes se fatiguent vite depuis quelques semaines. Tu m'installeras dans la forêt, à un endroit où je pourrai vous regarder, et tu la feras sortir au jardin. Je n'en demande pas plus.

Il se passa la main sur le visage. Ses rides ouvraient des coupures dans sa peau grise. Il écarquilla soudain les yeux avec une expression d'égarement.

— Ne lui dis surtout pas que tu m'as vu! hoqueta-t-il, au bord de la panique. Elle serait fichue de s'enfuir une fois encore. Non... continue comme si de rien n'était. Apporte-moi à manger. L'été va finir, et moi avec, ce ne sera plus bien long. Je ne vous dérangerai pas.

— Le caporal..., dit doucement Julien. C'est toi qui l'as tué?

— Non, protesta Charles Lehurlant. C'est toi. Tu ne te rappelles pas, tu criais: « Je veux qu'il meure! » Je n'ai fait que t'obéir.

Julien se dégagea d'une secousse, mais l'Amiral ne cherchait pas à lui attribuer cette nouvelle faute, il le comprit aussitôt.

— Je voulais que tu sois content, renchérit le vieux.

— C'est pas grave, murmura l'enfant. Tu as bien fait. C'était un salopard.

Une lueur de joie traversa le regard de Charles. D'une voix haletante et monocorde, il se mit alors à énumérer des anecdotes dont Julien ne conservait aucun souvenir.

— Tu te rappelles quand je t'emmenais à cheval à travers champs? balbutia-t-il. Quand je te prenais sur mon dos et que je courais dans la mer... je te donnais une petite badine et je te disais « un cheval, ça se mène à la cravache »...

Mais cela n'éveillait aucun écho en Julien. Pour ne pas peiner l'Amiral, il décida de mentir.

— Oui... oui, lança-t-il en se forçant à sourire. J'étais tout petit.

Et, pendant que le vieux continuait à soliloquer, il prit conscience qu'il ne saurait jamais... et qu'il s'en fichait. L'horrible tension dont il avait souffert ces derniers mois se dissipa d'un coup, faisant place à une sorte d'indifférence proche de la sérénité. Il regardait bouger la bouche plissée mais n'écoutait plus, et les paroles de l'Amiral se confondaient avec le bruit de l'averse martelant la coque du bateau échoué.

« Ça n'a plus d'importance, songea Julien. Ça n'en a jamais eu. Ce qui compte, ce n'est pas d'où je viens, mais où je vais... »

Il n'avait plus besoin des adultes, il les laissait à leurs manigances, à leurs secrets. Il n'était le fils de personne, il se ferait lui-même et ne s'en trouverait pas plus mal !

La main de Charles Lehurlant serra son poignet, le ramenant à la réalité.

— Le fusil, disait le vieillard. Il est à toi maintenant, c'est toi le maître du domaine. Prends-le. Il est trop lourd, il me scie l'épaule. Et puis il y a longtemps que je n'ai plus de cartouches.

Julien fit un effort pour saisir l'arme. Il ne voulait pas peiner ce vieux bonhomme aussi pitoyable qu'un lion à qui on aurait rasé la crinière.

Charles reprit son monologue. Il se contredisait, fabriquait des fables à la hâte pour colmater ses trous de mémoire. Julien comprit qu'il ne servait à rien d'insister et qu'ils en seraient toujours réduits aux suppositions. Un mois plus tôt, cette constatation l'aurait rendu fou de rage, aujourd'hui il l'accueillait avec indifférence.

Puis, comme cela arrive souvent avec les vieilles personnes, Charles Lehurlant sombra dans le sommeil au milieu d'une phrase et resta adossé à la paroi, le menton sur la poitrine. Julien l'enveloppa dans sa couverture et resta un moment à l'observer tandis que la lumière du jour baissait.

Voilà, tout se terminait là. L'enquête... les mystères de Morfonds-des-Hauts. Il était inutile de chercher à savoir. Les réponses s'étaient effacées du cerveau de l'Amiral. Et finalement, c'était bien.

Julien se redressa et gagna la coursive en essayant de ne pas faire craquer les planches de l'entrepont.

Il faisait presque nuit, aussi se dépêcha-t-il de traverser la plage en direction du sentier menant au sommet de la falaise. Il était d'un grand calme. Délivré.

Lorsqu'il traversa la forêt, il fit un bref détour pour cacher le fusil sous un tas de pierres. Il savait qu'il allait rouiller ; ça n'avait aucune importance.

23

Avec une satisfaction certaine, Julien découvrit qu'il était capable de tenir sa langue. Il ne dit jamais rien à M'man, ni le soir de son retour ni les autres jours. La jeune femme était heureuse, elle avait obtenu l'envoi d'une nouvelle équipe de déminage. Celle-ci arriva le lendemain, à bord d'un camion américain aux roues incroyablement hautes. Trois hommes en descendirent sous la conduite d'un vieil adjudant du génie, ils établirent un campement à l'écart et chargèrent sur leur véhicule les corps entreposés dans la chapelle ardente. L'adjudant vint à la maison pour interroger Claire et rédiger son rapport. Il ne posa aucune question embarrassante et semblait pressé de liquider au plus vite cette corvée qui l'obligeait à noircir du papier. Ses hommes se mirent au travail sans attendre. Détecteur en main, ils auscultèrent tout le jour le champ aux corbeaux, extrayant les mines avec plus de rapidité que le caporal. Quand Claire se proposa de leur apporter à boire, l'adjudant refusa tout net.

— C'est pas pour vous offenser, ma petite dame, expliqua-t-il, mais j'aime mieux que mes gars gardent

la tête froide dans ce genre de boulot. Les jupons d'une
femme ça facilite pas la concentration. Alors on va dire
« chacun chez soi », d'accord ? Ce sont de grands garçons, ils ont l'habitude de faire leur popote eux-mêmes.
Et si c'était pas trop vous demander, j'aimerais bien
que tout le temps qu'on passera ici, vous ne vous montriez pas trop. Pour le gosse, c'est pareil, qu'il se tienne
à l'écart. Le déminage c'est pas un grand jeu scout. On
ne sait jamais comment ça peut tourner.

Si elle fut vexée, Claire ne le montra pas. Consignée
à l'intérieur de la maison, elle en profita pour astiquer meubles et parquets. A la fin de la semaine, le
pré aux corbeaux était presque entièrement déminé.
L'adjudant se servit du camion pour tracter l'épave
du Lysander jusque dans le fossé. Un peu plus tard,
il fit venir une sorte de grue montée sur train chenillé
qu'il utilisa pour extraire la bombe du grenier. Ses
hommes parlaient peu et ne chômaient pas. Le dernier jour du mois d'août, l'équipe remonta dans le
camion et s'en alla comme elle était venue, emmenant
les mines et la bombe.

M'man voulut fêter l'événement en faisant un gâteau,
mais, comme elle n'avait ni beurre ni lait, le résultat
ne fut pas extraordinaire.

Julien savait qu'une parenthèse se refermait. Plusieurs fois par semaine, il descendait sur la plage pour
porter des provisions à Charles Lehurlant. Le vieil
homme se nourrissait de peu car il avait du mal à
mâcher. Parfois il était impossible de lui tirer un mot,
parfois — au contraire — il radotait pendant une heure,
répétant inlassablement les mêmes anecdotes, et Julien
avait l'impression de se trouver en face d'un automate.
Le plus souvent, cependant, il restait sourd aux ques-

tions et s'absorbait dans un rêve intérieur, hochant la tête et murmurant des mots inaudibles.

Il fut malade, et s'affaiblit un peu plus. La fièvre le rendait plus loquace. Mais il avait alors tendance à délirer et Julien se gardait de prendre ses confidences pour argent comptant.

Un jour, l'Amiral se dressa sur sa paillasse, dans un état de grande exaltation, et chuchota :

— Tu sais petit, *Mathias,* il n'est pas mort sous le bateau comme on l'a raconté... Ça vient juste de me revenir, il faut que je te le dise avant que ça s'en aille de nouveau. Ecoute, écoute bien... il a mis un pauvre bougre à sa place. Un de ces vagabonds des ports, un matelot débarqué pour ivrognerie et que personne ne connaissait. Il lui a fait enfiler ses vêtements avant de l'écraser sous la coque. Ce qu'il voulait, c'était qu'on le croie mort. Il espérait nous surprendre en flagrant délit, ta mère et moi... et nous fusiller à bout portant. Le malheur, c'est que la Claire est partie à Paris avant qu'il n'y arrive ! Et il s'est retrouvé comme un imbécile, à tourner en rond dans les bois, n'osant pas venir me réclamer l'hospitalité. Quel idiot ! Ça a duré un moment. Je l'apercevais souvent, embusqué entre les arbres, mais je faisais comme si je ne le voyais pas. Sûrement qu'il espérait que j'allais lui faire signe, lui dire : « Viens, fils, c'est bête, réconcilions-nous ! » Mais pas question ! Il nous en avait fait trop voir. Je l'ai laissé s'enferrer dans sa bêtise. Puisqu'il avait décidé de jouer les morts, il n'avait qu'à continuer jusqu'au bout ! J'ai été dur avec lui, je le sais, et maintenant j'en ai un peu honte... mais c'était une mauvaise graine ; s'il nous avait surpris au lit, ta mère et moi, il n'aurait pas hésité à nous tuer. Il fallait le punir d'une manière ou d'une autre. Il est resté trois mois, je crois, à tourner dans la forêt de Craindieu. Un jour, j'ai eu pitié, et j'ai fait remorquer l'épave de la *Brigande* sur la plage, pour qu'il puisse s'y abriter. J'avais peur qu'il crève de froid pendant l'hiver. Il a survécu comme ça, en braconnant, en buvant l'eau du ruisseau. Je me disais : « Un jour il fera amende honorable, et je lui permettrai peut-être de rentrer », mais il n'a pas tenu le coup. Il s'est pendu six mois après le départ de ta mère. Je l'ai trouvé un matin d'hiver, se balançant à une branche. Je l'ai décroché pour l'enterrer dans la forêt. Une tombe sans marque, sans croix. Comment faire autrement puisqu'il avait déjà une place au cimetière de Morfonds, hein ? Mais c'est lui qui m'a donné l'idée de la substitution... et je m'en suis resservi lorsque l'Anglais est tombé dans le champ. Tout de suite j'y ai pensé. Quand je l'ai sorti du Lysander tordu je me suis dit : « Toi, mon rosbif, tu vas porter mon costume d'enterrement ! »

Julien dut presser le vieil homme de se calmer, car sa voix montait dans les aigus et ses doigts aux ongles trop longs griffaient la paillasse.

— Petit..., haletait-il en braquant sur l'enfant un regard d'aveugle. C'est comme ça que ça s'est passé. Vrai de vrai ! Note-le quelque part, au cas où ça te sortirait de la cervelle, à toi aussi. Tu ne peux pas savoir comme c'est épuisant de chercher à se rappeler.

Puis sa tête retomba au creux de son oreiller et il dormit jusqu'au soir. Quand il s'éveilla, il ne gardait aucun souvenir de sa déclaration.

Quand le vieil homme se sentait mieux, Julien l'aidait
à quitter l'épave et à gagner le sommet de la falaise.
Dans ces moments fastes, Charles Lehurlant redevenait
pour quelques heures le colosse de jadis, et s'embusquait dans la forêt, jumelles au poings pour observer
Claire vaquant aux besognes du jardin.

Julien et le vieillard parlaient très peu, et toujours
des mêmes choses. Charles semblait être entré dans une
phase contemplative dont il ne sortait qu'avec une
grande réticence. Tout son univers se résumait à
l'image de Claire grossie par les lentilles.

— Tu ne peux pas comprendre, marmonna-t-il un jour,
en essuyant les oculaires avec un pan de sa chemise.
Quand je la regarde avec ça, c'est comme si je me pro-
menais sur sa peau. Comme si j'étais couché sur elle...
les yeux au ras de son visage. Je sens presque son odeur.
Je n'en demande pas plus, tu vois. Je vais mourir heureux. J'ai fait le plein d'elle... Je l'emporte avec moi.

Le temps se gâtait. Julien voyait avec inquiétude
s'annoncer l'époque des premiers frimas. Déjà, le matin,
le vent sifflait méchamment sur la grève. L'Amiral, lui,
ne s'en souciait guère. L'adolescent lui avait fourni de
nouveaux vêtements récupérés dans les armoires, des
couvertures, et même un réchaud à alcool, mais l'épave
se changeait en un terrier humide, un trou impossible
à chauffer où l'on pouvait attraper la mort en l'espace
d'une nuit.

— Ça n'a pas d'importance, radotait le vieux. J'ai eu
ce que je voulais, je suis trop faible maintenant, même
pour le bonheur... La joie de regarder ta mère m'use
un peu plus tous les jours. Un matin tu me trouveras

mort. Je voudrais que tu fasses encore une chose pour moi. Ne m'enterre pas. Mets le feu à la *Brigande*. J'ai caché dix bidons d'essence dans la cale, ça devrait suffire pour faire démarrer l'incendie. C'est comme ça que je veux partir, comme un roi viking, tu comprends ? La plage est encaissée, personne ne verra les flammes. Fais ça pour moi, d'accord ? Je ne veux pas que les bêtes me mangent. Quand l'épave sera toute carbonisée, le vent éparpillera les cendres aux alentours, sur la mer, sur les champs. Tu le feras, dis ?

Julien promit. Il avait atteint la sérénité, les questions de jadis ne le tourmentaient plus.

Bientôt, l'Amiral n'eut plus assez de force pour quitter l'épave et se hisser au sommet de la falaise. Il passa le plus clair de son temps sur sa paillasse, abîmé dans la somnolence.

Là-haut, M'man avait pris une hypothèque pour remettre en culture le champ aux corbeaux. La terre avait été labourée, et au milieu des sillons, l'un des trois ouvriers engagés pour la circonstance avait planté un épouvantail fabriqué avec la houppelande noire de l'Amiral que Julien avait pendue à un clou, dans la grange, le jour de son arrivée au domaine.

Assez curieusement, ce pantin approximatif tenait les oiseaux à une bonne distance.

Dès le mois d'octobre, Charles Lehurlant cessa de s'alimenter. Julien lui descendait en cachette des bouteillons de soupe chaude qu'il essayait tant bien que mal de lui faire avaler. Le vieillard n'habitait plus sa carcasse que par intermittence. Un soir pourtant, il refit surface et darda sur l'enfant un regard aigu.

— Ecoute, chuchota-t-il, on n'a plus beaucoup de temps. Le moment est venu. Le trésor... il est pour toi, seulement pour toi. N'en parle à personne. Tu l'utiliseras pour devenir un homme puissant. Je n'ai jamais été ruiné, j'ai fait semblant. J'ai tout changé en or. C'était plus prudent, la monnaie, ils vont peut-être en changer... Le franc sera abandonné pour le dollar ou le rouble, mais l'or restera toujours l'or.

— Tu te fatigues, observa Julien. Et puis tu sais, le trésor, tout le monde t'a vu l'enterrer dans le jardin, alors quelqu'un l'a peut-être déjà récupéré.

Le vieillard eut un rire sec.

— Ce que j'ai enterré dans le jardin c'était un leurre... une fausse piste pour les curieux... des paquets de titres sans valeur, de l'emprunt russe, quelques louis pour faire bonne mesure. Des bricoles. Le vrai trésor, il est dans ta chambre. Les soldats de plomb, tu t'en souviens ? J'ai jeté les vrais, je les ai fait remplacer par un artisan... un joaillier. Tous les soldats de ta caisse à jouets, ils sont en or pur recouvert de peinture. Il y en a pour une fortune... Ne t'en sépare jamais. C'est ton butin.

Le soir même, en rentrant à la maison, Julien ouvrit la caisse à jouets et, avec une lame de canif, gratta la peinture d'un hussard de la Garde. L'Amiral n'avait pas menti ; le soldat avait été entièrement coulé dans un or très pur, un peu mou. Les armées de l'Empereur dissimulaient de quoi fondre une vingtaine de lingots.

24

Gorget quitta la ferme de son père pour suivre les soldats à Paris. Quelqu'un de Morfonds raconta qu'il était devenu barman dans une cave, à Saint-Germain-des-Prés. Benjamin Bruze se pendit. Le facteur qui lui amenait sa pension d'ancien combattant le découvrit accroché à un arbre, se balançant au-dessus d'une échelle renversée.

On parlait déjà d'une troisième guerre mondiale imminente qui opposerait les Russes aux Américains. L'hiver était là.

Un matin, alors que des flocons de neige voletaient dans l'air, Julien découvrit la dépouille de l'Amiral au cœur de l'épave. Le vieil homme était mort dans son sommeil, la couverture tirée jusqu'au nez, le bonnet de laine enfoncé au ras des sourcils.

L'adolescent prit sa lampe et descendit dans la cale. Les bidons d'essence s'y trouvaient, comme l'avait dit le vieux. Il en aspergea la coursive, les portes des cabines et le pont. Puis il se laissa glisser le long de la coque et sauta sur la plage. D'en bas, il enflamma un journal, le jeta par-dessus le bastingage. Il y eut un grand « vlouf », et un panache de feu grimpa droit vers le ciel gris. C'était beau, cette colonne jaune qui se tordait pour finir en un toron de suie, si noir au milieu des flocons.

Très vite, l'incendie enveloppa la figure de proue, la dévorant comme une bûche.

Julien se détourna. Lentement, il escalada le sentier, pesant sur chaque pierre. Il savait déjà qu'il ne reviendrait plus ici. Jamais. Essoufflé, il s'arrêta un bref moment au sommet de la falaise pour contempler la maison et les champs, dans l'enclave de la forêt.

Il sortait du couvert quand il aperçut M'man, au milieu du pré aux corbeaux, marchant parallèlement aux sillons. Elle s'était enveloppée dans sa cape d'hiver mais allait tête nue.

Julien alla à sa rencontre. Claire sourit. Elle avait le nez et les joues irrités par le froid.

— Tiens, dit-elle, je voulais te le montrer... C'est le premier que je fais.

De dessous son vêtement, elle tira une boule qui exhalait encore un peu de vapeur. C'était une michotte, pas très bien tournée, mais qui avait tout de même levé joliment.

— Notre premier pain, murmura-t-elle avec un sourire timide. C'est de la farine des Américains.

Julien déchira la miche en deux, mordit dans sa moitié en se brûlant les lèvres.

— Bientôt nous aurons la nôtre, dit-il. La nôtre...

Et ils restèrent là, face à face, dévorant et mâchant. La fumée du pain chaud leur sortant de la bouche, dense comme un brouillard dans le froid de l'hiver.

Cet ouvrage a été composé
par compo Méca à Mouguerre
et achevé d'imprimer sur presse CAMERON
dans les ateliers de B.C.I.
à Saint-Amand-Montrond (Cher)
en avril 1995
pour le compte des Éditions Denoël

Nᵒ d'édition : 7636. — Nᵒ d'impression : 1/1026
Dépôt légal : avril 1995
Imprimé en France